Meine perfekte Tochter

Sarah A. Denzil

EDITED BY
Linnea May

Umschlaggestaltung durch Ebook Launch

Auch vom Autor:

Psychologischer Suspense:

Meine perfekte Tochter

Die Serie "Das schweigende Kind":

Silent Child, Buch Eins

Kapitel eins

Damals

Ich habe meine Tochter unter ungewöhnlichen Umständen kennen gelernt.

Zu sagen, dass ich auf das, was mir und meiner Tochter widerfahren ist, nicht vorbereitet war, wäre wohl eine Untertreibung. Niemand hätte vorhersehen können, dass ich eines Tages aufwachen würde, um zu ertragen, was ich ertragen musste. Aber ich habe überlebt, und das Universum schenkt mir im Gegenzug für all mein Leiden ein Kind.

Alles begann an einem kalten Januartag. Einem Samstag. Der Morgen hatte stressig begonnen, mit zwei unangenehmen Telefonaten. Mein Mann Simon, der darauf bestand, das Haus nach der Scheidung zu behalten, machte sich einen Spaß daraus, mich daran zu erinnern, dass er die gesamte Anzahlung und mehr als die Hälfte der Hypothekenzahlungen geleistet hatte.

Mit schroffer Stimme murmelte er: "Das ist nur fair".

Ich rollte mit den Augen und hörte zu, während er mir weitere Gründe nannte, aber ich widersprach nicht.

Zehn Minuten nachdem ich mit Simon aufgelegt hatte, rief meine Mutter an, um mir zu sagen, dass ich Simon auf keinen Fall das Haus überlassen sollte und dass ich schwach und dumm sei, weil ich ihn überhaupt geheiratet hatte.

"Der Mann ist ein Narzisst. Er wird sagen, was immer er will, damit du *alles* aufgibst. Erlaube ihm nicht, dir alles zu nehmen, Zoe. Er hat es nicht verdient", schimpfte sie. "Wehre dich."

"Natürlich", log ich.

Und als sie weiterredete, hörte ich nicht mehr zu, weil sie mir nichts erzählte, was ich nicht schon wusste. Ich fühlte mich schwach und dumm - und das machte mich wütend. Die vier Wände dieses viel umstrittenen Hauses schlossen sich um mich, bis ich einfach nur raus musste. Also legte ich auf, schnappte mir meine Autoschlüssel und fuhr an den einzigen Ort, an dem ich mich lebendig und allein fühlte.

Meine Fingernägel trommelten gegen das Lenkrad, als ich mich in den Peak District vorwagte, vorbei an beliebten Schönheiten wie Stanage Edge, bis keine Wanderer mehr durch die Landschaft stiefelten. Es dauerte etwa dreißig Minuten, bis ich den Ort fand, den ich so sehr liebte. Und sobald ich meinen versteckten Parkplatz inmitten eines scheinbar vergessenen Tals sah, atmete ich erleichtert auf.

Der Januarwind kroch tief in meinen Körper und zerrte an meiner Lunge, als ich versuchte zu atmen. Ich joggte den langen, flachen Hügel hinauf und zwang meine Muskeln, hart zu arbeiten. Während ich mich aufwärmte, versuchte ich, die Stimmen meines Mannes und meiner Mutter aus meinem Kopf zu verdrängen. Mutters ewiges Mokieren und ihre stakkato-schnellen Urteile. Simons nasales Gejammer, das meine Eierstöcke zu Rosinen schrumpfen ließ. Drei Jahre zuvor, ein paar Monate nach unserer Hochzeit, hatte ich vorgeschlagen, die Pille abzusetzen, damit wir versuchen könnten, ein Baby zu bekommen. Er war damit nicht einverstanden gewesen. Jetzt brachte mich der Gedanke, ein Kind mit ihm zu haben, zum Erbrechen.

Und im Hinterkopf waren weiter die Worte meiner Mutter: "schwach und dumm". Meine Füße stampften auf dem Asphalt, der linke Fuß schwach, der rechte dumm. Am Haus festzuhalten bedeutete, Simon länger in meinem Leben zu behalten. Es bedeutete, seine Verleumdungen, sein Gejammer und seine passive Aggression weiter zu ertragen. Es bedeutete, ihm dabei zuhören zu müssen, wie sehr er seine neue Freundin liebte, die zwanzigjährige Verwaltungsangestellte, die er zwischen Meetings zu Quickies am Nachmittag überredet hatte. Es bedeutete, gegen einen Mann zu kämpfen, den ich nie wieder sehen wollte.

Ich atmete, ließ alles heraus, und meine runden Schultern bewegten sich langsam nach oben und hinten, während sich die Spule meiner Muskeln entfaltete. Um mich herum erstreckte sich das Moor mit seinem toten, verbrannten braunen Heidekraut und dem struppigen Gras. Ich nahm vage einen Bauernhof etwa eine halbe Meile hinter mir wahr. Durch seine Anwesenheit fühlte ich mich weniger allein. Ich hatte oft darüber nachgedacht, dass es gefährlich sein könnte, an einem so abgelegenen Ort zu joggen, aber dann erinnerte ich mich daran, dass ich jederzeit zu diesem Bauernhof laufen konnte, um Hilfe zu holen. Es schien das Beste aus beiden Welten zu sein: Ich konnte die unberührten Teile der Landschaft genießen. Ich konnte allein sein. Aber ich hatte immer einen Ort, an dem ich um Hilfe bitten konnte.

Ich trug immer helle Laufkleidung, selbst an einem frühen Nachmittag wie heute. Ich hatte meine Schlüssel in der Tasche und nahm mir vor, sie durch die Fingerknöchel zu schieben, falls etwas Schlimmes passieren sollte. Ich hörte nie Musik, war mir meiner Umgebung immer bewusst und achtete genau auf die Geräusche vorbeifahrender Autos oder anderer Menschen. Aber wenn mir jemand Schaden zufügen wollen würde, gäbe es immer einen Weg, egal was ich tat.

Und dann passierte es.

Das kleine Mädchen tauchte wie eine Nymphe aus dem Märchen hinter einer Eiche auf einem leeren Feld auf. Bekleidet mit Shorts, die viel zu klein waren, so dass sie in die Taille schnitten, und einem T-Shirt, das den Oberkörper hochrutschte und den Bauchnabel freilegte, umklammerte sie zitternd ihren winzigen Körper, um sich zu wärmen. Mein Herz konnte den Anblick kaum fassen. Ich stieß einen gedämpften Schrei aus, als ich sie sah. Es war das seltsamste Gefühl, als wäre ich plötzlich in einen Film oder in einer Fernsehsendung. Mein Verstand sagte mir, dass es nicht möglich war, dass ein Kind im Januar allein auf einem Feld herumlief. Und doch war sie da.

"Hallo", sagte sie.

Schließlich setzte sich mein Körper in Bewegung. Ich eilte zur Mauer und suchte nach einem herausragenden Stein, der mir beim Klettern helfen würde. Sie wies auf einen Pfahl ein paar Meter weiter unten an der Straße. Ich sprintete dorthin und rannte auf das Feld, um zu ihr zu gelangen.

"Hallo", sagte sie wieder, ein strahlendes, wenn auch bebendes Grinsen im Gesicht. "Wie heißt du?"

Sie zitterte heftig und ihre armen, mageren Knie schlugen zusammen. Sie hatte eindeutig seit Tagen nicht mehr gebadet. Ihre Fingernägel waren schmutzig und ihre Knöchel schwarz. Ich schlüpfte aus meiner Jacke und legte sie ihr um die Schultern.

"Ich bin Zoe", sagte ich. "Was machst du hier draußen allein?"

"Ich bin weggelaufen. Aber jetzt möchte ich gerne nach Hause zu meiner Mami. Kannst du mich mitnehmen?"

"Natürlich kann ich das. Wo wohnst du denn?"

Sie sprach es vorsichtig aus, ihre Augenbrauen hoben sich und ihr Kinn wippte konzentriert auf und ab. "Ei. Wie. Cwoss."

Während ich darüber nachdachte, was sie meinte, rieb ich ihre Finger mit meinen Händen und versuchte verzweifelt, sie zu wärmen. "Ei. Wie. Oh, Ivycross. Du wohnst auf der Farm?"

Sie nickte enthusiastisch.

"Ist es okay, wenn ich dich hochnehme?"

"Ja", sagte sie, und ihr Gesicht erhellte sich. Sie war überglücklich darüber, in meine Arme genommen zu werden, und schmiegte sogar ihren Kopf in meinen Nacken. "Danke, Zoe."

Die Ernsthaftigkeit in ihrem Ton ließ meine Kopfhaut kribbeln. Was war hier los? Warum trug sie keine Kleidung, die ihr passte? Oder einen Mantel und Stiefel? Sie trug schmuddelige Turnschuhe, deren Nähte sich auflösten. Ein sich windendes, unangenehmes Grauen kroch in mir hoch, als ich sie an den Ort zurücktrug, der all das zugelassen hatte. Ich war versucht, sie in mein Auto zu setzen und direkt zur nächsten Polizeistation zu fahren. Die Angst hielt mich jedoch davon ab, denn... wäre das nicht eine Entführung? Würde ich dafür nicht wegen eines Verbrechens angeklagt werden? Würde es alles noch schlimmer für das Kind in meinen Armen machen?

Meine Gedanken drehten sich im Kreis, bis ich mich auf einen Kompromiss einigte. Ich beschloss, sie zurück zum Bauernhof zu bringen und die Polizei zu rufen, während ich in meinem Auto auf ihr Eintreffen wartete.

"Wie heißt du?", fragte ich sie, als ich merkte, dass ich es nicht wusste.

"Maddie."

"Das ist ja ein schöner Name."

"Ja", sagte sie. "Das finde ich auch."

Ihre Antwort brachte mich zum Schmunzeln. Sie hatte überhaupt keine Angst vor Fremden.

"Wie lange bist du schon hier draußen, Maddie?"

"Nicht so lange", sagte sie.

"Warum warst du hinter dem Baum?"

"Ich habe ein Spiel gespielt."

"Wie beim Verstecken?"

"Ja!" Sie lachte. "Ich habe mit dir gespielt."

Ich schüttelte den Kopf. "Aber du kennst mich doch gar nicht."

"Ich habe dich gesehen."

"Aber wie sollte ich dich finden, wenn ich gar nicht wusste, dass wir Verstecken spielen?"

Maddie schlug sich an den Kopf, als ob ich dumm wäre.

Wow, schwieriges Publikum. Erst meine Mutter und jetzt dieses Kind.

"Ich war *auf der Suche*", sagte sie. "Ich musste *dich* finden."

Ich betrat die Farm mit Maddie auf dem Arm, und ein Gefühl des Grauens legte sich kalt und hart auf meinen Bauch. Ich hatte diesen Ort noch nie aus der Nähe gesehen. Ein toter Körper hatte mehr Leben in sich als die Farm. Kein Vieh brüllte oder krähte. Ich ging an einem ramponierten Land Rover vorbei. Als ich mich dem Haus zuwandte, wanderte mein Blick hinauf zu den Fenstern. Alle Vorhänge waren zugezogen und versperrten den Blick ins Innere. Auf den Fensterbänken standen keine Ornamente oder Vasen, nur der schmutzige Stoff der alten Vorhänge. Zu meiner Linken entdeckte ich mehrere versunkene und verfallene Nebengebäude und eine lange Scheune. Niemand nutzte diese Gebäude. Niemand hatte sich die Mühe gemacht, das zerbrochene Fenster zu reparieren oder den bröckelnden Ziegelstein abzufegen. Ich näherte mich der Tür mit Zurückhaltung, mein Herz klopfte heftig.

"Zoe", sagte Maddie und riss mich aus meinen Ängsten. Sie lächelte nicht mehr. "Kannst du mich jetzt bitte runterlassen?"

Ich setzte sie sanft auf die kaputten Schuhe ab.

"Du bist sehr nett", sagte sie.

Zuerst dachte ich, ich hätte mir die Traurigkeit in ihrer Stimme nur eingebildet. Aber als mich ein Paar starker Arme am Hals packte, wurde mir klar, dass ich mir nichts eingebildet hatte.

Kapitel Zwei
Jetzt

Ich decke einen gekühlten Makkaroni-Käse-Auflauf mit einer Schicht Frischhaltefolie ab. Ich lege ihn in meinen zweckmäßigen Volvo, zusammen mit einer Tasche mit nagelneuer Unterwäsche und Socken. Ich steige ein und fahre die Küstenstraße hinunter nach Penry, einem kleinenDorf in Cornwall, das über dreihundert Meilen von den wilden Mooren des Peak District entfernt ist. Als ich nach links abbiege, strömt Seeluft durch das offene Fenster herein. Ich atme dreimal tief ein, um mein klopfendes Herz zu beruhigen. Ich lasse mir Zeit und fahre auf das Haus von Parvati und Dev Shah zu. Sie sind meine Freunde, und machen gerade einen Schmerz durch, den ich hoffentlich nie erleben werde.

Nach außen hin wirke ich normal. Hier bin ich also, eine Vorstadtmutti, die Vorstadtmutti-Sachen macht. Innerlich bin ich am Schreien und befürchte das Schlimmste. An einer Ampel sehe ich ein zerrissenes Plakat, das an einem Laternenpfahl flattert. Ein paar Touristen gehen daran vorbei, ihre Augen überfliegen das Bild des lächelnden Teenagers. Ein nervöses Beben läuft mir über die Haut. Mein Herz schmerzt für die Shahs. Immer wieder muss ich an ihn denken, an den Mann, der mich gewürgt hat, bis ich ohnmächtig wurde. Der Mann, der mich in seine Scheune gezerrt und gefesselt hat.

Überall auf der Welt werden Frauen ermordet. Was, wenn Riya Shah eine dieser Frauen ist? Sie ist eigentlich noch ein Mädchen. Mit ihren sechzehn Jahren ist sie noch ein Kind. Und sie wird seit zwei Wochen vermisst. Eine Woche vor ihrem Verschwinden teilte ich mir mit Parvati eine Flasche Rosé im Black Swan. Wir saßen am Fenster und sahen zu, wie ein Junggesellinnenabschied vorbeistolperte. Sie winkten, und wir winkten zurück und grinsten die junge Frau mit dem Schleier und den weißen Stilettos an. Jetzt ist Parvatis Tochter verschwunden, und alles ist anders. Die schöne Riya. Die beste Freundin meiner Tochter. Ich wünschte, ich müsste nicht daran denken, was mir in dieser Scheune passiert ist.

Die Shahs leben in einem wunderschönen Haus mit Blick auf die Keltische See. Ihr Rasen fällt zur Küste hin ab und trifft zuerst auf den äußeren Rand eines Ferienparks. Aus der Ferne höre ich die Musik der Schaubuden. Die süße Frühsommerluft verströmt den Duft von Parvatis prächtigem, magentafarbenem Geißblattpflanzen. Ich parke in der Einfahrt und hole die Sachen aus dem Kofferraum.

Dev öffnet die Tür, steif und mit glasigen Augen. Er bemerkt die Auflaufform in meinen Armen und winkt mich ins Haus. "Das wäre nicht nötig gewesen, aber danke."

"Das sind nur Käsemakkaroni. Gabe hat erwähnt, dass Sadiq das in der Schule gerne gegessen hat."

"Das stimmt", sagt Dev. "Hier, ich kann sie dir abnehmen."

Er führt mich in die Küche und stellt die Schale in den Kühlschrank. Dort sehe ich auch einige andere Teller. Wenigstens haben sie genug zum Essen.

"Ich habe auch ..." Ich betrachte die Tasche in meinen Händen. "Tut mir leid, ich hoffe, ihr versteht das nicht falsch, aber ich dachte, ihr könnt vielleicht ein paar frische Kleider gebrauchen."

"Das tun wir. Danke." Er nimmt sie mir aus den Händen und legt sie auf den Küchentisch. "Möchtest du eine Tasse Tee?" Seine Bewegungen sind roboterhaft, seine Stimme weich und monoton. Unter seinen blutunterlaufenen Augen sind halbmondförmige Blutergüsse zu sehen. Der Dev, den ich kenne, lächelt immer. Das hier ist eine andere Version, ein Fremder.

"Nein. Ich will dich nicht lange aufhalten." Ich ertappe mich dabei, wie ich ihm dieses bevormundende Lächeln schenke, an das ich mich noch von damals erinnere. Das Lächeln von Journalisten und Polizeibeamten, das auf mich wie nichts weiter als eine Inszenierung wirkte. Ich hasse mich dafür. "Habt ihr schon was gehört?"

Er schüttelt den Kopf. "Meistens falsche Fährten. Ein Zeuge meinte, sie in Aberdeen gesehen zu haben, aber das war jemand anderes."

Der Schmerz geht wie eine anschwellende Gewitterwolke von ihm aus, von der Kurve seiner Schultern bis zu seinem angespannten Kiefer.

Ich erinnere mich an den hageren Gesichtsausdruck meiner Eltern, als sie mich das erste Mal im Krankenhaus besuchten. Sie waren beide in einer Woche um zehn Jahre gealtert.

"Wenn ich euch irgendwie helfen kann", sage ich, die Worte sind gestelzt und lahm. Ich kann ihr Mädchen nicht für sie finden. Ich kann mir nur vorstellen, was ein Mann in diesem Moment mit ihr anstellen könnte.

"Du hast schon so viel getan, Zoe. Ich danke dir. Ich hoffe, Maddie geht es gut."

"Sie vermisst ihre Freundin, aber es geht ihr gut."

"Gut. Sie ist ein gutes Mädchen."

Als ich ihn das so sagen höre, löst sich eine Anspannung in meinem Körper, die ich gar nicht bemerkt hatte.

"Zoe."

Ich wende meinen Blick von Dev ab und sehe Parvati in der Tür stehen.

"Was machst du hier?"

Die Worte und ihr Tonfall - alles schmerzt. Seit Riya verschwunden ist, hat sich Parvatis Verhalten mir gegenüber verändert. Und ich glaube nicht, dass es nur mit ihrer Angst und Trauer zu tun hat. Ich glaube, es liegt an *mir*. Ich nehme sie in mir wahr, sehe, wie sie vor Wut vibriert. Ihr Haar, das normalerweise volles Volumen hat, ist ungewaschen und fettverschmiert. Ihre Haut ist fleckig und staubgrau. Ihre Arme sind fest um ihren Körper geklemmt, und sie schwebt weit weg von mir, als wären wir Feinde.

"Ich habe etwas ... ähm ... Essen mitgebracht. Ich wollte grad wieder gehen. I..." Mir bleibt der Mund offen stehen und ich versuche, die richtigen Worte zu finden. Nach allem, was ich durchgemacht habe, sollte ich wissen, was ich sagen sollte, aber ich weiß es dennoch nicht. "Wir denken alle an dich. Wir wissen, dass sie sicher nach Hause kommen wird."

"Nein, das tut ihr nicht", schnauzt Parvati. "Das wisst ihr mit Sicherheit nicht."

"Du hast recht." Ich stehe auf, nehme meine Handtasche vom Tresen und mache mich auf den Weg zur Tür. "Du hast völlig recht. Es tut mir so leid, ich weiß, wie-"

"Du weißt es aus eigener Erfahrung? Ja, das hast du erwähnt", sagt Parvati verbittert. "Danke, dass du hergekommen bist, um uns daran zu erinnern, was mit dir passiert ist."

Dev hebt eine Hand, um sie zu beruhigen. "Das ist wirklich nicht nett. Zoe ist gekommen, um zu helfen."

"Niemand kann uns helfen", sagt Parvati, und ihre Stimme bricht. "Unser Kind ist verschwunden. Willst du das nicht wahrhaben?"

Ich bleibe an der Tür stehen und möchte den Raum zwischen uns durchqueren, um meine Freundin zu trösten. Aber ich tue es nicht. Sie braucht nicht zu sagen, was sie meint, denn es steht ihr ins Gesicht geschrieben. Sie starrt auf die Narbe an meiner Hand, zweifellos erinnert sie sich an das, was mir passiert ist, und stellt sich vor, dass ihrem Kind gerade dasselbe passiert. Ich bin eine Erinnerung an all die schrecklichen Dinge, die Mädchen wie Riya passieren können. Ich hätte nicht kommen sollen.

Als ich nach Hause fahren, fühlt sich jede schmale Straße fühlt an, als würde sie mich erdrücken, . Die Vergangenheit lastet schwer auf mir.

Ich habe Glück, dass ich habe, was ich habe. Justin, der Fels, den ich an den schlechten Tagen brauche, ein Mann, der mich hält, wenn ich nachts zittere. Gabe, mein siebenjähriger Junge, lustig und albern. Maddie, die Tochter, die ich vor all den Jahren auf dieser Landstraße gefunden habe. Sie ist jetzt sechzehn, und ich würde nichts an ihr ändern wollen. Wir sind gleichermaßen verkorkst. Ich liebe ihren trockenen, sarkastischen Humor. Aber ich mache mir Sorgen um sie. Ich mache mir Sorgen um uns beide, aber ich liebe sie, und für mich ist sie einfach perfekt. Ich habe auch das Glück, Geld zu haben, mit dem ich ein Haus kaufen konnte, in dem ich mich sicher fühle.

Dieses Geld hatte seinen Preis. Vor etwa neun Jahren verkaufte ich mein Buch an einen Verlag für einen sechsstelligen Vorschuss. Ich schrieb über meine Erfahrungen als Opfer des berüchtigten Serienmörders Peter McKenna und als jemand, der unter schwierigen Umständen eine Tochter adoptiert hatte. Ich schrieb über meine Beziehung zu Maddie, die Höhen und Tiefen, die fehlende Unterstützung durch meine Familie und die Art und Weise, wie wir beide darum kämpften, weiterzukommen. Dieses Buch wurde ein phänomenaler Bestseller, der meine Welt völlig auf den Kopf gestellt hat. Es wurde verfilmt, und auf einmal hatte ich Geld und alle Möglichkeiten dieser Welt.

Selbst jetzt, nach sieben Jahren in diesem Haus, bin ich erstaunt darüber, dass es mir gehört. Ich fahre hinunter in die Tiefgarage und parke den Wagen. Dann nehme ich die geheime Treppe ins Haus. Gleich neben diesem Eingang befindet sich ein Display, auf dem ich Türen verriegeln, Rollläden herunterlassen und die Sicherheitskameras überprüfen kann. Wir haben sie in allen Zimmern, aber die Kameras in den Schlafzimmern sind ausgeschaltet, es sei denn, es gibt einen Einbruchsalarm. Maddie und Gabe haben ein Recht auf ihre Privatsphäre.

Es ist ein richtiges Smart Home mit einem eingebauten Panikraum, Rollläden, die nachts das gesamte Gebäude umschließen, einer Klimaanlage, die in jedem Raum gesteuert werden kann, und mit einem Alarm, der die Polizei bei verdächtigen Aktivitäten alarmiert. Es gibt sogar eine Steckdose, die Dampf erzeugt, um jeden zu verscheuchen, der in das Haus eindringen *könnte*. Denn man kann nicht vorsichtig genug sein. Man kann nie sicher genug sein.

Ich habe das Haus heute für mich allein. Justin, Maddie und Gabe sind alle in der Schule. Gabe ist in der kleinen Penry Grundschule im Dorf. Ich schaue auf die Uhr. Ich habe noch ein paar Stunden Zeit, bevor ich ihn abholen muss. Justin und Maddie sind beide auf der Bartholomew's Secondary School, aber Justin ist dort natürlich kein Schüler. Er arbeitet dort als Berater für Kinder mit psychischen Problemen oder anderen Problemen, die sie nicht mit einem Lehrer besprechen wollen.

Nach einer schnellen Dusche, um den Angstschweiß abzuwaschen, verlasse ich das Haus und gehe an der Küste entlang, während ich die Brise in meinem feuchten Haar genieße. Das Haus ist nur fünf Gehminuten von einem ruhigen Strand entfernt, den die meisten Touristen aufgrund des hohen Wellengangs und den vielen Steinen im Sand nicht besuchen. Ich kicke sie beim Gehen umher und atme die frische Seeluft ein. Mein Agent glaubt, dass ich an der Fortsetzung meines ersten Buches schreibe, aber das stimmt nicht. Ich schreibe nicht mehr daran, seit Riya verschwunden ist. Ich versuche, nicht daran zu denken, *warum* die beste Freundin meiner Tochter verschwunden ist.

Ich genieße meine Tage, auch wenn sie sich manchmal in die Länge ziehen. Seit wir nach Penry gezogen sind, habe ich mich in erster Linie darauf konzentriert, Mutter zu sein. Aber inzwischen ist Maddie fast siebzehn, Gabe ist sieben und ich habe mehr Zeit für mich. Ich habe Jahre der Therapie gebraucht, um meine eigene Gesellschaft zu schätzen, und nach dem, was auf der Farm passiert ist, werde ich meine Freiheit nie wieder als selbstverständlich ansehen.

Mit einem Mal bin ich fast den ganzen Nachmittag am Strand auf und ab gelaufen. Ich muss Gabe von der Grundschule abholen. Meine

Beine brennen, als ich zurück zum Haus eile, um das Auto zu holen. Aber zum Glück schaffe ich es noch rechtzeitig zur Schule.

Parvati steht am Tor und wartet darauf, ihren Jüngsten, Sadiq, abzuholen. Ich winke schüchtern, aber sie tut so, als würde sie mich nicht sehen.

"Wusstest du, dass ein durchschnittlicher Dinosaurier so groß wie ein Auto ist?"

Ich hatte gar nicht bemerkt, dass Gabe zu mir gelaufen kam. Er geht direkt an mir vorbei auf den Volvo zu.

"Das wusste ich nicht."

"Ja. Und der kleinste war so groß wie ein Huhn." Er mimt mit seinen Händen die Größe eines Huhns und reißt dann die Autotür auf.

"Ich nehme an, du hast heute etwas über Dinosaurier gelernt." Ich überprüfe, ob sein Sicherheitsgurt richtig angelegt ist.

"Ja. Kann ich Maddie meine Bilder zeigen?"

"Sie geht heute nach der Schule campen, mein Schatz. Wie wäre es mit morgen?"

"Okay. Wann können wir zelten gehen?"

Ich ziehe eine Grimasse. "Mal sehen, wann dein Vater dich mitnehmen kann."

"Was ist mit dir?"

"Ich und Zelten, das verträgt sich nicht so gut. Zu viele Spinnen." Ich übertreibe es mit dem Schaudern, und er buht mich aus.

"Laaangweilig."

"Na, mal nicht so frech." Ich werfe ihm einen strengen Blick zu, den ich allerdings nur halb ernst meine. Dann schließe ich die Tür und begebe mich auf die andere Seite des Autos. Wie immer ist die Straße vor der Schule voll mit Eltern in großen Autos, und es dauert eine Weile, bis ich aus meiner Lücke herausfahre.

"Dad wird heute Abend nicht da sein, oder?", fragt Gabe auf dem Rücksitz.

"Nein, Schatz, heute Abend nicht." In Wahrheit hatte ich ganz vergessen, dass Justin in den Pub geht, um Fußball zu schauen. Andererseits hat er abends oft etwas zu tun. Mein Mann ist der Typ Mensch, der nie still steht. Wir haben unsere Filmabende, und er weiß, dass ich ein Stubenhocker bin, aber er braucht mehr. Er braucht Abende mit anderen Männern und Sport. Sehr viel Sport.

"Er kommt erst spät nach Hause, oder?"

"Ja", sage ich.

"Laaangweilig."

"Oh, ich verstehe. Ich bin also nicht gut genug für dich, hm?"

Er antwortet nicht. Schließlich lenkt er sich mit seinem Spiel ab, bei dem er auf der Heimfahrt die Laternenpfähle zählt. Gabe liebt Zahlen und Autos. Beides zusammen ist für ihn der Himmel. Wenn er es eines Tages schafft, Dinosaurier hinzuzufügen, wäre er wohl für Tage unterhalten.

Nachdem ich das Auto wieder in unserer Garage geparkt habe, fasse ich mir ans Herz, als hätte er mich mit seinen Worten verletzt. "Es tut so weh!", rufe ich dramatisch aus, während Gabe lacht.

Tatsächlich haben wir einen sehr lustigen Abend zusammen. Ich mache Spaghetti mit der Tomatensoße, die er so gerne mag - eine Soße voll mit verstecktem Gemüse. Er macht seine Hausaufgaben, während ich meine Lieblingsserie schaue und einen schönen Merlot trinke. Um neun liegen wir beide im Bett, Gabe mit eingeschaltetem Nachtlicht und einem Buch über Dinosaurier auf dem Schoß - er sagt, er sei jetzt zu alt, um sich von mir eine Geschichte vorlesen zu lassen - und ich mit meinem Kindle, dessen Bildschirm den Raum um mich herum erhellt.

Ich bin mir nicht sicher, wann ich aufwache, aber auf einmal sind Hände auf meinen Oberschenkeln, die sich an meinem Körper hocharbeiten. Die Luft riecht nach schalem Bier, der saure Geruch steigt mir in die Nasenlöcher. Ich erstarre. So funktioniert mein Körper. Er schaltet sich ab.

"Bist du wach?" Seine Hände wandern hinauf zu meiner Brust.

"Nein", sage ich.

"Du fühlst dich gut an."

Er ist betrunken. Ich mag keine betrunkenen Männer, nicht einmal meinen Mann, der der netteste Mann ist, den ich kenne. Sie machen mir Angst. Man muss sie in den *Griff bekommen*, entweder durch Ego-Streicheln oder Bemuttern. Wie kann man mit einer dieser beiden Möglichkeiten den Sex umgehen?

"Babe, ich habe geschlafen."

"Ja, aber ich bin hellwach." Er lacht und tut so, als würde er mich in die Seite beißen.

Ich bin gerade dabei, zu überlegen, ob ich ihn von mir werfen oder nachgeben soll, als mein Handy klingelt. Ich nehme es, dankbar für die Unterbrechung, und höre Justin unter seinem Atem fluchen. Ich habe keine Zeit, mich darüber zu ärgern, dass er meine eindeutigen Hinweise darauf, dass ich keine Lust habe, nicht wahrgenommen hat.

"Mama."

Mit diesem einen Wort sitze ich sofort kerzengerade, die Wirbelsäule kribbelt, der Magen sinkt. Ihr Tonfall ist *schräg*. Maddie ist kein gefühlsbetonter Mensch. Wenn also irgendeine Art von Kummer in ihrer Stimme liegt, bin ich sofort erschrocken.

"Geht es dir gut?"

"Mir geht es gut, aber es ist etwas passiert."

"Was ist es?"

"Eins der Mädchen ist tot."

Kapitel Drei

Damals

Meine rechte Hand pochte. Selbst im Halbschlaf wusste ich, dass ich sie nicht bewegen durfte. Ich blinzelte aus den klebrigen, schlafverkrusteten Augen und fragte mich, warum meine Hand so pochte, warum mein Hals schmerzte und warum ich eiskalt und völlig groggy war. Ich sah den Nagel, der aus meiner Haut ragte. Sicher ein Halloween-Überbleibsel. Und doch bewegte ich mich nicht. Ich *wagte nicht,* mich zu bewegen, weil mein Instinkt mir sagte, dass es wehtun würde. Die Luft um mich herum roch nach alten Schlüsseln. Der süße Duft von Rost. Mein Magen kribbelte, und Galle füllte meinen Mund wie Speichel. Ich kippte nach vorne, mir wurde schwindlig.

Der Nagel war echt. Meine Hand pochte, weil jemand einen Nagel in die Hand gehämmert hatte. Ich roch nach süßem Rost, weil ich den Schreibtisch vor mir vollgeblutet hatte.

"Zieh ihn raus."

Seine Stimme überschwemmte mich wie ein Eimer kaltes Wasser. Ich setzte mich auf und atmete schwer. Und da saß er vor mir auf einem Plastikstuhl, wie man ihn in den meisten Schulen findet.

Er beugte sich über diesen verdammten Stuhl wie ein Gorilla auf einem kindergroßen Hocker. Er war furchterregend groß, wie er so breit dasaß, mit langen Beinen, die er mühsam unter den Sitz klappte. Er beugte sich zu mir herüber, ein dunkler Schnurrbart hob sich deutlich von seiner blassen, schuppigen Haut ab. Seine langen Finger waren fest um sein Knie geschlungen. Ich fühlte mich zu ihnen hingezogen... und zu dem Blut auf seinen Knöcheln. *Mein* Blut.

"Zieh ihn heraus", sagte er wieder. "Ich habe dir genug Platz dafür gelassen." Er wies auf den Nagel.

Ich unterdrückte den Wunsch zu schreien und konzentrierte mich auf meine Umgebung. Meine Arme ruhten auf einer alten, befleckten Schulbank aus Holz. Und an der Form meines Sitzes unter mir konnte ich erkennen, dass er aus Plastik war. Ein weiterer Schulstuhl, ähnlich dem, über den er sich beugte. Der Schreibtisch schien aus gutem Holz zu sein, aber die Maserung wies viele Spuren auf. Abdrücke von anderen Nägeln. Blut von anderen Frauen.

Er schnippte mit den Fingern und lenkte meine Aufmerksamkeit wieder auf sich. "Bist du taub, stumm oder dumm? Zieh den verdammten Nagel aus deiner verdammten Hand."

Ich wimmerte. Ich wollte es nicht, aber der Laut entglitt meinen zitternden Lippen. Wann hatte er das mit mir gemacht? War ich bei Bewusstsein oder bewusstlos gewesen? Ich hatte keine Antworten auf so viele Fragen, wie zum Beispiel, wie lange ich dort gelegen hatte? Aber dass ich nichts unternahm, machte ihn nur noch wütender, und das hieß nichts Gutes für mich. Ich biss mir auf die Lippe und testete vorsichtig meine Fesseln, angefangen bei meinen Füßen. Kaltes Metall umspannte meine Knöchel. Der Stuhl bewegte sich nicht, und ich stellte mit noch mehr Grauen fest, dass er mit dem Betonboden verschraubt war. Dann überprüfte ich meine Hände. Beide waren in Handschellen an einer Stange befestigt, die in den Schreibtisch gebohrt worden war. Ich konnte eine Hand auf die andere schieben, so dass ich genug Raum hatte, um den Nagel zu entfernen. Ein straffes Seil schnitt in meinen Unterleib und fesselte mich an den Stuhl.

Er stand auf. Ich zuckte zusammen, rutschte auf meinem Sitz nach unten, um mich kleiner zu machen, und kauerte mich zusammen wie eine unterwürfige Katze. Ich wollte die Augen schließen und so tun, als ob er nicht da wäre, wie ein Kind in Not. Stattdessen schrie ich. Ich hatte noch nie zuvor geschrien, nicht so, nicht dieses kehlige, verzweifelte Kreischen. *Hilfe*!

Er lachte, aber nach dem zweiten Schrei presste er seine Hand auf meinen Mund. Ich schmeckte mein eigenes Blut, das sich mit seinem Schweiß vermischte. Er lehnte sich über mich und flüsterte mir ins Ohr. "Warum machen sie es einem immer so schwer? Hm? Jede Einzelne von euch. Ich bringe eine Frau hierher und bitte sie um eine einfache Sache - diesen Nagel herauszuziehen. Und jede von euch schreit stattdessen aus vollem Halse. Nun, weißt du was? Das war's.

Halt dein hübsches kleines Maul." Sein Atem kitzelte die winzigen Härchen an meinem Ohr.

Eine Welle von Abscheu durchlief mich.

Er holte einen Lappen aus seiner Tasche, nahm seine Hand weg und wickelte ihn um meinen Mund, bevor er ihn an meinem Hinterkopf festband. Er zwang ihn zwischen meine Zähne, und meine Zunge verhedderte sich in dem Stoff. Es schmeckte wie seine Hände. Als er fertig war, hasste ich mich dafür, dass ich meine Zähne nicht auf sein Fleisch gepresst hatte. So hätte es die angriffslustige Frau im Film getan. Ich dachte sofort wieder an das Telefonat mit meiner Mutter und an den Rhythmus, mit dem meine Füße auf den Asphalt stampften: der linke Fuß schwach, der rechte Fuß dumm.

Selbstmitleid durchflutete mich. Ich hatte es nicht verdient zu entkommen. Ich hatte das hier verdient, was auch immer er mit mir vorhatte. Vergewaltigung. Folter. Was auch immer. Ich hatte es verdient. Die Scham darüber, die verdammte *Scham*. Ich war allein, weit weg von zu Hause, mit kaum jemandem um mich herum. Ich hatte es so gewollt. Ich hatte mein Recht auf Sicherheit aufgegeben, als ich anfing, wie ein Mann zu denken, zu glauben, ich könnte tun, was Männer tun - irgendwo alleine hingehen, ohne zu erwarten, entführt zu werden.

"Ich glaube, du bist ein bisschen schüchtern und kommst vielleicht besser allein zurecht. Also, ich sage dir, was ich tun werde. Ich werde dir eine Stunde Zeit geben. Wenn ich zurückkomme, erwarte ich, dass du den Nagel aus der Hand gezogen hast. Verstanden?" Er packte mich an den Haaren und riss meinen Kopf zurück. Ein brennender Schmerz schoss über meine Kopfhaut.

Er lockerte seinen Griff, so dass ich mit dem Kopf hin und her nicken konnte.

"Gutes Mädchen", sagte er. Seine Stimme veränderte sich. Er klang wie ein Bauer, der eine Kuh beruhigt, bevor sie gebärt. "Braves Mädchen." Er streichelte mein Haar. Ein Finger fuhr seitlich an meinem Kiefer entlang.

Ich zitterte. Dann fragte ich mich, ob er davon ausging, dass ich erregt war, was mir die Galle in die Kehle trieb. Er beugte sich vor, als wolle er mich küssen, doch seine Aufmerksamkeit galt dem Nagel, und er wich zurück. Er blickte auf seine eigene Hand hinunter. Es war ein schneller, verstohlener Blick. Ein Akt, den ich nicht hätte sehen sollen. Aber ich hatte es gesehen, und ich bemerkte die Narben auf seinem Handrücken. Das war also der Grund. Jemand hatte ihn vor langer

Zeit verletzt, und jetzt wollte er sich rächen. Ein neues Gefühl schoss durch mich hindurch. Triumph? Hoffnung? Ich war mir nicht sicher. Aber gleichzeitig verstand ich seinen Hass und wie dieser alles, was noch kommen würde, anheizen konnte.

Ich stieß einen Seufzer der Erleichterung aus, als sein massiger Rücken durch die große Doppeltür verschwand. Natürlich war es nur vorübergehend, aber ich gönnte mir eine Sekunde, um auszuatmen. Dann zwang ich mich zur Konzentration.

Ohne seine Anwesenheit in der Scheune bemerkte ich neue Dinge. Erstens: Die eisige Kälte drang bis auf die Knochen. Und dennoch bedeckte Schweiß meine Haut, vom Adrenalin oder vom Schmerz, ich weiß es nicht. Zweitens hatte die Scheune zwei Türen, die beide von außen verriegelt waren. Wenn ich es schaffte, mich aus dem Stuhl zu befreien, würde ich es als nächstes mit diesen Türen aufnehmen müssen.

Ich überprüfte die Stuhlbeine. Sie wackelten leicht. Vielleicht hatten sich die Schrauben, mit denen er den Stuhl an seinem Platz gehalten hatte, aus ihrer Verankerung gelöst. Aber als ich versuchte, den Stuhl zu kippen, rüttelte er an meiner verletzten Hand. Ein zweiter, oder vielleicht dritter Schwindelanfall überkam mich. Der Nagel musste aus meiner Hand entfernt werden. Und zwar sofort.

Ruhig, Zoe. Ruhig.

Zoe Carter, geborene Osbourne. Nein, Zoe Osbourne, definitiv nicht Carter, war nie als starke Frau beschrieben worden. Ich zuckte bei Papierschnitten zusammen. Ich fluchte, wenn ich mir einen Zeh stieß. Ich war eine normale, schmerzvermeidende Frau, der schon bei einem aufgeschürften Knie die Augen tränen. Und jetzt musste ich einen Nagel aus dem Holz und durch mein gebrochenes Fleisch ziehen... Ich hätte fast gelacht.

Eine schnelle Bewegung. Tu es, Zoe.

Ich starrte den Nagel an. Ich fragte mich, wie viel Zeit ich noch hatte. Etwa fünfzig Minuten vielleicht? Oder mehr?

Meine Zähne klapperten. Ich bewegte die Finger meiner guten Hand in Richtung des Nagels. Ich erlaubte ihnen, meinen Daumen zu streicheln, aber selbst diese Bewegung bereitete mir Schmerzen. Tränen liefen mir über die Wangen, und ich hasste jede einzelne von ihnen.

Tu es, Zoe. Tu es, verdammt.

Das Scheunentor öffnete sich, und mein Körper spannte sich an. Aber es war nicht er. Das Kind kam herein. Maddie.

Sie steckte etwas, von dem ich annahm, dass es ein Schlüssel war, in die Tasche ihrer Shorts und eilte zu mir herüber. Sie hatte einen dickeren Pullover und Gummistiefel an. Sie waren zumindest wärmer, aber immer noch alt und schmutzig. Mein Herz schlug höher. Endlich Hilfe. Aber sie war so winzig. Was, wenn er ihr wehtat? Was, wenn er ihr meinetwegen wehtat?

Sie fuhr sich mit dem Finger über die Lippen, eine viel zu reife Geste für ein Mädchen ihres Alters. Ich merkte, dass sie das schon öfter gemacht hatte. Sie hatte ihren Vater so oft mit Frauen gesehen, dass sie ein System hatte. Der Gedanke daran erfüllte mich mit einem Grauen, das meine Sinne schärfte. Dieser Mann, dieser Mörder, hatte ein Kind in die Kälte gezwungen, um die Frauen auf seinen Hof zu locken. Und dann tötete er sie.

"Ich mache das." Sie zeigte auf den Nagel. "Wenn du schreist, kommt Papa. Schrei nicht." Sie schüttelte ernsthaft den Kopf.

Das Erstaunen, das ich beim Anblick dieses Kindes empfand, half mir, mich von den Schmerzen abzulenken, als sie konzentriert die Stirn runzelte, ihre kleine Hand um den hervorstehenden Nagel legte und kräftig daran zog, um das Ding aus dem Schreibtisch und aus meiner Hand zu ziehen. Ich kniff die Augen zusammen und stöhnte leise auf. Dann öffnete ich sie wieder und sah zu, wie sie den Nagel auf der Holzoberfläche ablegte.

"Er wird bald zurück sein", sagte sie.

"Bitte lass mich gehen." Meine Worte kamen nur gedämpft durch den Knebel heraus. "Ich nehme dich mit, versprochen."

Ihr Blick senkte sich auf den Boden. Sie kniete auf dem Beton, und mir liefen heiße Tränen über das Gesicht. Ich konnte es nicht ertragen, meine Hand zu untersuchen, obwohl ich wusste, dass ich die Schwere meiner Wunde begutachten musste. Ein klapperndes Geräusch kam vom Boden, wo Maddie an etwas herumfummelte. Ich konnte nicht genau sehen, was sie tat, aber ich stellte mir vor, dass sie daran arbeitete, eine Schraube zu lockern. Einen Moment später stand sie auf, ein triumphierendes Grinsen auf dem Gesicht.

"Die ist locker", sagte sie.

Ich versuchte, durch meinen Knebel zu lächeln. Sie war dabei, mir zu helfen, hier rauszukommen. Aber sie tat es auf so geschickte Weise, dass ihr Vater nicht merken würde, dass sie es getan hatte.

"Ich hole dich hier raus", murmelte ich. "Ich verspreche es."

Kapitel Vier
Jetzt

Justin muss man zugutehalten, dass er sofort wieder nüchtern wird, als er hört, wie ich Maddie frage, ob es ihr gut geht. Und als ich mich aus dem Bett schwinge, tut er dasselbe.

"Was ist passiert?" Seine Stimme klingt scharf und konzentriert.

"Ein Mädchen bei der Pyjamaparty ist gestorben." Ich kann kaum glauben, dass die Worte aus meinem Mund kommen. Ein siebzehnjähriges Mädchen ist tot.

"Was?" Der Unglaube in seiner Stimme spiegelt den meinen wider. "Ich hole die Schlüssel."

"Du kannst nicht fahren." Ich nehme eine Jacke und ziehe sie über mein Pyjama-Oberteil. Dann ziehe ich eine Jeans an. "Und du musst hier bei Gabe bleiben."

"Ist Maddie in Ordnung? Was ist mit dem Mädchen passiert?"

"Maddie geht es gut. Die Polizei ist mit einem Krankenwagen da." Ich atme tief ein, um mich zu beruhigen. "Phoebe Thompson ist über eine Klippe gestürzt."

"Sie zelten neben einer Klippe?"

"Nein, sie waren auf dem Zeltplatz. Ich vermute, Phoebe ist in der Nacht weggelaufen und..." Ich reibe mir die müden Augen und versuche, es mir nicht vorzustellen.

"Jesus."

"Sie muss eine Aussage machen, und ich sollte für sie da sein, wenn sie das macht. Ich fass' es nicht. Erst verschwindet Riya, und jetzt *das*?"

Er fährt sich mit der Hand durch sein kurzes blondes Haar. "Ja, es ist... es ist furchtbar. Unglaublich." Er durchquert den Raum zwischen uns und reibt mir die Schultern. "Bist du sicher, dass du fahren kannst? Wir könnten dir ein Uber besorgen."

Ich schaue auf die Uhr - fast ein Uhr morgens - und schüttle den Kopf. "Es ist zu spät. Die sind hier nicht mehr unterwegs. Ich komme schon klar."

"Sei vorsichtig, Zo. Ganz ruhig bleiben, okay? Und ruf mich an, sobald du weißt, was los ist."

"Mache ich." Wir küssen uns auf die Lippen, ein gewöhnlicher Abschied, der sich mehr nach Autopilot anfühlt als alles andere, dann renne ich durch das Haus in Richtung Garage. Ich bleibe an der Schalttafel stehen und tippe die Nummer ein, um die Tür zu öffnen, wobei ich dem Drang widerstehe, das ganze Haus abzuschließen.

In meinem Leben gibt es ein *Vorher* und ein *Nachher*. Das Vorher ist mein Leben ohne wirkliche Einschränkungen oder Hemmungen, ein ganz normaler Mensch. Nachher lebe ich mein Leben in Angst, wache mitten in der Nacht auf und stelle mir vor, wie Peter McKennas saurer Atem die Haare in meinem Nacken kitzelt. Es ist die Narbe auf meinem Handrücken und der steife Zeigefinger, der in der Kälte pocht. Es ist das plötzliche öffentliche Interesse, das mir den Kopf verdreht hat, und die Online-Stalker, die mir nachstellten. Ich lebe in einem Zustand der Paranoia mit der einzigen Person, die das alles versteht: dem kleinen Mädchen, das mir den Nagel aus der Hand gezogen hat.

Ich denke an sie, als ich das Auto aus der Garage fahre. Jeder Therapeut, jeder Arzt und jeder Polizist hatte Mühe, das Ausmaß der Gewalt zu begreifen, die Maddie erlebt hat, als sie bei Peter McKenna lebte. Ein Kind ging auf mich zu, als ich an einen Stuhl gefesselt war, und zog mir einen Nagel durch die Hand, ohne mit der Wimper zu zucken. "Mutig", sagten sie damals, als wir unsere Geschichte erzählten.

Ja, Maddie ist der mutigste Mensch, den ich kenne. Aber sie wissen nicht, wie *normal* das für sie war. Und seither habe ich jahrelang mit Maddie daran gearbeitet, das zu ändern, was sie für normal hielt. Angefangen bei der Art und Weise, wie man mit Tieren umgehen sollte, über die Art und Weise, wie sie mit ihrem Temperament umgeht, bis hin zur Art und Weise, wie sie ihren Bruder behandelt. Ich musste ihr beibringen, dass Schmerz nicht alltäglich ist. Anderen Menschen Schmerzen zuzufügen, ist nicht normal.

Nachdem ich mich durch einige der engen Küstenstraßen geschlängelt habe, halte ich an, weil ich nicht weiß, wohin ich fahren soll. Es ist stockdunkel außerhalb der Reichweite meiner Scheinwerfer. Ich frage mich, wie viele andere Eltern gerade verzweifelt an den Ort des Geschehens fahren, während ich die Adresse in mein Navi eingebe und mich dorthin leiten lasse. Sind sie schon da? Oder haben sie eine bessere Route genommen?

Maddie ist normalerweise kein Mädchen, das zu Partys eingeladen wird. Ich musste sie sogar überreden, dorthin zu gehen. Da Riya vermisst wird, dachte ich, dass es eine gute Ablenkung für sie sein könnte. Ich dachte, es könnte Maddie helfen, endlich Kontakte zu ihren Schulfreunden zu knüpfen. Sie mögen sie nicht, aber sie kennen sie auch nicht. Maddie hat Ecken und Kanten, die es schwierig machen, mit ihr auszukommen. Teenager-Mädchen angeln gerne nach Komplimenten, aber Maddie schert sich nicht um diese Art von sozialem Brauch. Maddie ist nicht freundlich und versichernd wie die meisten Mädchen. Wenn ein Kleid einer Freundin nicht schmeichelt, sagt sie es. Wenn ein Junge kein Interesse hat, sagt sie es unverblümt ihre Meinung. Maddie versteht nichts von Diplomatie. Sie redet sehr offen darüber, wenn sie in einer Prüfung besser abgeschnitten hat oder darüber dass ihre Familie reicher ist. Sie ist dabei nicht gemein, sondern es ist ihr einfach egal, was andere Leute von ihr denken.

Aber Connie, die Mutter von Phoebe Thompson, hat alle Mädchen der Klasse eingeladen, auch Maddie. Ich versuche mir vorzustellen, was Connie in diesem Moment durchmacht, und mein Herz schmerzt für sie. Meine Nase kitzelt von den drohenden Tränen, aber es ist zu dunkel, um mir zu erlauben, zu weinen. Ich muss in einem Stück zu Maddie kommen. Sie braucht mich.

Als ich auf dem Campingplatz ankomme, ist der Parkplatz voll. Mit Hilfe eines Polizeibeamten, der mich einweist, gelingt es mir, einen Platz im Gras zu ergattern.

"Ich bin wegen Maddie Osbourne hier", sage ich und steige aus dem Auto. "Sie war bei der Übernachtung dabei."

"Okay, die meisten Mädchen stehen da in einer Gruppe." Er zeigt auf eine Gruppe von fünf oder sechs Mädchen, aber ich sehe Maddie nicht.

"Danke", sage ich und gehe über das feuchte Gras in Richtung des Hauptcampingplatzes.

Es ist nirgendwo ein Krankenwagen. Vielleicht haben sie Phoebe schon weggebracht. Aber es sind mehrere Polizisten in der Nähe. Einer reicht einem weinenden Teenager einen Becher Wasser. Andere kritzeln in Notizbücher. Ich sehe Eltern, die ihre Kinder im Arm halten, Tränen glitzern im Mondlicht. Einige der Mädchen tragen Decken.

Wo ist Maddie? Ich lasse meinen Blick über die Szene schweifen und finde sie schließlich weit weg von den anderen stehen. Sie ist allein in ihrer Jogginghose und dem weichen, langärmeligen Oberteil, das ich ihr gekauft habe, damit sie im Haus faulenzen kann. Sie weint nicht und nippt nicht an Wasser. Ein Bild von ihr, als sie fünf Jahre alt war, schießt mir durch den Kopf. Damals hatte sie unordentliches, langes Haar, genau wie jetzt. Aber jetzt ist sie fast erwachsen und auf eine Weise schön, die einer Mutter Angst macht. Sie ist groß und schlank, aber auch ernst und blass, mit Schultern, die in anmutige Arme übergehen, und breiteren Hüften, als ich erwartet hätte.

"Maddie", sage ich, nicht zu laut, um keine Aufmerksamkeit zu erregen.

Sie sieht mich, und ein kleines halbes Lächeln erscheint auf ihrem Gesicht. Ein Kribbeln bahnt sich seinen Weg über meine Kopfhaut. Maddie reagiert nicht auf das, was passiert ist, wie die anderen Mädchen. Als ich die Lücke zwischen uns schließe, werfe ich einen kurzen Blick zur Polizei hinüber. Hat sie jemand von ihnen bemerkt? In diesem Moment sehe ich einen Polizisten in Zivil, mit Hemd und Krawatte. Er ist klein, stämmig und um die fünfzig, vielleicht auch älter. Sein analytischer Blick ist auf Maddie fixiert. Das ist nicht gut.

Er kommt herüber.

Mein Herz beginnt zu hüpfen. Ich sehe Maddie an und flüstere leise: "Du bist traurig. Okay? Du bist traurig darüber, dass sie gestorben ist."

"Natürlich bin ich das", antwortet sie, aber sie klingt flach.

Der Mund des Beamten ist zu einer grimmigen Linie verzogen, die den Ernst der Lage verdeutlicht. "Es tut mir leid, dass wir uns unter so schrecklichen Umständen kennenlernen. Mein Name ist DS Rosen, und ich muss Ihre Namen aufnehmen." Er hebt sein Notizbuch und seinen Stift, um sie aufzuschreiben.

"Zoe und Maddie Osbourne", sage ich. "Maddie war hier bei der Übernachtung."

"Okay. Hast du bereits bei einem der Kollegen eine Aussage gemacht?"

"Nein", sagt sie leise. Ihre Stimme hat immer eine honigsüße Textur. Sie kann ganz leicht ihren Charme spielen lassen. Das Problem ist, dass viele, nachdem sie sie besser kennengelernt haben, feststellen, dass es sich um eine oberflächliche Art von Charme handelt. Unter der Oberfläche ist sie ein bisschen problematisch, und nicht viele Leute haben die Geduld für problematisch.

"Möchtest du deine Aussage bei mir machen?"

Sie sieht mich zuerst an, und ich nicke, um ihr zu sagen, dass es in Ordnung ist.

"Natürlich, Officer", sagt sie höflich.

Mir läuft der kalte Schweiß im Nacken zusammen. Dieser Mann beobachtet sie genau und achtet auf jedes einzelne Signal, das Maddie gibt. Sie ist nicht aufgeregt, nicht nervös, klappert nicht mit den Zähnen und schmiegt sich nicht an mich, wie es die anderen Mädchen mit ihren Müttern tun. Sie ist so selbstbeherrscht und ruhig wie immer.

Er beginnt damit, ihr die üblichen Fragen zu stellen, z. B. wann sie angekommen ist und was die Mädchen auf dem Campingplatz gemacht haben - tagsüber waren sie wandern und abends haben sie gegrillt.

"Wo war dein Zelt, Maddie?", fragt er.

Sie zeigt auf das violette Einzelzelt, das sie vor ihrer Abreise eingepackt hatte.

"Ist das ein Ein-Personen-Zelt?"

"Ja", sagt sie.

"Du hast mit niemandem geteilt?"

"Nein."

"Wie kommt's?"

Maddie zuckt mit den Schultern. "Ich mag meine Ruhe haben."

Als ich seinen Gesichtsausdruck sehe, möchte ich am liebsten etwas Verteidigendes sagen. *Es ist kein Verbrechen, allein sein zu wollen. Es ist auch kein Verbrechen, nicht weinerlich und aufgebracht zu sein.* Stattdessen räuspere ich mich und sage: "Maddie ist ein introvertierter Mensch. Sie ist leicht erschöpft, wenn sie unter Menschen ist, darum braucht sie einen Raum, in dem sie auch mal allein sein kann."

Das ist nicht ganz richtig. Maddie mag ihre eigene Gesellschaft, aber andere Menschen erschöpfen sie nicht. Manchmal blüht sie durch die Aufmerksamkeit von anderen sogar richtig auf.

Er ignoriert mich und fährt mit seinen Fragen fort. "Hast du in der Nacht etwas gehört?"

"Lachen", sagt Maddie. "Und Geflüster. Ich glaube, einige von ihnen haben irgendwann angefangen, Lieder zu singen. Sie spielten Musik. Rihanna, Taylor Swift, Drake. Sowas halt."

"Hast du dein Zelt in der Nacht verlassen?"

"Ich bin auf die Toilette gegangen", sagt sie.

"Weißt du, wie spät es da war?"

"Ähm, gegen elf?"

"Okay." Er blickt von seinem Notizbuch auf. "Hast du Phoebe gesehen, als du auf der Toilette warst?"

"Nein", antwortet sie.

"Hast du irgendjemand anderen gesehen?"

"Nein."

"Bist du direkt zur Toilette und zurück gegangen?"

"Ja."

"Okay. Wie gut kanntest du Phoebe?"

"Wir waren in der gleichen Klasse."

"Schon seit sie sieben Jahre alt waren", füge ich hinzu.

"Okay, ihr seid also gute Freunde?"

Maddie zuckt mit den Schultern. "Nicht wirklich."

Ich wünschte, sie hätte etwas Überschwänglicheres gesagt. Sie klang so kalt.

"Aber du warst trotzdem zu ihrem siebzehnten Geburtstag eingeladen?"

"Ihre Mutter hat alle Mädchen aus der Klasse eingeladen", erklärte Maddie. "Sonst hätte Phoebe mich nicht gefragt. Sie mag mich nicht besonders."

Ich bin überzeugt, dass ich im Mondlicht blass bin, mein Gesicht ist maskenhaft, weil ich versuche, mir meine Angst nicht anmerken zu lassen. Maddie war allein in ihrem eigenen Zelt, sie hat zugegeben, dass sie es verlassen hat, um auf die Toilette zu gehen, und ich vermute, dass keines der anderen Mädchen ihr ein Alibi geben kann.

"Detective, ich hoffe, es macht Ihnen nichts aus, aber ich sollte Maddie für die Nacht nach Hause bringen. Sie hat viel durchgemacht, und ich kann sehen, dass sie unter Schock steht..."

"Sie scheint mir nicht unter Schock zu stehen. Sie hat sehr gut auf meine Fragen geantwortet." Er schenkt mir ein sanftes Lächeln.

"Ich verstehe, wie es für jemanden aussehen mag, der Maddie nicht kennt, aber ich kenne sie, und ich weiß, dass meine Tochter das Geschehene auf ihre eigene Weise verarbeitet. Sie hat heute Abend eine Menge durchgemacht..."

"Und in der Vergangenheit", sagt er.

"Wie bitte?"

"Und auch in der Vergangenheit. Meine Frau besitzt Ihr Buch."

Verdammt. Ich schaue zum Himmel und erwarte Regen, weil ich mich fühle, als wäre ich in eiskaltes Wasser getaucht worden. "Dann werden Sie sicher verstehen, warum Maddie anders auf ein Trauma reagiert als andere Menschen. Wir sind beide anders aufgrund dessen, was uns widerfahren ist. Das, was heute Abend passiert ist, war für uns beide aufwühlend. Ich wäre Ihnen dankbar, wenn Sie uns nach Hause gehen lassen könnten."

Er klappt sein Notizbuch zu und steckt es zurück in seine Tasche. "Ja, natürlich. Danke, Maddie, für die Beantwortung meiner Fragen. Ich melde mich nochmal."

Ich gehe mit meiner Tochter langsam zum Auto und versuche, nicht zu bemerken, wie sich die Gesichter zu uns drehen. Aus den Augen von einem Dutzend oder mehr Mädchen im Teenageralter schimmert Hass, Misstrauen, das in Wellen von ihnen ausgeht. Auch von den Müttern. Mein Schritt wird schneller, ich fasse Maddie am Handgelenk und ziehe sie mit.

Kapitel Fünf
Damals

Ich zählte zwei Bolzen an jedem Stuhlbein und vier kleine Schrauben, mit denen die Metallstange am Holztisch befestigt war. Ich müsste sie alle lösen, wenn ich hier herauskommen wollte. Maddie hatte mir geholfen. Jetzt musste ich den Rest selbst anpacken, und ich durfte keine Zeit verlieren.

Ich schaukelte den Stuhl hin und her, indem ich mein Gewicht erst gegen die Sitzfläche und dann gegen den Schreibtisch warf, und spürte, wie er sich jedes Mal ein paar Millimeter nach vorne und ein paar Millimeter nach hinten bewegte. Es wäre besser, die Hände frei zu haben, bevor er zurückkam, aber ich hatte nichts, um die Schrauben zu lösen, und wenn ich zu sehr am Schreibtisch herumfuchtelte, könnte der Nagel wegrollen und Maddie verraten. Ich wollte nicht, dass ihr meinetwegen etwas zustieß. Also wackelte ich vorsichtig, versuchte, nicht gegen den Schreibtisch zu stoßen, und fühlte instinktiv, ob sich die Schrauben lockerten.

Ich hatte einen Plan, oder zumindest die Grundzüge eines Plans, und dieses winzige bisschen an Aktion half mir, mich zu konzentrieren. Ich stellte mir vor, wie eine Flucht ablaufen könnte, und ging im Geiste die möglichen Szenarien durch. Wenn ich die Schrauben löste, mit denen der Stuhl befestigt war, könnte ich ihn umkippen. Dann könnte ich die Fesseln lösen und meine Füße befreien. Aber meine Hände wären immer noch an den Schreibtisch gefesselt, der ebenfalls auf dem Betonboden befestigt war. Das Lösen der Stange am Schreibtisch würde mehr Zeit in Anspruch nehmen, wenn ich die Hände nicht frei hätte. Vielleicht könnte ich es irgendwie mit meinen Füßen machen? Nein, das konnte ich mir nicht vorstellen.

Richtig, dachte ich. *Löse zuerst den Stuhl. Aber nimm die Fesseln nicht ab. Lass den Psycho-Mann zurückkommen, um nach dem Rechten zu sehen, und sich dann wieder verpissen, damit ich mich um die Schreibtischschraube kümmern kann.*

Was ist, wenn er mich nicht in Ruhe lässt?

Die Akribie, mit der er vorging, ließ mich glauben, dass er ein System hatte, mit dem er arbeitete. Es begann mit dem Nagel in meiner Hand. Was dann? Ein weiterer Test? Eine Tackerpistole ins Knie? Ein Pfeil durch die Schulter? Folter? Vergewaltigung? Was auch immer es war, ich musste es überleben.

Ich prüfte die Schreibtischschrauben mit meinen Fingern. Sie saßen fest, und ich hatte eine verletzte Hand, die bei jeder Bewegung pochte. Ohne Schraubenzieher würde es Stunden dauern... vielleicht sogar Tage - wenn ich überhaupt welche entfernen könnte.

Ich schaukelte den Stuhl und konzentrierte mich auf die Kälte, um wachsam zu bleiben. Ich bewertete alles, was ich in der Scheune sah. Zwei Türen. Beide verschlossen. Maddie war durch die kleinere Tür auf der rechten Seite der Scheune gekommen. *Er* kam durch die größere Tür, die für das Vieh verwendet wird. Eine Doppeltür mit einem Riegel in der Mitte. Ich stellte mir vor, wie er aus der Tür trat und sein Rücken verschwand. Was hatte ich gehört? Ketten? Das Schaben eines Schlüssels gegen Metall?

Das Dach erstreckte sich über mir, fünfzehn, zwanzig Fuß hoch. Ich sah die Überreste der Ställe, in denen die Tiere untergebracht waren. Eine lange Metallstange lag auf dem Zementboden, wahrscheinlich war sie einmal eine Absperrung für das Vieh. Ich sah nicht viel, was ich als Waffe hätte benutzen können. Der fleckige Beton war mit Heustreifen übersät. Mein Magen drehte sich, als ich erkannte, dass die schlammbraunen Flecken nicht vom Vieh stammten, sondern von altem Blut, das in die Oberfläche gesickert war. Meine Zähne klapperten. *Warum ich, warum ich, warum ich,* schoss mir durch den Kopf, begleitet von einer großen Portion Selbstmitleid, die sich fast in Tränen entlud. Ich schluckte es hinunter und zwang mich, stattdessen Wut zu empfinden.

Dieses Gefühl hielt an, bis ich das Scharren des Riegels hörte, aber keine Ketten, und die eine Hälfte der breiten Türöffnung aufschwang. Er torkelte mit knirschenden Stiefeln in die Scheune zurück und grinste vergnügt vor sich hin. Kaum war er eingetreten, stieß er ein lautes Lachen aus. "Was sagt man dazu? Die Schlampe hat also doch etwas Mut. Schön für dich." Er zog den Stuhl näher an meinen Schreibtisch heran und beugte sich über ihn. "Ist dir kalt?"

Ich sagte nichts. Zweifellos konnte er hören, wie meine Zähne gegen den Knebel klapperten.

"Ich hab‘ dich was gefragt."

Ich murmelte absichtlich leise. Er ging hinüber, zog den Knebel herunter und ging zurück zu seinem Stuhl.

"Ja." Ich hasste mich dafür, dass ich so gehorsam war, aber es wäre nicht klug, die Person mit all der Macht zu verärgern. Obwohl ich zugeben musste, dass ich nicht genau wusste, was gerade am klügsten wäre. Zu viel Unterwerfung könnte ihn dazu bringen, mich schneller zu töten. Zu viel Gegenwehr könnte dasselbe bewirken. Ich musste ihn ablenken. "Wie heißt du?"

Er strich sich nachdenklich mit den Fingern über den Schnurrbart. "Peter."

"Ich bin Zoe."

"Ich weiß", sagte er. "Die Lütte hat es mir gesagt."

"Maddie, richtig? Deine Tochter?"

"Ja." Er wirkte nicht besonders stolz oder interessiert, also beschloss ich, dass Maddie kein gutes Thema für eine Befragung war. Aber er wollte reden, und das war gut.

"Hast du schon immer hier gewohnt, Peter? Die Scheune ist wunderschön." Mein Körper saß starr auf dem Stuhl. Aber hin und wieder wanderten meine Finger zur nächsten Schraube, die ich mit meinem anderen Arm verdeckte.

"Meine Eltern hatten hier einen Bauernhof. Gute Leute, meine Eltern. Weißt du, das ist hier nicht wie im Film, Zoe. Nichts, was du sagst, wird diesen Prozess für dich einfacher machen." Ich hasste das Grinsen, das sich auf seinen Lippen ausbreitete. Ich hasste die scharfen Schneidezähne und die Art, wie sie seine Unterlippe berührten.

"Ich weiß", sagte ich. "Hast du mit den anderen Frauen gar nicht gesprochen?"

"Doch. Reden tun sie alle. Sie fragen mich nach meiner Ma und sagen mir, dass sie alles tun würden... alles, was ich will." Seine Zunge schoss heraus, um seine Lippen zu schmecken, und ich machte mir eine Notiz, niemals zu betteln. "Es funktioniert nicht, Zoe. Nicht für sie und nicht für dich."

"Du meinst, du willst mir nicht von deiner tragischen Kindheit erzählen? Darüber, wie deine Mutter dir einen Nagel in die Hand gehämmert hat. Und wie sie dich gezwungen hat, ihn selbst herauszuziehen, um zu beweisen, dass du ein echter Mann bist. Immer und immer wieder. Hast du sie zuerst umgebracht, oder warst du damals noch zu feige?"

Als er seinen finsteren, eiskalten Blick auf mich richtete, wusste ich, dass ich ihn verärgert hatte. Ich wusste, dass ich einen Nerv getroffen hatte. Es erschreckte und erfreute mich gleichermaßen.

"Hier draußen passieren viele Dinge, die niemand bemerkt." Er stand auf und machte einen Schritt nach vorne. Seine schwarzen Augen weiteten sich, bis ich die Blutgefäße an den Rändern sah, rote Adern, die zu zwei leeren Gruben wanderten. "Das wirst du bald selbst herausfinden."

Ich fummelte an der Schraube herum, während ich voller Panik vor ihm zurückwich. Doch als er näher kam, tasteten meine Finger nach dem Nagel, den Maddie mir aus der Hand gezogen hatte. Er bewegte sich um den Schreibtisch herum, und ich versuchte, mit dem Nagel in seinen Arm zu stechen, aber die Handschellen schränkten meine Bewegungsfreiheit ein. Peter schlug meine Hand weg, und der Nagel purzelte mir aus den Fingern. Mein Handgelenk knallte gegen die Manschetten und schlug auf den Tisch. Aber ich hatte kaum Zeit zu reagieren, als er mich an der Kehle packte.

"Nun denn, mein Junge. Wo ich herkomme, werden hinterhältige Schlangen bestraft. Verstehst du, was das bedeutet?"

Ich sagte nichts. Ich kauerte in meinem Stuhl, ein leises Wimmern kam zwischen meinen Lippen hervor.

Er rückte sein Gesicht näher an meins. Er drückte mir die Kehle zu, und ich gluckste panisch.

"Halt die Klappe, Junge! Halt die Klappe! Hör auf so weinerlich zu sein."

Er nannte mich immer wieder Junge, und ich war überzeugt, dass er wieder in der Vergangenheit war und Szenen aus seiner Kindheit durchlebte. Aber dieser Gedanke hatte keine Zeit zu verweilen, denn er ließ meinen Hals los und gab mir eine so harte Ohrfeige, dass ich ein Klingeln in meinem Ohr hörte. Dann tat er es noch einmal, aber auf der anderen Seite. Sein Atem begann rasselnd aus seiner Brust zu kommen. Er war rot, wie ein gehäuteter Mann. In der Aufregung schoss ihm das ganze Blut ins Gesicht. Er ließ seine Hände fallen und ballte sie zu Fäusten.

Dann bettelte ich.

Ich kann mich nicht daran erinnern, ohnmächtig geworden zu sein, aber irgendwann wachte ich zitternd auf, das Blut kalt und trocken auf meinem Gesicht. Ich spürte die Nässe zwischen meinen Beinen und blickte entsetzt nach unten, aber es war Urin, kein Blut. Mein Brustkorb hob sich unter schmerzhaften Atemzügen. Ich hatte das Gefühl, als wäre jeder Knochen in meinem Gesicht gebrochen. Meine Sicht war verschwommen, und eine schwere Erschöpfung machte sich in mir breit.

Der Moment dehnte sich, weil er die letzte Kraft aus mir herausgeprügelt hatte. Ich wusste, dass ich hier sterben würde. Die Frage war nur wann? Oder wie?

Ich dachte an meinen Ex-Mann und die Jahre, die ich mit dem Glauben verschwendet hatte, er würde sich ändern. Ich dachte an unsere Hochzeit. Wir hatten gelächelt, obwohl ich meine Zweifel hatte und wir uns schon so einige Male gestritten hatten. Ich hatte alle Warnsignale ignoriert, wie es Menschen in ihren Zwanzigern oft tun. Es hatte geregnet, und Simon hatte sich während der Zeremonie beschwert, aber ich liebte unsere Fotos mit den Gewitterwolken, die sich hinter uns zusammenzogen.

Dann dachte ich an den Streit, den ich mit meiner Mutter gehabt hatte. Ich dachte an all die Male, die ich mit den Augen gerollt hatte, und an jedes Mal, wenn sie einen ihrer Sprüche in meine Richtung geworfen hatte. Ich dachte an die Kinder, die ich nie bekommen hatte. Vielleicht Zwillinge mit kastanienbraunem Haar oder ein Mädchen mit blondem Haar, das mit zunehmendem Alter immer dunkler wurde. Heiße Tränen kullerten über mein geschundenes Gesicht. Die Müdigkeit sickerte in jede Wunde, und ich verlor wieder das Bewusstsein.

Als ich zum zweiten Mal aufwachte, hatte das Schwindelgefühl nachgelassen, und ich konnte mich wieder konzentrieren. Ich lehnte meinen Kopf zurück und presste meine trockene Zunge gegen einen trockenen Mund. *Bleib wach, Zoe. Bleib verdammt noch mal wach.*

Das Scheunentor knarrte auf, und ich zuckte zusammen. Aber es war bloß Maddie, die auf Zehenspitzen hereinschlich. Sie eilte mit einem Lappen und einer Flasche mit etwas, das wie ein Antiseptikum aussah, zu mir herüber. Mein Herz schlug höher als ich sah, dass auch einen Rucksack dabei hatte. Wollte sie mich etwa gehen lassen?

"Papa schläft schon. Er schläft danach immer gerne. Dann träumt er weniger."

Es klang wie etwas, das sie von ihm gehört hatte. Und ich war entsetzt, dass Peter McKenna Frauen schlagen musste, um gut schlafen zu können.

"Wie lange schläft er?"

Sie zuckte mit den Schultern. "Kommt drauf an."

Ich musste mein Gesicht zu ihr senken, damit sie den getränkten Lappen auf meine Wunden drücken konnte. Ich zuckte zusammen und zischte durch die Zähne, aber der Schmerz war nicht halb so schlimm, wie ich es mir vorgestellt hatte.

Nachdem Maddie meine Wunden gereinigt hatte, holte sie eine Flasche Wasser aus ihrem Rucksack und hielt sie mir an die Lippen. Ich dankte ihr und sagte ihr noch einmal, dass ich ihr bei der Flucht helfen würde. Ein Gedanke schoss mir durch den Kopf - was, wenn Peter Maddie dazu gebracht hat, hierher zu kommen und mir zu helfen? Was, wenn er das tat, um meine Qualen zu verlängern, um mich glauben zu lassen, ich könnte tatsächlich überleben?

"Bitte, Maddie. Bitte hilf mir."

Sie zögerte. "Das tue ich doch."

Ich flüsterte atemlos: "Danke."

Dann starrte sie mich an, biss sich auf die Lippe und dachte nach.

"Wo ist deine Mutter? Hast du eine?"

"Papa sagt, sie ist tot."

"Das tut mir so leid, Maddie", sagte ich und hoffte, dass sie die echte Traurigkeit in meiner Stimme hörte. "Hat er ihr wehgetan, so wie er mir wehtut?"

"Weiß ich nicht", antwortete sie.

"Okay. Es tut mir leid, dass du deine Mami nicht kennst. Das muss schwer sein."

Sie blinzelte wieder, als wüsste sie nicht, was sie antworten sollte. Ich verstand. Sie kannte es nicht anders. "Ich bin dir so dankbar, dass du mir Wasser gebracht hast. Kannst du mir auch noch helfen, von diesem Stuhl aufzustehen? Ich habe die Beine gelockert, aber ich muss meine Hände frei bekommen. Kannst du mir die Hände befreien, Maddie?"

Sie griff wieder in ihre Tasche und holte einen Schraubenzieher heraus. In diesem Moment verließ der ganze Schmerz in meinen Knochen und meiner Haut meinen Körper, und mein Herz schlug so hoch, dass ich mich fragte, ob es jemals auf den Erdboden zurückkehren würde. Maddie war meine Retterin. Mein Engel.

Kapitel Sechs

Jetzt

Zuhause angekommen, finde ich Justin in der Küche auf und ab gehend. Erleichterung macht sich auf seinem Gesicht breit, und er schließt Maddie in seine Arme. Ich weiche zurück und freue mich, dass sie die Umarmung erwidert, wenn auch zögerlich.

"Mensch, Süße. Ich kann's nicht fassen. Ist alles in Ordnung mit dir?" Er zieht sich zurück und legt beide Hände auf die Seiten ihres Gesichts, als ob er sie auf Verletzungen untersuchen würde.

"Mir geht's gut!" Maddie zieht das Wort "*gut*" in dieser typischen Teenager-Manier in die Länge und nimmt Justins Hände von ihrem Gesicht. "Ich habe nichts gesehen. Ich habe nicht einmal die Leiche gesehen."

Justins blaue Augen blitzen besorgt auf wie ein Zugsignal. Ich kann nicht leugnen, dass auch mir aufgefallen ist, wie leicht Maddie ihre ehemalige Schulfreundin als "Leiche" bezeichnet.

"Wie geht es Gabe?", frage ich und versuche, die Spannung zu lösen.

"Er schläft tief und fest." Justin lehnt an der Rückenlehne eines Stuhls. Sein Haar ist zerzaust und sein Kiefer angespannt. Er hat die Angewohnheit, sich manchmal zu sehr zu sorgen, und ist in der Hinsicht fast das Gegenteil von Maddie. "Du weißt, wie er ist. Könnte eine Bombe verschlafen, der Junge."

Ich lege meine Autoschlüssel auf den Tisch und atme tief durch.

"Jesus, du siehst erschöpft aus. Setz dich hin, Liebes." Justin entfernt sich und nimmt den Kessel in die Hand, um ihn zu füllen. "Tee für uns und heiße Schokolade für Maddie?"

"Sicher", sage ich. "Mads?"

"Ja, okay."

Sie lässt sich auf einen der Esszimmerstühle fallen, und ich tue dasselbe neben ihr. Auf der Heimfahrt haben wir nicht viel geredet, obwohl ich ihr einige Tipps für den Umgang mit der Polizei gegeben habe. Ich sagte ihr, sie solle ehrlich sein, aber vorsichtig mit dem, was sie sagt. Am liebsten hätte ich ihr gesagt, sie solle so tun, als sei sie traurig, als würde sie weinen, und so tun, als sei sie jemand anderes, aber ich konnte mich nicht dazu durchringen.

Nachdem Justin uns die Getränke gereicht hat, setzen wir uns als Familie an den Tisch, ich und Justin tauschen besorgte Blicke aus, beide zögernd. Schließlich bricht Justin das Schweigen.

"Willst du darüber reden, was mit Phoebe passiert ist?" Er richtet seine Worte an Maddie, aber seine flackernden Augen bleiben an mir hängen.

"Ich hab's nicht gesehen, also weiß ich nichts", sagt Maddie.

Ich räuspere mich und füge hinzu: "Es klingt, als sei Phoebe Thompson nachts spazieren gegangen und von der Klippe gestürzt."

Er schüttelt den Kopf. "Das ist einfach... furchtbar. Ihre armen Eltern."

Ich nicke und beobachte Maddie. Sie nippt an ihrer heißen Schokolade, ihr Gesicht ist ein Bild der Gelassenheit. Kein Stirnrunzeln. Kein Zeichen von Anspannung.

"Was ich nicht verstehe, ist, warum Phoebe das Camp einfach so verlassen hat", sage ich. "Man sollte meinen, dass sie bei ihrer eigenen siebzehnten Geburtstagsparty in der Nähe ihrer Freunde bleiben würde. Der Zeltplatz reicht nicht bis zum Rand der Klippe. Er endet über hundert Fuß von dort. Also verließ sie den Platz, kletterte über eine Barriere und..." Ich halte inne. Will ich damit sagen, dass Phoebe Thompson sich umgebracht hat? Oder will ich noch mehr andeuten? Etwa, dass sie geschubst wurde?

"Was glaubst du, was passiert ist, Maddie?", fragt Justin sanft.

Ich mache mir Sorgen, dass wir sie so kurz nach dem Ereignis zu sehr unter Druck setzen, aber ich bleibe ruhig und lasse sie reden.

"Wer weiß?" Maddie zuckt mit den Schultern. "Ich verstehe diese Mädchen nicht, und das habe ich auch nie. Irgendein pickeliger Rugbyspieler sagt ihnen, dass sie fett sind, und sie kriegen einen Nervenzusammenbruch." Sie lacht.

"Maddie!", sage ich erschrocken.

"Nun, so ist es halt, Mama, und niemand will es zugeben. Wahrscheinlich wollte sie ein Selfie machen oder ein Video oder so."

"Im Dunkeln?"

"Ja. Ich weiß es nicht. Vielleicht ist sie schlafgewandelt." Sie nimmt einen weiteren Schluck heiße Schokolade. "Guck, sei mir nicht böse, aber ich mochte sie nicht, und es ist mir egal, dass sie gestorben ist. Ich mag sie einfach nicht."

Justin öffnet den Mund, um zu sprechen, aber ich schüttle den Kopf, um ihn zu stoppen. Das hier ist eine Seite von Maddie, die nur ich verstehe.

"Ich weiß", sage ich leise. "Wir mögen Menschen nicht immer. Aber es ist immer ein trauriges Ereignis, wenn ein Leben verloren geht, weil das Mädchen, das du nicht mochtest, nie die Möglichkeit hatte, zu jemandem heranzuwachsen, den du mögen könntest, oder zu jemandem, der etwas in der Welt hätte bewirken können. Verstehst du das?"

Sie seufzt. "Ja."

"Es bedeutet nicht, dass wir immer um diejenigen trauern, die zu früh von uns gehen, aber es bedeutet, dass wir niemals jemandem den Tod wünschen und immer respektvoll bleiben."

"Okay, ich hab's verstanden, Mama."

Justin nickt mir knapp zu, um mir zu zeigen, dass ich meine Sache gut gemacht habe. Ich stoße einen langen Seufzer aus.

"Sie werden alle glauben, dass ich sie umgebracht habe", sagt Maddie, und ihre Worte senden einen Schwall von Spannung durch meine Gliedern. "Die Polizei, die anderen Mädchen, Phoebes Eltern. Sie halten mich für ein Teufelskind, weil mein Vater so war."

"Nun, wir werden ihnen das Gegenteil beweisen", sagt Justin mit etwas höherer Stimme als sonst, als wolle er seine Nervosität verbergen.

"Das stimmt", sage ich. "Wir wissen, dass du es nicht getan hast, und du weißt es auch."

"Das spielt keine Rolle", sagt Maddie. "Erst Riya und jetzt Phoebe. Alle werden denken, dass ich ein Serienmörder bin, wie Peter."

Eine Gänsehaut breitet sich auf meinen Unterarmen aus. Ich hasse es, seinen Namen zu hören. Maddie kann mit emotionaler Distanz über ihn sprechen, aber ich kann es nicht. Ich lehne mich in meinem Stuhl zurück, als wolle ich mich gegen die Macht dieses Namens stemmen.

"Wir werden dich beschützen", sage ich. "Um jeden Preis."

"Wie in der Scheune?", fragt sie.

"Genau wie damals."

Justins Augenbrauen ziehen sich zusammen, und ich schüttle einmal den Kopf, um zu zeigen, dass ich jetzt nichts erklären möchte. Wir haben schon oft darüber gesprochen, was in der Scheune passiert ist, aber die schlimmsten Details habe ich immer für mich behalten.

"Kann ich jetzt ins Bett gehen?", fragt Maddie. "Ich bin müde."

Ich lege meine Hand auf ihren Arm. "Natürlich kannst du das, mein Schatz. Tut mir leid, dass wir dich so lange wach gehalten haben."

"Ist schon gut", sagt sie. "Danke für die heiße Schokolade, Justin."

Er zieht sie in eine unbeholfene Umarmung, die sie kaum erwidert. "Kein Ding, Mads."

Ihre Lippen sind schmal, als sie gute Nacht sagt und die Küche verlässt. Als wir allein sind, stützt Justin seinen Kopf in die Hände.

"Gott, was für eine Scheiße", sagt er. "Was wird jetzt passieren?"

"Ich weiß es nicht", murmle ich. Mir graut davor.

Justin in mein Leben einzuführen, erwies sich anfangs als schwierig. Wir lernten uns kennen, als Maddie fast sieben Jahre alt war und wir beide noch in den Peaks lebten. Das Adoptionsverfahren war lang und mühsam, und die Behörden bezweifelten, dass ich mich um Maddie kümmern konnte. Aber sie wollte mit mir leben. Das hatte sie von Anfang an klar gemacht.

Maddie nutzte Wutausbrüche, um ihren Willen durchzusetzen. Sie reagierte nicht auf Disziplin. Sie reagierte schlecht auf kalte Erziehungsstile, die auf Strafen bauten, um Verhalten zu korrigieren. Aber wir hatten einen guten Draht zueinander. Ich verstand genau, was sie durchgemacht hatte, und das gab mir einen endlosen Vorrat an Geduld mit ihr. Wenn sie im Park mit den Fäusten auf den Boden schlug, legte ich mich auf den Rücken und zappelte mit den Beinen in der Luft, bis wir anfingen zu lachen. Im Dunkeln flüsterte sie mir ihre Geheimnisse zu, wie sie ihren Vater trotz allem, was er tat, geliebt hatte. Ich sagte ihr, das sei in Ordnung. Ich war nicht entsetzt darüber.

Ich lernte Justin kennen, als ich versuchte, eine Schule für Maddie zu finden. Er half, den Prozess zu erleichtern, indem er mit ihr im Klassenzimmer saß oder sie aus dem Klassenzimmer holte, wenn sie überfordert war. Justin war der erste Mann, mit dem Maddie gerne Zeit verbrachte. Er war der erste Mann, zu dem sie eine Bindung aufbaute, nachdem sie die Ivycross Farm verlassen hatte. Aber als meine Beziehung zu Justin romantisch wurde, änderte sich Maddies Verhalten drastisch. Er war mein Partner, und das hasste Maddie.

Wenn Justin und ich nicht mit ihr, sondern miteinander sprachen, spielte sie sich auf. Einmal schlug sie bei einer Kinderparty sogar ein anderes Kind mit einer Puppe, nur weil sie gesehen hatte, wie ich Justin im Flur vor dem Spielbereich auf die Wange geküsst hatte. Ich musste mich ausgiebig bei der Mutter des weinenden Kindes entschuldigen und Maddie nach Hause bringen. Ein anderes Mal schrie sie in einem Supermarkt und erzählte einem anderen Kunden, dass Justin versuche, sie zu entführen. Maddie brauchte Monate der Therapie, um Justin in unserem Leben zu akzeptieren. Und auch von da an blieb es ein steiniger Weg. Selbst jetzt konnte sie ihm gegenüber sehr kühl sein, obwohl er sie wie seine eigene Tochter liebte.

Ich liebe Justin noch mehr dafür, dass er Maddie sofort geglaubt hat und nicht einmal den Gedanken in Betracht gezogen hat, dass Maddie Phoebe von der Klippe gestoßen haben könnte. Wir trinken aus und reden noch kurz über die Tragödie, dann machen wir uns auf den Weg ins Bett. Ich vergewissere mich zuerst, dass die Rollläden unten sind. Mein Körper ist durchdrungen von extremer Wachsamkeit, geboren aus Angst. Einer meiner Therapeuten sagte mir, dass diese sogenannte Hypervigilanz zu Burnout führen kann. Von Paranoia zerfressene Gedanken, die meinem Körper übel mitspielen. Alle Muskeln sind angespannt. Mein Herz arbeitet härter und treibt meinen Blutdruck in die Höhe. Angst versetzt den Körper in den Kampf-oder-Flucht-Modus, etwas, womit ich mich gut auskenne.

"Babe", sagt Justin, als ich ins Bett klettere. "Mir tut das so leid wegen vorhin. Wenn ich nicht betrunken gewesen wäre, hätte ich mit dir gehen können."

"Es ist nicht deine Schuld", antworte ich, fast unbewusst. Meine Gedanken sind bei Maddie und Phoebe auf diesem Campingplatz. *Was war passiert?*

Er drückt auf den Lichtschalter und zieht mich in seine Arme. Zuerst bin ich angespannt, aber dann merke ich, dass er mich nur hält.

"Es wird alles gut", sagt er. Wir schweigen einen Moment lang, dann fügt er hinzu: "Die armen Thompsons."

"Ich weiß." Ich schüttele den Kopf. "Wie konnte das passieren? Zwei Mädchen aus Maddies Jahrgang sind tot."

"Wir wissen immer noch nicht, was mit Riya passiert ist", erinnert er mich. "Sie könnte nach London abgehauen sein oder so."

"Ich hoffe, du hast recht."

"Ich auch." Er seufzt. "Komm. Wir sollten etwas schlafen. Die nächsten paar Tage werden hart."

"Sie denken schon jetzt, dass es Maddie war. Ich habe es gesehen. Ich habe ihre Wut gesehen."

"Wer? Die Thompsons?"

Ich schüttele den Kopf. "Nein, einfach alle. Die Kinder, die Eltern, die Polizei. Du hättest hören sollen, wie DS Rosen mit ihr gesprochen hat, als wäre sie bereits eine Verdächtige. Sie alle denken, dass Maddie Peters psychopathische Züge geerbt hat."

"Wir wissen, dass das nicht wahr ist", betont er.

"Ist das wichtig? Wir sind ihre Eltern. Wir können nicht all diese Leute überzeugen. Sie hat kein Alibi. Gott, sie werden sie holen kommen, oder?"

"Hey, Zo, du drehst durch. Tu das nicht, nicht bevor wir wissen, was los ist. Heutzutage kann man mit der Forensik alles Mögliche herausfinden. Ich wette, sie können beweisen, dass Phoebe gefallen ist und nicht gestoßen wurde."

"Ja, aber was ist, wenn sie gestoßen wurde?", platze ich heraus.

"Dann finden wir einen Weg, um zu beweisen, dass es nicht Maddie war."

In der Dunkelheit kann ich seinen Gesichtsausdruck nicht sehen, nur sein Profil, wenn ich meinen Körper zu ihm hinwende. Er klingt so überzeugt, aber vielleicht macht er dasselbe wie ich - er verdrängt jeden Zweifel, den ich habe. Das Problem ist nur, dass ich anfange, daran zu ersticken.

Kapitel Sieben
Damals

Maddie konzentrierte war hochkonzentriert, als sie den Schraubenzieher in die Rillen des Schraubenkopfes einführte. Sie streckte ihre Zunge zwischen den Zähnen hervor.

"Du musst ihn gegen den Uhrzeigersinn drehen, Schatz", sagte ich und wippte aufmunternd mit dem Kopf auf und ab.

Doch sie hielt inne und sah mich stirnrunzelnd an. "Was heißt das?"

"Dreh den Schraubenzieher nach links, weg von deinem Körper. Genau so. Schön langsam. Sehr gut."

Sie grinste und kicherte. Aber der Schraubenzieher drehte sich weiter in den Rillen, weil sie nicht fest genug zudrücken konnte.

"Maddie, Schatz, ich glaube, du musst ihn mir geben. Ich glaube, man braucht ein bisschen mehr Kraft." Ich drehte mein Handgelenk so, dass ich das Metall des Schraubenziehers greifen konnte, aber ich konnte den Griff mit meinen gefesselten Händen nicht erreichen. "Weißt du was? Lass uns zusammenarbeiten. Ich möchte, dass du so fest wie möglich darauf drückst, und ich werde drehen, okay?"

Alles ging quälend langsam vonstatten, aber mit Geduld und Maddies Körpergewicht auf dem Schraubenzieher gelang es uns, die Befestigung zu lösen. Bei jedem leichten Ruck nach links musste sie kichern. Sie hatte keine Angst, nicht für eine Sekunde. Aber ich war wachsam und nervös, denn ich erwartete, dass er mit aller Wut hereinplatzen würde, während ihm die Spucke aus dem Mund flog. Mehr als einmal ließen wir den Schraubenzieher fallen, unsere ungeschickten

Finger machten die Arbeit mühsam. Schweißperlen standen mir auf der Stirn vor lauter Konzentration und Anstrengung. Als die erste Schraube endlich aus ihrer Verankerung fiel, führte Maddie einen kleinen Tanz für mich auf, wobei ihre kleinen Füße über den Beton schlurften. Trotz allem musste ich lachen. Aber die Leichtigkeit hielt nicht lange an. Wir setzten die Arbeit an der nächsten Schraube fort, denn die Mission war noch nicht beendet.

"Gehst du zur Schule, Maddie?", fragte ich, während wir arbeiteten. Ich wollte wissen, wie dieses Kind der Gesellschaft so verloren gegangen war.

Sie schüttelte den Kopf.

"Ist dein Papa nett zu dir?"

Sie schüttelte den Kopf, und mir wurde flau im Magen.

"Er macht mir Müsli", sagte sie plötzlich. "Und lässt mich viel fernsehen."

Nun, das war besser als nichts, entschied ich. Allerdings auch nicht viel besser.

"Ich darf mit den Frauen reden", sagte sie wieder. "Aber die meisten können nicht reden. Sie schreien nur."

Alles, was sie sagte, färbte diese schreckliche Situation mit einer weiteren Schicht von Abscheu. "Wie oft hast du den Nagel schon für andere Frauen herausgezogen?"

Sie zuckte mit den Schultern. "Eine hat mich gefragt. Ich wollte es nicht, aber ..."

"Du bist ein gutes Mädchen", sagte ich. "Du wolltest ihr helfen."

"Mhm. Dann habe ich es auch für die anderen gemacht."

Ich fragte mich damals, ob sie zählen konnte, oder ob es vielleicht schon so oft passiert war, dass sie nicht mehr zählen konnte. Es war schwer festzustellen, ob Peter McKenna überhaupt etwas für ihre Entwicklung getan hatte. Sie war ein gesprächiges kleines Ding, aber ich hatte keine Ahnung, ob sie lesen oder schreiben konnte. Doch sie war noch jung. Wenn ich sie jetzt in Sicherheit brachte, hätte das hier auf lange Sicht vielleicht keinen allzu großen Einfluss auf sie.

"Okay, Maddie, ich glaube, die Schrauben sind jetzt locker genug. Vielleicht solltest du dich verstecken. Wenn dein Papa zurückkommt, werde ich versuchen, mich zu befreien."

Sie hob den blutigen Sechs-Zoll-Nagel von der Stelle auf, wo er vorhin heruntergefallen war, und legte ihn auf den Schreibtisch. Ich nahm ihn in die Hand und bedankte mich bei ihr. Jeder Teil meines Körpers zitterte vor Angst. Der Schmerz pulsierte in meinem zerstörten Gesicht. Jedes Mal, wenn ich meine Zunge bewegte, schmeckte ich verrostete Münzen, und ich hatte wahrscheinlich einen Zahn verloren. Wie zum Teufel sollte ich das durchziehen?

Maddie entfernte sich von mir, die Stirn in Sorgenfalten gelegt, und nahm ihre kleine Pokémon-Tasche mit sich. Sie winkte einmal, als sie aus der Scheune verschwand.

"Es stehen zwei Leben auf dem Spiel", murmelte ich vor mich hin, während ich mich durch die letzten paar Umdrehungen der Schraube quälte. "Vermassle es nicht. Kein Zögern. Kein Feigling sein. Erstich das Arschloch und verschwinde."

Erstich das Arschloch und verschwinde.

Mein Atem rasselte durch meine Rippen. Alarmiert bemerkte ich zum ersten Mal die Schwere meiner Lunge. Waren dort Flüssigkeitsansammlungen? Es könnte an meiner Erkältung liegen. Vielleicht war es der Beginn einer Lungenentzündung. Ich fühlte mich dünner, so lächerlich das auch klingen mag. Nach dem Licht in der Scheune zu urteilen, war ich mir ziemlich sicher, dass ich schon länger als einen Tag hier gefesselt war. Ich starrte auf die orangefarbenen Strahlen, die durch die Fenster der Scheune fielen. Das Ende des Sonnenaufgangs, vielleicht.

Die Umstände trafen mich alle auf einmal. Ich hatte keine Energie in meinem Körper. Ich war durch Verletzungen geschwächt und möglicherweise krank. Währenddessen sah Peter, der Psycho, aus, als könnte er mich einfach hochnehmen und wie einen Rugbyball durch die Gegend schleudern.

Erstich das Arschloch und verschwinde. Ganz einfach. Oder?

Zwei Dinge sprachen für mich - Überraschung und Hunger. Wenn ich mehr leben wollte als er mich töten wollte, konnte ich das für mich nutzen. Nein, das war keine Garantie für meine Sicherheit. Ich konnte mein Überleben nicht selbst bestimmen. Ich konnte es nicht allein durch meinen Willen herbeiführen. Ich wollte auf keinen Fall all den armen Frauen vor mir, die es nicht geschafft hatten, die Schuld geben, aber ich wusste, dass ich auf dieser Adrenalinwelle reiten konnte, die mich durchströmte.

Die letzte Schraube kippte aus ihrer Position, und die Stange bewegte sich. Ich schob die Handschellen von der Stange und arbeitete an dem Seil um meine Taille. Der Nagel half mir. Ich stieß ihn in die Knoten, wackelte mit ihm herum und löste sie. Schweiß rann mir die Stirn hinunter, als ich die Schrauben, die den Stuhl am Boden hielten, verdrehte. Ich wippte mit den Stuhlbeinen hin und her, hin und her.

Ich war überzeugt, dass wir zu lange gebraucht hatten, dass meine Gespräche mit Maddie, während wir an der Schraube arbeiteten, wertvolle Zeit verschlungen hatten. Er würde jeden Moment zurück sein. Jede Sekunde. Die Schrauben hielten, erstaunlich stabil. Ich beugte mich hinunter und drehte sie mit meinen Fingern, während Blut auf den Boden tropfte.

Mit einem lauten Klirren fiel der erste Bolzen aus seiner Verankerung. Ich rüttelte und rüttelte an meinen Fesseln und schabte mir die Haut von den Schienbeinen. Frustriert, ächzend und verzweifelt.

Klirren.

Der nächste Bolzen fiel. Der Stuhl löste sich vom Boden. Ich schob die Fesseln von den Stuhlbeinen. Ich hatte keinen Schlüssel, um sie von meinen Knöcheln zu lösen, aber wenigstens konnte ich mich jetzt bewegen. Und zum Glück waren sie nicht aneinandergekettet. Das bedeutete, ich konnte...

Lauf, Zoe.

Die Stimme kam aus dem Nichts. Weglaufen kam nicht in Frage, nicht wenn Maddie hier allein mit diesem Mann war. *Lauf und hol Hilfe. Komm zurück und hol sie.*

Ich musst wirklich krank sein, denn ich hörte Dinge. Diese Stimme klang genau wie mein Ex-Mann, der mir wieder sagte, was ich tun sollte. Wenn mich der Verrückte erwischen würde, während ich versuchte, Maddie von dieser Mörderfarm zu retten, wäre er zweifellos der Erste, der mir sagte: "Ich hab's dir doch gesagt." Selbst wenn er damit bis zum Jenseits warten müsste. Der Gedanke ließ mich fast laut auflachen. Ich presste eine Hand auf meinen Mund und zwang mich, mich zu konzentrieren.

Versteck dich.

Ich musste ihn überraschen, wenn er zurückkam. Ich konnte mich hinter der Tür verstecken, die er immer benutzte, aber es bestand die geringe Chance, dass er dieses Mal eine andere Tür benutzte und mich dann sofort sah. Ich musste mich irgendwo verstecken, von wo ich hervorspringen konnte, denn er wusste, dass ich aus dieser verschlossenen Scheune nicht herauskam.

Verdammt, Maddie, warum hast du die Tür nicht für mich offen gelassen? Aber ich wusste, warum. Wenn ich versagte, würde er es wissen. Die Flucht aus dem Stuhl konnte man auf Einfallsreichtum oder eine Schraube schieben. Aber eine offene Tür? Er würde es sofort wissen.

Ich musste zu einem der alten Tierställe. Ich eilte durch die

Scheune und duckte mich in jeden einzelnen. Aber keiner von ihnen bot genügend Deckung. Konnte ich mein plötzliches Erscheinen so gut timen, dass ich ihn überraschen konnte? Denn wenn er einen dieser Ställe untersuchte, würde er mich sofort sehen. Aber was sollte ich sonst tun? Ich betrat die letzte Kabine, diejenige mit dem wenigsten Licht. Ich manövrierte einen alten Strohballen an die Wand neben dem Eingang. Ich stellte mich darauf und ging in die Hocke. Ich hielt den Nagel in meiner guten Hand, den Daumen über dem Kopf, bereit, ihn in jede weiche Stelle von Peter McKennas Körper zu stoßen, die ich erreichen konnte.

Erstich das Arschloch und verschwinde. Ich spielte diesen einen Gedanken immer wieder in meinem Kopf durch, während meine Muskeln von der kauernden Position schmerzten. Der Plan war zwar nicht der beste, aber er war einfach.

Während ich wartete, veränderte sich das Licht. Das warme Gelb verwandelte sich in ein blasses Blau. Zwischen den Lamellen der Scheune sah ich helles Weiß. Schnee? Wolken? Das Winterlicht? Ich war mir nicht sicher. Ich kauerte mit über dem Körper verschränkten Armen, den Kopf eingezogen, damit ich gegen meine Haut atmen konnte, um mich zu wärmen. Zum Glück war ich mir ziemlich sicher, dass meine Nase bei der Prügelei nicht gebrochen worden war. Ich konnte gut durch sie atmen, aber sie pfiff. Ich musste stattdessen durch den Mund atmen.

Metall gegen Metall. *Schiiiinkshh.* Holz schabte über den Betonboden. Sobald sich das Scheunentor öffnete, flutete ein Adrenalinspiegel durch meine Adern, wie ich ihn noch nie erlebt hatte und wahrscheinlich auch nie wieder erleben würde. Mein Mund öffnete sich. Mit gefletschten Zähnen hob ich meinen Arm und hielt den langen Nagel in der Hand. Ich legte den Kopf schief und lauschte.

"Scheiße. Verdammte Schlampe." Ich hörte die Tür zuschlagen. Ein kiesiges, frustriertes Brüllen krächzte durch seine Kehle. "Warum musstest du das tun? Hm? Warum nur? Jetzt hast du die Sache für dich noch viel schlimmer gemacht. Du dummes..."

Ich hörte nicht mehr auf seine Worte, filterte sie aus meinem Kopf. Stattdessen hörte ich auf seine Schritte.

Er fuhr mit seiner Tirade fort, unfähig, seine Wut zu kontrollieren. Das machte mir keine Angst, denn ich wusste, dass er mich, wenn er mich finden würde, viel schneller umbringen würde, als er es sonst getan hätte. Das wusste ich, weil er sich so frustriert anhörte. Peter McKenna kannte sich zumindest gut genug, um zu wissen, dass er nicht in der Lage sein würde, seinen Impuls zu kontrollieren und ihn hinauszuzögern, wie er es eigentlich geplant hatte.

Plötzlich endete seine Tirade. Seine Schritte wurden leiser. Jetzt lauschte er nach mir und versuchte herauszufinden, wo ich mich versteckt hatte. Seine Stiefel scharrten und schlurften, ein verräterisches Geräusch, das verriet, dass er schneller wurde. Ich stellte mir vor, wie er in eine der Kabinen sprang, bereit, mich zu packen. Die erste Kabine. Alles wurde still. Dann hörte ich, wie er sich wieder bewegte, mit dem gleichen Scharren seiner Stiefel in der zweiten Box. Jedes Mal schnaubte er frustriert und zischte durch die Nase wie ein altmodischer Kessel, der kurz vor dem Siedepunkt steht. Noch zwei, dann würde er bei mir sein. Ich krümmte meine Finger und wartete. *Stich den Wichser ab und lauf weg, verdammt.*

Ich hatte mich in meinem ganzen Leben noch nie so bereit gefühlt. Die Angst verschwand, als wäre ich nie entführt und brutal verprügelt worden. Mein Körper schaltete alles ab, als ob er instinktiv wusste, dass ich diese Scheune nicht lebend verlassen würde, es sei denn, ich würde plötzlich das Selbstvertrauen eines mittelmäßigen Managers mittleren Alters entwickeln, der ein Meeting dominiert. Oder die Selbstüberschätzung eines Mannes wie Peter McKenna, der *mich* gerne dominierte.

Schlurfen, Scharren, Stampfen. Ich flog von dem Strohballen wie ein Löwe, der sich auf eine Antilope stürzt, und warf meinen Körper auf seine Brust. Mein Arm, bereits erhoben und in Position, schlug zu und trieb den Nagel direkt in sein Auge. Ich hatte geplant, ihn nach oben zu schlagen, in der Hoffnung, das Gehirn zu durchdringen. Stattdessen schlug er im Winkel nach unten ein. Ich traf auf einen Knochen, und der Nagel blieb drei Zentimeter in seinem Gesicht stecken.

Er schrie und kreischte, hoch und furchterregend, dann taumelte er rückwärts, die Hände im Gesicht. Ich verschwendete keine einzige Sekunde. Ich stürzte von ihm weg, meine Turnschuhe pochten. Aber er hatte so lange Arme. Einer von ihnen griff nach meinem Oberteil und zerrte es mir bis zum Hals. Ich drückte weiter, aber das Kleidungsstück begann mich zu erwürgen. Der zähe Polyesterstoff weigerte sich zu reißen. Ich duckte mich, schlängelte mich aus dem Oberteil, winkelte meine Arme an und versuchte, so schnell wie möglich aus den Ärmeln zu kommen. Es gelang ihm, meinen Arm zu greifen und ihn hinter meinem Rücken zu verbiegen, bis ich aufschrie. Ich hob einen Absatz und trat aus, wobei ich ihn irgendwo traf, wahrscheinlich am

Oberschenkel. Er gab ein *"Uff"*-Geräusch von sich, aber sein Griff löste sich nicht.

"Ich werde dir die Haut von den Knochen abziehen." Seine Spucke traf mich im Nacken.

Ich ignorierte den stechenden Schmerz in meiner Schulter, griff mit meinem freien Arm hinter mich, packte den Nagel und riss ihn heraus. Er schrie doppelt so laut wie meine eigenen Schreie, ließ schließlich meinen Arm los und fiel nach hinten. Ich wollte nicht hinsehen. Aber ich tat es. Er umklammerte sein Auge, aus der Augenhöhle blutete es heftig. Der Nagel lag noch in meiner Hand. Ich hob ihn wieder hoch und rammte ihn diesmal direkt in seine Kehle. Seine Schreie wurden zu einem erstickten Gurgeln, als das Blut aus der Wunde strömte.

Ich trat zurück, sah zu, wie er sich wand und schrie und durch das Blut stammelte, und sah Maddie im Eingang der Scheune stehen. Instinktiv eilte ich hinüber, um sie vor dem Anblick abzuschirmen, aber sie schob mich zurück zu ihrem Vater.

"Du musst dafür sorgen, dass er einschläft und nie wieder aufwacht." Ihre Stimme war ruhig, gefasst und todernst. Und das Wichtigste: Sie hatte recht.

Ich drückte sie hinter mich, damit sie nicht sehen konnte, wie ihr Vater starb, und ich sah zu, wie er auf dem Boden der Scheune verblutete. Als er sechzig Sekunden lang still lag - ich zählte jede einzelne -, drückte Maddie mir den Schraubenzieher wieder in die Hand und gab mir einen Schubs. Ich ging zu ihm hinüber und zwang mich, sein lebloses Handgelenk aufzuheben. Ich tastete nach einem Puls. Es war keiner da.

Kapitel Acht
Jetzt

Ich wache spät auf. Sonnenlicht strömt ins Zimmer, und ich brauche einen Moment, um mich an die Ereignisse der vergangenen Nacht zu erinnern. Die Lichter des Campingplatzes kommen mir wieder in den Sinn, zunächst traumhaft, wie eine ferne Erinnerung. Dann erinnere ich mich an Phoebe. Ich erinnere mich an die kühlen blauen Augen von DS Rosen, die Maddie begutachten.

Als ich nach unten eile, finde ich Justin und Maddie auf dem Sofa vor dem Fernseher, wo sie Zeichentrickfilme schauen. Gabe liegt auf dem Teppich neben Maddies Füßen, kichert vor sich hin und schaufelt sich Cheerios in den Mund. Vorsichtig gehe ich zu ihnen. Justin nippt an seiner Tasse Tee. Maddie knabbert an einem Stück Toast. Sie lacht nicht über Zeichentrickfilme, aber sie wirkt auch nicht besonders angespannt.

"Hey, Babe", sagt Justin. "Wasser ist gekocht, falls du eine Tasse willst." Er hob seine Tasse, um mir den Tee zu zeigen.

"Danke", antworte ich, immer noch nervös den Raum absuchend. "Vielleicht können wir nach dem Frühstück alle kurz miteinander reden?" Meine Stimme klingt unnatürlich hoch.

Justins Lächeln verschwindet allmählich. "Klar."

Ich sehe zu Gabe hinüber und senke meine Stimme. "Hast du es ihm schon erzählt?"

"Nein", sagt Justin. "Ich hielt es für das Beste, auf dich zu warten."

Ich gehe in die Küche, gieße mir einen Tee ein und überlege, ob ich etwas essen soll. Es ist unmöglich, solange mein Magen so herumwirbelt. Das ist wirklich ein Angstsymptom, das ich nicht ausstehen kann

- die Unberechenbarkeit meines Verdauungssystems. Nicht lange nach meiner Rückkehr aus der ländlichen Höllenlandschaft der Ivycross Farm, führten meine Magenprobleme zu Essstörungen. Zuerst habe ich zum Trost gegessen. Bevor ich entführt wurde, war ich überzeugt, dass es wichtig sei, an den richtigen Stellen schlank zu sein, weil die Gesellschaft uns Frauen sagt, dass Männer das so wollen. Also dachte ich: *Wenn es das ist, was Männer wollen, dann nehme ich es ihnen weg, und sie lassen mich in Ruhe.* Ich nahm in kurzer Zeit fünfundvierzig Pfund zu, indem ich Schokolade, Kuchen, Chips und alles andere aß, was ich wollte.

In gewisser Weise heilte ich dabei. Nachdem ich während einer meiner Therapiesitzungen geschluchzt hatte, sprach dieser Arzt eine Wahrheit aus, die mich seitdem nicht mehr losgelassen hat: *Sie haben getan, was Sie zum Überleben brauchten.* Wenn mich das Überessen am Leben hielt, dann war das eben so. Aber auf lange Sicht war das kein gesunder Bewältigungsmechanismus. Leider ersetzte ich diesen Mechanismus durch eine giftige Schleife von Fressattacken zu Hause, wo ich mich sicher fühlte, aber ich hungerte jedes Mal, wenn ich irgendein stressiges Ereignis zu bewältigen hatte. Diesen Kreislauf zu durchbrechen und meinen Körper und meine Gesundheit für *mich* zurückzuerobern, erwies sich als schwieriger als einen Nagel in Peter McKennas Augapfel zu stoßen. Aber heute gurgelt es in meinem Bauch so sehr, als ich auf den Müslischrank schaue, dass ich Angst habe, etwas zu essen. Ich trinke nur den Tee.

"Maddie lässt mich nicht *Paw Patrol* gucken." Gabe knallt seine Schüssel auf den Küchentisch.

"Warum sehen wir es uns nicht hier auf dem Küchenfernseher an?", schlage ich vor.

"Das ist trotzdem nicht fair. Maddie darf immer gucken, was sie will!"

"Nun, wir wollen ja jetzt auch ein Familiengespräch führen, warum schaust du nicht später *Paw Patrol*? Okay?"

Seine winzige Nase rümpft sich, während er finster dreinschaut und mir damit den Morgen versüßt. Ich zerzause seine Locken, und er zieht den Kopf weg. Aber er übertreibt, denn seine Augen glitzern, als würde er gleich lachen. Ich kitzle ihn unter den Armen, und schon schallt das quietschende Lachen des kleinen Jungen durch die Küche. Ich werde zum Kitzelmonster, und er brüllt vor Lachen, während ich ihn um den Tisch jage. Erst als Maddie mit ihrem Teller reinkommt, hören wir auf.

"Bist du fertig, Schatz?", frage ich und nehme ihr den Teller ab. "Oder möchtest du noch etwas?"

"Ich bin fertig." Sie wendet sich zum Gehen, aber ich fange sie an der Schulter auf.

"Eine Sekunde, Mads. Wir müssen uns alle mal unterhalten." Ich rufe Justin aus dem Wohnzimmer herein und schiebe beiden Kindern einen Stuhl hin.

"Ist Maddie in Schwierigkeiten?", fragt Gabe.

Die Frage kommt für mich überraschend. Es erstaunt mich manchmal, dass selbst kleine Kinder die Welt um sie herum schon so gut wahrnehmen können. Ich hatte nicht das Gefühl, dass ich Maddie anders behandelte, aber er es trotzdem sofort gemerkt.

"Nein", sage ich. "Das ist sie nicht, denn sie hat nichts falsch gemacht. Aber gestern Abend ist etwas sehr Trauriges passiert, und wir müssen darüber reden."

Maddie verschränkt ihre Arme vor der Brust. Das macht sie, wenn sie kurz davor ist, emotional abzuschalten. Ich reiche ihr die Hand und berühre sie leicht am Arm, in der Hoffnung, sie zurückzubringen.

"Bei der Übernachtung, zu der Maddie gestern Abend gegangen ist, ist ein Mädchen gestorben", sagt Justin und hält seine Stimme ruhig. "Es gab einen schrecklichen Unfall, und Phoebe Thompson ist von einer Klippe gestürzt."

"Oh", sagt Gabe, sein Gesicht ist blass. "Das ist traurig."

"Das ist es, mein Schatz." Ich werfe einen Blick auf Gabe und dann auf Maddie. "Darum möchte ich, dass du heute besonders nett zu deiner Schwester bist. Sie ist aufgebracht über das, was gestern Abend passiert ist, und wir müssen sicherstellen, dass es ihr gut geht."

Gabe denkt einen Moment nach und sagt dann zu seiner Schwester: "Du kannst schauen, was immer du willst. Ich gucke *Paw Patrol* morgen."

"Danke", murmelt Maddie.

Mein Herz quillt über vor Liebe für die beiden.

"Das ist sehr nett, Gabe." Justin grinst. "Okay! Was sollen wir heute machen? Runter zum Strand gehen? Einen Film gucken?"

"Strand!" Gabe klopft aufgeregt mit den Handflächen auf den Tisch.

"Kann ich auf mein Zimmer gehen?", fragt Maddie.

"Willst du den Tag nicht mit uns verbringen?" Ich streiche ihr eine Locke ihres dunklen Haares hinters Ohr, und sie neigt den Kopf zur Seite. Das hat sie immer geliebt, als sie noch jünger war.

"Ich bin müde." Ihre Arme verengen sich um ihren Körper, während sie auf den Tisch starrt. Vielleicht habe ich falsch eingeschätzt, wie bestürzt sie über Phoebes Tod ist.

"Sicher, wenn du das willst. Möchtest du etwas Gesellschaft?"

Sie schüttelt den Kopf, steht auf und verlässt leise den Raum.

"Sie ist traurig", sage ich zu niemandem. "Du bringst Gabe zum Strand. Ich muss etwas für Connie und David Thompson tun. Vielleicht sollte ich etwas Essen vorbeibringen."

"Ich glaube nicht, dass das eine gute Idee ist, Zo", warnt Justin. "Nicht in Anbetracht von... allem."

Meine Kehle wird von den aufkommenden Tränen zugeschnürt. Ich kann Maddie nicht vor den unvermeidlichen Anschuldigungen schützen, die kommen werden, und das bringt mich um.

"Wie wäre es mit einer Beileidskarte? Oder... ich könnte ihnen Blumen schicken? Ich weiß einfach nicht, was ich tun soll!"

Justin streichelt meine Schulter und sagt sanft: "Ich weiß. Ich denke, eine Karte ist eine gute Idee. Wir sollten sie wissen lassen, dass wir an sie denken."

"Könntest du auf dem Heimweg eine mitnehmen? Ich glaube, ich sollte bei Maddie bleiben."

"Klar." Er steht auf und drückt mir einen Kuss auf die Stirn. "Na dann, Freundchen. Du, ich, Frisbee-Action am Strand?"

Gabe jubelt und reißt vor Aufregung die Arme hoch. Ich beneide ihn. Ich wär gern wieder so frei, um mich so freuen zu können.

Nachdem die Jungs gegangen sind, checke ich die sozialen Medien, um zu sehen, was die Leute über Phoebe sagen. Ich benutze sie nicht oft. Maddie und ich haben es nie ganz geschafft, der Aufmerksamkeit der Öffentlichkeit zu entgehen, und hin und wieder dringt entweder ein Internet-Troll oder ein True-Crime-Stalker in meine Direktnachrichten ein. Sie haben es eher auf mich als auf Maddie abgesehen, aber ich habe Maddies Konten mit Filtern ausgestattet, um das Schlimmste zu verhindern.

Mein tiefes Eintauchen in die sozialen Medien stellt sich als großer Fehler heraus. Ich entdecke so viele verschiedene Meinungen zu den Geschehnissen, dass mir ganz schwindelig wird. Es fängt recht harmlos an, mit vielen Beileidsbekundungen auf Phoebes Facebook-Seite, aber je tiefer ich eintauche, desto heimtückischer werden die Kommentare.

Ich stoße auf das lokale Forum für Eltern, wo es einen Thread über den Vorfall gibt. Hier kommentieren viele Nutzer, dass es sich bei der Täterin offensichtlich um Maddie handeln muss. Einige von ihnen führen Zitate aus meinem Buch an, um zu begründen, warum sie jetzt offensichtlich gewalttätig geworden ist. Es dauert nur fünf Kommentare, bis sie anfangen, sie Kleiner Psycho zu nennen, als wäre das ihr Rappername.

Aber keiner von ihnen kennt sie. Keiner von ihnen weiß, wie viele Therapiestunden sie hinter sich hat oder wie viel Zeit ich mir genommen habe, um ihr die Erziehung zu geben, die sie brauchte und die sie verdient. Maddie ist kein durchschnittliches Kind, aber das macht sie nicht zu einem Mörder.

Das ist nicht okay. Sie sollte nicht frei herumlaufen. Sie gehört eingesperrt

Hat die Polizei jemals gegen diese Frau ermittelt? Zoe? Woher wissen wir, dass sie das "letzte Mädchen" war? Was, wenn sie insgeheim die Freundin von PM war?

Mir fiel auf, wie leicht sie mir und Maddie abfällige Spitznamen gaben, Peters Namen aber einfach auf PM verkürzten. Er war der Serienmörder. Er war der Frauenfeind, und doch wollten diese Frauen stattdessen uns entmenschlichen.

Maddie könnte diese Kommentare gerade lesen, allein in ihrem Zimmer. Ich lege mein Handy weg und mache mich auf den Weg durch das Haus zu ihrem allerheiligsten Ort. Ich gehe selten in Maddies Schlafzimmer. Teenager-Mädchen beschützen ihren Raum wie Löwen ihre Beute.

"Mads?"

"Was?" Sie klingt wie ein normaler Teenager, ihre Stimme ist monoton, leicht verärgert, aber ohne Emotionen.

"Darf ich reinkommen?"

Sie seufzt. "Wenn du willst."

Ich öffne die Tür. "Heiß mich doch ein bisschen willkommen."

Sie sitzt in ihrem lila Sessel und starrt aus dem Fenster. Als wir in das Haus eingezogen sind, hat sich Maddie in dieses Zimmer verliebt. Sie hat einen Blick auf den Ozean, auf kreischende Möwen und das Rauschen der Wellen. Wenn ich zu lange verweile, überkommt mich immer ein Gefühl der Unbedeutsamkeit. Das spüre ich auch jetzt, als ich das Meer hinter dem Horizont sehe.

"Können wir uns unterhalten?"

"Wenn du willst."

"Maddie."

Sie wendet ihre Aufmerksamkeit vom Fenster ab, weil ich meine "Mutterstimme" benutzt habe, die Stimme, die jedem signalisiert, mit dem Unsinn aufzuhören. Ich setze mich auf ihr Bett und verschränke meine Beine unter mir, wobei mein Knie sich beschweren. Gott, bin ich wirklich eine Frau geworden, die versucht, die "coole Mutter" zu sein?

"Ich denke, wir sollten diese Woche zu Dr. Boateng gehen. Vielleicht sollten wir eine Zeit lang zwei Sitzungen pro Woche abhalten, um das Geschehene zu verarbeiten."

Sie kaut an einem Fingernagel und sagt kein Wort.

"Ich weiß, dass du gesagt hast, du fühlst dich nicht traumatisiert von dem, was passiert ist, und ich verstehe, warum, aber manchmal schleichen sich diese Dinge ein, wenn man es am wenigsten erwartet. Ich denke, wir sollten Dr. Boateng aufsuchen und das mit ihm besprechen. Aber bis wir einen Termin vereinbart haben, können wir gemeinsam darüber reden."

"Was gibt es da zu besprechen? Phoebe ist im Dunkeln weggelaufen und gestürzt." Sie zuckt mit den Schultern. "Es ist traurig, aber die Welt geht weiter."

"Nein. Es ist viel mehr als das. Erstens warst du dabei und wurdest von der Nachricht geweckt, dass jemand gestorben ist. Zweitens musstest du mit der Polizei sprechen, wie du es nach dem Tod deines Vaters getan hast. Und ich weiß, dass das eine schwere Zeit für dich war..."

"Das ist nicht dasselbe."

"Ich weiß."

"Du machst daraus etwas, das es nicht ist."

"Nein, Maddie. *Du* siehst die Gefahren hier nicht." Ich halte mich zurück und besinne mich auf meine warme Erziehung. "Ich weiß, es ist schwer zu sehen, warum das alles so bedeutsam ist. Aber vergiss nicht, dass ich diese Woche damals mit dir durchgemacht habe, und ich weiß, wie hart es war. Ich weiß, was du gesehen und erlebt hast. Schatz, all das hier macht mich wirklich traurig. Ich kannte Phoebe nicht besonders gut, aber zu hören, dass eine weitere junge Frau ihr Leben verloren hat, zieht mich direkt zurück auf die Ivycross Farm."

Sie ist still, aber ich sehe, dass sie zuhört.

"Deine beste Freundin wird vermisst, und jetzt ist auch noch jemand in deinem Alter unter ungewöhnlichen Umständen gestorben. Du hast in letzter Zeit viel durchgemacht, und wir können das nicht ignorieren", sage ich.

"Okay, wenn du es für eine gute Idee hältst, dann machen wir es halt so."

"Ich werde einen Termin vereinbaren. Wir werden das gemeinsam durchstehen, okay?"

"Oh mein Gott, Mama. Du klingst wie diese verrückten Journalisten." Sie lacht.

Das bringt mich auch zum Lachen. Jahrelang wurden wir von Journalisten mit unsinnigen Fragen gelöchert und mussten uns diese wiederholenden Aussagen über uns anhören. "Wenigstens hattet ihr einander." Diesen Satz zitieren wir uns gegenseitig mindestens einmal im Monat.

"Hey, und treib dich nicht zu viel online rum, okay?"

"Es ist mir egal, was die Leute denken", sagt sie so schnell, dass ich sofort annehmen kann, dass sie schon so einige Kommentare gelesen hat.

"Ich weiß. Aber diese Dinge können sich in deinem Kopf festsetzen. ‚Wenigstens hattet ihr einander'.'"

Sie lacht. "Du bist so mutig."

"Es muss schrecklich gewesen sein", witzle ich.

"Aber wie hat es sich *angefühlt*?"

Ich lache.

"Wie hast du dich *gefühlt*, als du diesen zehn Zentimeter langen Nagel in den Augapfel meines Vaters gestoßen hast? Hast du es ploppen gehört?" Ihre dunklen Augen blitzen schelmisch auf.

Das schockiert mich nicht. Wenn sie sich verwundbar fühlt, versucht sie, zu schockieren.

"Wie hat es sich angefühlt, den Nagel aus meiner Hand zu ziehen?"

"Als würde man einen scharfen Gegenstand aus einem rohen Steak herausziehen", sagt sie, ohne zu zögern.

"Okay, *das* ist genau die Art von Gerede, die du dir verkneifen solltest."

"Was? Damit sie mich nicht für einen kleinen Psycho halten?" Das sardonische Lächeln auf ihrem Gesicht lässt mir das Blut in den Adern gefrieren. "Ja, ich hab's auch gesehen."

"Das meine ich mit offline bleiben."

"Wie ich schon sagte..."

"Ja, ich weiß. Aber, Maddie, du musst vorsichtig sein. Nicht nur mit dem, was du liest, sondern auch mit dem, was du sagst."

"Glaubst du, sie werden mich verhaften?", fragt sie.

"Würde es dir Angst machen, wenn sie es täten?"

"Nein, denn ich habe es nicht getan."

"Mir macht es Angst, denn ich möchte, dass du in Sicherheit bist. Jetzt komm her und umarme mich. Mach nicht so ein Gesicht."

Sie legt sich auf das Bett und lässt sich von mir in den Arm nehmen. Maddie ist kein großer Fan von körperlicher Nähe, aber heute schmilzt sie mit mir zusammen. Einen Moment später umschlingen ihre Arme meinen Brustkorb, und sie vergräbt ihren Kopf an meiner Schulter.

Kapitel Neun
Damals

Fünf Minuten lang standen wir einfach nur stocksteif da. Die eiskalte Luft in der Scheune biss mir bis ins Mark. Mein Gesicht pochte. Der Ort stank nach dem Blut, das sich um die Leiche herum angesammelt hatte. Ein weiterer Fleck, der sich all den anderen gesellte, nur dass es jetzt *seiner* war.

Ich ächzte unter Schmerzen und wartete, überzeugt davon, dass er sich wie ein Zombie aus dem Beton erheben würde. Jedes Mal, wenn die Scheune knarrte, zuckte ich zusammen und erwartete, dass seine Gliedmaßen zuckten. Doch sie taten es nicht. Ich hielt Maddie dicht an meiner Seite, eine Hand lag schützend auf ihrem weichen Haar.

"Wie ist dein Nachname, mein Schatz?", fragte ich.

"McKenna." Ihr Gesicht neigte sich nach oben, das schwache Licht prallte an der Spitze ihrer Knollennase ab. "Gehen wir jetzt von hier weg?"

Ich beugte mich herunter, so dass wir auf gleicher Höhe waren. "Nun, als erstes rufen wir die Polizei an. Oder wir fahren zur nächsten Polizeistation."

"Okay", sagte sie.

Zum ersten Mal seit etwa achtundvierzig Stunden schwang ich das Scheunentor auf. Aber kaum hatte ich einen Fuß nach draußen gesetzt, blieb ich stehen. Ein Schneesturm hatte fast einen halben Meter Schnee über die Landschaft gelegt. Wir stapften hinaus und rutschten auf den matschigen Stellen aus, die bereits von Peters Stiefeln abgenutzt waren.

Maddie schwang die Tür des Bauernhauses auf und hatte Freude daran, mich herumzuführen. Ich hielt meinen Körper fest umschlungen und wurde mir bewusst, dass das schwindende Adrenalin nun erlaubte, all den Schmerz zu spüren, den ich verdrängt hatte. Mein Gesicht, meine Rippen und mein Hals - alle Körperstellen, die er berührt hatte - brannten, wie Fleisch, das in eine heiße Pfanne gefallen war. Ich begann zu husten, was durch meinen Körper rasselte und die brennenden Wunden nur noch mehr verärgerte.

"Kannst du mir zeigen, wo das Telefon ist?", fragte ich. Ich beugte meine gute Hand und spürte das Gewicht der Handschellen um mein Handgelenk. Hätte ich klar denken können, hätte ich McKennas Körper nach den Schlüsseln durchsucht.

Dann richtete sich meine Aufmerksamkeit auf das Haus. Ich war mir nicht sicher, was ich vom Haus eines Serienmörders erwartet hatte, aber es war sicher nicht dieses kitschige Bauernhaus im Shabby-Chic-Stil. Offensichtlich hatte er es seit dem Tod seiner Mutter nicht mehr renoviert, aber er hatte es ordentlich gehalten. Ich nahm an, dass das für einen Mann, mit einem gut durchdachten Plan, mich zu entführen und zu ermorden, durchaus Sinn machte. Dann fragte ich mich, wo all die Leichen versteckt waren. Auch dafür würde er einen Plan gehabt haben. Würde die Polizei sie jemals finden? Ein Gefühl von Verantwortung traf mich. Meine Stimme könnte den Familien, die ihre Kinder vermissen, einen Abschluss bringen.

"Papa hat ein Telefon", sagte sie.

"Habt ihr eins im Haus?"

Sie blinzelte, ohne zu verstehen. Aus ihrer Reaktion schloss ich, dass McKenna ein Handy hatte, aber kein Haustelefon.

Dann erinnerte ich mich an das Handy, das ich während des Laufs in meiner Jackentasche hatte. "Was hat dein Papa mit meinen Sachen gemacht?"

Sie nahm meine Hand und führte mich die Treppe hinauf, die an altmodischen, holzgetäfelten Wänden mit einer Sockelleiste entlangführte. Über dem Geländer sah ich Fotos einer Familie, und es dauerte einen Moment, bis ich erkannte, dass es sich um Peter McKenna mit seinen Eltern handelte. Peter war auf den Fotos nie älter als etwa zehn Jahre und stand immer vor seiner Mutter, die ihre breiten Hände auf seine Schultern gelegt hatte. Ich sah nichts weiter als eine ganz normale Familie, die posierte und lächelte. Ich blieb stehen und starrte auf ein Foto, das vor dem Bauernhaus aufgenommen worden war, auf der Suche nach Hinweisen, aber ich war mir nicht sicher, welche. Ich neigte mich dem Porträt dieser Frau zu und versuchte, Hinweise auf

Bosheit zu finden. Aber sie erinnerte mich an viele Frauen, die ich in den frühen Neunzigern auf Fotos. Sie hatte weiches, flauschiges Haar über einem runden Gesicht und eine Brille mit Plastikrahmen um die Augen. Ihre rosa geschminkten Lippen waren so weit geöffnet, dass man ihre Zähne sehen konnte.

Doch mir fielen zwei seltsame Dinge an Frau McKenna auf. Ihr fehlte der kleine Finger an der rechten Hand, und in der Mitte ihrer linken Hand war eine Narbe.

"Das ist Oma", sagte Maddie und zeigte auf sie.

"Ich weiß, Süße. Kanntest du sie?"

Maddie schüttelte den Kopf. "Nein. Papa hat gesagt, sie ist gestorben."

"Weißt du etwas über ihre Hand? Da hat sie ein Aua."

Maddie nickte, so ernst wie ein Bestattungsunternehmer. "Wie das, was Papa mit den Frauen macht."

"Der Nagel?"

"Ja. Und diesen Finger auch." Maddie tippte mit ihrem Zeigefinger auf Oma McKennas Hand.

Ich erschauderte und fragte mich, wer das Peters Mutter angetan hatte. Sicherlich war Peter zu jung, da er auf dem Foto noch ein Kind war. Es musste jemand sein, der mit der Mutter verwandt war oder ihr nahe stand. Vielleicht Peters Vater oder seine Großeltern. Vielleicht hatte Peter es gesehen oder Peters Mutter hatte den Vorgang bei ihrem Sohn wiederholt. Ich wollte nicht länger darüber nachdenken.

"Lass uns das Handy suchen", sagte ich und ging weiter, bevor ich die Beherrschung verlor.

Maddie schlenderte durch das Haus und brachte mich zu einem Schlafzimmer am Ende des Flurs. Inzwischen pochte mein ganzer Körper vor Schmerz. Ich stolperte, bückte mich und zitterte. Sobald ich die Polizei gerufen hatte, musste ich mich umziehen und die Heizung im Haus anmachen, oder besser noch, ein Feuer machen. Sie öffnete die Tür und wies mit einer Geste auf ein Kleiderbündel, das auf einem ordentlich gemachten Bett lag. Mein Handy lag dort auf meiner zerknitterten Jacke. Ich schnappte es mir und versuchte, den Bildschirm zu entsperren, aber es war tot. Natürlich war es das. Ich war seit Tagen hier und war mit einem Akkustand von dreißig Prozent aus dem Haus gegangen.

"Scheiße." Ich suchte in den Taschen meiner Jacke nach meinen Schlüsseln, aber sie waren weg. "Weißt du, was dein Papa mit meinen Autoschlüsseln gemacht hat?"

"Er ist damit gefahren", sagte sie.

Also ist er mein Auto wohl losgeworden. Ich hatte mich schon gefragt, ob es jemand finden würde. Inzwischen musste doch eine Suche stattfinden. Das Problem war, dass niemand von meinen Alleingängen hier oben wusste. Nicht mein Ex. Nicht meine Eltern. Niemand. Sie würden in der näheren Umgebung suchen, nicht hier draußen, mitten im Nirgendwo. Ich hatte gehofft, dass die Polizei mein Auto auf dem Weg ins Moor verfolgen könnte, aber die Landschaft war nicht gerade ein Hotspot für Videoüberwachung.

"Okay, egal. Weißt du, wo dein Papa sein Handy aufbewahrt?"

"In seiner Jeans", sagte sie und tippte in die Tasche ihrer eigenen.

"Die, die er gerade trägt?", fragte ich.

Sie nickte enthusiastisch.

Mein Herz sank. Ich wollte nicht dorthin zurückkehren. Der Gedanke, diesen Mann wiederzusehen, obwohl ich wusste, dass er tot war, erfüllte mich mit einem Schrecken, der mich noch viele Jahre lang nachts aufwecken würde. Ich hatte noch nie das Gefühl von krabbelnder Haut erlebt, nicht wirklich, aber jetzt prüfte ich meine Arme und Beine, um sicherzugehen, dass sich keine Kakerlake unter mein Fleisch gegraben hatte.

"Was ist mit einem Auto? Hat Papa eins?"

"Ja."

"Weißt du, wo die Schlüssel sind?"

Sie zuckte mit den Schultern.

Ich vermutete, dass sie entweder in der Küche oder auf Peters Leiche waren. Auf jeden Fall war ich zu schwach, um zu fahren, und wir müssten sowieso zuerst den Schnee wegschaufeln.

"Lass uns erst einmal aufwärmen, okay?"

Sie sah mich mit einem offenen Gesicht an, so vertrauensvoll und süß. Ich fragte mich, wie lange es her war, dass sie mit einer Frau zusammen war, die nicht von ihrem Vater gequält wurde. Sie hob ihre Hand zu meiner, als ob sie wollte, dass ich sie wieder hielt, und ich nahm sie sanft und führte sie zur Tür. Doch bevor wir gingen, warf ich noch einen Blick auf das ganze Zimmer. Ich war so auf meine Kleidung fokussiert gewesen, dass ich den Rest des Raumes ignoriert hatte.

"Oh mein Gott", murmelte ich.

Überall waren ordentlich gefaltete Stapel von Frauenkleidern in Plastikbehältern. Ich sah hochhackige Schuhe, Wanderschuhe und Turnschuhe. Es musste ein halbes Dutzend Stapel sein, jeder in seiner eigenen Aufbewahrungsbox. Ich hielt mir eine Hand vor den Mund

und biss auf meinen Finger, um zu verhindern, dass mir die Galle hochkam. Sie hatten es nicht raus geschafft. Sie waren verschwunden.

"Komm schon", sagte ich mit zitternder Stimme. "Lass uns ein Feuer machen und uns aufwärmen. Dann können wir versuchen, ein Ladegerät zu finden, oder... oder das Telefon deines Vaters."

"Cool!", sagte Maddie strahlend und drückte meine Hand.

Kapitel Zehn
Jetzt

Justin kommt mit einer Karte nach Hause, auf der "In tiefem Mitgefühl" steht, darunter ein Bild mit bleichweißen Lilien. Ich brauche dreißig Minuten, um mir ein paar Zeilen auszudenken, die ich auf die Karte schreiben kann. Ich entscheide mich für: *Wir sind hier, wenn du uns brauchst. Wir alle vermissen Phoebe und senden dir unser herzliches Beileid.*

Ich schließe die Karte mit einem Gefühl widerlicher Endgültigkeit. Bevor ich es mir anders überlege, versiegele ich den Umschlag und kritzle die Adresse der Thompsons auf die Vorderseite. Dann checke ich die Nachrichten, bevor ich zur Gruppentherapie gehe. Ich gehe jede Woche hin, um über die Ereignisse in meiner Vergangenheit zu sprechen.

Abgesehen von den üblichen Spekulationen gibt es keine Neuigkeiten zu Phoebes Tod, und ich bin mir nicht sicher, was ich davon halten soll. Einerseits hat die Polizei nicht bekannt gegeben, dass sie ihren Tod als verdächtig ansieht. Andererseits hat sie den Tod von Phoebe auch nicht als Unfall eingestuft. Bedeutet das, dass sie sich alle Optionen offen halten? Es gibt eine Bitte an alle Zeugen, sich zu melden, und eine Aufforderung an die Leute, sich mit der Polizei in Verbindung zu setzen, wenn sie sich an etwas bestimmtes erinnern.

Ich atme aus, während ich den Laptop zuklappe. Jedes Mal, wenn ich daran denke, was mit Phoebe passiert ist, spannt sich meine Brust an. Die Gruppentherapie wird mir heute gut tun.

Es ist ein Montag, aber Maddies Schule ist für einen Tag geschlossen, damit die Schüler Zeit haben, den frühen Tod ihrer Mitschülerin zu verarbeiten. Gabe ist wieder in der Grundschule, aber Justin ist zu Hause, da er an Maddies Schule angestellt ist. Ich schleiche ins Wohnzimmer und sehe, wie er das Bücherregal umräumt.

"Hey, Babe." Er wedelt mit einem Staubtuch in meine Richtung und grinst. "Auf dem Weg zur Therapie?"

"Ja. Ist Maddie in ihrem Zimmer?"

"Sie holt ein bisschen Stoff nach." Er hebt die Shakespeare-Büste hoch, die er mir nach meiner Buchveröffentlichung gekauft hat. "Ich überlege, ihn in das dritte Regal zu stellen. Was hältst du davon?"

"Klar. Mach das. Du passt auf Maddie auf, während ich weg bin, oder?"

"Ich bin hier, wenn sie mich braucht. Wird schon alles gut sein." Er stellt Shakespeare ab, geht zu mir hinüber und legt seine Hände auf meine Schultern. "Geht es dir gut? Ich weiß, das ist viel für dich."

Er hat nicht unrecht, aber ich habe jetzt keine Zeit, es rauszulassen. Ich greife nach oben und drücke seine Hand. "Mir geht's gut. Bin ein bisschen... naja, traurig über alles, aber ich schaff' das schon."

Er zieht mich in eine Umarmung. "Ich bin auch da, wenn du mich brauchst. Das weißt du ja."

"Das tue ich."

Seine Umarmung wird für einen Moment enger, bevor er mich loslässt. "Ich weiß, dass wir alle ein bisschen fertig und traurig sind, aber es ist ein schöner Tag und alles wird gut."

Ich werfe einen Blick auf die Sonne, die durch das Fenster hereinströmt. Er hat nicht unrecht mit dem Wetter.

" Dunkelheit lässt das Licht heller scheinen", sagt er. Als er meinen Gesichtsausdruck bemerkt, schüttelt er den Kopf und lacht kurz auf. "Tut mir leid, ich kann nicht anders. Manchmal sage ich das zu den Kindern in der Schule, wenn sie gerade eine schwere Zeit durchmachen. Sie finden mich kitschig, aber es ist wahr."

"Ich finde es schön." Ich küsse ihn auf die Wange. So sehr ich seine Positivität auch liebe, es gibt Zeiten, in denen ich mich in den Schmerz hineinbegeben muss, und im Moment bin ich erleichtert, dass ich an einen Ort gehe, an dem ich das tun kann. Es ist schon auffällig, dass ich einen Mann geheiratet habe, der mit Schwierigkeiten auf so entgegengesetzte Weise umgeht. Vielleicht hilft mir das.

Er streicht mir eine Haarsträhne hinters Ohr. "Ich sehe dich später. Vielleicht mache ich uns heute Abend einen leckeren Braten."

Ich schüttle den Kopf. "Lass uns etwas Leichteres essen." Ich habe keine Lust auf eine große Mahlzeit, mein Magen dreht sich schon bei dem Gedanken um.

Er umarmt mich ein letztes Mal, und ich verlasse das Haus.

Abgesehen von den psychologischen Nutzen ist das Beste an der Gruppentherapie in Penry, dass sie in einer bezaubernden kleinen Bibliothek mit einem traditionellen Café im vorderen Bereich stattfindet. Auf dem Weg ins Hinterzimmer hole ich mir einen Milchkaffee und setze mich in den Kreis. Unsere Gruppe mietet den Lagerraum zwischen Stapeln alter Bücher, die an den Wänden lehnen. Ich bin gerne früh da, damit ich die Buchrücken lesen kann. Es ist eine meiner Lieblingsbeschäftigungen, um mir die Zeit zu vertreiben, bevor der stressige Teil beginnt.

Normalerweise laufen Gruppentherapiesitzungen über eine maximale Anzahl von Sitzungen und arbeiten auf ein bestimmtes Ziel hin. Aber diese Trauma-Sitzung ist eine wiederkehrende Sitzung, in die man immer wieder einsteigen kann, wie ein Treffen der Anonymen Alkoholiker. Aus irgendeinem Grund bevorzuge ich das Gruppensetting. Ich mag es zu wissen, dass ich nicht allein bin, auch wenn keiner der anderen eine Geschichte wie meine hat. Wir sind durch unser Trauma miteinander verbunden. Wir sind Überlebende. Wir kennen die Schuld, überlebt zu haben. Wir kennen die bleibenden, körperlichen Narben des emotionalen Schmerzes. Wir kennen dessen DNA, von uns selbst.

Als die Leute nach und nach hereinströmen, tauschen wir ein paar Hallos und freundliches Nicken aus. Ich habe in der Gruppe nie enge Freundschaften geschlossen, aber manchmal bleiben ein paar von uns noch länger und trinken einen Kaffee zusammen. Unsere Therapeutin, Susannah, ist ein sehr sanfter Mensch. Sie lässt uns unsere Geschichten erzählen und organisiert nur selten formelle Gruppenaktivitäten, die ich hasse.

Heute fallen mir zwei neue Personen in der Gruppe auf - eine rothaarige Frau, die ein paar Jahre jünger ist als ich, vielleicht Ende dreißig, und ein großer, breitschultriger Mann mit grauem Bart. Ein Schock plötzlicher Beklemmung lässt mein Adrenalin in die Höhe schnellen. Kräftige, große Männer erinnern mich an Peter McKenna.

"Hallo, alle zusammen." Susannah lässt sich auf ihrem Stuhl nieder und rückt ihren langen Rock zurecht. "Willkommen zur Gruppentherapie für emotionale Traumata. Stammgäste werden wissen, dass wir es hier eher locker und entspannt angehen. Jeder kommt zu Wort, aber es gibt keinen Druck. Wie es scheint, haben wir heute zwei neue Mitglieder."

Wir schauen alle zu dem breitschultrigen Mann und der rothaarigen Frau hinüber.

"Wie immer erteile ich ihnen zu Beginn das Wort, damit sie sich vorstellen können. Ihr müsst uns nicht sofort erzählen, warum ihr hier seid. Was auch immer ihr zu erzählen bereit seid."

Ich beobachte die nervösen Blicke zwischen den beiden Neulingen. Nach einer kurzen Pause räuspert sich der Mann.

"Okay, ich kann gerne anfangen." Er hebt seine Handfläche für eine kurze Begrüßung. "Ich bin David. Therapie ist noch ziemlich neu für mich. Ich komme nicht aus Penry, aber das hier ist die nächstgelegene Gruppe, die ich finden konnte. Ich, naja, ich bin wohl hier, um ein paar Probleme aufzuarbeiten, die ich schon vor langer Zeit hätte angehen sollen."

Ein Raunen geht durch die Runde. Es gibt viele von uns, die ihre Probleme schon zu lange verdrängt haben.

"Ich hatte einen Bruder, der schon vor langer Zeit gestorben ist. Und ich bin mir nicht sicher, ob ich seinen Tod je richtig verarbeitet habe. Noch nicht." Er hebt den Kopf, und ich sehe den glänzenden Film von Tränen, der seine Augen bedeckt. Er stößt ein leises, unsicheres Lachen aus. "Darum bin ich jetzt hier."

"Nun, du bist am richtigen Ort, David. Und du hast den ersten Schritt gemacht. Das ist schonmal sehr wichtig", sagt Susannah, und die Leute in der Gruppe murmeln zustimmend.

Nachdem die gemurmelten Ermutigungen verstummt sind, richtet sich die Aufmerksamkeit auf die Frau, die mir gegenüber sitzt. Sie wirft ihr kastanienbraunes Haar über eine Schulter und fummelt nervös an einem Goldband an ihrem Handgelenk herum.

"Okay, dann bin ich wohl dran." Ihre Finger lassen das Metallband an ihrem Arm auf und ab gleiten. "Mein Name ist Cecilia, und ich bin nicht aus Penry, aber ich bin vor kurzem hierher gezogen. Wenn jemand von euch einen guten Ort für ein All-You-Can-Eat-Brunch kennt, lasst es mich wissen." Sie grinst, schüttelt dann aber den Kopf. "Tut mir leid, schlechter Scherz. Ich... Nun, ich bin gerade dabei, meinen Drogenmissbrauch zu überwinden, also halte ich mich eine Weile vom Prosecco fern."

"Danke, dass du das mit uns teilst", sagt Susannah. "Du bist nicht allein. Drogenmissbrauch ist ein Thema, das viele Menschen in der Gruppe auch durchgemacht haben. Warum hast du dich entschieden, heute zu kommen, Cecilia?"

Cecilia seufzt. "Ich bin wegen meinem Ex hier. Auch bekannt als der Bastard, der versucht hat, mich komplett niederzumachen. Ich freue mich, berichten zu können, dass er versagt hat. Dass ich lebe, atme, vergesse Zahnseide zu benutzen und zu viel Butter auf meinen Toast schmiere." Sie lacht. "Wenn ich nicht den ganzen Tag schluchzend im Bett liege, gehe ich zur Arbeit und lebe mein *verdammtes* Leben. Er hat mich nicht gebrochen, und das wird er auch nie."

Im Saal brandet Beifall auf.

"Oh, danke." Sie verbirgt ihr Gesicht in ihren Händen, charmant verlegen.

"Gut gesagt", sagt Susannah. "Wir sind alle noch hier. Das ist eine Leistung. In diesem Raum zu sein, ist es wert, gefeiert zu werden."

Manchmal, wenn Susannah kleine Errungenschaften wie die Teilnahme an einer Therapie feiert, unterdrücke ich den starken Wunsch, mit den Augen zu rollen. Aber die echte Emotion in Cecilias Stimme berührt mich, und ich ertappe mich dabei, dass ich nickend einstimme.

Nach der Vorstellungsrunde verbringt die Gruppe einige Zeit mit einzelnen Teilnehmern. Die Teilnehmer haben die Möglichkeit, über ihre Herausforderungen seit dem letzten Treffen zu sprechen. Als ich an der Reihe bin, halte ich mich halb bewusst an der Sitzfläche des Stuhls unter meinen Oberschenkeln fest.

"Ihr habt sicher alle von dem Mädchen aus der Gegend gehört, das diese Woche gestorben ist. Phoebe Thompson. Sie war, ähm, sie war in der Schule meiner Tochter. Niemand weiß, wie es passiert ist, denn es scheint, dass sie allein war. Vielleicht ist sie von einer Klippe gestürzt, oder sie ist gesprungen, oder-", die letzte Möglichkeit lasse ich nicht aussprechen. "Meine Tochter, Maddie, war auf dem Campingplatz. Sie hat nichts gesehen, aber ich mache mir Sorgen, dass dieser Vorfall ein Trigger für sie sein könnte, nach allem, was wir durchgemacht haben." Ein Bild taucht in meinem Kopf auf, wie die kleine Maddie neben mir steht und auf die Leiche ihres Vaters starrt. *Du musst dafür sorgen, dass er einschläft und nie wieder aufwacht.*

"Und was ist mit dir, Zoe?", fragt Susannah. "Was ist mit deinen Triggern?"

Mein Griff wird fester. Das gesprenkelte Muster des Plastiksitzes drückt auf meine Haut. "Ich kann mir grad nicht erlauben, mich darauf gedanklich einzulassen. Wenn ich das tue, falle ich auseinander. Und wenn ich zusammenbreche, hat Maddie niemanden mehr, der dafür sorgt, dass sie nicht zusammenbricht." Ich denke an Justin. Ja, er würde alles auffangen, was ich fallen lasse, aber Maddie vertraut nur mir vollkommen. Sie steht ihm nicht so nahe wie mir.

"Das ist eine Menge", sagt Cecilia leise, dann hält sie sich die Hand vor den Mund. "Tut mir leid, ich darf gerade nicht sprechen, oder?"

"Das ist okay", sagt Susannah. "Das hier ist ein sicherer Ort, und du hast keinen Schaden angerichtet."

"Oh, gut." Cecilia dreht sich zu mir um. "Ich weiß, dass wir uns nicht kennen, aber ich denke, dass du dich vielleicht zu sehr unter Druck setzt. Ich habe eine Tochter im Teenageralter. Sie ist ziemlich launisch. Lange Zeit habe ich versucht, die Welt um sie herum zu kontrollieren. Aber irgendwann kommt die Zeit, wo man das nicht mehr kann." Sie senkt den Kopf und stößt einen Seufzer aus. "Es hat einen Keil zwischen uns getrieben."

Ich nicke und verstehe den Spagat, den wir als Eltern machen müssen.

"Ich wünschte, ich hätte verhindern können, was mit uns passiert ist", fährt Cecilia fort. "Nachdem ich meinen Ex verlassen hatte, habe ich so lange so getan, als wäre es nie passiert, und mir dieses falsche, glückliche Leben geschaffen, das nicht unseres ist. Es hat nicht funktioniert." Sie schüttelt den Kopf. "Eines Tages wurde mir klar, dass ich mich nie mit dem auseinandergesetzt habe, was er mir angetan hat, denn genau wie du, konnte ich mich einfach nicht darauf einlassen. Ich habe vergessen, dass ich mehr als nur eine Mutter bin. Das gilt auch für dich. Du bist ein Mensch, und du verdienst Zeit, um mit deinem eigenen Scheiß fertig zu werden. Verstehst du?"

Mir fehlen die Worte für eine Antwort, und so tauschen wir ein schüchternes, zaghaftes Lächeln aus. Es ist schwer in Worte zu fassen oder gar zuzugeben, wie wunderbar es ist, meine Sorgen von einer anderen Person ausgesprochen zu hören. Von einer anderen Mutter.

"Cecilia spricht da einen wichtigen Punkt an, Zoe. Was hältst du davon?"

Meine Kehle fühlt sich dick an, aber irgendwie schaffe ich es zu sprechen. "Als ob ich mehr wert habe, als nur die Mutter zweier Kinder und die Ehefrau eines Mannes zu sein."

"Und was ist mit deinen Triggern?", fragt sie sanft.

"Ich kann nicht aufhören, sein Gesicht zu sehen." Dann sage ich etwas, von dem ich nie erwartet hätte, dass ich es heute sagen würde. "Ich sehe sein Gesicht, wenn ich sie ansehe, und es macht mir Angst." Als ich daraufhin zusammenbreche, kommt Cecilia durch den Kreis zu mir und legt ihren Arm um meine Schultern.

Kapitel Elf

Damals

Wir entfachten ein Feuer in dem großen gemauerten Kamin. Als die Flammen knisterten und spuckten, hatte ich endgültig keine Energie mehr in meinem Körper. Ich sackte in einem Sessel neben dem Feuer zusammen, eine Fleecedecke über mir, die Handschellen immer noch um mein Handgelenk und Fesseln baumelten an jedem Fußgelenk. Schauer durchliefen meinen Körper, ebenso wie der tief sitzende Husten. Ich bat Maddie, mir etwas zu essen zu besorgen, und sie brachte mir eine Packung Chips und einen Mars-Riegel, den ich nur mühsam mit zittrigen Fingern öffnen konnte. Mir lief das Wasser im Mund zusammen, als ich den Salt and Vinegar aus der Chipstüte roch, aber ich erinnerte mich daran, langsam zu essen, um es nicht direkt wieder zu erbrechen.

"Ich könnte dir einen Toast machen", sagte sie fröhlich.

"Ist schon okay." Schwarze Punkte tanzten über mein Blickfeld. "Ich glaube, ich muss eine Weile schlafen. Ich bin so müde. Weißt du, wie ein Handy-Ladegerät aussieht?"

Sie nickte.

"Kannst du nach einem suchen, während ich mich ausruhe? Wir müssen die Polizei rufen." Meine Augenlider fielen zu, und die Welt klang, als wäre ich unter Wasser.

Als Peter McKennas Gesicht erschien, ein Auge fehlte, das andere war blutunterlaufen und wütend, schrie ich auf. Jemand brachte mich zum Schweigen, und ich fiel in den dritten oder vierten unruhigen Schlaf, den ich seit meiner Entführung hatte. Während ich so vor mich hin döste, kam mir ein Gedanke: *Ein Computer. Bestimmt hat Peter einen Computer mit Internet.*

An die Stunden, nachdem wir das Feuer gemacht hatten, konnte ich mich nicht mehr erinnern. Vielleicht hat mich das Fieber gepackt, und Träume und Realität hatten sich vermischt. Maddies Gesicht tauchte ein paar Mal neben meinem auf. Einmal krabbelte sie auf meinen Schoß und schlief mit ihrem Kopf an meiner Brust ein. Ich hatte eine vage Erinnerung daran, wie ich ihr gezeigt hatte, wie man das Feuer schürt, damit sie es am Laufen halten konnte. Es gab Momente, in denen ich schreiend aufwachte, weil ich überzeugt war, dass Peter noch am Leben war. Einmal träumte ich sogar, dass Maddie mit einem scharfen Messer in der Hand über mir stand. Aber ich war sicher, dass ich nur meine Ängste auf sie projizierte.

Als ich nach stundenlangem, unruhigem Schlummer endlich erwachte, hustete ich Schleim auf den Teppich.

Maddie starrte darauf, dann auf mich. "Wirst du sterben?"

Ich lachte. "Ich hoffe nicht." Aber zum ersten Mal, seit sie ihren Vater auf dem Boden der Scheune verbluten gesehen hatte, fragte ich mich, ob sie vielleicht recht hatte. "Könnte ich jetzt den Toast haben? Und ein Glas Wasser." Ich musste wieder zu Kräften kommen. "Hast du ein Ladegerät für das Handy gefunden?"

Maddie schnappte sich ein Kabel vom Couchtisch und hielt es triumphierend hoch, wobei ihre Zunge frech zwischen den Zähnen hervorlugte. Ich sah, dass es ein Ladegerät für ein Android-Handy war. Ich hatte ein iPhone. Aber es könnte sich trotzdem als nützlich erweisen.

"Oh, gut gemacht, mein Schatz."

Sie strahlte. "Bin ich ein gutes Mädchen?"

"Das bist du wirklich."

Sie umarmte mich, und ich umarmte sie zurück. Dann trottete sie in die Küche, um Toast zu machen und Wasser einzuschenken. Ich hörte, wie sie einen Stuhl durch den Raum schleppte. Sie hatte das offensichtlich schon öfter gemacht.

Mein Gehirn war immer noch vernebelt, aber ich war in der Lage, alles zu sehen, was vor sich ging. Das Bauernhaus war warm und gemütlich, aber wir brauchten dringend Hilfe. Wenn es keinen Festnetzanschluss gab, mussten wir entweder Peters Handy oder seinen Computer finden. Bestimmt hatte er beides. Maddie schien körperlich gesund zu sein, obwohl ich mir vorstellen konnte, dass auch sie eine Tortur erlebt hatte, während sie hier mit einem Serienmörder leben musste. Aber sie schien keine blauen Flecken zu haben, und sie bewegte sich mit Leichtigkeit umher. Sie war dünner als die meisten Kinder, die ich kannte, aber sie wusste offensichtlich, wie sie sich selbst versorgen konnte. Sie trug keine Windel, und obwohl ich nicht gesehen hatte, wie sie auf die Toilette ging, musste ich inzwischen davon ausgehen, dass sie es schon alleine konnte. Ob Peter sie missbraucht hatte, konnte ich nicht sagen. Sie war einfach nur lieb zu mir. Ich mochte sie sehr. Wer weiß, ob ich es ohne sie geschafft hätte, mich aus dieser Scheune herauszukämpfen.

"Zoe! Toast!" Maddie kam mit zwei Scheiben Brot auf dem Teller hereingehüpft. Sie hatte sie auch für mich gebuttert. "Ich bin gleich wieder da."

Diesmal verschlang ich das Essen, das wohl die beste Mahlzeit meines bisherigen Lebens war, obwohl es zu schwach getoastet worden war. Kurz darauf kam Maddie mit dem besten Glas Wasser zurück, das ich je getrunken hatte.

"Geht es dir gut, Schatz? Brauchst du etwas zu essen?"

"Ich hatte schon Schokoflakes." Sie grinste.

"Gut", sagte ich. "Okay, wir sollten jetzt Hilfe holen, denn ich glaube, ich muss ins Krankenhaus. Ich bin mir nicht sicher, ob ich noch aufstehen kann. Weißt du, ob dein Papa einen Computer hat?"

"Ähm, ja."

"Kannst du ihn für mich holen, Maddie?"

Eifrig, wie immer, eilte sie aus dem Zimmer. Ich hörte ihre kleinen Füße die Treppe hinauf und den Korridor entlang stapfen. Die Vorstellung, dass sie allein das Schlafzimmer ihres Vaters betrat, ließ mich erschaudern. Während ich auf ihre Rückkehr wartete, trank ich den letzten Schluck des Wassers und lehnte meinen Kopf gegen den Sessel. Ich musste dringend auf die Toilette, und ich hatte immer noch meine uringetränkten Laufhosen an.

Maddie kam ein paar Minuten später zurück und drückte den Laptop an ihre Brust. Ich winkte sie heran, und sie reichte ihn mir. Aufregung durchflutete meine Adern, bis ich ihn öffnete und die Passwortabfrage entdeckte.

"Kennst du Papas Passwort?"

Maddie schüttelte den Kopf.

Ich stöhnte und warf meinen Kopf zurück. "Okay, dann machen wir folgendes. Kannst du mir noch ein Glas Wasser und einen Schokoriegel holen? Und während du das tust, kannst du an alles denken, was du über Papa weißt. Seinen Geburtstag, den Namen seiner

Mama, deiner Oma, oder die Namen der Haustiere, die ihr so hattet."

"Wie Chalkie?"

"Ja!", sagte ich und schloss mich ihrer Begeisterung an. "Wer ist Chalkie?"

"Er war mein Hund. Er war weiß."

"Sehr gut. Gutes Mädchen!"

Sie strahlte. Als sie mit dem leeren Glas wegging, probierte ich den Namen aus und weigerte mich, mich auf die Art und Weise zu konzentrieren, wie Maddie ihren Hund in der Vergangenheitsform genannt hatte. Ich wollte nicht wissen, was Peter McKenna Tieren angetan haben mochte.

Chalkie funktionierte nicht, ebenso wenig wie verschiedene Varianten der Schreibweise. Maddie schwappte ein Drittel des Wassers auf den Teppich, als sie mit einem Twix und einer Packung Malteser zurückkam. Sie reichte mir das Twix und öffnete ihre Malteser.

"Ihr habt aber viel Schokolade im Haus", bemerkte ich.

"Papa mag die so. Aber ich darf nicht so viel essen."

"Du kannst jetzt so viel haben, wie du willst", sagte ich fröhlich und fügte hinzu: "Solange du deine Zähne nicht verrotten lässt." Ich schüttelte den Kopf und fühlte mich wie meine Mutter. "Also, ich habe es mit *Chalkie* versucht, aber es funktioniert nicht. Kannst du dich an Papas Geburtstag erinnern?"

"Hm." Sie biss sich auf die Lippe. "Gebu-Tag." Sie murmelte das Wort, als wäre es neu für sie.

"Du weißt nicht... Du weißt nicht, was ein Geburtstag ist?"

Zum ersten Mal, seit ich sie kennengelernt hatte, begann sie zu weinen.

"Oh nein. Oh, Maddie, es tut mir so leid. Komm her." Ich zog sie auf meinen Schoß und schaukelte sie hin und her, während sie in die Fleecedecke schluchzte. "Ist ja gut. Das ist nicht schlimm, Süße. Es ist nicht wichtig. Aber würdest du gerne wissen, was ein Geburtstag ist?"

Ihr Kopf wippte gegen meine Brust auf und ab.

"Das ist ein Tag, an dem man Kuchen isst, Luftballons kauft und Lieder singt."

Sie blinzelte mit ihren großen braunen Augen. "Warum?"

"Weil jemand ein Jahr älter geworden ist. Weißt du, wie alt du bist?"

Ihr Gesicht verzog sich wieder und sie schüttelte den Kopf.

"Das ist okay. Wir kriegen das schon hin. Also, jedes Jahr feiern wir den Tag, an dem wir geboren wurden. Weißt du, was geboren werden bedeutet?"

"Ja." Sie zog an ein paar Haarsträhnen und wich meinem Blick aus. "Nein."

"Das ist, als würde man zum ersten Mal aufwachen."

"Oh", sagte sie.

"Egal, an welchem Tag du geboren wurdest, wir feiern das jedes Jahr. Und wenn du in Sicherheit bist und dich eingelebt hast, werde ich persönlich dafür sorgen, dass du immer eine Geburtstagsfeier bekommst, okay? Das verspreche ich."

"Versprochen?" Ich bemerkte, dass sie dieses Wort kannte, weil ihre Augen aufleuchteten.

"Ich verspreche es."

Sie blieb auf meinem Schoß sitzen, während ich versuchte, mir weitere Passwörter auszudenken. Maddie wusste nicht einmal den Vornamen ihrer Großmutter. Ihr fielen auch keine weiteren Haustiere ein. Ich war ratlos und konnte nicht länger warten. Entweder musste ich Peters Handy aus seiner Jeanstasche kramen, oder ich musste Maddie zu den Stapeln von Frauensachen im Schlafzimmer des Mannes hinaufschicken. Vielleicht hatte eine von ihnen ein Android-Handy, das wir aufladen konnten. Aber mir gefiel der Gedanke nicht, mit Beweisen herumzuspielen. Ich dachte kurz darüber nach und beschloss, zuerst in die Scheune zu gehen. Es war am wahrscheinlichsten, dass Peters Handy aufgeladen und einsatzbereit war. Außerdem bedeutete das, dass ich die Habseligkeiten der Opfer nicht stören musste, was sich einfach falsch anfühlte.

Das Aufstehen aus dem Stuhl erwies sich jedoch als schwieriger als erwartet. Mehr als einmal musste ich pausieren und husten. Schwindel überkam mich. Meine Glieder und mein geschwollenes Gesicht pochten. Trotzdem weigerte ich mich, Maddie in die Scheune zu schicken. Kleine Kinder sollten nicht gezwungen werden, eine Leiche zu durchsuchen.

Sie brachte mir ein paar Kleider ihrer Großmutter - ich hatte ausdrücklich darum gebeten, dass sie nicht aus dem Zimmer ihres Vaters stammten - und ich zog mich am Feuer um, um so viel Wärme wie möglich zu tanken, bevor ich wieder in den Schnee hinausging.

Die Kleidung war mir drei Nummern zu groß, aber ich zog mir eine Schicht über, wickelte mir einen Schal um den Hals und zog ein Paar Stiefel über die Fußfesseln, wobei ich die Ketten so gut wie möglich festzurrte. Ich machte mich auf den Weg zur Haustür, und benutzte dabei die umherstehenden Möbel als Krücken.

"Warte", sagte Maddie und rannte aus dem Korridor. Eine Minute später kam sie atemlos zurück, mit einem Gehstock in der Hand.

"Oh, kluges Mädchen." Ich wollte mich bücken und sie umarmen, aber ich hatte Angst, dass ich nicht wieder hochkommen würde. "Okay, Maddie, du wartest hier. Es wird nicht lange dauern."

Sie drückte ihre winzige Hand in meine und wimmerte.

"Es dauert nicht lange, versprochen."

Tränen traten ihr in die Augen und machten sie glänzend und hell. Ihre Haut war immer noch fleckig rot von vorher, als sie geweint hatte. Und einen Moment später weinte ich mit ihr.

Ich griff nach ihr, trotz meines geschwächten Körpers, und berührte ihre Wange. "Ich bin gleich wieder da. Versprochen."

"Versprochen?"

"Ja."

Sie riss sich von mir los, und ihre Hände ballten sich zu Fäusten. "Nein! Nein!", schrie sie. Dann drehte sie sich um und begann, mit ihren fest gewundenen Fingern gegen die Wand zu schlagen. "Nein! Nein!"

Obwohl mir die plötzliche Intensität Angst machte, blieb ich ruhig und ließ ihren Wutanfall über mich ergehen. Jemand hatte ihr gegenüber ein wichtiges Versprechen gebrochen, und sie hatte Angst. Das verstand ich. Die Welt hatte ihr Versprechen an Maddie gebrochen. Jedes Kind sollte Liebe, Wärme und Stabilität erfahren, aber sie hatte nichts von alledem kennen gelernt. Sie hatte allen Grund, wütend zu sein.

"Maddie, ich schwöre, ich komme zurück. Warum kletterst du nicht auf den Küchentisch und beobachtest mich durch das Fenster? So kannst du mich hinlaufen und auch zurückkommen sehen. Ist das in Ordnung? Meinst du, das hilft?"

"Ich glaube schon."

Ich wischte ihr den Rotz von der Nase und drückte ihr einen Kuss auf den Kopf. "Ich halte meine Versprechen, Maddie. Du wirst sehen."

Sie schaute finster drein, als ich die Tür öffnete, dann rannte sie in die Küche. Als ich aus dem warmen Haus in die eisige Kälte trat, sah ich, wie sie mich die Glasscheibe gepresst aufmerksam beobachtete.

Kapitel Zwölf
Jetzt

Justin hat dafür gesorgt, dass das Haus aufgeräumt und sauber ist, als ich nach Hause komme. Das ist seine Art, Liebe zu zeigen. Immer wenn ich überfordert bin, übernimmt er die gesamte Hausarbeit, weil er weiß, dass ich es nicht schaffe. Maddie und ich haben nach der Adoption einige chaotische Phasen durchlebt. Justin hat alles wieder in Ordnung gebracht. Manchmal treibt er es zu weit und wirft Dinge weg, die ich gerne behalten würde, oder räumt alles so um, dass ich nichts mehr finden kann. Trotzdem liebe ich es an ihm, dass er sich nützlich machen will.

"Ich dachte, wir könnten uns etwas zum Mittagessen bestellen. Was hältst du davon? Ich weiß, das ist ein bisschen frech, aber wenn wir etwas mehr bestellen, haben wir auch noch was für den Tee später." Er grinst, einen Staubwedel unter den Arm geklemmt.

Bevor ich antworten kann, klingelt das Telefon, und Justin hebt einen Finger, um mir zu signalisieren, dass er den Gedanken festhalten will. Ich gehe zur Spüle, um mir ein Glas Wasser einzuschenken. Als er zurückkommt, habe ich die Hälfte davon getrunken.

"Das war DS Rosen. Er sagte, er habe Maddies Aussage auf dem Campingplatz aufgenommen."

Sofort richtet sich meine Wirbelsäule auf. Ich stelle das Glas auf den Küchentisch, härter als beabsichtigt, und es klirrt gegen die Marmoroberfläche.

"Was wollte er?"

"Er kommt mit einem Kollegen vorbei." Justin wippt von einem Fuß auf den anderen, sein Blick wandert über die Küchenschränke und zum Fenster. "Sie wollen Maddie noch ein paar Fragen stellen, damit sie die Aussage festhalten können."

Ich verschränke die Arme und lehne mich gegen den Tresen. "Ich mag den Kerl nicht."

"Nicht? Warum nicht?"

"Die Art, wie er Maddie angeguckt hat. Ich weiß nicht. Es war, als würde er sie abschätzen. Das ist das Letzte, was wir gebrauchen können." Als ich ins Wohnzimmer gehe, folgt mir Justin. Anstatt mich auf das Sofa in der Mitte des Raumes zu setzen, gehe ich zum großen Erkerfenster, in der Hoffnung, dass mich das Meer in der Ferne ein bisschen beruhigt. Das tut es nicht. "Er wusste von meinem Buch. Das heißt, er hat es wahrscheinlich gelesen. Er weiß auf jeden Fall über meine und Maddies Vergangenheit mit Peter McKenna Bescheid, und ich habe Angst, dass er das gegen sie verwenden wird."

"Gegen mich?"

Ich drehe mich um und sehe Maddie in der Tür stehen. "Ja." Ich presse meine Lippen zusammen. "Ich meine, wir wissen das nicht mit Sicherheit. Aber ..."

"Aber es gibt eine Menge belastendes Material, das sie sich zurechtdrehen könnten", schließt Maddie ab.

"Nun, so wollte ich es nicht ausdrücken..."

"Die Sache ist die, Mads, das Buch deiner Mutter berichtet auch von deiner Diagnose, als du klein warst und-" Justin beginnt.

"Ja, ich versteh schon." Maddie schreitet durch den Raum und lässt sich auf das Sofa fallen. Sie verschränkt die Beine unter ihrem Körper, greift nach der Fernbedienung und schaltet den Fernseher ein.

Ich möchte ihr sagen, dass es mir leid tut, dass ich wünschte, ich hätte nicht so viel über unsere Beziehung geschrieben. Als ich das Buch schrieb, öffnete ich eine Vene und ließ das Blut auf die Seiten fließen. Ich tat es, um zu überleben, genau wie mein Stressessen. Und vielleicht hätte ich unsere Geschichte nicht verkaufen sollen, aber der Prozess fühlte sich erst abgeschlossen an, als auch andere darüber gelesen hatten. Ja, das Geld war gut, und wir hatten eine Lebensgrundlage, aber diese E-Mails von Lesern, die *mir* sagten, dass ich *ihr* Leben gerettet hatte, bedeuteten mir mehr als jedes noch so tolle Haus, das ich kaufen konnte.

Maddie wurde als Kind oft untersucht, und obwohl bei ihr nie eine Verhaltensstörung diagnostiziert wurde, stellten die Therapeuten gefühllose und emotionslose Züge fest, die mit einer Verhaltensstörung einhergehen können. Ich erinnere mich, dass sich diese Worte damals kalt anfühlten und sie wie einen Roboter erscheinen ließen. Ein Mensch ohne Seele. Aber Menschen sind kompliziert, und wie mir die Experten erklärten, würde Maddie nicht zwangsläufig zu einem gefühllosen Menschen heranwachsen. Ihr Mangel an Emotionen rührte daher, dass sie Schwierigkeiten hatte, mit anderen Menschen eine Beziehung aufzubauen. Vor allem aber glaubten sie, dass sie sich ändern könnte. Es war gut, das alles frühzeitig zu erkennen, so dass ich meinen Erziehungsstil anpassen konnte, um ihr zu helfen.

Das Schreiben über den Druck, Maddie richtig zu erziehen, hat mir geholfen, die Last zu erleichtern. Es tat mir gut, darüber zu schreiben, wie sehr ihr Verhalten mir Angst machen. Es gibt viele andere Eltern, mit eigenen oder adoptierten Kindern, die ähnliche Probleme haben, und mein Buch hat ihnen genauso geholfen wie mir. In den letzten elf Jahren gab es keine einzige Sekunde, in der ich Maddie nicht so geliebt habe, wie sie ist, aber ich würde lügen, wenn ich behaupten würde, dass es nicht auch Momente der puren Verzweiflung gegeben hat.

Wir lassen sie vor dem Gespräch in Ruhe. Justin macht sich wieder an die Arbeit, faltet Wäsche und bügelt. Ich trinke mein Wasser aus und hole Gabe von der Schule ab. Nachdem er sich mit seinen Hausaufgaben an den Esstisch gesetzt hat, klopft es an der Tür. Das Spiel beginnt. Ich nehme mir einen Moment Zeit, um mich zu sammeln und gehe in den Flur, um den Detektiv hereinzulassen.

DS Rosen schenkt mir ein kurzes Lächeln, das seine Augen nicht ganz erreicht. Ich empfinde seinen Blick als durchdringend, während wir Höflichkeitsfloskeln austauschen, und bitte ihn schließlich herein. Es folgt eine jüngere Beamtin, die sich als PC Morton vorstellt. Sie ist klein, aber stämmig und hat ihr Haar zu einem Dutt gebunden, der ihren Undercut entblößt.

"Guten Tag, junger Mann!", sagt Rosen fröhlich zu Gabe, der sich sofort aufrichtet und grinst. "Ausgezeichnete Arbeit. Mach weiter so."

Gabe liebt Lob über alles, besonders von Fremden. Er strahlt förmlich.

Ich beuge mich vor und gebe ihm einen Kuss auf seinen Scheitel. "Warte hier drin, während wir uns unterhalten, okay?"

Er murrt, bleibt aber sitzen.

Wir lassen uns auf den Sofas im Wohnzimmer nieder. Justin bietet den Polizisten Getränke an, die sie jedoch ablehnen. DS Rosen bemerkt das angenehme Wetter, das wir haben. Das ist alles so typisch britisch, das Hauptgespräch wird hinausgezögert, alle sind nervös, außer vielleicht Maddie. Endlich kommen wir zur Sache.

"Maddie, ich wollte dich heute besuchen, damit wir von dir ein paar mehr Informationen über die Nacht, in der Phoebe starb, bekommen können. Ist das in Ordnung?"

Maddie ist auf der Hut. Ich bemerke es an den kleinen Details, am teilnahmslosen Gesichtsausdruck, den geraden Rücken und die Art, wie sie die Hände auf dem Schoß gefaltet hat. Ich frage mich, ob sie sich das, was wir besprochen haben, zu Herzen genommen hat. Sie nickt behutsam.

"Okay, super. Lass uns doch noch einmal die zeitlichen Abläufe durchgehen." DS Rosen liest die Ereignisse vor, die Maddie ihm auf dem Campingplatz erzählt hat. Es gefällt mir nicht, wie er PC Morton anschaut, während er spricht. Sie ist sehr still, sitzt einfach nur da, mit ihrem Notizbuch auf den Knien.

Maddie bestätigt jede Zeit, jeden Ort und jedes Detail. Sie beantwortet seine Fragen ruhig und besonnen.

"Es gibt noch etwas, worüber ich gerne reden würde", sagt Rosen. "Ein paar der anderen Mädchen haben einen Streit erwähnt, der sich am Tag zuvor ereignet hat. Kannst du mir was darüber erzählen?"

Maddie stößt einen kurzen Atemzug durch die Nase aus - ein sicheres Zeichen dafür, dass sie genervt ist..

Ich werfe ihr einen Blick zu, um ihr zu deuten, dass sie sich zusammenreißen sollte.

"Es war dumm", sagt sie. "Mädchenkram".

"Was für Mädchenkram? Geh so tief ins Detail wie möglich. Alles hilft uns."

Maddie richtet ihre Aufmerksamkeit auf mich. "Bin ich in Schwierigkeiten?"

Ich öffne meinen Mund, um zu antworten, aber DS Rosen kommt mir zuvor. "Überhaupt nicht."

Ich bete, dass Maddie klug genug ist, dieser Aussage nicht zu vertrauen.

"Nun, Nina Patel, eine von Phoebes besten Freundinnen, wollte nach dem Grillen Wahrheit oder Pflicht spielen. Also saßen wir im Kreis und drehten die Flasche. Sie landete auf Ellie Oaksmith. Sie musste eine Mutprobe machen. Und dann landete sie auf mir."

"Gut. Was heißt das?", fragt Rosen.

"Dass ich Ellie eine Mutprobe geben musste."

Oh nein.

"Was für eine Aufgabe hast du Ellie gestellt?" Rosen wartet auf die

Antwort und beugt sich zu meinem Kind. Währenddessen sprang mein Herz in meiner Brust umher.

"Ich habe Ellie herausgefordert, ihren Arm über die Klippe zu werfen."

Mein Herz sinkt. Justin schnappt nach Luft. PC Morton zieht die Augenbrauen hoch. Nur DS Rosen zeigt keine Reaktion. Er hat das wahrscheinlich schon von den anderen Mädchen gehört. Er weiß mit Sicherheit auch, dass Ellie eine Armprothese hat.

"Es war ein Scherz", stellt Maddie klar. "Ich wollte sie nicht dazu zwingen oder so. Aber sie fing an zu weinen, bevor ich ihr sagen konnte, dass es ein Scherz war."

"Was ist danach passiert?", fragt DS Rosen, obwohl ich sicher bin, dass er es schon weiß.

"Phoebe schrie mich an. Sie meinte, ich solle nach Hause gehen."

"Aber das hast du nicht gemacht?"

"Nein, ich bin geblieben. Sie kann mir nicht befehlen, was ich zu tun habe. Außerdem wollte ich Ellie sagen, dass ich bloß einen Scherz gemacht habe. Also ging ich zu Ellie und redete mit ihr. Ich hab ihr gesagt, dass ihre richtige Aufgabe darin besteht, dass sie zwanzig Marshmallows auf einmal essen soll." Maddies Gesichtsausdruck ist blass und angespannt, als ihr Blick zu mir wandert. "Siehst du? Ich bin nicht böse. Sie hat es nur nicht verstanden."

"Ich weiß, Schatz", sage ich. Ich wende mich an DS Rosen. "Maddie und ich haben beide einen dunklen Sinn für Humor. Das ist ein lediglich Bewältigungsmechanismus, den wir entwickelt haben, um mit dem fertig zu werden, was wir in der Vergangenheit durchgemacht haben. Die Sache ist bloß, dass Maddie nicht immer erkennt, dass andere Leute diese Art von Humor nicht unbedingt lustig finden. Ellie ist recht unsicher aufgrund ihrer Prothese, darum war der Scherz ein bisschen unglücklich."

"Ich habe ihr doch gesagt, dass es ein Scherz war", sagt Maddie verzweifelt.

"Du hast erwähnt, dass Phoebe dich angeschrien hat. Hast du zurückgeschrien?"

"Nicht wirklich. Ich meine, ich habe gesagt, dass ich ihre Party scheiße finde. Und ich habe darauf hingewiesen, dass ihre Mutter nur alle Mädchen eingeladen hat, um mit ihrem Reichtum anzugeben. Aber ich habe nicht geschrien." Maddie zuckt mit den Schultern.

"Gibt es noch etwas, das du mir sagen möchtest, Maddie?", fragt Rosen.

Sie ist einen Moment lang still. "Ich glaube nicht. Nachdem Phoebe mir gesagt hat, dass ich abhauen soll, bin ich in mein Zelt gegangen und habe dort für den Rest der Nacht gechillt."

Es bricht mir das Herz, dass meine Tochter eine Geburtstagsparty allein in einem Zelt verbringen muss. Man soll nicht schlecht über Tote denken, aber Phoebe und ihre enge Freundesgruppe haben mir schon immer ein schlechtes Gefühl gegeben. Ja, Maddie hat etwas Schreckliches gesagt - etwas furchtbar Unsensibles, das ihre politisch korrekten Mitschülerinnen unverzeihlich finden mussten. Ich unterstütze das, was sie zu Ellie gesagt hat nicht, aber ich *verstehe,* wie es dazu kam, dass sie mit dieser Mutprobe herausplatzte. Da die Mädchen um sie herum ihr nie Freundlichkeit entgegengebracht hatten, würde Maddie mit ihrer abgestumpften emotionalen Wahrnehmung auch nicht das Bedürfnis verspüren, *ihnen* Freundlichkeit entgegenzubringen. Und für mich ist ihre Lieblosigkeit genauso schrecklich. Maddie ist anders als sie. Das ist nicht ihre Schuld. Sie haben sie immer wegen ihrer Andersartigkeit gemieden.

"In Ordnung, Maddie. Danke, dass du heute mit uns gesprochen hast." Er wendet sich an PC Morton, die ihm zunickt, um ihm zu sagen, dass sie sich Notizen gemacht hat. "Wir wünschen dir noch einen schönen Tag."

Ich bringe die beiden zur Tür, mit einem dumpfen Gefühl in der Kehle, als wäre ich kurz davor, krank zu werden. Maddie und Phoebe haben sich Stunden vor Phoebes Tod zerstritten. Und ich bin mir nicht sicher, was ich davon halten soll.

Kapitel Dreizehn

Damals

Ein Taubheitsgefühl machte sich in meinen Zehen breit, als ich zur Scheune humpelte. Eine frische Schneeschicht hatte den letzten Schneefall überdeckt. Als die Stiefel auf dem Eis unter der Oberfläche ausrutschten, warf ich mein Gewicht auf den Gehstock, der irgendwie Halt fand und mich aufrecht hielt.

Mein Geruchssinn war seit den Schlägen, die ich von McKenna erhalten hatte, abgestumpft, aber der Ort roch frisch. Kalt. Eis hatte seinen eigenen Geruch, und ich atmete einen tiefen Lungenzug davon ein. Mein Atem dampfte heraus, wie der heiße Dampf, der von einem Motor ausgestoßen wird.

Ich ging auf die Scheune zu und blickte zurück, um Maddie zu sehen, die immer noch an das Glas gepresst war. Ich winkte ihr zu und lächelte. Sie winkte zurück. Ihre Anwesenheit half mir, mich zu motivieren. Ich hatte keine Lust, im Schnee zusammenzubrechen und zu sterben, aber zu wissen, dass dieses Kind *hier* von diesem Monster großgezogen worden war, trieb mich dazu an, ihr ein neues Leben schenken zu wollen.

Das Scheunentor war noch offen, und ich erhaschte einen ersten Blick auf die Leiche. Sobald ich ihn sah, begannen meine Hände zu zittern. Panik schoss durch mich hindurch. Ich wollte schreien, bis meine Lungen wund waren, aber ich wusste, dass es wehtun würde. Stattdessen stieß ich ein Wimmern aus und humpelte weiter auf ihn zu, wobei ich versuchte, nicht auf den massigen Körper auf dem Boden zu starren. Ich konzentrierte mich auf den Schreibtisch und erinnerte mich an Maddies konzentrierten Gesichtsausdruck, als sie mit dem

Schraubenzieher arbeitete. *Ein Schritt nach dem anderen. Schnapp dir das Handy und verschwinde.*

Zehn Schritte durch die Tür und ich war direkt neben ihm. Ich musste zugeben, dass es trotz der leblosen Gestalt meines Peinigers eine Erleichterung war, für einen Moment aus dem Schnee herauszukommen. In der Scheune war die eisige Kälte nicht ganz so schlimm, und meine Füße rutschten nicht aus. Ich atmete in meine Finger, um sie wieder zum Leben zu erwecken, und ließ mich vorsichtig auf den harten Boden sinken, wobei ich darauf achtete, nicht in dem Blutfleck zu knien, der sich um den Körper herum gebildet hatte.

Während ich ihn durchsuchte, behielt ich meine Finger auf dem Jeansstoff, da ich die Temperatur seines Körpers nicht spüren wollte. Abgestoßen von seiner eiskalten, blauen Haut, schloss ich die Augen, als ich meine Finger in seine Tasche gleiten ließ und ihn abtastete.

Zuerst fand ich seinen Schlüssel für die Scheune und mit einiger Erleichterung auch die Schlüssel für die Hand- und Fußfesseln, die er mir angelegt hatte. Ich zog meine Stiefel aus und schloss sie sofort auf, erleichtert, dass das Metall nicht mehr an mir rasselte. Dann zwang ich mich, um seine Hüfte herum in seine andere Tasche zu greifen. Sie war leer. Ich beruhigte meine Hand und zwang sie unter seinen Körper, um in beide Gesäßtaschen zu fassen, und mit einem Schreck stellte ich fest, dass er sowohl eiskalt als auch extrem steif war. Leichenstarre oder eingefroren, ich wusste es nicht, und ich wollte es auch nicht wissen.

Wo zum Teufel ist sein Handy?

Als nächstes probierte ich beide Jackentaschen. Beide waren leer.

Ich wankte von ihm weg und setzte mich auf denselben Stuhl, auf dem er mich eingeschüchtert hatte. Jetzt, wo ich darüber nachdachte, stellte ich fest, dass es mehr als wahrscheinlich war, dass er sein Handy nicht mit in die Scheune genommen hatte. Wenn es seinem Opfer gelang, sich zu befreien und ihn auf irgendeine Weise zu verletzen - oder zu töten, wie ich es getan hatte -, wollte er es dem Opfer so schwer wie möglich machen, Hilfe zu holen. Aber er brauchte seinen Schlüssel, um das Vorhängeschloss an der Außenseite der Scheune zu öffnen. Und ich nahm an, dass er die Schlüssel für die Fesseln bei sich tragen musste, um mich bewegen zu können, wann immer er wollte. Aber vielleicht hatte er sein Handy und seinen Autoschlüssel irgendwo im Haus versteckt. Ich fragte mich, ob Maddie dieses Verhalten bemerkt hatte, aber wenn ja, dann hätte sie sicher etwas gesagt.

Ich fühlte mich erschöpft und dumm, schwang mich wieder auf den Gehstock und ging langsam zurück zum Bauernhaus, wobei ich versuchte, mich nicht mit dem Bild der blau-melierten grauen Haut oder dem Gefühl seines steifen Körpers zu beschäftigen.

Maddie rannte auf mich zu und hielt sich an meinen Beinen fest. Ich nahm sie sanft von mir, damit ich in die Küche gehen und mich halb auf einen Stuhl fallen lassen konnte.

Nach einem kräftigen Husten nahm ich ihre beiden Hände in meine. "Ich möchte, dass du ganz genau nachdenkst. Hatte Papa ein besonderes Versteck für seine Sachen?"

Sie starrte mich einen Moment lang an. "Sein Handy war in seiner Tasche."

"Nein", sagte ich. "Da war es nicht."

"Oh." Sie zog konzentriert die Stirn in Falten. "Er holte es immer aus seiner Tasche raus."

"Wenn er im Haus war. Aber nicht, wenn er in die Scheune ging."

Ihre Augen leuchteten. "Die Kiste!"

"Kiste? Welche Kiste?"

Maddie zog mich an der Hand, und ich taumelte auf meine tauben Füße. Immer noch in den Stiefeln schleppte sie mich durch das Haus in den Flur. Ich hatte es vorher nicht bemerkt, aber neben dem Schuhschrank stand ein kleiner Metalltresor.

"Er hat sein Handy und seine Autoschlüssel hier hineingelegt, bevor er in die Scheune gegangen ist", sagte ich. "Scheiße! Was ist mit den Handys der anderen Frauen? Sind sie in seinem Schlafzimmer?"

Maddie zuckte mit den Schultern.

Langsam machten wir uns auf den Weg zurück in Peters Zimmer. Ich durchsuchte jeden Kleiderstapel vorsichtig nach einem Handy. Ich fand ein totes Klapphandy, das wir nicht aufladen konnten. Die Entdeckung meines Handys war offenbar ein Glücksfall gewesen. Peter hatte dafür gesorgt, dass es für seine Opfer praktisch unmöglich war, sich in Sicherheit zu bringen.

"Ich wette, sie sind im Safe", murmelte ich. "Maddie, kennst du den Code für den Safe?"

Sie schüttelte den Kopf. Das hatte ich mir schon gedacht, aber ich musste sie dennoch fragen.

Ich setzte mich auf das Bett von Peter McKenna. Mein Bedürfnis nach Unterstützung war größer als der Ekel, den ich empfand, weil ich wusste, dass er dort geschlafen hatte. Ich hatte kein Telefon und keinen Schlüssel für seinen alten Land Rover, und ich befand mich mitten im Nirgendwo, umgeben von Schnee. Ich war mir ziemlich sicher, dass ich eine Lungenentzündung hatte. Mein Körper war zerschunden. Ich war schwach und müde. Vielleicht lag ich sogar im Sterben. *Was zum Teufel sollte ich tun?*

"Wir müssen warten, bis der Schnee schmilzt", sagte ich. "Und dann versuchen, jemanden zu finden, der die Straße entlang fährt."

"Okay", sagte Maddie.

"Es sei denn, wir können den Safe irgendwie öffnen. Das können wir auf jeden Fall mal versuchen. Oder?"

Sie grinste und war ganz begeistert von der Idee, wieder zu helfen. "Okay!"

Zwei Tage lang durchsuchten wir das Haus. Ich dachte, Peter hätte den Code für den Safe vielleicht irgendwo aufgeschrieben. Aber ich war schwach, mein Brustkorb war bleiern vor lauter Flüssigkeit, und ich verbrachte die meiste Zeit damit, auf dem Bauch vor dem Feuer zu schlafen. Wir versuchten sogar, den vierstelligen Code zu *erraten*, aber es war sinnlos. Die ganze Zeit über taute der Schnee langsam, aber zu langsam, um uns den Weg zu erleichtern. Maddie machte Toast, aber ich sah den Schimmel auf der Kruste, bevor ich einen Bissen nahm. Peters Schokoladenvorrat ging zur Neige, und als ich wieder Appetit bekam, aßen wir trockenes Müsli. Glücklicherweise verhinderte die Zentralheizung, dass die Rohre einfroren, und wir waren mit warmen Wasser und Heizung versorgt.

Ich schwitzte und hustete, als ich in die Garage an der Seite des Hauses stolperte. Ein verschrottetes Auto nahm den größten Teil des Platzes ein, aber mein Fokus lag auf den Regalen mit Werkzeugen und ich schlurfte zwischen Stapeln von alten Kisten und ausrangierten Autoteilen hindurch, um zu ihnen zu gelangen.

Maddie, die immer an meiner Seite war, kletterte auf das Auto und setzte sich im Schneidersitz auf die Motorhaube. "Was machst du da?"

"Wir brauchen Werkzeug, Maddie. Ein Brecheisen, einen Hammer, Schraubenzieher. Kannst du helfen?"

Sie rutschte von der Motorhaube des alten Wagens herunter, trat auf eine Kiste mit der Aufschrift "Zeitschriften" und kletterte auf die Werkbank neben den Regalen.

"Du kannst klettern wie ein Affe", sagte ich.

Sie brach in einen kleinen Kicheranfall aus. "Ein Affe?"

"Ja!"

"Wie *uh-uh-aah-aah*?" Sie tanzte und wackelte mit den Händen unter ihren Achseln.

"Ja", sagte ich und lachte. "Aber sei vorsichtig. Fall nicht runter."

Maddie stieß einen "Pff"-Laut aus. "Ich falle schon nicht."

"Bleib ganz ruhig, okay? Und gib mir mal den Schraubenzieher. Den mit dem flachen Kopf. Genau den. Und das Brecheisen." Ich führte sie behutsam zu den Werkzeugen, die wir brauchten, sammelte sie ein und verließ die Garage wieder.

Zurück am Safe versuchte ich, den Schraubenzieher in die dünne Naht zu hämmern, die die Tür mit dem Boden verband. Aber ich hatte solche Tresore schon in Hotels gesehen und wusste, dass zwei große Schrauben die Tür geschlossen hielten. Es brauchte mehr als einen Schraubenzieher, um sie zu öffnen. Nachdem ich den Falz leicht aufgehebelt hatte, drückte ich das Brecheisen hinein und drückte den Tresor mit meinen Füßen auf den Boden. Ein halber, mindestens einen Zentimeter dicker Bolzen wurde freigelegt, und ich wusste, dass meine Bemühungen vergeblich sein würden. Ohne den Code konnte ich das Ding auf keinen Fall knacken. Ich griff nach dem Notizblock neben meinen Füßen und überflog alle Zahlenkombinationen, die ich bisher ausprobiert hatte.

Niedergeschlagen lehnte ich mich mit dem Rücken an die Wand und schloss meine Augen. Kurze Zeit später lehnte ihr kleiner Körper an meiner Schulter.

"Wir können hier nicht länger bleiben", sagte ich. "Ich muss ins Krankenhaus."

Kurz darauf hörte ich ihr Schniefen und spürte die Nässe ihrer Tränen an meiner Brust.

Ich dachte kurz über unsere Möglichkeiten nach. Der Gedanke, durch den Schnee zu laufen, ließ mich erschaudern. Ich konnte mich auch nicht dazu durchringen, Maddie allein loszuschicken.

Ich öffnete meine Augen und starrte auf den verbeulten Safe. Das war alles, was ich geschafft hatte - ihn zu verbeulen.

"Maddie, kennst du irgendwelche wichtigen Daten? Irgendetwas. Es muss nicht unbedingt ein Geburtstag sein. Es kann alles sein, was du mal von deinem Vater gehört hast. Bitte denk so gut du kannst nach, denn wir brauchen wirklich dringend Hilfe."

"Der Tag, an dem du hergekommen bist", sagte sie leise.

Ich streichelte ihr Haar und wollte ihr gerade sagen, wie lieb sie das gesagt hatte, als mir einfiel: *Warum nicht genau das Datum ausprobieren?* Vielleicht änderte er den Code für jede Frau, die er entführte. Das würde Maddie davon abhalten, den Code jemals zu lernen, aber es wäre auch einprägsam genug, um sich an ihn zu erinnern. Ich tippte auf das Tastenfeld und gab das Datum meiner Entführung ein.

Die Tür sprang auf.

Maddie sprang auf die Füße und tanzte wie wild. Dann zog ich sie zurück auf den Boden und hielt sie fest.

"Gut gemacht, Maddie. Gut gemacht!"

Sie strahlte, als würde eine Glühbirne unter ihrer Haut leuchten.

"Komm schon, lass uns sehen, was drin ist."

Neben McKennas Autoschlüsseln fand ich sieben Telefone - drei Android-Smartphones, die zum Ladegerät passten, ein uraltes Blackberry und drei iPhones unterschiedlichen Alters. Ich verteilte sie im Korridor.

"Einige davon sind alte Modelle", sagte ich zu mir selbst. "Das hier ist das neueste." Ich nahm ein Samsung-Handy in die Hand. "Ich wette, das ist seins." Bei allen war der Akku leer, aber es würde nicht lange dauern, sie aufzuladen. Doch ich hatte auch seine Autoschlüssel und das plötzliche Bedürfnis, möglichst schnell von hier zu verschwinden. Ich schleppte mich auf die Beine und überprüfte die Schneelage.

"Ich glaube, wir können raus. Der Land Rover steckt nicht mehr im Schneegestöber fest. Willst du gehen, Maddie?"

"Ja!"

"Dann lass uns von hier verschwinden."

"Okay!", sagte sie strahlend.

Wir wickelten uns beide in Mäntel ein, die wir im Bauernhaus gefunden hatten. Ich benutzte den Stock, den Maddie für mich gefunden hatte, und sie lief die Einfahrt hinunter. Meine Hände zitterten. In meinem geschwächten Zustand war ich mir nicht sicher, ob ich es überhaupt schaffen würde.

Ich hievte mich auf den Fahrersitz, und Maddie drückte die Tür für mich zu. Sie hüpfte mit Leichtigkeit auf die Beifahrerseite.

"Ich bin noch nie einen Land Rover gefahren", murmelte ich. "Aber das kann ja nicht so schwer sein, oder?"

Ich ließ die Kupplung langsam kommen, und das Auto rollte vorwärts, die Reifen knirschten über Schnee und Kies. Aber bevor wir weiterfahren konnten, mussten wir warten, bis die vereiste Windschutzscheibe geschmolzen war. Ich ließ den Motor aufheulen und schaltete alle Heizungen auf höchste Stufe, während ich immer noch langsam die Einfahrt hinunterfuhr, weil ich es kaum erwarten konnte, diesen Ort zu verlassen.

Maddie saß ruhig neben mir, ein Teil ihrer üblichen Energie war verschwunden.

Ich tippte ihr auf das Knie. "Ist alles okay?"

Sie warf einen Blick zurück auf das Haus und drückte ihre Hand ans Fenster.

"Hast du den Hof schon einmal verlassen?", fragte ich.

"Ja", sagte sie.

Aber damals, dachte ich, kam sie immer wieder zurück. Das war anders, und sie spürte das.

Die Wundschutzscheibe wurde klarer, die Tankanzeige zeigte mir einen halben Tank an, und der Motor tuckerte gut vor sich hin. Ich drückte das Gaspedal durch und lenkte den Wagen bis zum Ende der Auffahrt. Als wir die Straße erreichten, machte mein Herz einen Sprung. Die Ivycross Farm lag hinter uns, schon wie eine Erinnerung. Vielleicht hätte ich noch einen letzten Blick darauf werfen können, wenn ich mich nicht so aufs Fahren konzentriert hätte.

Auf dem Asphalt lag der Schnee in vereinzelten Flecken. Jedes Mal, wenn der Land Rover auf eine Schneedecke traf, krallten sich meine Finger in das Lenkrad. Manchmal verschwamm meine Sicht, und der Schweiß lief mir trotz der Kälte den Rücken hinunter. Einmal dachte ich, dass das Auto ein klapperndes Geräusch von sich gab, bis ich merkte, dass es meine Zähne waren. Trotz meiner zitternden Nerven und des rasenden Pulses überkam mich immer wieder eine Welle der Erschöpfung.

"Okay, Süße", sagte ich. "Du musst mich hier wach halten. Ich habe damit grad Schwierigkeiten und will das Auto nicht in den Graben fahren."

Sie schnippte mir pflichtbewusst gegen die Schulter.

"Autsch!", rief ich aus und verstellte meine Reaktion. "Ich dachte eher an ein Gespräch." Ich bog links ab und erinnerte mich vage an meinen Heimweg. Die Straße verzerrte und verschwamm vor meinen Augen. "Vielleicht sollten wir schonmal darüber reden, wie es jetzt weitergeht. Das ist ein großer Schritt für dich, nicht wahr? Okay, also, ich werde versuchen, uns in ein Krankenhaus zu bringen. Und wenn die Ärzte sich vergewissert haben, dass es uns gut geht" - mir ging es alles andere als gut, aber darüber sagte ich nichts - "müssen wir mit der Polizei reden."

"Oh", flüsterte sie. Ihre Haut wurde blass, wie der Mond in einer Winternacht. "Die mag ich nicht."

"Ich weiß, das mag gerade etwas beängstigend klingen", sagte ich und nahm eine scharfe Kurve, "aber sie werden dir helfen. Das verspreche ich dir. Mir geht es ziemlich schlecht, Maddie, ich werde vielleicht in ein Krankenhausbett gepackt. Aber wenn ich bei dir sein kann, dann werde ich das tun."

"Papa hat gesagt, Polizisten sind verfickte Schweine."

"Mäuschen, das ist ein Wort für Erwachsene."

"Welches?"

"Das F-Wort".

Ihre Augenbrauen zogen sich wieder zusammen. Ich lenkte wild in eine weitere Kurve, bis wir endlich wieder in der Zivilisation ankamen. Als ich ein anderes Auto sah, kribbelte es sofort in meinem ganzen Körper. Ich begann an der Situation zu zweifeln, aus der ich geflohen war. Hatte ich wirklich eine Leiche auf einem Bauernhof zurückgelassen? Hatte ich wirklich beobachtet, wie ein Kind mir einen Nagel aus der Hand gerissen hatte? Ich konnte meinen Fuß nicht ganz auf dem Gaspedal halten. Das Auto schlingerte immer wieder und wurde langsamer. Jemand hinter mir hupte, als er fast direkt in mich hineinfuhr. Da wurde mir klar, dass ich nicht mehr weiterfahren konnte.

Sobald ich Häuser entlang der Straße sah, hielt ich an.

"Komm mit mir", sagte ich und gab Maddie ein Zeichen, zu mir rüber zu rutschen. Sie tat wie ihr geheißen, und wir taumelten zu einem der Häuser hinüber.

Ich schaffte es fast bis zum Tor, bevor ich zusammenbrach. Bis heute bin ich nicht sicher, ob es die Lungenentzündung war oder eine Art Agoraphobie, die meinen Körper fest im Griff hatte. Dann sah ich Füße auf mich zurennen. Aber ich behielt meine Aufmerksamkeit auf Maddie. Ich wollte nicht, dass sie Angst bekommt und wegläuft.

"Bleib bei mir", murmelte ich.

Sie wusste, was ich gesagt hatte. Sie ließ ihre kleine Hand in meine gleiten.

Kapitel Vierzehn

Jetzt

In meinem Rückspiegel sehe ich ein Paar blaue Augen, hell wie Eis und durchdringend wie die Kälte. Ich blinzle das Bild weg und konzentriere mich wieder auf die Straße. DS Rosen geht mir durch den Kopf, und irgendwo in den Tiefen meiner Phantasie ist er zu einer ebenso bedrohlichen Gestalt geworden wie Peter McKenna. Das ist natürlich nicht fair. Soweit ich weiß, macht er nur seinen Job.

Maddie hat mir gegenüber nie etwas über den Streit mit Phoebe erwähnt. All das erst zusammen mit der Polizei zu erfahren, hat mich sehr getroffen. Maddie behält solch Geheimnisse nie ohne Grund für sich.

Ich werfe einen Blick in den Spiegel und lächle die beiden Kinder auf dem Rücksitz an. Gabe gibt mir einen Daumen hoch. Maddie starrt aus dem Fenster. Entweder hat sie mich nicht gesehen, oder sie ignoriert mich.

Es gibt verschiedene Erklärungen dafür, warum sie nichts gesagt hat. Entweder wollte sie es verheimlichen, weil sie befürchtet, dadurch in Phoebes Tod verwickelt zu werden, oder die Ereignisse der Nacht haben den Streit einfach aus ihrem Kopf verdrängt. Maddie ist nicht dumm. Sie wusste, dass sie den Streit nicht vor der Polizei verheimlichen konnte. Es gab schließlich Zeugen. Normalerweise würde Maddie mir von einem solchen Vorfall erzählen, aber sie würde nicht viel Gefühl dabei zeigen. Vielleicht schämte sie sich auch für das, was sie zu Ellie gesagt hat.

Maddie neigt dazu, Konsequenzen sehr gut zu verstehen. Einmal, während einer Gruppenarbeit, hat sie den Rest ihrer Gruppe für die

Präsentation inhaltlich auf eine falsche Fährte gelenkt, während sie alle glauben ließ, sie selbst sei inkompetent.. Dann erzählte sie mir schadenfroh darüber, wie sie ihre Präsentation in eine Debatte verwandelt hatte. Ihre Argumente gewannen, weil sie die anderen so manipuliert hatte, dass sie alles falsch verstanden. Alle in der Gruppe bekamen eine Eins - die Lehrerin sah in der Debatte ein theatralisches Beispiel dafür, wie man des Teufels Advokat spielt - aber Maddie fand einen Weg, um selbst zu glänzen. Ich hatte ihr gesagt, sie solle vorsichtig mit sowas sein, und dass es nicht nur gemein sei, Leute auf diese Weise zu manipulieren, sondern sie dieses Verhalten auch in Schwierigkeiten bringen würde. Sie hat nie wieder etwas ähnliches erwähnt, aber es ist möglich, dass sie es mir einfach nicht mehr erzählt hat. Und das macht mir Angst.

Justin schnallt sich ab, als ich auf den Schulparkplatz fahre. Das rüttelt mich aus meinen Gedanken. Ich hatte während der ganzen Fahrt kein Wort gesprochen.

"Schönen Tag noch, Schatz." Er beugt sich vor und küsst mich auf die Wange.

"Danke, dir auch."

Maddie ist nur noch verschwommen im Rückspiegel zu sehen, springt aus dem Auto und geht lautlos auf das Schulgebäude zu. Kein Auf Wiedersehen. Nicht einmal ein Winken.

Justin greift nach dem Türgriff, aber ich lege ihm eine Hand auf den Arm, um ihn am Gehen zu hindern. "Behalte sie heute im Auge. Die anderen Kinder könnten hinter ihr her sein."

"Das werde ich." Er runzelt die Stirn. "Obwohl ich glaube, dass sie sehr gut auf sich selbst aufpassen kann."

Auch darüber mache ich mir Sorgen.

"Soll ich dich später abholen?", frage ich.

"Ich glaube, ich gehe zu Fuß", sagt Justin. "Mads kann mich begleiten, wenn sie will."

"In Ordnung."

"Bis später, Zo." Er grinst und drückt mir einen Kuss auf die Lippen.

Als er geht, frage ich mich, warum ich diesen Stress nicht auf seine typisch lockere Art bewältigen kann. Dann bemerke ich, dass jemand auf meinen Parkplatz wartet, und ich manövriere zurück auf die Straße, indem ich mich in die geparkten Autos, die sich um die Schule gruppieren, hinein- und wieder herausmanövriere. Heute bin ich weniger geduldig als sonst und murmle genervt vor mich hin, während die großen Allradfahrzeuge die Straße einnehmen.

Aus irgendeinem Grund stört es mich, dass ich Maddie nicht von der Schule abholen werde. Normalerweise gehen Justin und Maddie zu Fuß zur Schule - natürlich getrennt; kein Teenager-Mädchen will mit seinem Vater zur Schule gehen, aber heute Morgen haben wir alle verschlafen. Es war eine heiße Nacht, und ich wälzte mich die ganze Zeit hin und her und dachte an Phoebe Thompson, wie sie über die Klippe stürzte und ihre schlanken Glieder gegen die Felsen schlugen. Maddie auch nur für eine Sekunde aus den Augen zu lassen, fühlt sich falsch an. Aber wovor habe ich solche Angst? Dass jemand meiner Tochter etwas antun wird? Oder das Gegenteil?

"Mama, du hast die Abzweigung verpasst!"

Ich hatte Gabe auf dem Rücksitz völlig vergessen. Ich werfe ihm ein schuldbewusstes Lächeln zu. "Das war ein Test für dich!"

"Nein, das stimmt nicht. Du hast es vergessen!" Dann fängt er an zu singen: "Mama hat es vergessen, und sie ist ein großer Dummkopf!"

Ich verdrehe die Augen, kann aber nicht leugnen, dass seine piepsige Stimme mir ein Lachen entlockt.

Nachdem ich meine Route korrigiert und Gabe an seiner Grundschule abgesetzt habe, fahre ich zurück nach Hause.

Seit ich nach Cornwall gezogen bin, muss ich zugeben, dass meine Tage manchmal ganz schön leer sein können. Sie driften nur so dahin. Nachdem ich sechs Kapitel der Fortsetzung von *"Maddie und Ich"* geschrieben hatte, stieß ich gegen eine Wand. Jetzt gehe ich morgens oft am Strand oder an den Klippen spazieren, lungere im Haus herum, versuche zu meditieren - was mir in der Regel hilft - und finde andere belanglose Dinge, um mir die Zeit zwischen dem Bringen von Gabe zur Grundschule und dem Abholen um drei Uhr zu vertreiben.

Die ersten Anzeichen von Kopfschmerzen machen sich an meinen Schläfen bemerkbar. Ich lasse mich auf dem Sofa nieder und scrolle durch Social-Media-Posts über Phoebe, bis mir ein Instagram-Foto ins Auge sticht. Weiße Lilien sind an einen Zaun gebunden, in der Ferne das aschgraue Meer. Ich halte mein Handy nähe und vergrößere das Bild so weit wie möglich und versuche, die Kondolenzkarten unter den Blumen zu lesen. Ich habe die Stelle, an der Phoebe gestürzt ist, noch nie gesehen.

Ich schnappe mir meine Autoschlüssel und laufe aus dem Haus. Wenige Augenblicke später bin ich auf der Küstenstraße in Richtung des Ortes unterwegs. Ich habe eine vage Vorstellung davon, wo das

Foto aufgenommen wurde. Und jetzt will ich es mit eigenen Augen sehen.

Um nicht aufzufallen, fahre ich am Parkplatz vorbei und halte auf einem winzigen Parkplatz für Wanderer. Es ist ein wunderschöner Tag. Eine frische Brise vom Meer hat die erstickende Hitze der vergangenen Nacht abgelöst. An manchen Tagen kann ich das Salz schmecken, und spüren, wie es meine Haut überzieht. Ich mag die Textur und die Art, wie es mein schlaffes, welliges Haar in wilde Locken verwandelt. Es hat lange gedauert, bis ich es wieder genießen konnte, allein auf dem Land unterwegs zu sein, aber jetzt kann ich es endlich wieder schätzen.

Ich marschiere am Campingplatz vorbei und folge einem Fußweg entlang der Klippe. Der größte Teil des Küstenstreifens ist offen, aber hier und da gibt es ein paar Zäune. Die Stelle, an der Phoebe gestürzt ist, liegt am Rande des Campingplatzes. Um dort runterzufallen, musste sie über die Grenze des Campingplatzes klettern und dann zur Klippe hinüberlaufen.

Die weißen Lilien liegen inmitten von roten Rosen, gelben Nelken und ein paar Teddybären. Ich lehne mich näher heran, um die Karten zu lesen. *Dein Lächeln hat einen ganzen Raum erhellt. Wir werden dich vermissen. Du warst perfekt.* Dann kann ich nicht weiter lesen. Stattdessen sehe ich mir die Umgebung an. Anders als ich vermutet hatte, sind keine Flutlichter an den Zäunen angebracht. Es ist möglich, dass Phoebe das Gelände verlassen wollte, aber in der Dunkelheit zu weit gegangen ist und in der Nähe der Klippe gestolpert ist.

Aber warum sollte sie diesen Weg nehmen und nicht über den Parkplatz gehen? Warum sollte sie mitten in der Nacht in einer derart gefährlichen Gegend spazieren gehen? Vielleicht war sie doch geschlafwandelt. Es sei denn, sie war hier mit jemandem verabredet. Oder sie war mit jemandem zusammen. Und wenn das der Fall war, dann lügt diese Person jetzt. Dieser Jemand musste sie fallen gesehen haben, oder er hat sie geschubst.

Unterhalb der Kante bricht die wechselhafte See an zerklüfteten Felsen. Ich stelle mir vor, wie ich wie eine zerbrochene Puppe auf diesen Felsen liege. Dann stelle ich mir Phoebe vor. Schließlich denke ich an Maddie, die leblos unter mir liegt. Ich keuche und merke, wie nahe ich dem Abgrund gekommen bin. Der Ruf der Leere zieht hier sehr stark.

Auf dem Weg nach Penry überrascht es mich, dass mich Phoebes Tod bereits so kalt lässt. Ich bin mir nicht sicher, ob es daran liegt, dass mein eigenes Kind involviert ist oder daran, dass ich genau weiß, dass Phoebe nicht immer eine angenehme junge Frau war, aber irgendwie habe ich mich bereits auf eine Weise distanziert, wie ich es nicht konnte, als Riya verschwand. Andererseits kannte ich Riya. Sie kam zu uns nach Hause, verbrachte Zeit mit meiner Tochter und spielte an den Wochenenden mit Gabe am Strand.

Ich parke auf dem Parkplatz neben der Bank und steige aus. Ich weiß nicht, warum ich hier bin oder wohin ich gehe, ich weiß nur, dass ich nicht nach Hause gehen kann. Ich überlege, ob ich Susannah eine SMS schicken soll, um sie zu fragen, ob sie sich mit mir zu einer Einzeltherapie treffen würde, aber dann überlege ich es mir anders. Stattdessen laufe ich ziellos in Richtung des Piers.

"Zoe."

Der Klang meines Namens überrascht mich. Ich drehe mich um und streiche mir das vom Wind zerzauste Haar aus dem Gesicht. Parvati steht einen Meter entfernt von mir, ihr Körper ist steif und aufrecht.

"Hi", sage ich und gehe ein paar vorsichtige Schritte auf sie zu.

"Du musst mir sagen, wo sie ist", sagt Parvati.

Ich schüttele den Kopf. "Wer?"

"Meine Tochter." Ihre Stimme zittert.

"Du weißt, dass ich nicht weiß, wo Riya ist. Was..."

"Maddie", antwortet Parvati. "Maddie hat das getan." Der Wind bläst ihr die Tränen über die Wangen. Sie reibt sie wütend weg.

"Nein. Sie würde niemals..."

Aber bevor ich mehr sagen kann, rennt Parvati weg. Sie sprintet geradezu, wie jemand, der vor einem Feind flieht. Obwohl ich die Hand ausstrecke, als wolle ich sie auffangen, bleibe ich wie angewurzelt stehen. Ich spüre, wie mein Mund aufklappt wie der einer Forelle.

"Ist alles in Ordnung?"

Ich ziehe meine Hand zurück, wische mir schnell eine Träne aus dem Auge und bemerke, dass die rothaarige Frau aus der Gruppentherapie auf einmal neben mir steht.

"Cecilia", sagt sie. "Ich hoffe, es ist nicht zu aufdringlich, aber wir haben uns in der Gruppentherapie kennengelernt. Ich... ich war in der Bank und habe dich auf der anderen Straßenseite gesehen. Das sah... heftig aus."

"Ja." Ich hebe meine Augenbrauen. "Das kann man wohl sagen."

Ich beobachte die Leute auf der anderen Straßenseite, die eilig die Straße verlassen. Mir ist klar, dass die Leute mich angestarrt haben. Vielleicht haben sie sogar Parvatis Anschuldigungen mitbekommen. *Großartig noch mehr Futter für die Gerüchteküche in Penry.*

"Du kannst mir gerne sagen, dass ich verschwinden soll, aber ich brauche dringend eine Tasse Tee, und ich glaube, du auch. Willst du einen?"

"Warum nicht." Mir fallen viele Gründe ein, mich ihr nicht anzuschließen, aber der Gedanke, irgendwo drinnen zu sein, weit weg von neugierigen Blicken auf der Straße, fühlt sich gerade ziemlich gut an.

"Nach dir, meine Dame", sagt sie. "Du bist die Einheimische."

"Oh, kaum", sage ich. "Ich komme aus dem Norden."

"Ah, ich meinte doch, einen Hauch davon in deinem Akzent zu hören."

Ich laufe voran, dankbar für den Themenwechsel. Dann steuere ich sie zu einem Café in einer Seitenstraße zwischen der Bank und dem Pier. Die Glocke über der Tür läutet fröhlich, und wir ergattern den letzten Tisch im Fenster. Wir bestellen beide einen Tee und machen es uns gemütlich.

"Also", sagt sie. "Willst du darüber reden? Ich weiß, wir kennen uns nicht, aber... Nun, ich kann eine Freundin sein, wenn du willst. Ich bin neu hier, wie du weißt. Ich habe keine Freunde. Ich nehme, was ich kriegen kann." Ihr Lächeln ist warm, aufrichtig und bricht eine Mauer ein, von der ich nicht wusste, dass ich sie errichtet habe.

"Das war meine beste Freundin", sage ich.

"Wow, tolle beste Freundin, die dich so auf offener Straße anbrüllt."

"So ist es nicht", antworte ich und zucke zusammen. "Ihre Tochter wird seit etwa drei Wochen vermisst. Sie leidet."

"Oh, Gott. Jetzt fühl ich mich schlecht."

"Sei nicht albern. Es ist nicht deine Schuld. Sie schlägt um sich. Unsere Töchter waren gute Freundinnen und... Nun, wie ich schon sagte, sie schlägt um sich und sucht nach einem Schuldigen." Ich seufze. "Gott, was für ein Tag. Ich habe ihn damit begonnen, den Ort zu besuchen, an dem Phoebe Thompson gestorben ist. Ich stand einfach da oben am Rande der Klippen und starrte in die Ferne. Es war, als ob unsichtbare Finger nach mir griffen." Ich schüttle den Kopf. "Ach, das klingt so dumm."

"Nein, ich verstehe schon." Cecilia schlingt ihre Hände um den

Tee. "Es ist überhaupt nicht dumm. Und du bist sicher, dass es sich nicht um Selbstmordgedanken handeln könnte?"

"Nein, nichts dergleichen. Eher ein Ruf der Leere."

"Oh, sowas wie diese aufdringlichen Gedanken", sagt sie. "Ich bin kein Therapeut, aber du bist offensichtlich gestresst. Ich wette, das bringt dein Gehirn dazu, ein bisschen durchzudrehen." Sie s über den Tisch und nimmt meine Hand. Ich bin so verblüfft, dass ich sie einfach gewähren lasse. "Wie geht's deiner Tochter?" Sie lässt mich relativ schnell wieder los und nippt an ihrem Tee.

"Es scheint ihr gut zu gehen." Ich überlege, ob ich das Thema so stehen lassen soll, aber ich habe das Bedürfnis, mir mehr von der Seele zu reden. Es ist nicht so, dass ich meine Bedenken Zuhause äußern kann. Justin würde sich Sorgen machen, und Gabe ist zu jung, um alles zu verstehen. "Sie nimmt solche Dinge gelassen. Sie ist nicht der emotionalste Mensch. Was in gewisser Weise beängstigend sein kann, nehme ich an. Andere Leute ziehen aufgrund ihrer Vergangenheit voreilige Schlüsse über sie, und es ist hart, das zu beobachten, aber ich verstehe es auch, und das ist..."

"Das ist was?"

"Der Teil, den ich nicht sagen kann."

"Du kannst es gerne sagen." Cecilia nickt und ermutigt mich, zu sprechen. "Hier bist du sicher."

"Ich kenne dich nicht", platze ich heraus. "Tut mir leid, das war unhöflich."

"Nein, du hast recht. Ich bin zu neugierig. Es ist meine Schuld." Sie sieht zur Tür des Ladens, und ich merke, dass ich ihre Gefühle verletzt habe. "Vielleicht sollte ich gehen."

"Nein, nicht doch. Das hier ist nett. Seit Riya verschwunden ist, hatte ich niemanden mehr, den ich außerhalb des Hauses treffen konnte. Ich habe keinen normalen Job, und die meisten Mütter an Maddies Schule sind in einer Clique, weißt du? Sie spielen Badminton und gehen zum Karaoke."

Cecilia verzieht das Gesicht. "Verdammt. Ganz schön nobel hier."

"Um ehrlich zu sein, bin ich kein großer Fan von Badminton."

"Das verstehe ich", sagt sie. "Falls dir das hilft, ich habe auch eine höllische Zeit mit meiner Tochter."

"Oh ja, stimmt", sage ich. "Das hast du bei der Therapiesitzung erwähnt."

Sie nickt. "Wir sprechen im Moment nicht miteinander. Sie zog aus, als sie achtzehn wurde und ihr eigenes Leben zu leben begann. Ich mache ihr keinen Vorwurf. Okay, ich gebe ihr ein wenig die Schuld. Ich war immer noch verletzt von der Beziehung mit ihrem Vater, weißt du? Als sie ging, fand ich das egoistisch von ihr, und vielleicht ist das unfair, aber vielleicht *sind* Teenager per Definition egoistisch. Verstehst du?"

"Das kann ich nachvollziehen."

"Ich glaube, du verheimlichst etwas, Zoe", sagt sie. "Es könnte sich besser anfühlen, wenn du es rauslässt."

Ich lache. "Ist es wirklich so offensichtlich?"

"Nein. Aber wir haben uns in der Gruppentherapie kennengelernt, weißt du noch?"

Während ich an meinem Tee nippe, wartet sie geduldig. Dann sprudelt es aus mir heraus. "Manchmal stimme ich dem zu, was die Leute über meine Tochter sagen. Ich liebe sie. Ich glaube nicht, dass sie bösartig ist, aber sie ist nicht wie andere Menschen." Ich halte inne, umklammere meinen Becher und lasse die Hitze meine Finger verbrennen. "Ich glaube, sie *ist* ein Soziopath. Aber ich glaube nicht, dass sie die Art von Soziopath ist, die man in Filmen sieht. Aufgrund dessen, was ihr als Kind widerfahren ist, hat sie kaum Gefühle und kann schlecht Bindungen zu Menschen eingehen. Maddies Empathie muss immer wieder trainiert werden, wie ein Sportler seinen Körper trainiert. Und das macht mir Angst, denn was ist, wenn sie es eines Tages ausschaltet und dieses Mitgefühl nicht mehr benutzt?" Ich stoße einen langen Atemzug aus. "Das wollte ich schon lange einmal laut sagen."

"Ich glaube nicht, dass du ein schlechtes Gewissen haben musst", sagt Cecilia. "Den Kopf in den Sand zu stecken, wäre auch nicht hilfreich. Du weißt, wer sie ist, und das muss doch irgendwie helfen, oder?"

"In gewisser Weise", gebe ich zu.

"Hast du Angst, dass sie das Mädchen geschubst hat?" Cecilia starrt mich an, kein Zeichen eines Urteils auf ihrem Gesicht, ihr Ausdruck ist so offen wie immer. Sie wippt mit dem Kopf, als wolle sie mich zum Sprechen auffordern.

"Nein. Nein, das würde zu weit gehen für Maddie. Ich mache mir mehr Sorgen über ihre Reaktion auf Phoebes Tod und über ihre emotionale Bindung zu anderen Menschen in der Zukunft."

Cecilias Augen verengen sich. Ich habe den Eindruck, dass sie noch mehr sagen will, aber dann nippt sie stattdessen an ihrem Tee. Im ersten Moment stellen sich bei mir Abwehrreaktionen ein, aber ich beruhige mich schnell. Ich bin sogar dankbar dafür, dass sie das Thema anspricht. Vielleicht muss ich mich den dunkelsten meiner Ängste stellen. Wenn ich das nicht tue, werden sie eitern, sich ausbreiten und mich auffressen.

"Du kennst sie am besten", sagt Cecilia. "Du solltest mit ihr reden."

"Ja, vielleicht hast du recht."

Damit ist unser Gespräch über Maddie beendet, und wir gehen zu sichereren Themen über - Cecilias Hoffnungen und Träume, eines Tages ihr eigenes Geschäft zu kaufen.

"Als ich ein Kind war, sind wir in den Ferien immer ans Meer gefahren", sagt sie. "Und die Souvenirläden waren das Beste daran."

Bald darauf sind unsere Tassen leer, und wir stehen auf, um zu gehen. Als wir das Café verlassen, klopft mir Cecilia auf den Arm. "Tut mir leid, was ich da drinnen gesagt habe. Das war unhöflich. Ich habe keinen Filter, und das bringt mich öfter in Schwierigkeiten."

Ich schüttle den Kopf. "Ist halb so wild. Danke, dass du heute so nett warst. Ich weiß, dass ich viel über meine Probleme geredet habe, obwohl du dich um deinen eigenen Mist kümmern musst."

Sie hebt wissend die Augenbrauen. "Du wärst die Erste, die weiß, was für eine verdammt gute Ablenkung es ist, wenn sich mal jemand anderes für eine Weile beschwert."

Ich lache. "Da hast du hast recht."

"Hast du Lust, dich mal wieder zu treffen? Hier gibts so viele Tussis. Du bist die erste Person, die ich getroffen habe, mit der ich mich wirklich unterhalten kann."

"Ja, sehr gern", antworte ich. "Das fände ich gut."

Wir tippen unsere Nummern in die Handys der anderen und verabschieden uns unbeholfen. Ich schwöre, es wird nie einfacher, Freunde zu finden, wenn man älter als fünfundzwanzig ist.

Aus irgendeinem Grund bleibe ich stehen, als ich gerade weggehen will. "Ich *habe* Angst, dass sie das Mädchen über die Klippe gestoßen hat. Aber so etwas darf eine Mutter doch nicht denken, oder? Ich muss eine furchtbare Mutter sein."

Sie schüttelt den Kopf. "Du bist keine schlechte Mutter."

"Aber Maddie darf das nie erfahren. Und das wird sie auch nie, denn ich würde bis zum Tod um dieses Mädchen kämpfen."

"Da bin ich mir sicher", sagt Cecilia langsam und heftig.

Ich gehe. Meine Brust fühlt sich leichter an, aber die Nerven in meinem Bauch kribbeln. Ich habe die Worte laut ausgesprochen. Aber sie zuzugeben, ist nicht das Schlimmste. Das Schlimmste ist die Frage, ob ich mir zu recht Sorgen mache.

Kapitel Fünfzehn

Damals

Meine Eltern saßen neben mir, als ich in einem Krankenhausbett aufwachte. Mamas trockene Finger drückten meine und sie stieß einen kleinen Schrei aus. Papa sprang auf, hob die Hände und rief nach einer Krankenschwester. Seine Stimme klang in dem dichten Nebel des Halbbewusstseins verzerrt. Ich blinzelte, und das helle, flackernde Licht brannte in meinem wunden Kopf. Dann starrte ich auf meine Arme hinunter und bemerkte zum ersten Mal die vielen Schläuche. Der Raum roch nach Bleiche und Krankheit.

"Oh, mein Schatz! Jetzt wird alles wieder gut." Mamas Wangen waren nass von Tränen, und ihre dünnen Finger griffen noch fester zu, bis ich zusammenzuckte.

"Wo ist Maddie?"

Ihr Blick erstarrte für den Bruchteil einer Sekunde. Selbst im Drogenrausch konnte ich die Enttäuschung in ihrem Gesicht erkennen. Damit hatte sie nicht gerechnet.

"Meinst du das Kind? In einer Pflegefamilie, nehme ich an."

"Was? Wie lange bin ich schon hier?" Ich versuchte, mich in eine sitzende Position zu bringen, aber ich hatte keine Kraft in den Armen.

"Das weiß ich gar nicht so genau. Ich bin so müde, ich habe kaum geschlafen." Ihre Stimme hatte einen harten Klang. "Ich wollte nicht von deiner Seite weichen."

"Danke, Mama." Ich drückte ihre Hand, und ihr Gesicht verzog sich.

Papa streichelte mein Haar, als eine Krankenschwester erschien, um die vielen Schläuche zu überprüfen, die aus mir heraushingen. Wir warteten alle unbeholfen und wollten wieder allein sein, um in Ruhe zu reden. Ich trank einen Schluck Wasser und spürte, wie ein Teil von mir selbst zurückkehrte.

"Wisst ihr beide, was passiert ist?", fragte ich.

"Wir wissen einen Teil davon", sagte Papa. "Während du geschlafen hast, hat das kleine Mädchen mit der Polizei gesprochen, und sie sind zur Farm gefahren." Seine Miene verfinsterte sich. "Das war gestern."

"Also haben sie die Leiche gefunden." Ich stieß einen langen Seufzer aus. Bedeutete das das Ende? War es vorbei?

Mama begann zu weinen. Papa legte einen Arm um ihre Schulter.

"Dass das ausgerechnet unserem kleinen Mädchen passieren musste", sagte sie zwischen Schluchzern. "Es ist... Du hast keine..."

"Ist schon gut, Mama. Mir geht es gut. Mir geht es doch gut, oder?"

"Der Arzt sagte, du hättest eine Lungenentzündung und die Wunde an deiner Hand hat sich entzündet. Du musst dich erst einmal ausruhen, bis es dir besser geht", sagte Papa. Seine Augen funkelten. Er streckte die Hand aus und streichelte mit dem Fingerrücken über meine Wange.

Bevor wir uns weiter unterhalten konnten, klopfte es an der Tür. Zwei Männer steckten ihre Köpfe in den Raum. Sie trugen Zivilkleidung, aber die billigen Anzüge verrieten sie als Polizisten.

"Können wir uns mit Ms. Osbourne unterhalten?" Der erste Mann war groß und breitschultrig, bewegte sich aber mit Leichtigkeit. Sein dunkles Haar und der Bleistiftschnurrbart über der vollen Oberlippe waren von grauen Haaren durchsetzt. Er trat ein, ohne um Erlaubnis zu fragen. "Ich bin DCI Cooper. Das ist DS Trent."

"Guten Morgen", sagte Trent. Er ging leicht gebückt und fühlte sich sichtlich unwohl mit seiner Körpergröße, ganz im Gegensatz zu DCI Cooper.

"Ich nehme an, Sie sind hier, um herauszufinden, was in Ivycross passiert ist."

"Das ist richtig", sagte Cooper. "Und um herauszufinden, wie es Ihnen geht."

"Mir geht es gut", antwortete ich, wobei ich mir der Gereiztheit in meinem Tonfall bewusst war. "Bringen wir es hinter uns. Geht es Maddie gut?"

Er schwankte neben meinen Füßen. "Es geht ihr blendend. Sie ist bei vorübergehenden Pflegeeltern."

"Ich wollte bei ihr sein, wenn sie befragt wird. Ich habe ihr versprochen, mich zu vergewissern, dass es ihr gut geht. Kann ich sie bald sehen?"

"Wir müssen das mit ihrem zuständigen Sozialarbeiter besprechen, aber wir werden alles tun, was wir können", sagte Cooper.

"Okay." Ich machte mich auf die Fragen gefasst. Doch dann dachte ich daran, dass meine Eltern meine Geschichte hören würden, und mir drehte sich der Magen um. Wie sollte ich das, was ich zu erzählen hatte, vor ihnen sagen? Mein Vater brauchte nicht zu wissen, wie Peter McKenna sich an mein Ohr gelehnt hatte, um zu sprechen, während sein fauliger Atem die Babyhaare in meinem Nacken kitzelte. "Ich bin bereit, Fragen zu beantworten. Aber ich denke, meine Eltern sollten besser gehen."

Meiner Mutter fiel die Kinnlade herunter.

"Es wird einfacher sein", sagte ich. "Ich kann der Polizei nicht alle Informationen geben, die sie braucht, wenn ich mir Sorgen mache, wie ihr darauf reagiert."

"Sie hat recht, Schatz", sagte mein Vater. "Lassen wir ihr etwas Freiraum. Das wird schwer genug werden."

Meine Stimme stockte, als ich antwortete. "Danke, Papa." Ich sah meiner Mutter in die Augen. "Danke."

Sie schniefte und ging weg, wobei sie ihren Körper so steif hielt, dass ich wusste, dass sie immer noch verletzt war.

"Es ist schwer für sie", sagte Cooper. "Aber noch schwerer für Sie, wie ich mir vorstellen kann."

"Wo soll ich anfangen?"

"Von Anfang an wäre gut", schlug Cooper vor und setzte sich auf den Stuhl, den mein Vater gerade verlassen hatte.

Ich ging alles so detailliert wie möglich durch, völlig taub und abgeklärt, vor allem als ich beschrieb, wie ich Peter in den Hals gestochen hatte.

"Wir waren am Tatort", sagte Cooper. "Es gibt eine Menge zu verarbeiten. Aber was ich Ihnen sagen kann, ist, dass Peter McKenna seit dem Tod seiner Eltern so gut wie untergetaucht ist. Wir wissen noch nicht, wie viele Opfer es insgesamt geben könnte. Er hat jedoch Trophäen aufbewahrt, die uns bei der Identifizierung helfen könnten."

Ich kratzte mich am Arm und versuchte, nicht an McKennas Schlafzimmer zu denken. "Die Kleiderstapel. Die Telefone im Safe. Ich habe viel davon angefasst. Ich musste nach einem funktionierenden Telefon suchen."

Eine erstickende Stille breitete sich im Raum aus. Die Erkenntnis, was geschehen war, traf uns wie der Staub in einem leeren Haus.

"Wir müssen auch den Rest der Farm durchsuchen. Das wird einige Zeit dauern", sagte Cooper.

Ich nahm an, dass er damit meinte, das Gelände nach menschlichen Überresten umzugraben. "Er muss einige von ihnen für eine lange Zeit gefangen gehalten haben", sagte ich mehr zu mir selbst.

"Wie kommen Sie darauf?", fragte Cooper.

"Maddie. Sie hat ihre Mutter nicht erwähnt. Ich schätze, sie kennt sie nicht. Ich denke, Maddies Mutter muss eines seiner Opfer gewesen sein. Ich glaube, er hat sie gefangen genommen und sie geschwängert." Grimmig fragte ich mich, ob das vielleicht mein Schicksal gewesen wäre, wenn Maddie mir nicht zur Flucht verholfen hätte.

"Das macht Sinn", fügte Trent hinzu, der die meiste Zeit geschwiegen hatte. "Es gab keine Fotos von einem Kind auf dem Grundstück."

"Es sei denn, er hat sie entführt", platzte ich heraus.

"Lassen Sie uns nicht spekulieren", sagte Cooper. "Es wird einige Zeit dauern. Zoe, wären Sie bereit, Ihre DNA und Fingerabdrücke abzugeben, damit wir Sie am Tatort differenzieren können?"

"Ja, was auch immer Sie brauchen."

Es folgte mehr Stochern und Pieksen. Ich war noch nie so erleichtert gewesen, dass ich nicht vergewaltigt worden war. Denn wenn ich vergewaltigt worden wäre, wäre dieser Prozess noch viel unangenehmer gewesen. Plötzlich erschöpft ließ ich mich auf das Bett zurückfallen.

Und dann fiel es mir ein: Wenn Maddie entführt worden war, hatte sie vielleicht Eltern, die nach ihr suchten. Oder was, wenn Maddies Mutter noch am Leben war? Wenn sie herausfinden könnten, wer Maddies Mutter war, dann könnten sie einen Onkel, eine Tante oder Großeltern finden. Dann könnte sie in einer Familie aufwachsen. Aber war das die beste Lösung für Maddie? Aus Egoismus dachte ich auch an mich selbst. Jeder Verwandte von Maddie könnte mich für immer aus ihrem Leben ausschließen. Den Gedanken daran konnte ich nicht ertragen.

Als ich aus dem Krankenhaus entlassen wurde, war Peter McKennas Leiche bereits abtransportiert worden, aber in meinen Albträumen schlich er immer noch durch die Scheune. Ich kauerte in den Ställen und lauschte dem dumpfen Klopfen seiner langsamen Schritte und dem Röcheln seines trägen Atems. Ich schluchzte und wartete darauf, dass das eine gute Auge mich in der Dunkelheit finden würde, wartete darauf, dass das Mondlicht das grausige rote Loch der daneben liegenden leeren Augenhöhle einfangen würde.

Die Rückkehr nach Hause erwies sich für mich aus vielen Gründen nur als Übergangsphase. Zunächst einmal kam Simon, mein baldiger Ex-Mann, mit den Scheidungspapieren, praktisch in dem Moment, als ich den Schlüssel in die Tür steckte.

"Wie geht es dir?", fragte er, während er mir das Dokument mit dem Stift entgegenschob.

Ich hatte ihm nicht einmal einen Kaffee angeboten. Ich unterschrieb sie, gab sie ihm zurück und sagte ihm, er solle meine Nummer vergessen. Er sah offen gestanden ziemlich erleichtert aus. Und als er ging, beobachtete ich seinen mausbraunen Hinterkopf mit völligem Desinteresse. Simon hatte mich nie in irgendeiner Form missbraucht, aber er hatte einige kontrollierende Tendenzen, an denen er nicht arbeiten wollte, und wann immer ich bemerkte, dass er mich manipulierte, damit ich das anzog, was er für das Beste hielt, oder dafür sorgte, dass ich mir Sorgen machte, zu lange wegzubleiben, oder wenn er mich davon abhielt, mich zu weit von unserem Zuhause zu entfernen, tat er so, als wäre das alles nie passiert. Die Flucht vor einem Serienmörder hatte dazu geführt, dass ich mich nie wieder diesem Scheißverhalten eines Mannes aussetzen wollte.

"Hey, Simon", rief ich aus meinem Fenster im Erdgeschoss, als er in seinem Auto saß und die Unterschrift überprüfte.

Er hob den Kopf und kurbelte das Fenster herunter, wobei er einen verärgerten Gesichtsausdruck machte.

"Du brauchst dringend Therapie."

Die Verärgerung verwandelte sich in Verwunderung.

Ich schloss das Fenster, zog die Vorhänge zu und lachte, bis ich dachte, ich müsste weinen. Was für eine kindische und doch so befriedigende Sache, sowas zu tun. Immer noch lächelnd ließ ich mich auf das Sofa fallen, legte die Füße hoch und betrachtete unsere beigefarbene Einrichtung. Ich hatte bereits alle Hochzeits- und Urlaubsfotos von den Wänden entfernt. Dieses Haus war nicht mehr mein Zuhause. Er konnte dieses Haus gerne haben. Ich wollte seine Erinnerungen nicht mehr als meine Erinnerungen haben.

In den folgenden Wochen suchte ich nach Mietobjekten in der Gegend, denn ich hatte keine Kaution angespart um etwas kaufen zu können. Das Konto von Mama und Papa hatte ich bereits ausgebeutet, als ich unser Haus gekauft hatte. Mein Chef rief an und schlug mir vor, für eine Weile in Teilzeit zurückzukehren. Ich merkte, dass er mich am liebsten wieder ganztags dort haben wollte, aber ich wollte nicht unsensibel erscheinen.

Eine der kleinen Überraschungen, die ich in dieser Zeit erlebt hatte, war das völlige Desinteresse an meiner Arbeit. Bevor Peter McKenna seinen fleischigen Arm um meinen Hals gelegt und mich gewürgt hatte, war ich von der Aussicht auf eine Beförderung eingenommen gewesen. Die Arbeit in der Personalabteilung eines großen Wirtschaftsprüfungsunternehmens war nicht gerade eine Berufung. Trotzdem hatte es mir Spaß gemacht. Und ich hatte gehofft, den nächsten Schritt zum stellvertretenden Manager zu machen. Doch jetzt war mir das Büro völlig egal. Ich wollte überhaupt nicht mehr hingehen. Aber Teilzeit war immer noch besser als Vollzeit.

Ich änderte meine Telefonnummer, um Reportern aus dem Weg zu gehen, aber die Flut von E-Mails blieb in meinem Posteingang. Wenn ich das Haus verließ, hörte ich jedes Mal das Klicken von Kameras, bemerkte fremde Autos in meiner Straße und hoffte, dass sie mich nicht gesehen hatten, als ich Simon durch das Fenster angeschrien habe. Es gab Tage, an denen ich das Haus gar nicht mehr verlassen wollte.

Ich wollte mit Maddie sprechen. Ich wollte ihr Geschichten vorlesen. Ich wollte für sie Toast machen, so wie sie es für mich getan hatte. Ich wollte wissen, dass sie in Sicherheit ist, dass es ihr gut geht und dass sie geliebt wird, endlich.

DCI Cooper rief mich zu einem "Gespräch" auf die Polizeiwache. Mir gefiel der Klang dieses Wortes nicht. Seine tiefe, in Neutralität geübte Stimme hatte am Telefon einen bedrohlichen Klang gehabt. Ich fragte mich, ob er mich brauchte, um Gegenstände von der Farm zu identifizieren. Ich hatte genug Blut für ein ganzes Leben gesehen, und ich brauchte nicht noch mehr zu sehen.

Er bot mir eine Tasse Tee an und führte mich in ein Gesprächszimmer. Ich beschloss, den Tee anzunehmen, was angesichts der Temperatur in dem Raum eine gute Idee war.

"Wie läuft die Erholung?", fragte er.

Ich winkelte meine Hand an, um den Verband über der Wunde zu betrachten. "Scheint alles in Ordnung. Leichte Gesichtsschmerzen, Müdigkeit und zweifellos ein paar Narben, physische und nicht ganz so physische."

"Das kann ich mir vorstellen", sagte er.

Ich klopfte auf den Keramikbecher und seufzte. "Okay, so sehr ich einen Ausflug zur Polizeiwache für Smalltalk auch liebe, ich würde sehr gern wissen, warum ich hier bin."

"Ich wollte Sie über den aktuellen Stand der Dinge informieren. Es gibt ein paar Sachen, die Sie wissen sollten."

"Okay."

Er verschränkte seine Finger ineinander und legte seine Hände auf den Tisch zwischen uns. "McKennas Leiche wurde freigegeben, und seine Einäscherung ist geplant."

Bei diesen Worten durchzuckte mich ein elektrischer Schauer. "Gut. Okay."

"Wir haben Maddie's DNA getestet. Sie ist definitiv die Tochter von Peter McKenna."

"Sie wurde also nicht entführt?"

"Nein. Man hat ihr Sozialarbeiter und Psychologen zur Seite gestellt, die ihr helfen, darüber zu sprechen, wie das Leben mit ihrem Vater war. Sie waren nicht die erste Frau, die sie auf die Farm gebracht hat."

"Nein, soweit war ich auch schon."

"Er fuhr wohl öfter in andere abgelegene Gegenden, oft in andere Bezirke, und benutzte Maddie, um verletzliche Frauen wegzulocken. Drogenabhängige, Prostituierte und so weiter."

"Das hat sie Ihnen erzählt?"

"Auf ihre eigene Art", sagte er. "Wie ein Kind es eben ausdrücken würde. Außerdem haben wir die Gegenstände, die auf der Farm zurückgelassen wurden, mit aktuellen Vermisstenmeldungen abgeglichen. Es wird ein langwieriger Prozess sein, denn einige dieser Frauen hatten wahrscheinlich nicht viele Leute, die nach ihnen gesucht haben. Abgesehen von Ihnen und einer anderen vermissten Frau aus der Gegend war er sehr vorsichtig, wen er ins Visier nahm."

"Wissen Sie, wie viele tot sind?"

"Nein, wir sind noch dabei, es herauszufinden."

"Haben Sie schon Leichen gefunden?"

"Ja", sagte er. "Hinter dem Bauernhaus gibt es eine Koppel. Dort hat er anscheinend die meisten Leichen begraben."

Es war wie ein Schlag in die Magengrube. Unter anderen Umständen wäre ich bei ihnen gelandet, unter der Erde. Ich schniefte die Tränen zurück.

"Vergessen Sie nicht, dass Maddie mir zur Flucht verholfen hat", sagte ich. "Sie wollte keine dieser Frauen weglocken."

Cooper machte ein festes *"Mmhmm"*-Geräusch. "Sie ist ein Kind, das von einem Monster manipuliert wurde. Aber sie hat ihm geholfen, Menschen *vor* dir zu ermorden, Zoe."

"Und?"

"Sowas hat Auswirkungen auf ein kindliches Gehirn, das sich noch entwickelt. Auf ihr Gefühl für richtig und falsch."

"Sie musste warten, bis sie wusste, wie sie seinen Opfern am besten helfen konnte. Sie hat's auch schon bei anderen davor versucht, aber sie waren zu sehr in Panik oder hatten nicht die Kraft zu kämpfen."

"Das verstehe ich alles", sagte er. "Aber Maddie braucht eine spezielle Pflege."

"Bekommt sie das denn jetzt?"

"Ja. Sie ist in einem Heim untergebracht, das auf die Behandlung von verhaltensauffälligen Kindern spezialisiert ist."

"Kann ich sie besuchen?"

"Ich gebe Ihnen die Kontaktdaten von Maddies Sozialarbeiter. Einen Moment."

Ich schnappte mir einen Stift und kritzelte den Namen und die Nummer von Maddies Sozialarbeiter auf.

"Hören Sie, DCI Cooper, ich weiß, ich habe nicht viel Zeit mit Maddie verbracht, aber in der Zeit, die ich mit ihr verbracht habe, hat sie mir mehr als einmal das Leben gerettet. Ich kenne mich mit dem Gesetz nicht so gut aus, aber ich weiß, dass es Jugendstrafanstalten gibt, und ich möchte nicht, dass Maddie in eine gesteckt wird. Sie hat ein gutes Herz. Ich weiß nicht, woher sie das hat, offensichtlich nicht von ihrem Vater, aber entweder wurde sie mit dieser emotionalen Intelligenz geboren, oder sie hat sie von jemand anderem gelernt. Vielleicht von ihrer Mutter oder aus dem Fernsehen, ich weiß es nicht. Also... bitte verurteilen Sie sie nicht."

"Ich habe absolut nicht die Absicht, das zu tun", antwortete er.

Ich wollte ihm glauben.

Kapitel Sechzehn

Jetzt

Justin legt mir die Lokalzeitung auf den Schoß, während ich fernsehe. Er tippt auf die Seite, und als ich der Platzierung seines Fingers folge, spanne ich mich an.

"Die Beerdigung ist am Samstag", sagt er.

Phoebes hübsches Gesicht strahlt mir entgegen, perfekte Zähne blitzen zwischen ihren Lippen hevor. Der Schwarz-Weiß-Druck macht sie zeitlos, wie ein Fossil in Bernstein. Die Nachricht über sie nimmt fast ein Viertel der Seite ein. Unter ihrem Foto ist ein Schriftblock mit Fakten über Phoebe. Sie war Kapitänin des Hockeyteams der Schule, Mitglied der Theatergruppe von Penry und war kurz davor, sich für einen Studienplatz in Cambridge zu bewerben. Sie liebte Pferde, K-Pop und ihre Freunde.

Justin lehnt sich auf das Sofa und stützt einen Ellbogen auf das Rückenkissen. Ich ahne, was er sagen will, als ich in seine großen, klagenden Augen blicke.

"Wir können nicht hingehen", sage ich entgeistert. "Nicht angesichts dessen, was sie über Maddie sagen. Das können wir nicht. Diese Leute *hassen* uns. Sie denken, unsere Tochter hätte dieses Mädchen getötet." Ich ertappe mich dabei, wie ich der schönen Phoebe Thompson direkt auf die Nase tippe.

Er schüttelt den Kopf. "Wir müssen dahin."

Aber ich bin anderer Meinung, und so verbringen wir den Abend im Streit und schauen schweigend Reality TV, während Gabe schläft und Maddie ihre Hausaufgaben macht.

Am nächsten Morgen schleppe ich mich aus dem Bett, um an der

Küste spazieren zu gehen, in dem Versuch, einen klaren Kopf zu bekommen. Über mir krächzen die Möwen, und es ist weniger friedlich, als ich es mir vorgestellt habe. Widerwillig mache ich mich auf den Heimweg, um die Kinder vor der Schule zu füttern.

"Heute kann ich sie doch mitnehmen?", sagt Justin. "Dann kannst du ein bisschen entspannen oder wieder ins Bett gehen."

"Bist du sicher?"

Er nickt und küsst mich auf die Stirn. "Du warst in den letzten Tagen sehr angespannt. Nimm dir ein bisschen Zeit für dich."

"Danke. Das weiß ich zu schätzen. Tut mir leid wegen gestern Abend."

Er wuschelt durch mein Haar. "Eine Entschuldigung von Zoe Osborne. Das gibt's selten. Bekomme ich eine Gedenktafel für diesen bedeutenden Anlass?"

"Übertreib's nicht."

Ich sehe, dass er noch mehr sagen will, aber bevor Justin den Mund aufmachen kann, kommt Gabe hereingestürmt. Justin packt ihn an den Armen und hebt ihn hoch. "Morgen, Raumfahrer. Bereit für die Schule?" Er dreht sich zu mir. "Wo ist Mads?"

"Ich will nicht gehen." Maddie steht an der Küchentür. Sie hat ihr Pokergesicht aufgesetzt: schmale Augen, vorspringende Unterlippe, die Arme fest vor der Brust verschränkt.

"Warum nicht?", frage ich.

"Ich will einfach nicht."

"Du musst zur Schule gehen", sagt Justin. "Da gibt's keine Wahl."

"Hast du Probleme mit den anderen Schülern?", frage ich. "Geht's um Phoebe?"

Sie starrt durch das Fenster auf die Klippen und beobachtet, wie die Wellen an den Strand schlagen.

"Maddie, du musst mit uns reden. Komm schon, Schatz." Ich gehe zu ihr hinüber und versuche, meinen Arm um sie zu legen, aber sie stößt mich weg - und das nicht gerade sanft. Ich taumle zurück und stolpere fast über einen Stuhl. "Maddie!"

Justin lässt Gabe los und geht mit großen Schritten auf sie zu und packt Maddie an der Schulter. "So gehst du nicht mit deiner Mutter um. Sag, dass es dir leid tut. Sofort!"

"Justin, nicht." Ich versuche, ihn von ihr wegzuziehen. An der Spannung in seinem Arm erkenne ich, dass er sie zu fest umklammert. "Stopp hab ich gesagt!"

Mein Herz klopft. Justin lässt seine Hand sinken. Maddie starrt ihn an, ihr Gesichtsausdruck verhärtet sich zu Stein. Ich habe sie schon öfter wütend gesehen, aber es ist Jahre her, dass ihre Wut sich auf Justin richtete. Ich dachte, wir hätten das hinter uns, aber anscheinend nicht.

"Steig ins Auto", schnappt Justin.

Leise schnappt sie sich ihre Schultasche von der Lehne eines Esszimmerstuhls und stürmt hinaus.

Da ich den Tag für mich habe, beschließe ich, Cecilia eine SMS zu schreiben und sie zu fragen, ob sie einen Spaziergang durch Penry machen möchte. Das Wetter ist zwar nicht ganz so herrlich wie in den letzten Tagen, aber wir könnten trotzdem die kleinen Cafés und Pubs in am Strand genießen. Wir könnten ein Eis essen und den Surfern zuschauen. Dabei fällt mir ein, dass ich gar nicht weiß, was sie beruflich macht. Sie könnte auf der Arbeit sein.

Doch sie antwortet sofort, und wir treffen uns um zehn Uhr in einem Café am Strand. Cecilia schlägt vor, dass wir uns einen Kaffee zum Mitnehmen holen und um die Bucht herum zu einem der Aussichtspunkte gehen, von denen man aufs Meer schauen kann. Auf dem Weg dorthin erfahre ich ein wenig mehr über sie. Sie ist in den Midlands aufgewachsen und arbeitet seit einiger Zeit mal hier mal da im mittleren Management.

"Mein letzter Job war in einem Reisebüro", sagt sie. "Ich habe das Büro geleitet. Aber dann haben sie dichtgemacht. Und ich dachte mir, wenn ich schon arbeitslos bin, dann doch bitte an einem landschaftlich schönen Ort. Ich hatte ein bisschen Geld angespart, also habe ich den Schritt gewagt und bin hierher gezogen."

"Wow. Das ist mutig. Was machst du, wenn du keinen neuen Job findest?"

"Das werde ich." Sie zieht die Augenbrauen hoch. "Ich kann sehr gut überzeugen. Aber ich werde für eine Weile sehr sparsam leben müssen."

"Wie hat deine Tochter auf den Umzug reagiert?"

Cecilia nippt an ihrem Kaffee und stößt ein humorloses Lachen aus. "Gar nicht. Sie ist achtzehn. Sie studiert Englische Literatur an der Uni in Warwick."

Wir lassen uns auf den Bänken nieder und blicken auf die Keltische See hinaus. Prompt wechselt Cecilia das Thema.

"Ich habe dein Buch gelesen", sagt sie. "Ich dachte sofort, dass du mir bekannt vorkommst und dann hat Susannah mir erzählt, wer du bist. Verdammt, Zoe. Was für ein Leben du geführt hast!"

Ich schüttle den Kopf. "Ich schätze, wenn man es selbst erlebt, erscheint das alles irgendwie normal."

"Jetzt ist mir auch klar geworden, was du über deine Tochter gesagt hast. Ich verstehe das. Du machst dir bestimmt Sorgen darüber, was sie von ihrem Vater geerbt haben könnte." Sie rückt ihre Sonnenbrille zurecht und streicht sich eine wilde Haarsträhne aus dem Gesicht. Cecilia hat eine sorgfältig gefasste Ausstrahlung, die viele Mütter in der Umgebung von Penry teilen. Manikürte Nägel, große Sonnenbrille und eine schöne Handtasche. Aber sie ist so offen und bodenständig, dass es nicht ganz so stark auffällt.

"Ja", gebe ich zu. "Aber ich weiß auch, dass wir ihr ein liebevolles Zuhause bieten. Und sie geht zur Therapie, seit sie fünf Jahre alt ist."

"Und was du über das Mädchen gesagt hast, das gestorben ist." Diesmal nimmt sie ihre Brille ganz ab und begegnet meinem Blick. Ihre Stimme wird leiser. "Wie passt das da rein?"

"Wenn sie es getan haben sollte", sage ich vorsichtig, "dann werde ich sie unterstützen, so gut ich kann. Ich weiß nicht genau, was das bedeutet, aber ich weiß, dass ich alles für sie tun würde. Aber... ich weiß auch nicht. Es wäre untypisch für sie. Ja, sie hatte so ihre Probleme, aber sie weiß, was richtig und falsch ist. Phoebe Thompson, das Mädchen, das gestorben ist, war zwar nicht besonders nett zu Maddie, aber sowas hat Maddie noch nie gestört." Ich stieß einen langen, schaudernden Atemzug aus. "Warum sollte die Party diesen plötzlichen Drang zur Gewalt auslösen?"

Cecilias Lippen verziehen sich zu einem hübschen, aber wissenden Lächeln, und ich runzle verwirrt die Stirn.

"Du bist eine gute Mutter", erklärt sie.

Ein Luftzug pfeift durch meine Zähne. "Wohl kaum. Eine gute Mutter würde ihr Kind niemals des Mordes verdächtigen."

"Das ist nicht wahr. Wenn du nicht wüsstest, wer sie ist, dann würdest du ihr und dir selbst einen schlechten Dienst erweisen. Welchen Sinn hat blindes Vertrauen? Was erreicht man damit? Du kannst ihr nicht helfen, wenn du sie nicht kennst."

"Aber wie soll ich herausfinden, ob sie es getan hat? Wie kann ich das Thema überhaupt ansprechen? Ich kann *ihr* gegenüber nicht zugeben, dass ich glaube, dass es eine geringe Chance gibt, dass sie eine Mörderin ist. Wenn ich das täte, würde ich sie für immer verlieren."

"Das weiß ich auch nicht." Cecilia lehnt sich gegen die Bank. "Wirklich nicht."

Ich gebe es nur ungern zu, aber Justin gewinnt unsere Auseinandersetzung. Er meint, wenn wir nicht hingehen, könnte DS Rosen das verdächtig finden. Am Ende einigen wir uns auf einen Kompromiss: Justin und ich gehen zur Beerdigung, aber Maddie bleibt zu Hause und passt auf Gabe auf.

"Glaubst du, das ist okay?", fragt Justin mit leiser Stimme, damit die Kinder es nicht hören. Wir sind dabei, nach dem Abendessen das saubere Geschirr einzuräumen. Die Kinder streiten sich um den Xbox-Controller im Wohnzimmer.

"Was meinst du?"

"Maddie bei Gabe zu lassen."

Ich ziehe verwirrt die Augenbrauen zusammen und frage mich, warum das ein Problem sein sollte. "Sie war schon oft Babysitter für ihn."

"Ja, aber..." Er zieht eine Grimasse. "Das war bevor...."

Ich werfe einen Stapel sauberer Gabeln in die Schublade. "Bevor was? Bevor Phoebe Thompson gestorben ist?" Ich weiche seinem Blick aus. Vor jemandem, der im Grunde ein Fremder ist, einzugestehen, dass Maddie eine Mörderin sein könnte, ist eine Sache, aber meinem Mann gegenüber ist es eine andere. Mit Justin verfestigen sich meine Sorgen bloß. Dazu bin ich nicht bereit. "Glaubst du etwa, dass sie Gabe etwas antun würde?"

Er antwortet nicht.

Jetzt werde ich sauer. Ja, ich habe meine Sorgen, aber nicht, wenn es um Gabe geht. *Nein, das könnte sie nicht. Sie würde niemals...*

"Es wird schon alles gut sein", schnauze ich, knalle die Schublade zu und gehe weg.

Als wir am nächsten Morgen aufbrechen, wirft Gabe meine Autoschlüssel auf die Küchenfliesen und schreit. "Ich will nicht hier bleiben! Ich will mit euch fahren!"

Zum Glück hat Justin einen tollen Trick, um einen Wutanfall zu beenden, bevor er richtig beginnt. Er packt Gabe unter den Armen und wirbelt ihn herum, bis Gabe vor Lachen prustet.

"Oah, Papa, ich bin zu alt für sowas", sagt er mit rosa Wangen und grinst.

"Mads." Justin winkt sie zu sich. "Lass ihn Cartoons gucken, okay? Und verlasst das Haus nicht. Wir sind nach dem Mittagessen wieder da." Seine Hände verkrampfen und entspannen sich im Wechsel. "Deine Mama und ich haben vereinbart, dass du heute hier bleibst. Du gehst nicht ins Dorf oder an den Strand. Okay?"

"Ja, Sir." Ein sardonisches Lächeln umspielt Maddies Lippen.

"Ich meine es ernst", bekräftigt Justin.

Ich kann nicht aufhören, meinen Mann anzustarren, der so untypisch angespannt ist. Die Beerdigung wirkt sich wohl auf uns alle etwas anders aus.

"Im Kühlschrank sind belegte Brote, falls du Hunger bekommst", sage ich. "Und im Schrank ist jede Menge Schokomilch und ein paar Snacks."

"Mama, uns wird‘s gut gehen. Geht ruhig", sagt Maddie.

Ich ziehe sie spontan in eine riesige Umarmung, die sie nicht erwidert. "Ich liebe euch beide." Ich drücke Gabe einen Kuss auf die Stirn.

"Wirst du weinen?" Maddie starrt mich mit einem neutralen Gesichtsausdruck an. Sie ist heute noch verschlossener als sonst.

"Vielleicht", sage ich. "Heute ist ein trauriger Tag. Und ich muss viel daran denken, wie viel ihr beide mir bedeutet. Ich weiß, ich bin eine rührselige Mutti, aber solche Ereignisse erinnern einen manchmal daran, was wirklich wichtig ist."

Justin legt seinen Arm um meine Schulter und drückt mich fest an sich, unsere Meinungsverschiedenheit ist für einen Moment vergessen. Wir lassen unsere Kinder allein Zuhause zurück, bereit, woanders hinzufahren, um die Beerdigung eines anderen Kindes mitzuerleben. Ich schleppe meine schweren Glieder ins Auto und bin schon bei dem Gedanken daran müde.

"Glaubst du, Maddie wird es gut gehen?" Justin dreht den Zündschlüssel, und das Auto springt an.

"Ich weiß es nicht. Ich glaube, Phoebes Tod beeinflusst sie schon, aber sie versucht, es zu verbergen."

"Ich meinte mit Gabe", sagt Justin. "Meinst du, sie kommen zurecht? Maddie wird doch auf uns hören, oder?"

Ich seufze. "Ja, ich denke, sie wird sich um ihren Bruder kümmern.

Lass uns nicht wieder darüber streiten. Wir dürfen das Vertrauen in sie nicht verlieren, oder? Sie ist unser *Kind*."

"Okay", sagt er. "Ich sehe sie in der Schule, im Gegensatz zu dir. Sie ist nicht immer nett zu anderen, und du bist nicht diejenige, die das mitbekommt."

"Ich muss ihr Verhalten in der Schule nicht sehen, um zu wissen, dass sie sich gut um ihren Bruder kümmert." Mein Ton ist schärfer, als ich beabsichtigt habe, was zu einer unangenehmen Fahrt zur Kirche führt.

Trotz der Anspannung hält Justin meine Hand, als wir uns auf den Weg in den hinteren Teil der Gemeinde machen. Seine Finger ziehen sich zusammen und entspannen sich. Als ich ihm in die Augen schaue, merke ich, dass meine Augen von warmen Tränen überflutet sind. Wir wissen beide, dass dieser Moment größer ist als unser Streit.

Ich möchte nicht zu sehr auffallen und halte meinen Kopf gesenkt, als der Gottesdienst beginnt. Der Sarg wird hereingetragen, und Stille kehrt ein. Meine Handflächen beginnen zu schwitzen.

Connie und Malcolm Thompson sitzen in der ersten Reihe und wischen sich die Tränen aus dem Gesicht. Die Freunde und die Familie der Thompsons drängen sich um sie herum und weinen leise. Hinter ihnen sehe ich Teenager, die mit gesenkten Köpfen neben ihren Eltern sitzen. Der Gottesdienst wird mit einer eintönigen Ansprache des Priesters fortgesetzt, während die erschütterten Gemeindemitglieder schniefen und wimmern. Beerdigungen sind immer düster, aber hier zieht das Gewicht des Verlusts besonders stark, bis hinauf zu den Dachsparren. Als Malcolm aufsteht, um die Trauerrede zu halten, höre ich Connie schluchzen, und meine eigenen Tränen beginnen zu fließen.

Doch es geht alles schnell vorbei, und bald fangen die Leute an, sich zu verteilen. Ich vermeide es, die Thompsons anzusehen, als sie an uns vorbeigehen, aber ich sehe ein paar andere Mütter, die ich kenne. Ich kann auch Ellies Mutter nicht in die Augen sehen, weil ich weiß, was Maddie ihrer Tochter zugemutet hat. Aber Maddies Schulleiter, Herr Browning, lächelt mir zu. Ein paar andere, darunter auch Parvati, wenden ihre Gesichter demonstrativ ab. Für die Hälfte der Anwesenden sind wir persona non grata. Mir läuft es kalt den Rücken herunter, als ich sehe, wie DS Rosen und sein Partner aus der Kirche kommen.

"Wir sollten nach Hause gehen", flüstere ich.

"Wir gehen nicht mit zum Friedhof?"

"Nein, wir sind hier nicht willkommen."

Wir gehen als Letzte, krabbeln davon wie zwei unerwünschte Kakerlaken. Ich fühle mich wie der schlimmste Mensch der Welt. Ich bin zur Beerdigung gekommen, obwohl meine Tochter eventuell für alles verantwortlich sein könnte. Ich bin für mich gekommen, nicht für sie. Der Gedanke daran macht mich krank.

Kapitel Siebzehn

Damals

Sade, Maddies Sozialarbeiterin, kam zu uns nach Hause, als ich gerade dabei war, Kisten zu packen. Wir machten etwas Platz auf dem Küchentisch frei, und ich machte uns beiden eine Tasse Tee. Ich kramte ein paar alte Kekse aus einem Schrank hervor, und sie lehnte höflich ab. Sie stellte ihre schlaffe Ledertasche auf die Rückenlehne meines Stuhls und rückte einen breiten Ohrring zurecht, der sich in ihren Locken verfangen hatte.

"Wie geht's Maddie?" Ich hatte eine Kiste geöffnet, um eine Tasse zu holen, und hatte leider nur die Tasse in Form eines Lamas zur Hand, die Simon so sehr hasste. Sie waren unpraktisch und super kitschig, mit Regenbögen als Augenbrauen.

Sade bedankte sich für den Tee und sagte nichts über die Tasse. "Ehrlich gesagt, war es ein harter Übergang für sie. Wir können uns nur vorstellen, wie ihr Leben bis zu diesem Zeitpunkt ausgesehen haben muss." Müßig zeichnete sie die Regenbogenaugenbraue auf der Tasse nach. Ich sah, wie das Gespräch über Maddie sie berührte. Es gab mir Hoffnung, dass sie sich auch Sorgen machte und dass sie mir gegenüber ehrlich bleiben würde. "Wie du weißt, hat ihr Vater Maddies Geburt nie registriert, und sie wuchs auf der Farm in total Isolation auf. Sie hatte noch nie mit anderen Kindern zu tun. Aus diesem Grund halten die Mitarbeiter sie im Moment von den anderen getrennt. Sie werden sie langsam an die anderen Kinder heranführen. Es ist so, als ob man eine zweite Katze bekommt und dann sehr gut auf die beiden aufpassen muss." Sie lächelte. "Wir haben beobachtet, dass ihr Verhalten sehr schnell aggressiv werden kann. Sie hat Wutanfälle, wenn sie ihren Willen nicht bekommt, und manchmal zieht sie sich in sich selbst zurück und weigert sich, über längere Zeit zu sprechen."

Ich unterdrückte einen Schauer und setzte mich tief in meinen Stuhl. So wie sie den Ort beschrieb, klang es eher wie eine Bestrafung, obwohl ich verstand, warum sie bei Maddie vorsichtig waren. "Das hört sich nicht gut an. Sind Sie sicher, dass dieser Ort für sie geeignet ist?"

"Sie braucht jetzt Struktur, und die bekommt sie dort, wo sie ist. Beständigkeit und Struktur. Das Personal ist hervorragend." Sade schenkte mir ein beruhigendes Lächeln, wobei sich ihre Haut um die Augen herum leicht faltete. Da wurde mir klar, dass sie älter war, als ich ursprünglich angenommen hatte, denn ihr leuchtend gelb-blaues Blumenkleid, der rote Lippenstift und die üppigen Locken verbargen ihr Alter. Doch dann sah ich den grauen Haaransatz, der sich von ihrem dunklen Haar abhob. Sie musste etwa Mitte bis Ende vierzig sein. "Ich sehe, dass Sie und Maddie in ihrer gemeinsamen Zeit eine enge Beziehung aufgebaut haben. Maddie fragt auch nach Ihnen."

"Wirklich?"

Sade lacht leise vor sich hin. "Normalerweise ist es ein Wutanfall. Sie verlangt dann, Sie zu sehen."

Ich schüttelte den Kopf. "Ich habe ihr versprochen, dass ich dafür sorge, dass es ihr gut geht."

"Und das haben Sie getan."

"Nein, ich habe ihr versprochen, dass ich da sein werde. Aber es sind schon Wochen vergangen, und ich komme sie jetzt erst besuchen."

Sade seufzte und klopfte auf den Henkel ihres Bechers. "Ja, was das angeht..."

"Ich darf sie doch besuchen, richtig?"

"Ja, aber ich halte es für das Beste, wenn wir den Besuch unter Aufsicht halten. Ich werde die ganze Zeit bei Ihnen bleiben."

Ich atmete erleichtert aus. "Das ist in Ordnung. Das ist vernünftig."

"Ich bin froh, dass Sie damit einverstanden sind. Man weiß nie, wie die Leute reagieren, wenn man ihnen sagt, was sie tun sollen", sagte sie. "Darf ich Sie nach Ihrer Zeit mit Maddie fragen?"

"Sicher."

"Hat sie Ihnen viel über ihre Kindheit erzählt?"

"Nein", sagte ich. "Ich denke, einige der Dinge, die sie gesagt hat, gaben mir einen Einblick. Zum Beispiel, dass sie versucht hatte, anderen Opfern zu helfen, oder wie gut sie sich in der Küche auskannte. Ich glaube, sie war es gewohnt, für sich selbst zu sorgen."

"Wir haben einige ähnliche Beobachtungen gemacht wie Sie",

erklärte Sade. "Sie ist sehr klug, aber sie hat weder lesen noch schreiben gelernt. Ihr Verständnis von richtig und falsch ist, wie Sie sich vorstellen können, sehr komplex. Aber sie kann alleine auf die Toilette gehen, und sie kann sich hervorragend ausdrücken. Jemand hat Zeit mit ihr verbracht und ihr zumindest die Grundlagen beigebracht."

"Ihr Vater, meinen Sie? Ich weiß, er war ein Monster, aber wenn er sie als Köder brauchte, dann hat er sich wohl um sie gekümmert."

"Das ist möglich", antwortete Sade. "Aber so wie sie über ihn spricht, frage ich mich, ob da noch jemand war."

"Glauben Sie das? Ich hatte den Eindruck, dass sie ihre Mutter nie kennengelernt hat. Aber man wird wohl nicht sagen können, wie lange sie zusammen waren. Vielleicht erinnert sie sich nicht mehr so genau an diese frühen Jahre."

"Maddie spricht nie über ihre Mutter", sagte Sade. "Ich kann nicht sagen, ob es so ist, wie Sie sagen - sdass sie sich nicht erinnern kann - oder ob sie sich noch nicht wohl dabei fühlt, über sie zu sprechen."

Sade fuhr mich zu einem hübschen Haus hinter einem großen Tor, das mich an eine vornehme Privatschule erinnerte, die sich meine Familie nie leisten konnte. Hohe graue Mauern, die mit Efeu überwuchert waren. Dicke steinerne Türstürze unter jedem Fenster. Fast erwartete ich, dass die Schauspieler von St. Trinian's jeden Moment aus der Tür treten würden.

Das änderte sich, als wir das Gebäude betraten. Wir mussten an der Tür unsere Besucherausweise vorzeigen und einen Sicherheitsbereich betreten, zu dem wir mit einer Magnetkarte des Personals Zugang bekamen. Während wir einen weißen Korridor entlang zu einem Pausenraum gingen, fragte ich mich, wie Maddie wohl reagieren würde, wenn sie mich wiedersah. Würde sie sich freuen, mich zu sehen? Glaubte sie, ich hätte sie im Krankenhaus im Stich gelassen? Ich machte mich auf eine schwierige Begegnung gefasst.

"Nervös?", fragte Sade und zog einen Stuhl von einem kleinen Tisch hervor.

"Ja. Dämlich, oder?"

"Ganz und gar nicht. Es würde mich überraschen, wenn Sie es nicht wären."

Jemand hatte einen Tisch in Kindergröße vorbereitet und einen Stapel weißes Papier und zwei Packungen Buntstifte hingelegt.

Während wir warteten, stupste ich abwesend die Papiere mit meinen Fingerspitzen an. Dann hörte ich Schritte, sowohl von einem Erwachsenen als auch von einem Kind, und einer der Mitarbeiter führte Maddie an der Hand hinein.

"Guten Morgen, meine Damen", sagte die Mitarbeiterin. Ich sah auf das Namensschild - Jess. "Wie ich höre, wollen Sie heute jemand Besonderen besuchen."

Sade und ich standen auf, um Maddie bei ihrer Ankunft im Zimmer zu begrüßen. Sie trat mit gesenktem Kopf und nach vorne gezogenem dunklen Haar ein. Nachdem sie Jess' Hand losgelassen hatte, verschränkte sie die Arme vor ihrer schmalen Brust.

"Hallo, Maddie", sagte ich. "Meine Güte, bist du gewachsen."

Maddie hob ihr Gesicht, um mich anzustarren, ihre wachsamen Augen waren hart und dunkel wie Murmeln.

"Bist du sauer auf mich?", fragte ich.

Jess räusperte sich und führte Maddie zu dem kleinen Stuhl neben dem Tisch. "Komm schon, Liebes. Wir machen es uns gemütlich. Willst du ein bisschen malen?"

Doch die vor Wut zitternde Maddie wischte mit ihrem Arm quer über den Tisch, so dass alle Stifte und das Papier auf den Boden fielen.

"Das war jetzt aber nicht besonders nett, oder?", sagte Jess.

"Maddie, willst du, dass ich gehe?", fragte ich. Ich beugte mich tief zu ihr hinunter.

Sie wich zurück und richtete ihr Kinn wieder auf die Tür.

"Geht es dir gut?", fragte ich erneut.

Sie zuckte mit den Schultern.

"Ich habe dich vermisst", sagte ich und beugte mich etwas näher vor.

Ihr Blick wanderte für den Bruchteil einer Sekunde zu mir und verriet einen winzigen Schimmer von Interesse. Aber dann tat sie wieder so, als ob ich nicht da wäre.

"Ich war im Krankenhaus", sagte ich. "Willst du nicht wissen, ob es mir gut geht?"

Sie schüttelte vehement den Kopf.

"Es ist dir egal?"

Mehr Kopfschütteln.

Ich griff nach unten zum kränklich-grünen Teppich und sammelte ein paar Papiere und Buntstifte ein. Dann setzte ich mich auf den kleinen Stuhl und begann, ein bisschen rumzukritzeln, während ich vor mich hin summte. "Was soll ich malen? Katze oder Hund?"

Sie starrte auf das Papier und biss sich auf die Lippe. Dann platzte sie heraus: "Kaninchen".

"Okay." An mir ist keine Künstlerin verloren gegangen, aber irgendwie machte das die Situation besser. Als Maddie anfing, über meine schreckliche Kaninchenskizze zu lachen - ehrlich gesagt, war es am Ende mehr ein Alien als ein Kaninchen -, änderte sich die Stimmung endlich. "Es ist schön, dich lachen zu sehen."

Sie hob ihre Hand und wischte sich das Lächeln buchstäblich aus dem Gesicht. An seine Stelle trat ein kindlicher, finsterer Blick, der fast an einen Cartoon erinnerte. Nur dass dieses Mal ein Hauch von Humor darin mitschwang.

"Papa hat mal ein Kaninchen gemalt", sagte Maddie.

Ich bemerkte, wie sich Sade auf ihrem Sitz hin und her bewegte, plötzlich sehr interessiert.

"Hat er?", fragte ich.

Sie nahm einen Buntstift in die Hand und nickte.

"Hat er dir Malen beigebracht?"

"Manchmal."

Ein Gefühl überkam mich, von dem ich nicht dachte, dass es einen Namen hat. Erleichterung und Entsetzen zu gleichen Teilen. Erleichterung darüber, dass ihr Serienmörder-Vater ihr wenigstens ein bisschen Freundlichkeit entgegengebracht hatte, und Entsetzen darüber, dass sie überhaupt mit ihm hatte leben müssen. Sade und Jess schwiegen beide, während Maddie auf dem Papier herumkritzelte.

"Aber meistens war er beschäftigt", sagte Maddie. "Er hatte so viele Sachen, die er sich immer ansehen wollte."

Diesmal traf mich das blanke Entsetzen wie ein Eiskübel.

"Was meinst du?"

"Die Sachen in seinem Zimmer. Ihre Sachen."

Sade rutschte auf ihrem Platz hin und her, und ich merkte, wie sich ihre Finger auf dem Tisch verkrampften. Sie war so weiß wie ein Laken. Maddie erzählte, dass ihr Vater Zeit mit den Habseligkeiten verbracht hatte, die er seinen Opfern gestohlen hatte. Ich nahm an, dass er sie zwischen den Morden gerne in die Hand nahm, um seinen Appetit zu stillen. Jedes Mal, wenn ich dachte, ich sei gegenüber dem, was Peter McKenna getan hatte, inzwischen abgestumpft, erschütterte mich ein neues Detail.

Ich war mir nicht sicher, ob ich Maddie weiter über ihren Vater reden lassen oder versuchen sollte, zu erfreulicheren Themen überzugehen. Schließlich blieb ich eine Weile still und beschloss, sie das selbst entscheiden zu lassen.

"Aber ich musste brav sein", sagte sie.

"Um ein Bild malen zu dürfen?", fragte ich.

"Ja. Oder um Süßigkeiten zu bekommen."

"Was für Süßigkeiten hast du bekommen?"

"Erdbeere".

"Oh, das ist schön. Magst du Erdbeeren?"

Sie nickte.

"Vielleicht könnte sie hier welche bekommen?", fragte ich Jess.

"Wir werden welche besorgen", sagte Jess. "Oder Sie bringen nächstes Mal welche mit."

Maddie riss den Kopf hoch. Sie hatte das "nächste Mal" bemerkt, aber sie sagte nichts.

"Würdest du dich freuen, wenn ich dich wieder besuche?"

Maddie wurde rot und nickte erneut.

Zu meiner Überraschung schnürte sich meine Kehle vor Rührung zu. Die Zuneigung, die ich für dieses Kind empfand, blühte ihn mir in ähnlicher Weise an, wie ich sie auch für ein leibliches Kind erwarten würde.

Eine weitere Stunde lang malte ich Bilder für sie, und sie erzählte mir vom Leben im Marigold House. Es gab ein anderes Mädchen namens Olivia, das sie überhaupt nicht mochte. Anscheinend hatte Olivia ihr einmal den Pudding gestohlen. Sade erzählte mir später, dass Maddie Olivia ohne zu zögern mitten ins Gesicht geschlagen hatte. Maddie hatte sicherlich einige Wutprobleme, mit denen sie umgehen lernen musste.

Sade schaute auf ihre Uhr, und mir wurde klar, dass meine Zeit mit Maddie bald zu Ende war. Also griff ich über den Tisch und nahm ihre Hand. "Maddie, bevor ich heute gehe, möchte ich dir danken, dass du mir das Leben gerettet hast."

Da fing Maddie an zu weinen. Sie starrte verzweifelt zu mir hoch, und aus ihrem winzigen Körper drang ein hoher Heulton. Ich stand auf, nahm sie in die Arme, drückte sie an mich und weinte mit ihr.

Sie versuchte zu sprechen, aber es war schwierig, sie inmitten der Tränen zu verstehen. Ich glaubte aber, dass sie mich bat, sie mitzunehmen.

"Ich bin bald wieder da, mein Schatz." Ich setzte sie wieder auf den Stuhl, aber Maddie klammerte sich an meinem Bein fest.

"Komm schon." Jess griff nach unten und versuchte, sie wegzuziehen, aber Maddie hielt sich fest, ihre Fingernägel drückten in meinen Wadenmuskel.

"Nein!", schrie Maddie. "Nein!"

Inzwischen liefen mir die Tränen übers Gesicht. Sade und Jess mussten Maddie von mir losreißen, und Jess trug sie aus dem Zimmer. Ich brach praktisch auf meinem Stuhl zusammen und stützte meinen Kopf in meine Hände.

Sade streichelte kurz meine Schulter. "Ich weiß, es ist schwer. Sie hat viel durchgemacht, und ihr Verhalten wird eine Zeit lang schwierig bleiben. Ob Sie es glauben oder nicht, ich glaube, es war gut, dass Sie hergekommen sind. Ich denke, der Abschied wird mit der Zeit leichter werden."

Ich hob meinen Kopf und lehnte mich zurück. "Für sie oder für mich?"

Sie lachte. "Für Sie beide. Sie hat sich Ihnen gegenüber heute wirklich geöffnet. Sie haben ein Band."

"Wir sind zusammen durch die Hölle gegangen", sagte ich.

"Ja", sagte Sade. "Sie haben eine gemeinsame Erfahrung, die Sie ihr beide verstehen. Ich denke, sie wird Ihnen mit der Zeit mehr von ihrem Vater und ihrem Leben auf dem Bauernhof erzählen."

"Ist das hier der richtige Ort für sie?"

"Ich denke schon", sagte Sade. "Sie wird lernen, dass ihre Handlungen Konsequenzen haben. Ihr Blick für Recht und Unrecht ist im Moment noch verzerrt. Sie neigt in bestimmten Situationen zur Gewalt."

Ich seufzte. "Das ist nicht verwunderlich."

"Nein", sagte Sade. "Nein, ist es nicht."

Bei meinem nächsten Besuch eine Woche später führte mich Maddie durch ihr Zimmer. Wir aßen Erdbeeren mit Sahne, während sie mir erzählte, wie sie Lesen gelernt hatte. Ich versprach, ihr in der darauffolgenden Woche Bücher mitzubringen. Am Ende meines Besuchs warf sie sich auf den Boden und schlug ihren Kopf auf den Teppich. Ich sah schockiert zu, wie Jess und eine andere Mitarbeiterin sie festhielten und wegbrachten.

Auf der Heimfahrt schaltete Sade das Radio ein, um die Stille zu übertönen. Ich wünschte mir nichts sehnlicher, als dieses Kind von diesem Ort zu retten. Ich konnte nicht aufhören, daran zu denken.

Zwischen den Sitzungen auf der Arbeit träumte ich von meinem nächsten Besuch im Marigold House. In der Mittagspause fuhr ich ins Stadtzentrum und kaufte ihr alle meine Lieblingskinderbücher: *Die Raupe Nimmersatt*, *Die Geschichte von Peter Hase* und *Peter Pan*. Ich suchte auch bequeme Kleidung für sie aus, obwohl das Heim bereits welche für sie bereitgestellt hatte.

Als ich meine Eltern das nächste Mal besuchte, fragte meine Mutter, ob ich mich noch mit "dem Kind" traf. Sie konnte sich nicht dazu durchringen, Maddies Namen auszusprechen. Sie sah in ihr die Ausgeburt von Peter McKenna, und das war's. Und sie machte ihre Gefühle diesbezüglich sehr deutlich: Sie hielt mich für verrückt, nicht nur wegen des Vaters von Maddie, sondern auch, weil ich ihrer Meinung nach jedes Mal, wenn ich Maddie sah, die Vergangenheit wieder hochholte. Für meine Mutter bestand der Weg, mit einem Trauma umzugehen, darin, nie wieder darüber zu sprechen. Mein Vater war ruhiger, aber ich spürte, dass er eine ähnliche Einstellung hatte. So ging ihre Generation einfach mit unangenehmen, schwierigen und schmerzhaften Dingen um - indem sie sie in eine Schachtel steckten und hofften, dass diese Schachtel nie wieder geöffnet wurde.

Aber die Tatsache, dass ich verstand, wie sie sich fühlten, machte es nicht leichter, und mit der Zeit tat sich eine Kluft zwischen uns auf. Ich stand auf der einen Seite, meine Eltern standen auf der anderen. Die Wochen vergingen, und ich traf mich weiterhin mit Maddie, obwohl sie es missbilligten. Ich brachte ihr Geschenke mit; sie erzählte mir von den anderen Kindern und ihren Lieblingsmitarbeitern. Sie trug einen Plüschhasen mit sich herum und malte mir Bilder, die ich an meinen Kühlschrank klebte.

Selbst nachdem ich ein Haus in der Nähe meiner Eltern gemietet hatte, selbst als ich sie wöchentlich sah und versuchte, in Worte zu fassen, was Maddie für mich bedeutete, blieben sie weiter abweisend.

Eines Tages sagte ich verzweifelt zu meiner Mutter: "Warum kommst du nicht mal mit zu einem Besuch?"

"Warum sollte ich das tun?", fragte sie, während sie vor einem mit Karotten bedeckten Schneidebrett stand.

"Weil sie Teil meines Lebens ist", sagte ich.

"Oh, und für wie lange?"

Papa kam herein, sah unsere angespannten Gesichter und ging wieder hinaus, während er über seiner Zeitung brütete. Die Tatsache, dass er so wenig bereit war, sich einzumischen, begann mich zu ärgern.

"Für immer, Mama. Sie wird für immer in meinem Leben sein."

Sie ließ ihr Messer auf das Schneidebrett fallen. "Sei nicht so lächerlich. Wovon redest du da?"

Und in diesem Moment sprach ich die Worte laut aus. Ich hatte schon seit einiger Zeit darüber nachgedacht, aber ich hatte es mir noch nie wirklich eingestanden. "Ich werde mich nach Möglichkeiten umsehen, Maddies Pflegemutter zu werden. Vielleicht kann ich sie auch irgendwann adoptieren."

Das Blut wich aus dem Gesicht meiner Mutter. "Das kannst du nicht machen."

"Warum nicht? Ich habe mir immer Kinder gewünscht, aber mit Simon wäre das nie möglich gewesen. Alle Mitarbeiter im Marigold House sprechen von der besonderen Beziehung, die ich zu Maddie habe. Niemand sonst versteht, wie es auf der Farm war."

Meine Mutter seufzte. "Ach, lass es doch endlich hinter dir, Zoe. Es sind zwei Monate vergangen, und du redest über nichts anderes..."

Sie redete weiter, aber ich hörte sie nicht. Ich ging geradewegs aus dem Haus. Ich stieg in mein Auto und fuhr weg, während meine Mutter mit vor Schreck offenem Mund am Küchenfenster stand.

Später an diesem Tag rief Papa an und versuchte, die Wogen zu glätten, aber Mama hatte eine Grenze überschritten, die sie nicht mehr zurücknehmen konnte. Meine Probleme langweilten sie. Es gab ein Zeitlimit, in dem ich über meinen Beinahe-Tod durch die Hand eines sadistischen Mörders sprechen konnte. Aber sie konnte mir nicht vorschreiben, wie und wann ich zu heilen hatte.

"Es tut mir leid, Liebes", sagte er. "Ich weiß, dass sie einige verletzende Dinge gesagt hat, aber es tut ihr leid."

Ich schürzte die Lippen, weil es ihr offensichtlich nicht leid genug tat, um mich anzurufen.

"Du solltest wissen, dass ich nicht völlig anderer Meinung bin als deine Mutter", fuhr er fort. "Was das Kind angeht, meine ich. Es scheint wirklich ein ... riskantes Unterfangen zu sein. Bist du dir absolut sicher, dass du für den Rest deines Lebens mit diesem Mädchen verbunden sein willst?" Er seufzte. "Zoe, ich weiß, dass du schon viel durchgemacht hast, aber ein Kind zu adoptieren ist eine große Entscheidung. Besonders im Moment."

"Ich habe es durchdacht", sagte ich. "Glaube mir, ich habe an alle möglichen Folgen gedacht, auch daran, dass sie mich im Schlaf ermordet. Sie ist fünf Jahre alt, Papa. Ich muss daran glauben, dass eine Fünfjährige eine Zukunft hat, egal, was sie durchgemacht hat."

Er seufzte. "Und du bist dir wirklich sicher?"

"Ich werde meine Meinung nicht ändern, Papa. Maddie kennengelernt zu haben, ist das einzig Gute an dem, was mir passiert ist. Ich habe jede Nacht Albträume. Ich kann mich nicht mehr auf meinen Job konzentrieren. Maddie jede Woche zu sehen, ist das Einzige, was mich aufrecht hält."

"Oh, Zo", sagte er. "Es tut mir so leid. Ich hoffe, sie bringt dir viel Freude, das tue ich wirklich. Und... ich kann nicht für deine Mutter sprechen, aber ich weiß, dass ich immer für dich da sein werde, egal was passiert. Aber denk noch einmal darüber nach, okay? Was ist, wenn deine Gefühle für Maddie nur vorübergehend sind? Was ist, wenn es zu viel für dich wird, dich um sie zu kümmern? Sie ist ein gestörtes Kind, und gestörte Kinder sind unberechenbar. Sie haben viele Probleme, die nur ein außergewöhnlicher Mensch bewältigen kann."

"Das weiß ich alles, Papa." Meine Stimme klang leise und zittrig, sogar für meine eigenen Ohren. "Ich schaffe das."

Ich wollte es glauben. Mehr als alles andere wollte ich glauben, dass ich es schaffen kann.

Kapitel Achtzehn

Jetzt

Als wir von der Beerdigung zurückkommen, ist das Haus leer. Aus dem Wohnzimmer hören wir keinen Streit über Spielkonsolen. Keine lauten Zeichentrickfilme oder Mario Kart-Musik. Mein Herz schlägt mir bis zum Hals, weil wir ihnen gesagt haben, dass sie nicht rausgehen sollen, und jetzt sind sie trotzdem nicht da. Ich renne durch zu Maddies Zimmer. Dann zu Gabes. Ich schiebe die Terrassentür auf und eile hinaus in den Garten, während Justin mir folgt.

"Wir haben ihr gesagt, dass sie das Haus nicht verlassen soll!" Justins Haut wird tomatenrot. Er reibt sich den Nasenrücken.

"Vielleicht sind sie im Hinterhof", vermute ich, obwohl ich weiß, dass wir sie dann bereits durch eines der Fenster gesehen hätten.

Wir durchsuchen die Umgebung des Hauses, die Vorder- und Rückseite, einschließlich der Garage. Ich rufe Maddie auf ihrem Handy an, aber sie geht nicht ran.

"Ruf einen ihrer Freunde an", sagt Justin und schnappt sich seine Autoschlüssel vom Küchentisch.

"Sie hat keine", antworte ich, und die Erkenntnis trifft mich hart.

"Mein Gott. Wo sind sie hin? Was zum *Teufel* machen sie?"

"Vielleicht ist sie mit ihm nach Penry gefahren? Oder runter zum Strand?"

"Du fährst mit dem Auto nach Penry", sagt er, "und ich laufe runter zum Strand."

"In Ordnung." Ich nehme meine Schlüssel aus der Schüssel und beobachte besorgt, wie weit Justins Augen aufgerissen sind. Ich habe diese Art von Reaktion bei ihm noch nie erlebt. Ja, er ist manchmal gestresst, aber normalerweise ist er es, der mich beruhigt. Ich mache mir auch Sorgen, aber obwohl mein Herz rast, weiß ich, dass Maddie wahrscheinlich nur Gabes Gejammer nachgegeben hat und mit ihm Eis essen gegangen ist. Justin glaubt, dass sie eine Bedrohung für Gabe ist.

Mache ich mir etwas vor? Ist meine Tochter wirklich fähig, ihrem Bruder etwas anzutun? Ich denke an Cecilias Worte zurück, als wir zusammen saßen und auf das Meer blickten. Wenn ich nicht weiß, wer Maddie ist, hilft das weder ihr noch mir. *Mache ich diesen Fehler gerade?*

Wir teilen uns auf, ich im Volvo und Justin in seinem Mercedes. Als ich den Gang einlege, muss ich gegen die Müdigkeit ankämpfen, die durch meinen Körper kriecht. Die letzten paar Tage haben ihren Tribut gefordert.

Ich fahre die Klippenstraße entlang, in Richtung Stadt. Urlauber mit Schlapphüten und Strandmänteln schultern ihre mit Handtüchern gefüllten Tragetaschen. Das Fahren auf diesen Straßen erfordert immer besondere Konzentration. In der Ferienzeit verlieren die Menschen ihre Hemmungen. Sie verlassen die Gehwege und huschen in Flip-Flops über die Straße, gefährlich nahe daran, mir vor das Auto zu stolpern. Als ich die Reihe der Cafés und Souvenirläden erreiche, ist mir das Herz bereits bis in die Hose gerutscht.

Die Stille wird durch das fröhliche Kreischen meines Klingeltons unterbrochen. Ich halte vor einem Fisch- und Chipsladen an, um zu antworten.

"Ich hab‘ sie gefunden", sagt Justin. "Sie waren am Strand."

"Okay. Ich komme nach Hause. Ist alles in Ordnung?"

Seine Stimme strafft sich, als er antwortet: "Ja", bevor er auflegt.

Einmal mehr bin ich verblüfft. Ich habe ihn noch nie so wütend erlebt. Vielleicht hat ihn der Tod von Phoebe Thompson doch mehr erschüttert, als er zugeben will. Ich habe selbst eine Vielzahl komplexer Gefühle bezüglich dieses Vorfalls. Ich entferne mich vom Laden und fahre über einen Fußgängerüberweg zurück zum Haus.

Susannah würde mir sagen, ich solle mich hinsetzen und mit ihm reden. Kommunikation ist immer die richtige Antwort auf alles. Aber wenn es darum geht, miteinander zu reden... das vermeiden wir am Liebsten. Vielleicht wollen wir uns unsere Schwächen nicht eingestehen, oder wir können es nicht. Ich weiß auf jeden Fall, dass ich mich meistens blockiert fühle.

Meine Finger zittern am Lenkrad, als ich in unsere Garage fahre. Als ich schließlich zurück ins Haus komme, höre ich bereits laute Stimmen und Weinen. Ich beschleunige, meine Füße fliegen förmlich durch den Flur.

"Wenn du in diesem Haus leben willst, wirst du tun, was ich sage. Du wirst dich benehmen. Ist das klar?"

"Dann ziehe ich vielleicht besser aus."

Meine Tochter sitzt auf dem Wohnzimmersofa und starrt Justin an, ihr Blick ist von Wut geschärft. Justin lehnt sich über sie, sein Gesicht ist immer noch rot und wütend. Gabe sitzt weinend im Sessel, ein großes Pflaster auf dem Daumen. Ich bin mir nicht sicher, womit ich mich zuerst beschäftigen soll.

"Kann mir bitte jemand sagen, was hier los ist", sage ich und gehe zuerst zu Gabe. "Was ist passiert, Süße?"

"Sie waren bei den Felsenpools", sagt Justin, bevor jemand anderes zu Wort kommt. "Gabe ist hingefallen und hat sich den Daumen aufgeschnitten. Es hätte *alles Mögliche* passieren können. Was ist, wenn eine starke Flut kommt und du den Halt verlierst? Es ist gefährlich da unten. Ich habe dir *gesagt,* ihr sollt Zuhause bleiben."

"Geht es dir gut, mein Schatz?", frage ich Gabe und küsse seinen Daumen.

Er nickt.

"Es geht ihm gut", schnauzt Maddie. "Er wollte da hin. Er hat sich den ganzen Morgen beschwert, weil er zu den Felsenpools gehen wollte. Ihm war verdammt langweilig. Ich kann auf meinen kleinen Bruder aufpassen, um Himmels willen."

"Wage es nicht, so zu reden." Ich hätte nicht gedacht, dass Justins Haut noch einen tieferen Zinnoberrot-Ton entwickeln könnte, aber das tut sie.

Ich stelle mich zwischen die beiden. "In Ordnung, das reicht jetzt. Ich weiß, dass alle gestresst sind, und dass einige Fehler gemacht wurden, aber lassen wir das, ja? Uns geht es gut. Keiner wurde von der Flut weggespült oder von einem verdammten Hai gefressen. Wir haben überlebt. Also lasst uns entspannen, okay? Lasst uns einfach glücklich sein, dass wir alle hier als Familie sind."

Justin geht mit hängenden Schultern davon. "Wie auch immer, Zo."

Maddie grinst.

"Grins mich nicht so an", schnauze ich. "Was denkst du, was du hier tust? Wir haben dir gesagt, das Haus nicht zu verlassen."

"Er wollte..."

"Das ist mir egal. Er ist ein Kind. Du bist sechzehn. Du solltest wissen, was richtig und was falsch ist." Meine Haut kribbelt, als ich diese Worte sage. Das war nicht beabsichtigt, und jetzt kann ich nicht aufhören, an die warme Erziehung zu denken, die ich Maddie versprochen hatte. Dafür bin ich im Moment zu wütend.

"Gut", sagt sie und wendet den Kopf ab.

"Ich werde mit deinem Vater sprechen. Warte hier."

"Er ist nicht mein Vater", flüstert Maddie. "Mein Vater ist tot."

Ich stehe in der Mitte des Raumes und starre sie an, wobei mir die erdbraune Tiefe ihrer Iris auffällt, die genau wie die von Peter ist. Ihr muskulöser Körperbau hat ein Gewicht, das mich an ihn erinnert, ebenso wie die Breite ihrer Schultern. Ich möchte es wegblinzeln.

"Okay", sage ich leise. "Ich werde mit Justin reden."

"Du stellst dich doch auf seine Seite, oder?"

"Ich stehe auf keiner Seite."

"Ist klar."

"Maddie, ich bin *immer* auf der Seite meiner Kinder."

Sie wirft einen Blick auf Gabe. "Und wie viele Kinder hast du?"

"Zwei. Ich habe zwei Kinder. Das weißt du ganz genau."

Ich zögere und warte auf ihre Reaktion, aber es kommt nichts. Und als mir kein weiteres Wort einfällt, gehe ich ins Schlafzimmer, wo Justin mit verschränkten Armen am Fenster steht.

"Ich habe mit Maddie gesprochen und ihr gesagt, dass das, was sie getan hat, falsch war."

"Wow, tolle Strafe. Da hast du wirklich auf den Putz gehauen. Sie hat *unseren Sohn* in Gefahr gebracht, aber du hast ihr ja eine gute Standpauke gehalten, also ist alles gut."

"Was zum Teufel ist hier los?", frage ich. "Das bist nicht du. Ich verstehe das nicht. Du kannst nicht so mit ihr reden. Das weißt du doch."

"Da liegst du falsch", sagt er. "Du musst strenger sein, denn du lässt sie mit allem durchkommen, was sie will, und das hat Konsequenzen. Du weißt, wer sie ist und *woher* sie kommt. Und du gibst ihr zu viele Freiheiten. Genug Freiheit, damit sie herumlaufen und Leute von..." Er zögert. "Von Felsenpools stoßen kann."

"Gabe hat dir gesagt, dass sie ihn geschubst hat?"

"Nicht so ganz", sagt er.

"Sag mir was er gesagt hat." Ich lasse mich erschöpft auf das Bett fallen. Maddie und Gabe hatten am Anfang eine recht zögerliche Beziehung. Und ja, als er ein Baby war, habe ich mir Sorgen gemacht, genauso wie ich mir Sorgen um Maddie gemacht habe, als sie noch ein Kind war. Aber dieses Verhalten hat sie sich abgewöhnt. Jetzt sind sie wie ein normales Geschwisterpaar. Ich habe sie nie, nicht ein einziges Mal, dabei erwischt, wie sie versucht hat, ihm wehzutun.

"Er sagte, Maddie war direkt neben ihm, als er ausgerutscht ist."

"Wenn er ausgerutscht ist, hat sie ihn nicht geschubst", sage ich und werde immer frustrierter über meinen Mann.

Justin lässt sich neben mir auf das Bett fallen. "Tu das nicht ab, Zoe. Gabe kam aufgewühlt vom Strand zurück und war nicht er selbst. Du hast gesehen, wie aufgewühlt er war. Und selbst wenn Maddie ihn nicht geschubst hat, stand sie doch direkt neben ihm. Hätte sie ihn nicht auffangen können?" Sein Gesicht wird weicher. Er streckt die Hand aus und berührt meine Hand. "Ich wollte nicht so wütend werden. Ich schätze, die Beerdigung hat mich härter getroffen, als ich dachte."

"Ich weiß." Ich seufze. "Ich versteh es ja. Aber... ich weiß nicht. Ich denke, es ist einfach zu sagen, dass sie ihn hätte auffangen sollen, wenn wir nicht einmal dabei waren, um zu sehen, was passiert ist. Vielleicht ging alles zu schnell. Sie ist ein junges Mädchen, Justin. Sie ist nicht übermenschlich."

Er zuckt mit den Schultern. "Als ich sie fand, weinte Gabe sich die Augen aus und hatte überall Blut an der Hand. Es war furchtbar, Zo. Ich habe sie beide zum Auto gebracht, und Maddie war so *abwesend* und ungerührt von seinen Tränen, als ob sie spazieren gehen würde. Ich weiß... ich weiß, ich war heute ein Arsch, okay? Aber ich sehe Maddie in einem ganz neuen Licht, seit..." Er schüttelt den Kopf. Er meint, seit Phoebe Thompson gestorben ist, aber er will es nicht sagen. "Und dann schien sie so nonchalant mit ihrem Bruder umzugehen, und ich sah rot."

Ich ziehe ihn in eine Umarmung. "Ich glaube, Maddie braucht vielleicht eine zusätzliche Therapiesitzung pro Woche. Ich höre, was du sagst. Ich mache mir auch Sorgen."

Er nickt. "Das ist ein Anfang. Und um ehrlich zu sein, ich glaube nicht, dass Maddie babysitten sollte, bis wir mehr Vertrauen in sie haben."

"Sehe ich auch so."

Ich überlege, ob ich ihm meine Befürchtungen mitteilen soll, aber ich schlucke sie hinunter. Ich will mich nicht mehr streiten. Ich will mir die Trauerkleidung vom Leib reißen und mich ins Bett verkriechen. Und ich will das Bild von Peter McKennas Gesicht aus meinem Kopf verbannen, das mich aus dem Gesicht meiner Tochter anschaut.

Kapitel Neunzehn

Damals

Ich beobachtete, wie DCI Coopers dünner Schnurrbart auf und ab wippte, während er sprach. Er hatte mir Fotos auf den Tisch im Esszimmer gelegt. Fotos von Frauen.

"Ich dachte, die würden Sie vielleicht sehen wollen. Und ich wollte nicht, dass Sie sie zum ersten Mal in der Zeitung sehen."

Er hatte recht, aber ich konnte den Mund nicht öffnen, um es zu sagen, weil meine Kehle wie zugeschnürt war. Mein Blick wanderte über die Gesichter der sechs Frauen vor mir. Abgesehen von ihrem Lächeln und dem Leben in ihren Augen konnte ich keine Gemeinsamkeiten zwischen ihnen feststellen. Die Frauen waren von unterschiedlicher Rasse, Größe und Alter. Peter McKenna hat wirklich auf Bequemlichkeit und Verfügbarkeit gesetzt.

Schließlich zwang ich mich zu sprechen. "Kennen Sie ihre Namen?"

"Das tun wir. Möchten Sie die wissen?"

"Natürlich", sagte ich schärfer als beabsichtigt.

"Denise Godwin, Tracey Sanderson, Zuri Abebe, Yasmin Lakhani, Lili Nowak, Susie Hannah".

"Sechs", flüsterte ich. "Sechs."

"Es gibt mehr als sechs Opfer", sagte Cooper. "Das sind die Frauen, die wir bisher identifiziert haben."

"Was?" Ich riss meinen Blick von den Fotos los und betrachtete sein Gesicht. Seine Haut glänzte nicht. Sie wirkte flach, fast matt. Straff, ohne einen Hauch von Glanz. Ich stellte mir vor, dass er lange arbeitete, und wenn dem so war, zeigte es zumindest, dass es ihm wichtig war, den Familien einen Abschluss zu geben. "Wie viele Leichen gibt es?"

"Zehn Leichen. Wir konnten diesen sechs Frauen Habseligkeiten und Handys zuordnen. Der Rest wird noch identifiziert. Das wird einige Zeit in Anspruch nehmen."

Mein Finger ruhte auf dem Foto von Yasmin Lakhani, wanderte dann zu Tracy und landete schließlich auf Zuri. Ich fragte mich, wie vielen von ihnen Maddie zu helfen versuchte.

"Zwei Leichen enthielten DNA, die mit der von Maddie übereinstimmte."

"Ihre Mutter?", fragte ich. "Und was... eine Schwester?" Dann wurde mir klar... "Oh. Er hat seine Mutter mit den Frauen begraben."

"Genau. Wir glauben, dass er sie als erste getötet hat."

"Und die andere Leiche, die mit Maddies DNA übereinstimmt. Ist sie...?"

"Die prozentuale Übereinstimmung entspricht dem Profil einer Tante, basierend auf diesen Ergebnissen. Es gab jedoch einige Probleme mit dem Zustand der Leiche, die die Durchführung des Tests schwieriger machten als üblich. McKenna hat die meisten seiner Opfer auf der Koppel hinter der Farm vergraben, aber es scheint, dass ein paar vor ein oder zwei Jahren verlegt wurden. Wir vermuten, dass sie anderswo vergraben waren und nach einer Überschwemmung wieder ausgegraben wurden. Die Überschwemmungsschäden erschweren es uns, eindeutige Ergebnisse zu erzielen."

Ich war erleichtert, dass ich beschlossen hatte, das Frühstück vor DCI Coopers Besuch ausfallen zu lassen.

"Sind Sie sicher, dass diese Frau Maddies Tante ist? Könnte der Test ungenau sein? Ich meine ... könnte die Frau Maddies Mutter sein? Vielleicht deuten die Ergebnisse auf eine Tante hin, weil sie durch die Überschwemmungsschäden verfälscht wurden?"

"Das ist schwierig", antwortete er. "Wir sind vorsichtig mit solchen Vermutungen aufgrund dieser Ergebnisse. Aber die Frau *ist* mit Maddie verwandt, und wir glauben, dass sie irgendwann mindestens ein Kind zur Welt gebracht hat."

"Dann muss es doch ihre Mutter sein. Oder nicht?"

"Es ist nicht eindeutig genug, um das zu sagen", betonte er. "Wie gesagt, die Tests deuten auf eine Tante hin, nicht auf eine Mutter, und meiner Erfahrung nach liegen die Tests meistens richtig."

"Okay", sagte ich enttäuscht. Ich hatte eine endgültige Antwort erwartet, aber es gab keine. "Wissen Sie, wie sie heißt?"

"Noch nicht. Wir haben Probleme, sie zu identifizieren. Sie passt zu niemandem in unserem System, und wir haben alle Vermisstenmeldungen aus der Zeit durchgesehen, aber wir haben nichts gefunden. Es gibt niemanden, der auf ihr Alter oder ihre Beschreibung passt. Natürlich ist es aufgrund des Alters und des Zustands der Leiche schwierig, überhaupt eine Beschreibung zu erhalten. Wir gehen aber davon aus, dass ihr Tod vor etwa vier bis fünf Jahren eingetreten ist.

"Etwa zur gleichen Zeit, als Maddie geboren wurde."

"Genau."

"Dann passt die Zeitlinie doch für Maddies Mutter! Bestimmt ist nur der DNA-Test falsch."

Er zögerte, bevor er antwortete, als würde er seine Worte sehr sorgfältig wählen. "Wir bleiben vorsichtig. Aus diesem Grund werden diese Informationen nicht an die Öffentlichkeit gelangen."

Ich nickte mit dem Kopf, aber ich konnte nicht umhin, meiner ersten Vermutung Glauben zu schenken. Es schien ein zu großer Zufall zu sein, um nicht zu glauben, dass diese Frau Maddies Mutter war. Doch ich vertraute auch darauf, dass DCI Cooper Ehrlich zu mir war. Vielleicht klammerte ich mich einfach an eine falsche Hoffnung.

"Tut mir leid", sagte ich. "Ich wollte keine voreiligen Schlüsse ziehen."

Er winkte mit der Hand, als wollte er meine Entschuldigung abtun. "Das haben Sie nicht. Das waren berechtigte Fragen. Da ist noch etwas anderes. Ich denke, ich sollte Sie vor einem weiteren Detail warnen, über das die Presse berichten wird. Es ist besonders unangenehm, fürchte ich."

"Was ist es?"

"Wir haben ein Baby gefunden."

Mein Gesicht brannte glühend heiß. Ich roch den sauren Geruch von ranzigem Atem, der mich an die Scheune erinnerte, aber einen Moment später war er wieder weg. "Was?"

"Wir glauben, dass dieselbe Frau auch ein totgeborenes Kind zur Welt gebracht haben könnte. McKenna hat die Leiche auf der Farm vergraben."

Ich ließ die Worte auf mich wirken. "Und dieses Baby ... ist es ... war es mit Maddie verwandt?"

"Das haben wir noch nicht getestet. Auch hier gibt es einige Probleme mit dem Zustand der Überreste".

Mein Magen kribbelte. Ich legte eine Hand auf meinen Unterleib und atmete zitternd aus. Die Ungerechtigkeit traf mich am härtesten.

Peter McKennas abscheuliche Existenz hatte so viele junge Leben geraubt und Maddies Kindheit zerstört. Er hatte ihre Familie ausgelöscht und sie kurzerhand auf seiner Farm begraben. Ich hasste ihn. Ich wütete innerlich und meine Wut schmeckte bitter wie Galle.

"Geht es Ihnen gut, Zoe? Soll ich Ihnen etwas Wasser holen?"

Ich ballte meine Hände zu Fäusten. "Mir geht's gut. Erzählen Sie mir von diesen Frauen."

"Nun, Denise, Tracey und Zuri hatten eine Vorgeschichte mit Drogenmissbrauch. Sie alle haben Vorstrafen wegen Drogenbesitzes und auch Krankenhausakten, die auf Heroineinnahme hindeuten. Aus Maddies Aussagen wissen wir, dass McKenna sich gern an obdachlosen Frauen vergriffen hat."

Ich schloss die Augen und stellte mir vor, wie er mit Maddie an der Hand auf sie zuschlenderte. Ein netter Mann mit einer Tochter. Ich dachte an Maddie als Kleinkind, wie sie die Seitenstraßen und Hinterhöfe erlebt haben musste, während McKenna die schutzlosen, obdachlosen Frauen ohne Familie ausnutzte. Was hatte McKenna diesen gebrochenen Menschen versprochen? Zuflucht? Drogen? Essen?

"Wissen Sie sonst noch etwas über sie?", fragte ich.

"Sie wurden alle in den letzten zehn Jahren ermordet."

"Nein, ich meine über sie. Ihre Persönlichkeiten. Ihr Privatleben."

"Denise wurde von ihrer Großmutter aufgezogen und verließ mit achtzehn Jahren ihr Zuhause, um mit ihrem Freund zusammenzuleben. Es klingt, als hätte er sie zu den Drogen gebracht. Davor war sie eine gute Schülerin; sie nahm Klavierunterricht und liebte Musicals. Tracey hatte eine schwierige Kindheit. Sie war die meiste Zeit ihres Lebens bei Pflegeeltern untergebracht und lief mit fünfzehn Jahren weg. Zuri verlor ihre Mutter, als sie zehn Jahre alt war. Sie lebte bei ihrem Vater, der viel gearbeitet hat. Von ihrem Vater erfuhr ich, dass sie gut in Mathematik war und sich ehrenamtlich in ihrer Kirche engagierte. Über die anderen drei Opfer wissen wir nicht so viel, aber sobald ich etwas weiß, lasse ich es Sie wissen."

"Danke", sagte ich. "Ich muss sie als Menschen kennenlernen."

Cooper nickte. Wir ließen die Situation einen Moment lang auf uns wirken. Die getöteten Menschen, die Tatsache, dass ich in einem flachen Grab hätte gefunden werden können, genau wie die anderen.

Ich holte tief Luft. "Also, diese sechs Frauen, Maddies Großmutter und eine mögliche Tante. Bleibt noch eine weitere Leiche, die Sie nicht identifiziert haben."

"Ja", sagte er.

Unbekannt. Unbenannt. Unerwünscht? Es verdrehte mir das Herz. Nein, ich hoffte nicht. Ich hoffte, dass sie irgendwann einmal in ihrem Leben erwünscht gewesen war.

"Und das ist alles, was wir bisher wissen." Cooper begann, die Fotos einzusammeln. "Es wird einige Zeit dauern, bis wir alles zusammengesetzt haben. Wenn Ihnen etwas einfällt, egal wie klein, lassen Sie es mich wissen. Es könnte uns helfen, die beiden Leichen zu identifizieren."

"Okay. Das werde ich. Versprochen."

"Ich lasse Sie wissen, wenn wir die Identität von Maddies mysteriöser Verwandter herausgefunden haben. Vielleicht können wir noch lebende Familienmitglieder ausfindig machen, aber wenn niemand die Frau je als vermisst gemeldet hat, frage ich mich, ob es sich überhaupt lohnt, sie aufzuspüren."

Der Gedanke ließ mich aufschrecken. "Ein lebender Verwandter könnte sich melden und das Sorgerecht für Maddie beanspruchen, oder?"

"Das müssten Sie beim Sozialamt erfragen. Aber theoretisch könnte ich mir das vorstellen."

"So eine Familie würde Maddie doch sicher nicht aufnehmen wollen?" Ich konnte die Vorstellung nicht ertragen, dass Maddie zu rücksichtslosen oder apathischen Verwandten gebracht werden könnte.

"Leider handelt es sich hier um einen Fall, der in den Medien viel Aufmerksamkeit erregt. Man kann nicht wissen, was für Blutsaugern aus den dunkelsten Ecken hervorkriechen werden. Maddie könnte eines Tages ihre Geschichte erzählen und damit eine Menge Geld verdienen. Und als Peter McKennas nächste Angehörige gehört ihr auch die Farm."

Ich blinzelte. Daran hatte ich gar nicht gedacht. "Die Farm kann nicht viel wert sein, oder? Nicht jetzt."

"Es ist ein anständiges Stück Land." Er zuckte mit den Schultern. "Allerdings wäre es klug, das Haus abzureißen und von vorne anzufangen."

Ich konnte mir nicht vorstellen, dass jemand dort leben wollte. Nicht mit der Erinnerung an diese ruhelosen Knochen, an all das vergossene Blut.

"Wie auch immer", sagte er seufzend. "Ich werde Sie auf dem Laufenden halten. Die Bulldozer finden immer noch Überreste, aber der Rest scheint Tierknochen zu sein."

"Tierknochen?"

"Das ist nicht ungewöhnlich auf einem Bauernhof. Dort gibt es natürlich viele Arbeitstiere. Aber es sind... mehr als erwartet, und einige sind... nun ja, Babytiere. Haustiere."

"Oh mein Gott."

"Ich glaube, McKennas Tendenzen begannen schon in jungen Jahren. Sagen wir es mal so." Er rieb sich die Augen, und seine Stimme sank auf ein leises Flüstern. "Was für ein Ungeheuer."

Als ich dieses Fünkchen Verletzlichkeit sah, wusste ich, dass ich mehr wissen musste. "Darf ich Ihnen eine Frage stellen, DCI Cooper?"

"Auf jeden Fall. Fragen Sie ruhig."

"Hätte jemand wie Peter McKenna Ihrer Meinung nach gerettet werden können, bevor er anfing, Menschen zu ermorden?"

Er lachte.

"Was ist daran so lustig?"

"Nichts, aber Sie sind nicht die erste Person, die mich das fragt. Die Sache ist die, ich bin kein Psychologe, ich bin Polizist. Aber was ich Ihnen sagen kann, ist, dass ich immer wieder die gleichen Gesichter auf dem Revier sehe. Ich verhafte immer wieder die gleichen Leute. Natürlich gibt es Ausnahmen. Es gibt Leute, die Fehler machen, ihre Zeit absitzen und dann ein normales Leben führen. Dann gibt es Kriminelle, die ein schweres Los hatten und sich so gefangen fühlen, dass sie weiter machen wie zuvor. Einige von ihnen schaffen es, irgendwann diesen Kreislauf zu durchbrechen, aber das ist selten. Wenn ich ehrlich bin, werden diese Menschen auch vom System im Stich gelassen. Aber um auf Ihre Frage einzugehen - nein. Das tue ich nicht. Nicht in Bezug auf Männer wie Peter McKenna. Es gibt Berufskriminelle, Süchtige und Abtrünnige, und dann gibt es noch Ted Bundy. Wissen Sie was? Manche Psychopathen werden einfach als solche geboren. Manche Menschen sind einfach nur böse, und das war's."

Seine Worte überraschten mich nicht. Sie spiegelten sogar die Gefühle vieler Menschen wider, die ich kannte; da war ich mir sicher. Einschließlich meiner Eltern. Vielleicht bin ich arrogant, wenn ich das sage, aber ich glaubte damals, dass er sich irrte, und das tue ich immer noch. Ich glaubte nicht, dass jemand böse geboren wird. Ich glaubte nicht, dass das Böse in Form von Dämonen oder reiner Bosheit existiert. Ich war vielleicht ein Optimist oder ein Narr, aber tief in meinem Inneren glaubte ich immer noch daran, dass jedes Kind gerettet werden konnte.

In den Wochen nach DCI Coopers Besuch verbrachte ich die meiste Zeit damit, mich über Pflegefamilien zu informieren, Maddie zu besuchen und in den Zeitungen über die grausamen Entdeckungen auf der Ivycross Farm zu lesen. Schnell stellte ich fest, dass Cooper mich vor einigen der schrecklichsten Details abgeschirmt hatte.

Alle Frauen waren über einen längeren Zeitraum hinweg gefoltert und vergewaltigt worden. Ich ertappte mich dabei, wie ich jede Einzelheit in den Boulevardzeitungen las und dann Schokolade aß oder drei oder vier Gläser Wein trank, um den Schrecken zu betäuben. Der sechs Zentimeter lange Nagel im Fleisch, die Fesseln, der Schreibtisch, das blutgetränkte Stroh. Es war alles zu real. Es brachte zu viele Erinnerungen zurück: der heiße Schmerz meiner Wunde; die scharfe, sengende Qual, als sie sich durch meine Haut zurückzog. Ich strich über meine Narbe und las weiter.

Den Zeitungen zufolge hatte er stundenlang mit ihnen geredet. Sie hatten geschrien und geschrien. Die kleine Maddie rannte vom Hof weg, wenn sie Angst hatte, und lief allein durch die Gegend. Ich war mir nicht sicher, woher sie diese Informationen hatten. Sie klangen entweder erfunden oder von Maddies Zeugenaussagen abgeleitet.

Nachts träumte ich von ihr - einem winzigen Kind, das sich in einem Feld verirrte, dessen lange Grashalme fast so hoch waren wie ihr eigener Körper. Sie trug Gänseblümchen im Haar, und die Frühlingssonne färbte ihre Haut hellrosa. Der Duft von Wildblumen, Butterblumen und Kamille umgab sie. Ich sah, wie ihre Finger beim Tanzen über die weißen Blütenköpfe der Wiesenkerbel strichen. Dann durchbrach ein Schrei die Stille und riss mich in die Realität zurück.

Ein abgetrennter Finger lag im Gras.

Jedem einzelnen von Peter McKennas Opfern fehlte der kleine Finger der rechten Hand. Er hatte die Knochen in einer Schublade in seinem Nachttisch aufbewahrt. Irgendwann hätte er mir den Finger abgehackt. Zweifellos hatte er eine dramatische Methode entwickelt, um ihn zu entfernen, vielleicht mit einem Hackbeil oder einer Axt. Und ein Teil von mir hätte in dieser dunklen Schublade neben ihm gelebt, während er schlief.

Wenn ich nicht von Maddie träumte, hörte ich die Geister der Frauen, die ihn anflehten, aufzuhören. Sie hätten durchaus in meinem Zimmer sein können, mich beim Schlafen beobachten und sich fragen können, warum ich leben durfte und sie nicht. Das war eine berechtigte Frage ohne Antwort. Warum ich? Jeden Morgen stellte ich mir die gleiche Frage. Ich hatte nichts Spektakuläres in meinem Leben getan und hielt mich für nichts anderes als gewöhnlich. Aber ich hatte überlebt, während die Hilfeschreie meiner gefallenen Schwestern ignoriert wurden. Jetzt hatte ich die Chance, etwas Gutes zu tun.

Kapitel Zwanzig

Jetzt

Ich habe mir so sehr gewünscht, dass unsere Woche nach den Ereignissen nach Phoebes Beerdigung wieder normal verläuft. Stattdessen laufe ich im Garten herum und versuche, meine Nerven zu beruhigen. Maddie sitzt mit Justin zusammen am Fenster und die beiden unterhalten sich. Ich bin froh, dass sie wieder normal miteinander reden können, aber Maddie sieht dabei nicht Justin an, sondern mich.

In den Tagen nach der Beerdigung musste ich aufgrund von Justins Wutausbrüchen gegenüber Maddie den Vermittler zwischen den beiden spielen. Und in dieser Zeit vergaß ich den Rest der Stadt. Ich vergaß die Shahs, die immer noch verletzt waren, immer noch keine Tochter hatten und mich immer noch verstießen. Ich vergaß das üble Gefühl in der Magengrube, wenn ich bemerkte, dass die Penry-Gemeinde uns gegenüber Misstrauen ausstrahlte.

Maddie ist gestern wieder zur Schule gegangen, und ich habe mir nicht viel dabei gedacht. Heute kam sie mit einem blauen Auge nach Hause, und als ich sie fragte, was passiert sei, sagte sie: "Katherine Sutton hat einen Stein nach mir geworfen."

Und jetzt laufe ich im Garten herum, weil mein Blut kocht. Am Fenster hält sich Maddie einen Beutel mit Eis vor das Gesicht. Sie winkt, ihre Finger tanzen lahm, und ein unglaubliches Gefühl der Traurigkeit kühlt mein heißes Temperament. Nachdem sie mir von Katherine Sutton erzählt hatte, machte sie dicht und beantwortete keine einzige meiner Fragen. Justin hat sich eingemischt, als ich anfing, die Fassung zu verlieren. Und ehrlich gesagt, bin ich froh, dass er es getan hat. Diesmal bin ich diejenige mit dem roten Gesicht und voll mit saurem Essig. Ich wünschte, Katherine Sutton wäre hier, damit ich... *was tun* kann? *Mit Steinen nach ihr werfen? Ja, das wäre schon mal ein Anfang.*

Ich marschiere zurück zum Haus, winke Gabe durch das Fenster zu und versuche, ihm so etwas wie Normalität zu vermitteln. Zum Glück sitzt er an seiner Nintendo Switch und ignoriert das ganze Drama. Ich möchte gar nicht daran denken, was das alles mit ihm macht. Der Umzug hierher sollte uns von der Verrücktheit in meinem Leben wegbringen. Und eine Zeit lang hat das auch funktioniert, bis Riya Shah verschwunden ist. Dann starb Phoebe Thompson, und jetzt weiß ich nicht mehr, was im verschlafenen Penry vor sich geht. Ich habe diesen Ort monatelang recherchiert, aber in der jüngeren Vergangenheit gab es nichts zu finden. Keine aufsehenerregenden Morde und kaum Straßenkriminalität. Zumindest, bis wir hierher kamen.

Als ich ins Zimmer schreite, steht Maddie auf und geht hinaus.

"Mads?", rufe ich verwirrt.

"Lass sie gehen", sagt Justin.

Ich mache einen Schritt, als wollte ich Maddie folgen, aber dann bleibe ich stehen.

"Hat sie mit dir gesprochen?", frage ich.

"Ein wenig. Aber ich denke, sie verschweigt einiges. Es hört sich so an, als hätten sie und Katherine nach der Schule einen Streit gehabt, und Katherine hat den Stein geworfen. Katherine und ihre Freunde sind weggelaufen."

"Sie hat es keinem Lehrer erzählt?"

"Nein. Sie kam direkt nach Hause. Ich habe sie unterwegs nicht gesehen, sonst hätte ich das vielleicht verhindern können. Wir sollten die Schule anrufen." Er blickt mich an und dann weg. "Es sei denn ..." Er bricht ab und wendet sich Maddies Zimmer zu. Er stemmt die Hände in die Hüften, wie er es beim Nachdenken zu tun pflegt.

"Was?", hake ich nach.

"Nun, wir wissen, dass sie uns nicht alles erzählt. Und wir wissen, dass Maddie auf sich selbst aufpassen kann, richtig?"

"Ja." Meine Stimme klingt abwehrend. Abgehackt.

"Dann liegt es nahe, dass Maddie eine größere Rolle in all dem spielt, als sie zugibt. Was ist, wenn Maddie Katherine etwas, du weißt schon... *Schreckliches* angetan hat. Wir wissen, was sie zu Ellie bei der Übernachtung gesagt hat, oder? Wir wissen, wie grausam Maddie sein kann. Vielleicht hat Maddie sogar den Streit angefangen. Wir wissen nicht, wie schwer Katherine verletzt ist. Sie könnte im Krankenhaus sein."

"Justin!"

Er zuckt mit den Schultern. "Tut mir leid, aber das ist doch wahr."

"Ich glaube, jemand hätte es uns gesagt, wenn unsere Tochter ein anderes Mädchen krankenhausreif geprügelt hätte." Ich schaue schuldbewusst zu Gabe hinüber, der immer noch in Animal Crossing vertieft ist. Ich senke meine Stimme. "Warum spekulieren wir über unsere eigene Tochter? Wir sollten doch auf ihrer Seite sein, oder?"

Justin umklammert meine Schultern mit beiden Händen. "Ich bin auf ihrer Seite, Zo. Aber ich bin auch realistisch. Du bist ein sensibler Mensch, und ich glaube, du lässt zu, dass sich das auf die Fakten auswirkt."

Ich ziehe mich zurück. "Wir kennen die Fakten nicht. Hat sie dir erzählt, worum es bei dem Streit ging?"

"Nein", sagt er. "Aber ich glaube, ich kann es mir denken."

"Phoebe", flüstere ich. Ich gehe um meinen Mann herum und steuere auf Maddies Tür zu.

Er fasst mich am Arm und lässt mich innehalten. "Ich glaube, sie will in Ruhe gelassen werden."

"Es ist mir egal, was sie will. Ich muss der Sache auf den Grund gehen. Justin, unsere Tochter hat Schmerzen, und ich muss dafür sorgen, dass es ihr besser geht."

Seine Augenbrauen ziehen sich zusammen. Er lässt meinen Arm los, damit ich weitergehen kann, aber bevor ich gehe, fügt er hinzu: "Du weißt, dass du ihr den Schmerz nicht nehmen kannst, oder? Maddie ist ein erwachsener Mensch. Sie ist kein Kind mehr. Sie ist sechzehn Jahre alt. Sie muss ihre Probleme selbst bewältigen."

Seine Worte überraschen mich. Als Schulberater hätte ich nicht erwartet, dass er die Rolle der Eltern so schnell abtut.

"Vergiss nicht, dass ich in der Schule ständig mit Kindern rede. Sobald sie sechzehn sind, hören sie nicht mehr auf ihre Eltern."

"Das ist nicht wahr", sage ich. "Vielleicht kommt es so rüber, aber..."

"Glaub es mir einfach ", sagt er. "Wer auch immer jemand mit sechzehn ist, er bleibt es für den Rest seines Lebens. Sie sind im Grunde genommen erwachsen. Und aufdringliche Eltern tragen nicht dazu bei, die Situation zu verbessern. Sie machen alles nur noch schlimmer. Du willst es nicht noch schlimmer für sie machen. Oder doch?"

"Wovon redest du? Ich werde sicher nicht alles schlimmer machen."

"Bist du dir da sicher?"

Ich schüttle den Kopf und gehe, verachte den Ausdruck in seinem Gesicht - die Aufrichtigkeit, als würde er mir einen Gefallen tun, indem er mir meine eigene Tochter erklärt. Und doch zögere ich vor Maddies Tür. Ich hebe meine Hand, um zu klopfen, und seine Worte hallen in meinem Kopf nach. Sollten sich Eltern zurückhalten, sobald ihr Kind das Teenager-Alter erreicht hat?

Nein, denke ich. Ich werde mich nie zurückhalten. Sie könnte vierzig sein und in Schwierigkeiten stecken, und ich würde immer noch an ihre Tür klopfen und ihr zuhören. "Maddie, Süße. Darf ich reinkommen?"

Sie lässt so lange auf sich warten, bevor sie antwortet, dass ich tatsächlich zurückweiche. Aber als sich die Tür öffnet, steht sie da, in Velours-Loungewear und barfuß, die langen Haare zu einem unordentlichen Zopf hochgesteckt. Sie ist wieder die verletzliche Maddie, die kleine Waldnymphe, die ich bei der Eiche gefunden habe.

"Wie geht's dem Auge?"

Sie stolpert zum Bett und setzt sich, wobei sie ihr Gewicht herumwirft, wie es nur ein Teenager kann. Der Eisbeutel liegt auf ihrem Nachttisch, und auf dem Holz sammelt sich Kondenswasser. Ich beschließe, sie dafür nicht auszuschimpfen. Auf ihrem Schreibtisch ist ihr Laptop aufgeklappt, und ein TikTok-Video von einem tanzenden Mädchen läuft in einer Schleife, der Ton ist stummgeschaltet. Ich frage mich kurz, warum sie ihren Computer für TikTok benutzt, und versuche, die anderen offenen Tabs zu sehen, aber ich kann sie von meinem Bett aus nicht lesen.

"Maddie, ich möchte, dass du mir von dem Streit mit Katherine erzählst. Ich weiß, du willst nicht darüber reden. Ich verstehe, warum. Du weißt, ich respektiere deine Privatsphäre. Aber manchmal müssen die Eltern solche Dinge wissen, damit sie helfen können."

"Ich brauche deine Hilfe nicht."

Ich achte auf ihre Wortwahl. Sie hätte sagen können, dass sie meine Hilfe nicht *will*. Stattdessen hat sie "*brauchen*" gesagt.

"Super", sage ich. "Schön für dich, starkes Mädchen. Die Sache ist die, dass ich mit anderen Eltern und Lehrern und einer ganzen Reihe von Leuten zu tun habe, die mit den Mädchen zu tun haben, mit denen du zur Schule gehst. Wenn also eines dieser Mädchen einen Stein auf mein Kind wirft, muss ich wissen, warum. Mit sowas könntest du zur Polizei gehen."

Ihr Gesicht neigt sich zu meinem hinauf. "Gott nein. Ich werde nicht zur Polizei gehen. Sei nicht lächerlich. Die denken, ich hätte jemanden umgebracht, verdammt noch mal."

Ich seufze. "In Ordnung, genug mit dieser Ausdrucksweise. Ich verstehe schon - du bist erwachsen. Und wir wissen nicht, was die Polizei denkt. Sie haben dir ein paar Fragen gestellt, und das war's. Aber wenn du nicht zur Polizei gehen willst, werden wir es auch nicht tun. Okay?"

"Gut."

Ich verschränke die Arme und kreuze die Beine im Lotussitz, um ihr zu zeigen, dass ich mich auf etwas warte. Dann ziehe ich die Augenbrauen hoch und nicke mit einer Geste des "Na dann mal los".

"Es ging um Phoebe. Katherine hat 'ne dumme Bemerkung gemacht, dass ich sie umgebracht habe, weil ich ein Psycho bin."

"Okay, und was ist dann passiert?"

Aber bevor Maddie antworten kann, klingelt mein Handy. Da ich glaube, es könnte die Schule sein oder sogar die Polizei wegen Phoebe, springe ich sofort vom Bett auf und gehe auf den Flur hinaus.

"Ist da Zoe Osbourne?", fragt eine Frauenstimme.

"Ja."

"Hier ist Diana Sutton. Ich glaube, wir müssen über unsere Töchter sprechen." Ich stelle mir vor, wie Katherines Mutter zwischen zusammengepressten Lippen zu mir spricht, eine Hand auf die Hüfte gestützt. Aufgeregt, zuckend. Vielleicht wölbt sich irgendwo eine Ader.

"Ja, ich glaube, Sie haben Recht. Maddie hat uns erzählt, was Katherine getan hat."

Diana fährt in demselben aggressiven Ton fort. "Hat sie Ihnen auch erzählt, was sie mit meiner Katherine gemacht hat?"

Ihre Worte überraschen mich. "N-nein", stottere ich. Ich schließe die Augen und hoffe, dass es nicht ganz so schrecklich wird.

"Sie hat sie auf die Straße geschubst", sagt Diana.

Ich ringe nach Luft. "Was?"

"Sie hat sie in den Gegenverkehr geschubst", Dianas Stimme wird lauter und höher. "Sie hatten vor der Schule einen Streit, und Ihre Tochter hat meine geschubst. Ein Autofahrer, der auf *mein* Kind zusteuerte, musste eine Vollbremsung machen, um sie nicht zu überfahren. Meine Tochter wäre wegen Ihrer Tochter fast gestorben. Wenn das Auto noch schneller gefahren wäre..." Ein Schluchzen vibriert in der Leitung.

Ich lehne mich gegen die Wand. "Ich bin sicher... ich bin sicher, dass sie das Auto nicht gesehen hat, oder..." Meine Stimme klingt dünn und schwach, selbst für meine eigenen Ohren. Ich suche nach einer guten Erklärung für all das. Doch ich finde keine.

"Ihre Tochter hat versucht, meine zu töten."

Die Worte schweben für eine Weile in der Luft.

"Nein", sage ich. "Einen Moment. Das wissen wir doch gar nicht. Katherine hat einen Stein geworfen, der Maddie am Auge getroffen hat. Ihre Sicht war... Wahrscheinlich hat sie nichts gesehen... Ich bin sicher, sie hat sich nur gewehrt..."

"Ich werde die Polizei anrufen", unterbricht Diana. "Die können herausfinden, ob Maddie versucht hat, meine Tochter zu ermorden. Aber bis dahin halten Sie diese Verrückte von meinem Kind fern."

Sie legt auf. Ich drücke meine Handfläche gegen die kalte Wand, mein Magen verrenkt sich zu einem Knoten. Ich erde mich an der kühlen Oberfläche und versuche herauszufinden, was ich als Nächstes tun soll, aber ich bin ratlos.

Und in diesem Moment streckt Maddie ihren Kopf aus dem Zimmer. Mit einer Stimme so unschuldig wie die eines Kindes fragt sie: "Ist alles in Ordnung?"

Kapitel Einundzwanzig

Damals

Sade war auf meiner Seite. Das war wichtig in der Welt der Pflegeeltern. Ich hatte die erste Schlacht gewonnen. Auch nach drei Monaten meldete sich kein Familienmitglied, um Maddie abzuholen. Sie lebte weiterhin im Marigold House, und bei jedem Besuch veränderte sie sich mehr. Sie zog sich zurück und schrumpfte wie eine Blume ohne Licht. Auch wenn sie lächelte, wenn ich das Besucherzimmer betrat, wirkte sie lustlos, ganz anders als das gesprächige, selbstbewusste Mädchen auf der Farm. Das fähige Kind, das mir Toast gemacht und mein Leben gerettet hatte, schrumpfte vor meinen Augen. Das tat mir weh. Besonders schmerzte mich der Gedanke, dass Maddie auf der mörderischen Farm aufgeblüht war, in der Pflege aber verkümmerte.

Sade sagte mir, dass es am besten wäre, wenn ich sie erst als Pflegemutter aufnehmen, bevor ich sie adoptiere. Auf diese Weise könnten sie Maddies Fortschritte beobachten, bevor daraus eine dauerhafte Lösung wurde. Das bedeutete auch, dass Maddie nicht mehr als einmal entwurzelt werden musste, was die örtlichen Behörden bevorzugten. Natürlich gab es eine Vielzahl von Vorbehalten. Erstens hatte Maddie aufgrund ihrer traumatischen Kindheit besondere Bedürfnisse. Ich konnte mich nicht blind darauf einlassen, und ich musste gut vorbereitet sein. Sie war ein Störenfried im Heim. Sie fing an, sich mit den anderen Kindern zu streiten. Manchmal musste sie vom Personal zurückgehalten werden. In der einen Minute konnte sie einen lauten Wutanfall bekommen, in der nächsten weigerte sie sich zu sprechen. Dieses Verhalten eskalierte regelmäßig nach meinen Besuchen, weil sie immer wollte, dass ich bleibe. Sogar ich konnte sehen, dass wir nach unserer Zeit auf dem Bauernhof eine Art Co-Abhängigkeitsverhältnis entwickelt hatten. Wenn wir uns von dem, was dort passiert war, erholen wollten, mussten wir an dieser Beziehung arbeiten. Aber Maddie verstand nichts von Co-Abhängigkeit. Sie wusste einfach, was sie wollte und was sie nicht wollte.

Laut Sade könnte mein Job ein Problem darstellen. Die örtlichen Behörden bevorzugten mindestens eine Person, die ganztags zu Hause ist. Eine berufstätige alleinerziehende Mutter würde wahrscheinlich nicht akzeptiert werden. Da ich aber nach meinem Leidensweg immer noch in Teilzeit arbeitete, konnte ein Gleichgewicht zwischen Arbeit und Zuhause ausgehandelt werden. Und das bedeutete, dass ich eine zweite Einkommensquelle brauchte, denn mein Teilzeitlohn reichte nicht für zwei Personen. Um schnell Geld zu verdienen, ließ ich mich auf etwas ein, von dem ich gesagt hatte, dass ich es nie tun würde - ein Interview mit einem Journalisten. Er zahlte mir zehntausend Pfund, um über die Schrecken auf der Ivycross Farm zu sprechen. Bei dem Gedanken daran bekam ich eine Gänsehaut. Meiner Meinung nach verkaufte ich meine Seele, aber die praktischen Vorteile überwogen.

Ich saß da und beobachtete, wie die glänzenden Augen des Journalisten vor Aufregung glühten, als ich ihm all die pikanten Details erzählte. Er schien ein bisschen zu fasziniert von der Frage zu sein, ob ich vergewaltigt worden war oder nicht, aber abgesehen davon war es nicht allzu schmerzhaft. Meine Mutter kaufte die Zeitung, aber ich habe das Interview nie gelesen.

Um sicherzugehen, dass ich wusste, worauf ich mich einlasse, belegte ich Online-Kurse zum Thema Pflegekinderwesen: Trauma in der Kindheit und der Umgang mit den Nachwirkungen, Papierkram und Anhörungen vor dem Gremium, Anpassung des Erziehungsstils. Ich lernte viel über warmherzige Erziehung. Ich traf mich jede Woche mit Sade, um Maddie zu besuchen, aber ich traf mich auch separat mit ihr, um über jeden Aspekt meines Lebens zu sprechen. Meine Kindheit, meine heikle Beziehung zu meinen Eltern, meine noch heiklere Beziehung zu meinem Ex-Mann, mein Job, meine Hobbys, meine psychische Verfassung und so weiter. Viele der Fragen gingen sehr tief, und wäre es jemand anderes als Sade gewesen, hätte ich mich im Laufe der Zeit immer mehr gewehrt. Aber ich hatte Sade schätzen und respektieren gelernt. Trotzdem musste ich ein paar Mal die Zähne zusammenbeißen oder mir auf die Zunge beißen, um das Ganze zu überstehen.

Zwischen der Arbeit, den Treffen mit Sade und den Besuchen bei Maddie durchforstete ich Mumsnet und andere Foren nach Beiträgen über Pflegefamilien. Ich las Horror- und Erfolgsgeschichten und stellte fest, dass die Ratschläge sehr unterschiedlich ausfielen. Einige empfahlen, sich ein süßes Haustier anzuschaffen, das gut mit Kindern umgehen kann, andere wiederum rieten davon ab, sich auch noch ein Haustier anzuschaffen. Ich beschloss, mir kein Haustier anzuschaffen.

"Zoe, wir haben so viel Zeit mit dir verbracht, wie wir brauchen", sagte Sade eines Tages. "Jetzt müssen wir mit deiner Familie sprechen."

"Was? Mit meinen Eltern?"

Sie fuhr mich zum Marigold House, um Maddie wiederzusehen. Ich betrachtete sie im Profil, als wir die Straße hinauffuhren, und das Sonnenlicht spiegelte sich in den weichen Winkeln ihres Gesichts.

"Sie werden auch ein Teil von Maddies Leben sein", sagte sie. "Wir müssen mit ihnen reden und herausfinden, ob sie uns unterstützen oder nicht. Du wirst Hilfe brauchen. Du wirst zeitweise eine Kinderbetreuung brauchen. Ich bin sicher, dass deine Eltern gerne einspringen werden."

Ich biss mir auf den Daumennagel und starrte auf die kastenförmigen beigen Bungalows, die am Straßenrand standen. "Okay, kein Problem. Wann müssen Sie mit ihnen sprechen?" Ich sagte ihr nicht, dass meine Mutter dachte, ich würde den größten Fehler meines Lebens begehen, wenn ich Maddie adoptierte. Ich konnte es einfach nicht.

"Wie wäre es mit nächstem Dienstag?"

"Das sollte funktionieren."

"Und wir müssen vielleicht auch mit Ihrem Ex-Mann sprechen."

Ich schnaubte. "Er wird mir bestimmt nicht bei der Kinderbetreuung helfen."

"Das ist in Ordnung. Es geht hauptsächlich darum, nach möglichen Problemen zu suchen."

"Keine Probleme. Er ist bloß ein Arschloch." Ich bedeckte meinen Mund mit der Hand. "Das hätte ich nicht sagen sollen, oder?"

Sie lachte. "Ich werde es nicht in meinem Bericht erwähnen. Im Ernst, machen Sie sich keine Gedanken darüber. Solange er keinen Ärger macht, ist alles in Ordnung."

"Glauben Sie mir, er interessiert sich nicht im Geringsten für mich oder für das, was ich tue, also wird er überhaupt keine Rolle spielen." Der Gedanke, dass Simon, ein Mann, mit dem ich seit der Unterzeichnung der Scheidungspapiere nicht mehr gesprochen hatte, meine

Fähigkeit, ein Kind zu betreuen, beeinflussen könnte, kam mir seltsam vor. Aber ich verstand, warum sie so gründlich waren.

Es wurde der bisher beste Besuch von allen. Maddie weinte, als wir gingen, aber ansonsten war sie die ganze Zeit über brav und lieb. Wir gingen mit ihr auf dem Gelände spazieren, pflückten Gänseblümchen und steckten sie uns hinter die Ohren, und wir rannten miteinander über den Rasen. Ich ertappte mich dabei, dass ich Sade anschaute, als wollte ich sagen: "Siehst du, wie gut wir zusammen sind? Niemand sonst könnte sie adoptieren. Sie gehört mir."

Maddie kicherte die ganze Stunde über. Es erhellte mein Herz, sie lächeln zu sehen. Aber dann, in den letzten Minuten, änderte sich die Atmosphäre.

"Sei Papa, Zoe", rief sie und lief auf dem Rasen auf und ab. "Tu so, als wärst du böse, und ich steche dich ab."

Zuerst war ich mir nicht sicher, was ich sagen sollte, und ich bemerkte Sades neutralen, aber eindringlichen Gesichtsausdruck, als sie abwartete, wie ich mit der Situation umgehen würde.

"Nein, Schatz", sagte ich. "Das wäre kein lustiges Spiel."

Sie schmollte. "Warum nicht?"

"Weil es eine sehr ernste Situation ist, und es gibt ernste Situationen, über die man nicht lachen sollte."

"Aber ich finde es lustig", sagte sie. Sie hörte auf zu rennen und stand mitten auf dem Rasen, ihre unordentlichen Haarsträhnen schräg über die Nase gelegt.

"Aber warum findest du das so lustig, Maddie?"

Sie zuckte mit den Schultern und hatte Tränen in den Augen.

"Es ist okay", sagte ich. "Du hast nichts falsch gemacht." Ich zog sie in eine Umarmung. "Ist schon gut, mein Schatz."

Ich machte mir mehr Sorgen um das Gespräch mit meinen Eltern als um den Rest des Prozesses insgesamt. Meine Mutter hatte ihre Gefühle klar zum Ausdruck gebracht, und sie hielt sich nicht zurück, wenn es darum ging, ihre Meinung mit anderen zu teilen. Ich würde während des Gesprächs nicht bei ihnen sein, was bedeutete, dass ich keine Kontrolle darüber hatte, was sie sagen würden. In den meisten Nächten wachte ich schweißgebadet auf, weil ich mir Sorgen darüber machte, wie sie mir diese Chance vermasseln könnte.

Am Tag vor dem geplanten Treffen mit Sade ging ich zu meinem

Elternhaus. Wir saßen am Erkerfenster und tranken Tee aus Mamas rosa Lieblingsteetassen, während unser Gespräch um das schwierige Thema herumtanzte, das ich eigentlich zu besprechen hatte. Scharlachrote Mohnblumen erhellten die Beete im Vorgarten meiner Eltern, und gelegentlich winkte meine Mutter einem Nachbarn zu, der seinen Hund ausführte. Ich hatte diesen Erker immer geliebt. Als Kind hatte ich mit eingeklappten Beinen gesessen und ein Buch gelesen, mit dem Rücken an den Vorhang gelehnt.

Als die Teekanne leer war, nahm ich all meinen Mut zusammen und fragte: "Was wirst du morgen zu Sade sagen?"

Meine Mutter seufzte. Ihr Fuß wippte hin und her, die Form ihrer langen Zehennägel war durch die transparenten Nylonsocken sichtbar. "Ehrlich gesagt, Zoe, das hab ich noch nicht entschieden, und ich werde mich auch nicht entscheiden, bis ich die Fragen gehört habe."

"Du weißt, dass ich das wirklich will, oder?"

Sie schüttelte den Kopf, als ob sie nicht wüsste, warum. "Ja, ich weiß, dass du das willst. Und nichts, was ich gesagt oder getan habe, hat dich von dieser lächerlichen Idee abbringen können. Das ist wohl schon was wert, also, die Tatsache, dass du nicht aufgegeben hast." Zu meiner Überraschung begann sie zu weinen.

"Mama?" Wir waren nie besonders gut darin, uns gegenseitig zu trösten. Ich griff hinüber und zupfte am Ärmel ihres Oberteils. "Lass das. Du bringst mich noch komplett aus der Fassung."

Sie schniefte tief, blinzelte schnell und zwang die Tränen zurück, um ihr Augen-Make-up nicht zu verschmieren. "Dein Vater und ich haben nie darum gebeten, in diese Situation gebracht zu werden. Du bringst ein traumatisiertes Kind in unsere Welt, während wir uns auf unseren Ruhestand vorbereiten, und das finde ich sehr egoistisch."

Ich dachte einen Moment lang über ihre Worte nach und erkannte, dass sie recht hatte. Das brachte mich nicht dazu, Maddie nicht adoptieren zu wollen, aber ausnahmsweise verstand ich, worauf sie hinauswollte. "Nun, vielleicht muss Maddie nicht die ganze Zeit in deinem Leben sein, zumindest nicht am Anfang. Wir werden es langsam angehen."

Ihre Gesichtszüge entspannten sich, und ich sah die Züge ihrer Jugend. Als ich ein Kind war, war sie nicht so streng gewesen. Ich hatte sie damals lachend und sorglos erlebt.

"Ich werde dich nicht bitten, jede Woche zu babysitten oder dich zwingen, mit uns in den Park zu gehen. Es wird auch schwer sein, Maddie in eine neue Beziehung zu stürzen. Wir werden es sehr, sehr langsam angehen. Aber du *weißt es* einfach nicht, Mama. Du weißt nicht, dass das schlecht ausgehen wird. Ich glaube, du hast dir eingeredet, dass es das auf jeden Fall wird. Was ist, wenn die Aufnahme von Maddie in unsere Familie sich als etwas Wunderbares herausstellt? Ich möchte, dass du daran teilnimmst."

"Oh, Zoe", antwortete sie. "Mutter zu sein ist schon schwer genug, wenn das Kind dein eigen Fleisch und Blut ist. Es tut mir leid, das zu sagen, aber es ist wahr." Sie seufzte. "Ich werde dich nicht aufhalten. Ich weiß, wie stur du bist. Ich weiß noch, wie ich dir gesagt habe, du sollst dir nicht die Augenbrauen zupfen, und du hast es trotzdem getan." Sie warf mir einen kurzen Seitenblick zu, wohl wissend, dass es mir nie gelingen würde, die üppigen, dunklen Brauen von einst nachwachsen zu lassen. "Ich hoffe wirklich, dass es klappt, für uns alle. Ich hoffe es sehr."

Am nächsten Tag rief mich Sade an, um mir mitzuteilen, dass das Gespräch sehr gut verlaufen war und dass meine Eltern sich unterstützend, aber realistisch geäußert hatten, wenn es um die Aufnahme von Maddie als Pflegekind ging. Sie war froh, ihre Empfehlung abgeben zu können, und der nächste Schritt war jetzt das Gremium.

"An diesem Punkt ist es im Grunde nur noch eine Formalität. Ich sehe keinen Grund, warum Sie Maddie nicht in Pflege nehmen sollten. Es wird ein langer, langsamer Prozess sein, aber ich bin bereit, das Ganze voranzubringen", sagte sie. "Ich freue mich für dich, Zoe. Und vor allem freue ich mich für Maddie, dass sie jemanden gefunden hat, der sich um sie kümmert, nach allem, was sie durchgemacht hat."

Da begann ich es zu begreifen. Ich würde Mutter werden.

Kapitel Zweiundzwanzig

Jetzt

Ich folge Maddie zurück in ihr Zimmer und schließe die Tür. Sie setzt sich auf das Bett, diesmal ganz leicht, und zieht die Beine hoch.

"Das war Katherines Mutter." Ich nehme Maddies Schreibtischstuhl. Der Browser auf dem Laptop ist jetzt geschlossen, und das tanzende TikTok-Mädchen ist verschwunden. "Und sie hat dem Ganzen eine etwas andere Wendung gegeben."

"Was hat sie gesagt?"

"Dass du Katherine in den Gegenverkehr geschubst hast."

Maddies kleiner Mund verzieht sich, ihre Lippen verschwinden wieder in ihrem Gesicht. Sie beugt sich vor und stützt ihr Kinn auf ihre Hand. "Nun, das ist übertrieben."

"Erzähl mir, was passiert ist."

Sie seufzt. "Katherine hat eine Gruppe. Idiotische Groupies, die jedes ihrer Worte anbeten. Sie stürzten sich nach der Schule auf mich, nannten mich Psycho und Mörder und so. Dann warfen sie diese Kieselsteine nach mir. Kleine Steine. Eine von ihnen - vielleicht Katherine - warf einen richtigen Stein. Ich drehte mich um, um ihnen zu sagen, sie sollen sich verpissen, als der Stein mich am Auge traf. Ich konnte nichts mehr sehen. Ich rannte auf sie zu und stieß sie weg. Ich wusste nicht, dass da ein Auto kam. Und um Himmels willen, es war vor der Schule, also fuhr das Auto ungefähr zehn Kilometer pro Stunde."

"In Ordnung", sage ich, und Erleichterung durchströmt mich. "Ich sehe, du wolltest ihr nicht wehtun. Aber ich glaube, dass Diana leider die Polizei informieren will."

"Das ist typisch für alle hier", sagt sie und schiebt ihre Unterlippe vor.

Ich spüre, dass sie noch mehr zu sagen hat, also frage ich: "Was meinst du damit?"

"Sie können es nicht ertragen, dass ich lebe und existiere. Ich bin Abschaum, weil ich von dort komme, und ich passe nicht in ihr beigefarbenes Mittelklasseleben. Sie wollen mich niedermachen und haben es schon immer getan. Der Tod von Phoebe Thompson ist für sie bloß ein weiterer Vorwand. Ich hasse es hier." Ihr Gesicht verhärtet sich.

"Du bist fantastisch, genial anders, und ich würde dich nicht ändern wollen. Aber andere Menschen haben Angst vor Dingen, die sie nicht verstehen." Ich gehe zu ihr hinüber und setze mich an ihre Seite. Sie lehnt sich an mich, und ich lege einen Arm um ihre Schultern. Ihr Haar riecht nach Kokosnuss. Ihr flauschiges Oberteil ist weich unter meinen Fingern. Mit ihrem gesenkten Kopf und ihren Sorgen, die in der Luft hängen, ist sie so einfach, wie ein Teenager-Mädchen nur sein kann. Peter McKenna ist eine Million Meilen weit weg. "Wir stehen das gemeinsam durch, okay?" Ich küsse ihren Kopf. "Und wir werden mit dem Schulleiter sprechen..."

"Nein." Sie zieht sich aus meinen Armen zurück. "Bist du bescheuert? Das ist das Schlimmste, was du tun kannst."

"Maddie! Sprich nicht so mit mir." Ich bleibe ruhig und achte darauf, die Situation nicht eskalieren zu lassen.

"Doch, das ist es. Du *kannst nicht* zu den Lehrern gehen. Ich werde mit Katherine Sutton und ihrer Gruppe alleine fertig, okay? Lass mich das regeln."

"Wenn du das so willst. Aber lass uns wenigstens mit Katherines Mutter sprechen und sehen, ob wir sie davon abhalten können, zur Polizei zu gehen."

Nach einer Pause stimmt Maddie zu.

Ich lasse sie allein in ihrem Zimmer.

Ich weiß nicht, wie er es macht, aber Justin schafft es, Diana Sutton davon zu überzeugen, nicht zur Polizei zu gehen. Nach ein paar Scherzen über seine silberne Zunge kehrt für ein paar Tage die Normalität zurück.

Der Tod von Phoebe Thompson wird als Unfall eingestuft. Offenbar hat die Autopsie keine Hinweise auf einen Kampf ergeben. Auf Phoebes Handy war nichts zu finden, was darauf hindeutet, dass sie spät in der Nacht jemanden getroffen hat, und es gab keine Zeugen. Letztendlich konnte man nicht genug Beweise finden, um anzunehmen, dass sie gestoßen wurde. Doch interessanterweise stellte sich heraus, dass Phoebe eine Neigung zum Schlafwandeln hatte. Als ich den Zeitungsartikel sah, fiel mir eine große Last von den Schultern. Was auch immer geschehen würde, zumindest würde meine Tochter nicht des Mordes angeklagt werden.

Aber jedes Mal, wenn ich in ihre haselnussbraunen Augen blickte, dachte ich an Phoebe und Katherine. Ich stellte mir Hände auf Phoebes Rücken vor. Ich sah Katherine auf hundert verschiedene Arten auf die Straße taumeln. Maddies Erklärung für das, was mit Katherine passiert war, klang, als hätte sie sich für einen Moment verloren. Sie hatte nicht einmal an die Straße gedacht oder an die Tatsache, dass es dort Autos gab. Jemand hat ihr wehgetan, und sie hat um sich geschlagen. Vielleicht war das irgendwie nachvollziehbar.

Ich stellte mir Maddie ängstlich vor, wie sie die Arme hochnahm, um sich zu schützen, und instinktiv schubste. Aber wenn Katherine einen Stein geworfen hatte, bedeutete das, dass es Abstand zwischen ihr und Maddie gegeben haben musste. Wie viel Distanz musste Maddie zurücklegen, bevor sie genau wissen musste, was sie tat?

In meiner Vorstellung sah ich Maddie als unschuldig und ich sah sie gleichermaßen als schuldig. Manchmal stellte ich mir vor, wie sich das alles irgendwo zwischen Unschuld und Schuld abspielte, wie beide Mädchen aufeinander losgingen, aber Maddie die Oberhand behielt und den Vorteil für sich nutzte.

Wie kann man ein Kind mit abgestumpftem Gewissen überhaupt disziplinieren? Habe ich als Elternteil versagt?

Im Auto, auf dem Weg zu Maddies zweiter Therapiesitzung in dieser Woche, schweigen wir die meiste Zeit. Gabe ist bei Justin, wahrscheinlich spielt er im Garten Fußball. Zwischen Väter und Söhnen scheint es immer einfach zu funktionieren, als ob nichts ihre Bindung jemals brechen könnte. Meine Erfahrung als Mutter einer Tochter fühlte sich viel zerbrechlicher an, als könnte der geringste Druck eine Implosion auslösen. Es schmerzt mich, das zuzugeben, wenn man bedenkt, was wir zusammen durchgemacht haben.

Dr. Boateng trägt ihr Haar zu einem kurzen Schnitt mit festen Locken. Sie ist um die vierzig, zierlich und lächelt immer, wenn wir in ihrem Büro ankommen. Ich bin mir nicht sicher, ob sie von Natur aus ein fröhlicher Mensch ist oder ob das strahlende Lächeln dazu da ist, ihre Kunden - die Kinder und ihre Eltern - zu beruhigen.

"Guten Morgen", sagt sie und deutet Maddie an, sich zu setzen.

"Ich bin in einer Stunde zurück." Auf dem Weg nach draußen winke ich den beiden zu. Jedes Mal, wenn ich sie dort lasse, füllt sich mein Magen mit Schmetterlingen.

Um mir die Zeit zu vertreiben, schlendere ich durch die Stadt und stelle mir die ganze Zeit vor, wie Maddie und Dr. Boateng einander gegenübersitzen. Erwähnt Maddie mich in ihren Sitzungen? Macht sie mir Vorwürfe? Spricht sie über unser Familienleben? Vielleicht über ihre Freunde oder die Tatsache, dass sie keine hat? Riyas Verschwinden, über das sie mit mir nicht sprechen will? Was ist mit Sex? Ich habe noch nie erlebt, dass Maddie sexuelles Interesse an einer anderen Person gezeigt hat. Sie hatte noch nie einen Freund oder eine Freundin, und sie hat nie mit mir über ihre Sexualität gesprochen.

Wie jede Woche genehmige ich mir einen Flat White zum Mitnehmen und mache einen kleinen Schaufensterbummel. Penry ist nicht der beste Ort, um Klamotten zu shoppen, also notiere ich mir ab und zu Dinge, die ich vielleicht einmal ausprobieren möchte, wenn ich mehr Zeit habe.

"Zoe?"

Ich bin einen Moment verwirrt. Als ich mich umdrehe, steht eine hübsche Frau Anfang dreißig hinter mir. Ich brauche einen Moment, um mich zu erinnern, wer sie ist. Dann fällt es mir wieder ein. Ich habe sie bei einem Abend mit Justins Kollegen kennengelernt.

Sie hebt ihre Hand, damit ich sie schütteln kann. "Angie. Ich arbeite mit deinem Mann zusammen." Ich habe offensichtlich zu lange gebraucht, um zu antworten, und sie hat gemerkt, dass ich vergessen habe, wer sie ist. Aber jetzt erinnere ich mich an ihren Namen - Angie Starling, eine Lehrassistentin, die mit dem neuen Schuljahr angefangen hat.

"Oh, hallo, wie geht's?"

"Sehr gut", sagt sie und lächelt.

Ich erinnere mich an die Form ihres Grinsens von diesem Abend. Vier oder fünf Lehrer saßen um einen Tisch herum und Angie lachte über jeden Witz von Justin. Mein Körper hatte sich beim Anblick dieser blendenden, perfekten Zähne und der Art, wie ihre Augen auf die süße, bescheidene Art, die Männer mögen, funkelten, angespannt. Normalerweise bin ich weder eifersüchtig noch sehe ich mich in

Konkurrenz mit anderen Frauen, aber irgendetwas an ihr hat mich an diesem Abend sehr irritiert.

"Gehst du einkaufen?"

"Nein, eigentlich nicht", antworte ich. "Ich habe Maddie gerade bei ihrer Therapie abgesetzt und bin ein bisschen spazieren gegangen."

"Oh, wie geht es ihr?"

"Es geht ihr gut." Dann füge ich hinzu, fast wie ein nachträglicher Einfall, und mehr, weil ich denke, dass ich es sagen sollte: "Offensichtlich ist sie bestürzt darüber, was mit Phoebe passiert ist. Und..." Ich halte mich zurück, bevor ich noch mehr ausplaudere. Klatsch und Tratsch verbreiten sich in unserer kleinen Stadt ziemlich schnell.

"Ich habe nie etwas davon geglaubt, nicht einmal für eine Minute." Angie macht einen Schritt nach vorne, eine braune Haarsträhne fällt ihr über die zierliche Nase. Sie hat eines dieser Gesichter, die einem immer bekannt vorkommen, und ich glaube, das liegt daran, dass sie hübsch, aber nicht schön ist. Sie hat etwas von einem Mädchen von nebenan an sich. "Sie ist ein gutes Mädchen, Maddie. Was diese Oberstufenschüler ihr angetan haben, war furchtbar."

Ich ziehe überrascht die Augenbrauen zusammen. "Was meinst du?"

Ihr Gesichtsausdruck erstarrt. "Oh, sie hat es dir nicht erzählt." Sie schlurft unbeholfen mit den Füßen. "Vielleicht steht es mir nicht zu, etwas zu sagen."

"Bitte erzähl's mir. Du weißt doch, wie Teenager sind. Sie erzählt mir nichts. Wenn es wichtig ist, kann ich ihr vielleicht helfen." Ich versuche, nonchalant zu klingen, klinge aber stattdessen verzweifelt.

"Okay, also... Ihr Spind wurde verwüstet. Wir wissen nicht genau, wer es war, aber alle Lehrer haben einen Verdacht."

Jemand stößt mich an der Schulter, als er auf dem Bürgersteig an mir vorbeifährt. Ich bemerke es kaum. "Verwüstet? Wie?"

"Sie haben ihren Spind mit blutigen Barbies gefüllt und mit roter Farbe 'Mörder' draufgekritzelt."

"Ach du Scheiße", platze ich heraus. "Tut mir leid." Meine Hand fliegt zu meinem Mund. "Mein Gott. Ich habe vergessen, wie grausam Teenager sind." Ich schüttle den Kopf. Ich habe mir Sorgen gemacht, dass Maddie ein Soziopath sein könnte, während alle anderen Teenager in ihrer Umgebung sich unfassbar grausam ihr gegenüber verhalten haben. "Ich kann nicht glauben, dass sie uns nichts gesagt hat." Ich frage mich, ob das etwas mit dem Vorfall mit Katherine Sutton zu tun haben könnte.

Angie legt eine Hand auf meinen Unterarm, lange Finger umschließen mein Fleisch. "Diese Kinder sind schwierig. Ich schwöre, die Eltern der Teenager, die ich unterrichte, sind die einsamsten Menschen der Welt."

Ich nicke mit dem Kopf, mein Herz pocht unter meinen Rippen, und ich weiche ihrem intensiven Blick aus. "Apropos Teenager, ich sollte Maddie abholen gehen. Die Stunde ist fast um."

Sie gibt ihren Griff auf. "Es war schön, dich zu sehen, Zoe. Frag Justin, wann wir das nächste Mal etwas trinken gehen. Ich habe Lust, mal wieder auszugehen. Du bist dabei, oder?"

"Klingt wunderbar."

Sie beginnt zu gehen, blickt auf ihr Handy und bleibt mitten auf dem Bürgersteig stehen. Ich bemerke, wie ihre Hand zu ihrem Mund hochfliegt. Ihr Körper ist so still und steif, dass ich instinktiv weiß, dass etwas Schreckliches passiert ist.

"Ist alles okay?" Ich mache einen vorsichtigen Schritt auf sie zu.

Sie schüttelt den Kopf. "Ich kann es nicht fassen. Ich habe gerade eine SMS von der Schulleiterin bekommen. Sie haben heute die Leiche von Riya Shah heute gefunden."

Meine Knie sinken fast in sich zusammen, und ich kippe leicht nach vorne, bevor ich mich aufrichten kann. "Was? Wo?"

"Ich kenne die Details nicht." Sie schnieft, hält die Tränen zurück. "Ich dachte, sie wäre bloß weggelaufen."

Ich entferne mich einen Schritt, mein Kiefer ist locker und ich beobachte die Leute auf der Straße, die dort auf und ab gehen, ihre Kaffees in der Hand halten und auf ihren Handys rumtippen. Es ist, als wäre ich in einem Glaskasten gefangen und würde sie beobachten.

"Wurde sie... wurde sie ermordet?", flüstere ich.

"Ich weiß es nicht." Angie macht einen Schritt zurück. "Ich sollte in die Schule gehen. Vielleicht kann ich dort mehr herausfinden." Sie lässt ihr Handy in die Hosentasche gleiten und geht weg, so dass ich allein zurückbleibe. Unter Schock.

Ich drehe mich herum, und da ist ihr Gesicht, Riya starrt mich an, lächelnd unter einer Plastikverkleidung. Vor einigen Wochen habe ich das Plakat dort selbst aufgehängt, am Schwarzen Brett des Dorfes. Ein Wasserfleck läuft ihr die Nase hinunter, wo der Regen unter die Plastikfolie gesickert ist. Aber da ist sie - die ehrliche, sanfte, warmherzige Riya. Die einzige Freundin meiner Tochter. Die einzige Person, die Maddie nicht manipulieren konnte. Stattdessen hat sie Riya respektiert. Diese Dynamik habe ich bei Maddie und ihren anderen Schulfreunden noch nie erlebt. Aber neben ihrer Herzlichkeit hatte sie auch eine stahlharte Seite.

Und jetzt... Nun, jetzt wusste ich tief in meinem Herzen, dass die hübsche, freundliche Riya Shah ermordet wurde. Vielleicht hatte ich es schon immer gewusst, denn warum sollte ein Mädchen wie Riya weglaufen wollen? Aber wer könnte so etwas tun? Wer würde ihre helle Flamme auslöschen wollen? Ich kenne genau die Art von Mann, die so etwas tun würde. Ein Mann wie Peter McKenna.

Dr. Boateng fragt mich, ob alles in Ordnung ist, sobald ich ihr Büro betrete, um Maddie abzuholen. Als ich einen Blick auf mein Spiegelbild in ihrem Computerbildschirm werfe, wird mir klar, warum sie gefragt hat. Ein wächserner Glanz überzieht das Make-up, das ich heute Morgen aufgetragen habe. Flecken von Mascara beflecken die Haut unter meinen Augen, obwohl ich auf dem Rückweg versucht habe, nicht zu weinen. Ich sage ihr, dass es mir gut geht, und vergesse dann sogar zu fragen, wie die Sitzung gelaufen ist, bevor ich Maddie aus dem Büro führe.

"Was ist los?", fragt Maddie, als wir den Parkplatz erreichen.

Die warme Mittagssonne brennt mir in den Nacken. Ich ertrage das nicht. Ich möchte am liebsten irgendwo hinfahren, wo es kalt ist.

"So habe ich dich seit der Farm nicht mehr gesehen", sagt sie.

"Du erinnerst dich, wie ich damals aussah?"

"Klar, ich erinnere mich an alles aus dieser Woche."

Wir steigen ins Auto, und ich versuche, meine zitternden Hände zu beruhigen.

"Ich habe schreckliche Neuigkeiten, Maddie." Ich sehe sie an, und sie blickt mit einem neutralen Gesichtsausdruck zu mir auf. Es erschreckt mich, und ich weiß nicht, warum. "Riya Shah ist tot. Die Polizei hat heute ihre Leiche gefunden. Mehr weiß ich nicht, aber ich dachte, du solltest es sofort erfahren."

Maddie krallt ihren Daumennagel in eine Rille, die entlang der Autotür verläuft. Sie ist einen Moment lang still, nachdenklich. "Wir wussten alle, dass sie tot ist."

"Das ist nicht wahr", sage ich, obwohl ich glaube, dass sie vielleicht recht hat.

"Wurde sie ermordet?" Sie schüttelt den Kopf. "Natürlich wurde sie ermordet. Das passiert einfach mit Mädchen, nicht wahr? Sie werden ermordet."

"Nein. Ich weiß, es fühlt sich so an, aber es ist selten..."

"Die Leichen unter der Farm meines Vaters erzählen eine andere Geschichte."

"Was dein Vater - dein biologischer Vater - getan hat, war *außergewöhnlich* selten."

Sie seufzt. "Ja, wahrscheinlich. Aber was ist mit all den Mädchen, die von Freunden, Ehemännern, Vätern und Brüdern getötet wurden? Und den Mädchen, die über das Internet an Männer verkauft werden?"

"Ich weiß. Es ist furchtbar." Ich bereue es, ihr das im Auto gesagt zu haben, denn jetzt möchte ich sie umarmen, und es ist mir unangenehm, mich über den Sitz zu lehnen.

"Sie waren wohl einfach zu schwach", sagt sie.

"Nein, Maddie, das ist nicht..."

"Riya war schwach. Deshalb ist sie tot, und wir leben noch. Wir sind vor Papa geflohen, aber sie konnte dem Mann nicht entkommen, der sie getötet hat."

"Wir wissen nicht..."

"Das tun wir sehr wohl", schnauzt sie. Sie drückt ihren Daumennagel fester gegen die Tür. "Wenn mich jemals ein Mann holen kommt, bringe ich ihn um."

Ihr Profil bleibt scharf, ihr Kiefer ist angespannt und ihr Mund zu einer geraden Linie geformt. Aber wenn sie mich ansieht, entdecke ich ein glühendes, knisterndes Leuchten in ihrem Blick. In diesem Moment zeigt sich ihr Temperament, und das macht mir Angst.

Kapitel Dreiundzwanzig

Damals

Es braucht fünf wackelige Schritte auf den steinernen Stufen vor dem Rathaus, bis meine Knie sich anfühlten, als würden sie gleich nachgeben. Ich setzte mich auf den kalten Boden und schniefte schwer. Sade setzte sich neben mich und reichte mir ein Taschentuch.

"Freudentränen", stellte ich klar.

Sie streichelte meine Schulter. "Ich weiß. Glaub mir, das merke ich."

Ich tätschelte ihre Hand. "Du hast das für mich möglich gemacht. Ich danke dir so sehr."

Sie schüttelte den Kopf. "Nein, du hast das gemacht. Du hast es bis hierher geschafft. Du hast das Mädchen gerettet." Sie reichte mir ein Stück Papier. "Maddie wollte, dass ich dir das nach der Anhörung gebe."

Ich wischte mir die restlichen Tränen weg, entfaltete den Zettel und las. Die Nachricht war mit einem grünen Bleistift bekritzelt gekritzelt, falsch geschrieben und unordentlich, und doch das reinste und schönste, was ich je besessen hatte.

Liebe Zoe,

Ich will mein Zima sehen. Ich libe dich. Du bist hübs.

Maddie

. . .

Unter den Zettel hatte Maddie ein Kaninchen und ein Herzchen gemalt. Neben das Herz hatte sie eine Hand mit einem winzigen Loch in der Mitte gemalt. Das war der einzige Teil des Briefes, der fehl am Platz schien, und sein Anblick ließ mich erschaudern. Aber in gewisser Weise machte es Sinn. Maddie wollte auf das verweisen, was uns verband. Maddie hatte mir den Nagel aus der Hand gezogen, was mich letztendlich gerettet hatte. Wir hatten uns seit der Farm weiterentwickelt, aber würde unsere Beziehung immer wieder an diesen Ort zurückkehren? War das überhaupt wichtig?

Ich faltete den Zettel sorgfältig zusammen und steckte ihn in meine Handtasche. Ich verabschiedete mich von Sade auf dem Parkplatz, rief meine Mutter an, um ihr das Ergebnis mitzuteilen, erhielt die erwartete gedämpfte Antwort und ging nach Hause in mein ruhiges Haus, das nicht mehr lange so ruhig sein würde.

Der Ausschuss hatte mir gesagt, dass es etwa sechs Wochen dauern würde, bis Maddie einziehen könnte. Das bedeutete, dass ich Zeit hatte, ihr Zimmer einzurichten. In diesen Wochen zeigte ich ihr bei meinen Besuchen im Marigold House Fotos von Tapeten und Bettzeug. Sie zeigte auf alles, was sie sich wünschte, und ihre Wahl überraschte und erfreute mich. Sie wünschte sich eine Tapete mit der Galaxie darauf, ein tiefes Blau mit weißen Tupfen gesprenkelt. Natürlich wünschte sie sich auch ein Kaninchenstofftier. Ich wählte eines, das mich zum Lachen brachte, weil ich dachte, dass es auch sie zum Lachen bringen würde. Es war viel zu groß und trug seine eigene Karotte. Sie mochte außerdem ein kleines weißes Bücherregal und eine pastellblaue Tagesdecke mit einer Kirschblüte in Babyrosa. Von dem Geld, das ich mit dem Zeitungsinterview verdient hatte, kaufte ich ihr alles, was sie sich wünschte, und fügte einen kleinen Schreibtisch, eine Kommode und ein wunderschönes Puppenhaus hinzu, dem ich einfach nicht widerstehen konnte, obwohl es wesentlich mehr kostete als der Rest ihrer Spielsachen.

Als der Tag kam, wachte ich um fünf Uhr morgens auf und hatte Mühe, mein Frühstück bei mir zu behalten. Das Haus war mit Disney-DVDs bestückt. Ich hatte ihre Lieblingsjoghurts und Minischokoladen gekauft und das Puppenhaus aufgebaut. Sade brachte sie mit einem Rucksack und einer Box ins Haus. Sie versteckte sich halb hinter Sades Beinen und lugte nervös hervor. Ich hatte sie noch nie so ängstlich gesehen. Ich fragte mich, ob sie sich Sorgen machte, dass es nicht klappen könnte oder dass sie zurück ins Heim gebracht werden könnte.

"Komm rein, Maddie. Lass mich dir dein neues Zuhause zeigen!" Ich hatte beschlossen, keine große Sache daraus zu machen. Ich hatte schon überlegt, eine Torte und Luftballons zu kaufen, aber dann beschlossen, doch etwas vorsichtiger zu sein.

Ich ging in die Knie und ließ mich auf ihre Höhe sinken, wobei ich ihr eine Hand reichte, die sie nehmen konnte, wenn sie wollte. Sie war mir gegenüber noch nie schüchtern gewesen, aber jetzt war alles neu für sie - das Haus, das Konzept, eine Mutter zu haben und einen sicheren Ort, den sie ihr Eigen nennen konnte.

"Braves Mädchen", sagte Sade, als Maddie meine Hand nahm.

Wir gingen gemeinsam durch den Raum, und sie fuhr mit ihrer Hand über die Möbel, die Wände und den Fernseher, als würde sie alles für sich beanspruchen. Sade und ich tauschten einen Blick aus, weil wir beide froh waren, sie auf dieser Entdeckungsreise zu beobachten.

"Nun, ich werde euch beide ein bisschen in Ruhe lassen", sagte Sade. "Ihr habt meine Nummer, wenn ihr etwas braucht."

Maddie hob ein Foto von mir mit meinen Eltern hoch und starrte es aufmerksam an.

Ich trat zu Sade hinüber und stellte mich neben sie. "Ich danke dir so sehr für alles. Ohne deine Unterstützung wäre das alles nicht möglich gewesen."

"Es war mir ein Vergnügen", sagte die Sozialarbeiterin. Sie zeigte auf die Tür. "Ich werde mich selbst hinauslassen. Macht ihr zwei Mal euer Ding."

Eine Stunde später saßen wir allein auf dem Fußboden in Maddies Zimmer und hatten alle Puppen aus dem Puppenhaus geholt.

"Sollen wir den Puppen Namen geben?", fragte ich und beobachtete sie dabei, wie sie ihre eigenen Entscheidungen treffen konnte, und genoss es, dass ich ihr die Freiheit gab, zu erkunden und sie selbst zu sein. Zuvor waren wir durch jedes Zimmer des Hauses gegangen, und sie hatte mir Fragen zu Fotos und Möbeln gestellt.

"Das ist die Mamapuppe", sagte Maddie und hob eine dunkelhaarige weibliche Puppe in einem blauen Kleid hoch. Sie ließ die Mama auf dem Bett liegen. "Das ist der Papa." Sie legte die Jungenpuppe auf die Mädchenpuppe.

Ich versuchte, ruhig zu bleiben, obwohl der Anblick der übereinander liegenden Puppen mir ein unangenehmes Gefühl bereitete.

"Schlafen die beiden, Maddie?", fragte ich behutsam.

Sie schüttelte den Kopf. "Noch nicht. Aber die Mama wird bald schlafen."

Ich blieb ganz still, weil ich ihr kein schlechtes Gewissen machen wollte, obwohl ich natürlich wusste, dass das, was sie im Puppenhaus nachstellte, nicht normal war. "Vielleicht sollten wir Mama und Papa in den Garten gehen lassen." Ich hob die Puppen auf. "Der Papa mäht den Rasen und die Mama pflanzt Kräuter."

"Okay", sagte sie eifrig. "Gibt es einen Bach?"

Das Wort überraschte mich. Es schien über ihren normalen Wortschatz hinauszugehen, aber sie war auf dem Land aufgewachsen, und so war es nur logisch, dass sie irgendwann das Wort *"Bach"* gelernt hatte.

"Möchtest du einen?"

"Ja, bitte", sagte sie.

"Okay, warte hier."

Ich holte einen blauen Schal aus meinem Zimmer und machte damit einen Bach vor das Haus. Maddie stellte die kleine Mädchenpuppe mit der Mamapuppe an den Bach.

"Was machen die beiden da, Maddie?"

"Sie waschen sich die Hände", sagte sie.

Das kam mir ein bisschen komisch vor, aber ich akzeptierte es. Danach gingen die Puppen von Mama und Tochter durch Blumenfelder, für die wir die Bettdecke benutzten, und dann tranken die beiden Tee im Garten. Irgendwann brachte Maddie die Tochterpuppe dazu, sich im Keller vor Papa zu verstecken, und es dauerte eine Weile, bis ich sie wieder herauslocken konnte.

"Du wirst dich nie wieder im Keller verstecken müssen, Maddie. Das verspreche ich dir."

Wir hatten eine turbulente erste Nacht. Maddie wachte schreiend auf, ihr kleines Gesicht war verkniffen und rot angelaufen. Ich brauchte einige Augenblicke, um sie zu beruhigen, und sie schlug mit den Fäusten auf mich ein, aber ich ließ sie gewähren, obwohl ich am nächsten Tag blaue Flecken hatte. Dann gingen wir nach unten, um ein Glas Wasser zu trinken, und sahen bis spät in die Nacht fern, bis ich bemerkte, dass ihre Augenlider schlaff wurden. Ich schaffte es, sie in ihr Zimmer zu tragen und sie mit dem Kaninchenstofftier ins Bett zu legen, aber etwa eine Stunde später kroch sie zu mir ins Bett. Ich konnte mich nicht dazu durchringen, sie wegzuschicken.

Ich hatte mir noch ein bisschen Urlaub von der Arbeit genommen, um Maddie im Haus einzugewöhnen. In dieser Zeit gingen wir in ein Gartencenter, um Pflanzen für den Kräutergarten auszusuchen. Die Idee eines Garten hatte ihr während unseres Puppenhausspiels sehr gefallen, und ich beschloss, einen echten anzulegen. Eine Sache, die ich bald an Maddie liebte, war, wie gerne sie draußen war. Ihre ersten Jahre auf dieser Erde hatte sie allein auf dem Land verbracht, und ein kleiner Garten an der Rückseite eines Reihenhauses war eine ziemliche Umstellung für sie.

In der Gärtnerei war sie ganz aus dem Häuschen, und ihr fiel die Kinnlade herunter angesichts all der bunten Blumen. Sie hatte so viel Selbstvertrauen und ging direkt auf Fremde zu, um mit ihnen zu plaudern und bezauberte selbst die finstersten Einkäufer. Aber es war anstrengend, sie davon abzuhalten, jede Blume mitzunehmen. Sie versuchte, den Leuten die Sachen aus den Körben zu nehmen und verstand nicht, warum sie das nicht durfte.

Ein paar Tage später, im Park, war sie wieder dieselbe – sehr gesprächig mit Fremden. Doch sie war extrem abweisend gegenüber Kindern in ihrem Alter. Als ein kleiner Junge fragte, ob er nach ihr auf die Schaukel gehen dürfe, schrie sie "Nein" und brachte ihn damit zum Weinen. Ich musste mich bei dem Jungen und seiner Mutter entschuldigen, bevor ich Maddie aus der Schaukel nahm. Am Ende brach sie in Tränen aus. Sie wehrte sich gegen mich, als ich sie hochhob, trat mit den Füßen aus und schlug mir direkt auf das Kinn. Die ganze Zeit über spürte ich, wie sich Augen in meinen Rücken bohrten, während ein halbes Dutzend Mütter in Fremdscham versank.

Ich versuchte, mich davon nicht beirren zu lassen, denn ehrlich gesagt, hatte ich Schlimmeres erwartet. Trotzdem war es eine große Herausforderung für mich. In der einen Minute weigerte sie sich, meine Hand loszulassen, wenn ich versuchte, eine alltägliche Aufgabe wie das Einräumen der Waschmaschine zu erledigen. Im nächsten Moment wechselte sie den Gang und lief vor mir weg. Manchmal blieb sie in ihrem Zimmer, starrte aus dem Fenster und ignorierte meine Bitten, mit mir zu sprechen.

Die zwei Wochen vergingen wie im Fluge. Ich war noch nie so müde gewesen. Ich war mir sicher, dass neugeborene Babys mindestens genauso anstrengend waren, wenn nicht noch anstrengender, und ich war nicht die erste Mutter, die jeden Abend erschöpft ins Bett fiel, aber diese Wochen waren wirklich hart. Sie testete alles - Grenzen, Druckpunkte und meine absolute Obergrenze. Und bei all dem musste ich mich immer wieder an die warme Erziehung erinnern. Maddie zu disziplinieren, würde nicht viel bringen. Ich musste ihr immer wieder erklären, was richtig und falsch ist. Ich musste dafür sorgen, dass sie die Konsequenzen ihres Handelns erkannte, z. B. das Ladenpersonal bitten, zu ihr zu kommen und mit ihr zu reden, wenn sie Bohnenkonserven aus den Regalen nahm.

Als es an der Zeit war, sie in eine neue Schule zu schicken, wachte ich mit einem krampfenden Magen auf. Es fühlte sich zu früh an. Sie hatte bereits im Heim Kontakt zu anderen Kindern gehabt und lebte jetzt seit zwei Wochen bei mir, aber tief im Innern konnte ich das Gefühl nicht loswerden, dass ich einen großen Fehler machte. Ich hatte keine andere Wahl, als mich damit abzufinden. Ich musste wieder arbeiten gehen, und Maddie brauchte eine Ausbildung.

Sie weinte, als ich sie an der Schule absetzte. Es waren nicht diese süßen Tränen der meisten nervösen Kinder, sondern sie heulte lautstark. Eine Lehrerin zerrte sie von mir weg. Ich saß fünfzehn Minuten lang in meinem Auto und wusste, dass ich mich verspäten würde, aber ich konnte den Tsunami von Tränen nicht aufhalten, der aus mir herausfloss. Und obwohl ich mich so schrecklich fühlte, wusste ich in diesem Moment, dass ich sie von ganzem Herzen liebte und alles tun würde, um sie zu beschützen.

Als ich Maddie später an diesem Tag von der Schule abholte, kam sie mit einem breiten Grinsen aus dem Gebäude gelaufen.

"Zoe, schau mal", sagte sie. "Wir haben Bilder gemalt."

Eine kleine Frau mit leuchtend rotem Lippenstift und erdbeerblondem Haar folgte ihr nach draußen und kam zu mir herüber, als Maddie mir ihre Buntstiftzeichnung in die Hand drückte.

"Maddie hat sich heute wirklich gut geschlagen. Freut mich, Sie kennenzulernen. Ich bin Rita, Maddies Lehrerin."

"Oh, hallo. Wir haben miteinander telefoniert, nicht wahr?" Ich hatte die Schule vorher angerufen, um ihnen einige Informationen über Maddies Hintergrund zu geben.

"Genau. Ich freue mich, berichten zu können, dass sie heute überhaupt keinen Ärger gemacht hat."

Ich muss zugeben, dass mich das überraschte, und zwar so sehr, dass ich auf meinen Fersen zurückwippte. "Wow, das ist großartig. Gut gemacht, Mads. Nachher ein Eis?"

Sie jubelte.

"Sie war etwas zurückhaltend gegenüber den anderen Kindern, aber wir werden das im Auge behalten und sie ermutigen, mehr mitzumachen. Ich wollte Sie nur wissen lassen, wie gut sie sich gemacht hat, denn ich weiß, dass Sie sich Sorgen machen müssen."

"Das habe ich", gab ich zu und holte tief Luft. "Heute Morgen war..."

"Ich weiß." Sie nickte. "Ich habe es gesehen. Aber machen Sie sich keine Sorgen. Wir werden uns intensiv um Maddies Bedürfnisse kümmern. Das verspreche ich."

"Vielen Dank." Dann blickte ich auf Maddies Zeichnung hinunter. "Wow, Maddie, das ist so gut! Ist das unser Haus?"

"Nein", sagte Maddie.

Als mir das klar wurde, verschwand das Lächeln aus meinem Gesicht. Sie hatte nicht unser Haus gemalt. Sie hatte den Bauernhof gemalt, mit der Scheune, die neben dem weißen Bauernhaus stand. Vor dem Haus standen Strichmännchen in einer Reihe. Maddie und ich waren da, oder zumindest eine Frau mit braunem Haar wie ich. Aber draußen in der Ferne, in der Nähe der Scheune, lag eine andere Gruppe von Strichmännchen auf dem Rücken.

"Ist alles in Ordnung?", fragte Rita.

"Ähm ..." Ich blickte von dem Bild auf, mein Gedankengang war verschwunden. "Ja. Es ist nur..."

Rita betrachtete das Bild genauer. Ihre Augen verengten sich, bevor sie sich weit öffneten. "Hat Maddie einen Psychologen?"

"Sie hat einen Kindertherapeuten, ja."

Rita nickte. "Das ist gut."

Plötzlich bemerkte ich, dass Maddie uns beide beobachtete, und ich beugte mich auf ihre Höhe hinunter. "Das ist ein wunderschönes Bild, Maddie."

"Ja?"

Sie wusste es. Sie hatte unsere Gesichter gelesen. Maddie hatte eine schwierige Zeit hinter sich, aber sie wusste genug über Menschen, um Gefühle zu erkennen.

"Ja." Ich drückte sie fest an mich.

Kapitel Vierundzwanzig

Jetzt

Die schwere Luft der Garage legt sich um uns. Maddie rutscht in ihrem Sitz hin und her und stützt sich mit einem Knie auf dem Armaturenbrett ab. Ich hebe einen schweren Arm und schalte den Motor aus. Neben mir spüre ich, wie Maddie mich fast neugierig beobachtet. Sie weiß, dass ich den Tränen nahe bin, und sie kann nicht gut mit Gefühlen umgehen. Sie weiß nicht, wie man Trost spendet. Doch bald legt sich ihre Hand sanft auf meine Schulter.

"Ist schon gut, Mama."

Mama. Gott, was dieses Wort mit mir macht. Es zerreißt mein Herz in zwei Hälften und pulverisiert mein Inneres. Die herrlichste Ekstase und der herrlichste Schmerz in vier Buchstaben.

Ich betrachte meine Tochter, schaue sie genau an, jeden Zentimeter ihres Gesichts. Sie ist schön. Vielleicht nicht klassisch schön, aber die Stärke ihrer Züge und ihr durchdringender Blick machen sie bemerkenswert.

Sie versucht, meine Gedanken zu lesen. "Mir wird sowas nicht passieren, weißt du. Niemand kann mir etwas antun. Ich bin zu stark. Wie ich schon sagte, ich würde jeden umbringen, der es versucht."

"Maddie, sag doch nicht immer sowas", seufze ich.

"Werde ich nicht." Sie zuckt mit den Schultern. "Jedenfalls nicht zu jemand anderem. Aber du weißt wie es ist. Du hast jemanden umgebracht. Du weißt, was es zum Überleben braucht."

"Nein, das ist nicht... die Welt ist einfach nicht so. Ich weiß, was ich deinem Vater angetan habe, geschah, als du noch sehr jung warst, und ich weiß, dass du oft daran denkst, aber was ich getan habe, war nicht normal..."

"Ich bin kein Idiot, Mama. Das weiß ich doch. Jeder einzelne Therapeut erinnert mich immer wieder daran, was normal ist und was nicht." Sie reckt ihr Kinn vor, zurück zum jugendlichen Missmut.

"Warum redest du dann ständig vom Leben, als wäre es ein Kampf auf Leben und Tod?" Ich drücke ihre Hand. "Erzähl mir von deiner Therapiesitzung heute."

"Okay. Dr. Boateng fragte mich nach meiner Woche. Ich sagte ihr, dass ich es vermisse, mit Riya abzuhängen. Dann sprachen wir über Katherine Sutton und dass ich sie nicht auf die Straße hätte schubsen sollen. Dann, du weißt schon... Phoebes Tod und alles, was in der Schule vor sich geht."

"Du meinst das Mobbing", sage ich und erinnere mich an das, was Angie Starling mir vor dem Laden erzählt hat.

"Ja, das."

"Warum hast du mir nichts von deinem Schließfach erzählt?"

Sie runzelt die Stirn. "Woher weißt *du* von meinem Schließfach?"

"Ich bin Miss Starling begegnet, während du bei der Therapie warst. Sie hat es erwähnt."

"Oh." Maddies Stimme wird leiser. Sie schüttelt den Kopf, als ob sie einen Gedanken aus dem Kopf schütteln würde. "Ja, sie war dabei, als es passiert ist. Sie hat mit mir geredet und so."

"Was meinst du?"

"Sie hat mir beim Aufräumen geholfen und mir gesagt, ich solle mir keine Sorgen um die Leute machen, die das gemacht haben." Ihr Blick wandert zum Fenster, zielstrebig von mir weg. Das ist untypisch für Maddie, sie ist normalerweise sehr direkt.

"Kennst du Miss Starling gut?", frage ich.

Sie schaut mich mit hochgezogenen Augenbrauen an. "Nein. Sie hat mir nur dieses eine Mal geholfen."

Die Nachricht von Riyas Schicksal macht in Penry die Runde, und ich glaube, viele von uns umarmen ihre Kinder in den folgenden Tagen ein bisschen fester. Ich versuche, stark zu sein und bringe Blumen, eine Karte und einen Auflauf zum Haus der Shahs. Sie öffnen mir nicht, und ich lasse alles vor der Tür stehen. Ich nehme es ihnen nicht übel, aber ich hoffe, sie essen wenigstens das Essen. Ich hinterlasse eine herzliche Nachricht, die Parvati hoffentlich nicht falsch auffasst. Ich vermisse sie so sehr und wünsche mir nichts sehnlicher, als mit ihr zu sprechen. Aber ich kann nicht in ihr Haus einbrechen und sie zwingen, sich von mir trösten zu lassen.

Wir lassen die Kinder zu Hause und sehen keine Nachrichten. Es wird heißer draußen, und ein heftiger Sturm peitscht an der Küste entlang, die Wellen prallen gegen die Felsen und wirbeln weiße Gischt auf. Wir machen Pizza und ziehen mit den Bettdecken auf das Sofa. Justin und ich umarmen unsere Kinder. Maddie meidet Justin so weit wie möglich, aber sie ist wenigstens höflich und lässt sich von mir umarmen.

Aber ich merke, dass ich den Nachrichten nicht entkommen kann. Wann immer die Kinder schlafen oder abgelenkt sind, durchforste ich unermüdlich die sozialen Medien, um jeden Happen unangenehmen Wissens aufzusaugen, den ich finden kann. Ich bin krankhaft neugierig und vergleiche meine Erfahrungen mit Peter McKenna mit den Nachrichten über Riya.

Sie war in einen Koffer gestopft und auf die Mülldeponie geworfen worden. Einer der Arbeiter fand sie zufällig, als er eine Wolke von Fliegen um den Koffer kreisen sah. Dann bemerkte er das Gewicht und rief die Polizei. In der Nacht, in der ich las, wie sie gefunden wurde, träumte ich von ihr in diesem Koffer, und in meinem Traum lächelte sie immer noch.

Wir verlassen drei Tage lang kaum das Haus. Ich halte die Kinder von der Schule fern, die aus Respekt ohnehin für einen Tag geschlossen bleibt. Aber ich beschließe, Maddie an der Gedenkfeier teilnehmen zu lassen, die für Mittwochmorgen geplant ist. Justin verspricht, bei ihr zu bleiben und darauf zu achten, dass sie nicht schikaniert wird.

Zum ersten Mal bin ich allein und gehe zu meiner Gruppentherapie. Die meisten wissen bereits, dass Riya gefunden wurde, aber ich sehe trotzdem schockierte Gesichter, als ich von ihrem Fall erzähle und wie Maddie davon betroffen ist. Aber Cecilia sitzt neben mir und gibt mir ein aufmunterndes Lächeln und klopft mir auf die Schulter.

"Ich glaube, die Polizei hält Informationen zurück", sage ich. "Ich weiß nicht einmal, wie sie gestorben ist. Ich weiß nur, dass sie in einem Mordfall ermitteln. Jemand hat sie in diesen Koffer gesteckt. Irgendjemand hat das getan! Diese Welt ist so dunkel, dass ich es manchmal nicht ertragen kann."

Die Gruppe ist so still, dass man eine Stecknadel fallen hören könnte.

Nach der Therapie trinke ich mit Cecilia einen Kaffee. Sie kauft mir einen Schokoladenmuffin, um mich aufzuheitern.

"Wie hat Maddie die Neuigkeiten aufgenommen?" Cecilia reißt die obere Hälft von ihrem Muffin ab und nimmt einen großen Bissen. "Ist sie wieder auf dem Damm?"

"Nein, eigentlich nicht. Sie ist sehr verhalten. Sie mochte Riya sehr, und ich glaube, sie vermisst sie."

"Du glaubst doch nicht, dass sie..." Cecilia zieht die Augenbrauen hoch, als sollte ich aus ihrem Tonfall schließen, was sie meint. Es dauert einen Moment, bis ich es verstehe.

"Nein!", platze ich heraus, lauter als beabsichtigt. Ich senke meine Stimme, als ich die starrenden Gesichter bemerke. "Nein. Auf keinen Fall. Das würde sie niemals tun." Meine Haut kribbelt und ich zupfe an meinem Strickjackenärmel. Maddie einen impulsiven Schubser zuzutrauen, nachdem sie von einem gemeinen Mädchen schikaniert wurde, ist eine Sache. Eine Freundin zu ermorden, sie in einen Koffer zu stopfen und in einer Mülltonne zu entsorgen, ist eine andere.

"Es ist okay. Ich glaube dir. Ich will damit nicht sagen, dass sie... du weißt schon", flüstert sie, "eine Mörderin ist. Ich dachte, du würdest vielleicht noch einmal darüber reden wollen. Ich weiß, wie einsam es ist, die Mutter eines gestörten Teenagers zu sein."

"Das ist es wirklich", antworte ich, während ich an Angie Starlings Worte denke, "aber es geht mir gut. Und Maddie geht es auch gut. Phoebes Fall ist eigentlich abgeschlossen. Sie konnten keine Beweise dafür finden, dass es etwas anderes als ein Unfall war."

"Das ist super", sagt sie.

Der Moment dehnt sich aus, und ich bin auf einmal überzeugt, dass Cecilia glaubt, Maddie sei mit einem Mord davongekommen. Vielleicht glaubt Cecilia, Maddie *sei* zu allem fähig. Vielleicht habe ich ihr diesen Eindruck mit meiner verbalen Diarrhöe während unserer Treffen vermittelt.

"Weißt du, ich habe immer wieder diese seltsamen Träume", sagt Cecilia. "Sie sind ziemlich merkwürdig und ziemlich beunruhigend, also..." Sie starrt aus dem Fenster. "Ah, vielleicht sollte ich nichts sagen."

"Nein, erzähl weiter. Gott, wenn jemand versteht, was seltsam und verstörend ist, dann ich!" Ich lache.

"Ich träume immer wieder, dass ich von der Klippe springe. Ist das seltsam?" Sie hebt ihre Hand und wedelt damit, als wolle sie sich abkühlen.

"Gar nicht so seltsam, wie du vielleicht denkst. Dieser Ort hat definitiv einen gewissen Ruf der Leere inne", sage ich. "Ich hatte schon ähnliche Träume. Das und eine riesige Flutwelle, die uns alle auslöscht."

"Wow, wir sind so düster." Sie lacht. Sie beißt noch einmal in den Muffin und fügt dann hinzu: "Wir sollten mal einen Abend zusammen trinken gehen."

Ich denke sofort an Riya und schüttle den Kopf. "Ich weiß nicht. Ich war mal gut mit Riyas Mutter befreundet, und irgendwie fühlt sich das gerade falsch an."

"Du kannst nicht an ihrer Stelle trauern", sagt Cecilia. "Es ist nicht deine Aufgabe, für sie zu trauern. Die Leute werden nicht weniger von dir halten, wenn du zur Abwechslung mal etwas Spaß hast."

"Ich weiß, aber..."

"Aber was?"

"Na ja, mit Justin ist es in letzter Zeit ziemlich schwierig geworden. Vielleicht sollte ich bei ihm bleiben. Mehr reden."

"Vielleicht", sagt sie. "Aber wie kommst du darauf? Vielleicht braucht ihr auch eine kleine Auszeit."

Ich zucke mit den Schultern. "Es wär schon schön. Ich bin in letzter Zeit kaum aus dem Haus gekommen."

"Ich wette, er geht ständig aus."

"In letzter Zeit nicht", sage ich. "Aber er war viel unterwegs, bevor das alles passiert ist."

"Mehr als du, wette ich", sagt sie.

Ich stimme zu, denn es ist wahr. Justins Fußballmannschaft und seine Golfwochenenden bedeuten, dass er mehr Zeit von zu Hause weg ist als ich. Aus irgendeinem Grund hatte ich in letzter Zeit gar nicht mehr an Justins Team gedacht. Nach Phoebes Tod haben sie wohl beschlossen, ihre Spiele zu verschieben. Immerhin waren viele der Spieler Väter.

"Komm schon, Zo", sagt Cecilia. "Ich möchte dich abends sehen, wenn du dich entspannen kannst. Ich trinke keinen Alkohol, also ist es nicht so, dass ich einen schlechten Einfluss haben könnte."

Am Ende überzeugt sie mich doch.

Kapitel Fünfundzwanzig
Damals

Ein fünfjähriges Mädchen zu ihrer Therapiesitzung zu bringen, fühlte sich immer etwas seltsam an. Ich blieb während dieser Sitzungen nie im Raum, aber manchmal sah ich durch das Glasfenster zu, wie Maddie auf dem Boden spielte, während Dr. Wilkinson mit gekreuzten Beinen auf einem Stuhl saß und entweder Notizen machte oder Fragen stellte. Ich traf mich regelmäßig mit ihm, um Maddies Fortschritte zu besprechen. Dr. Wilkinson beschönigte nie etwas, und dafür war ich ihm dankbar.

"Sie ist ziemlich offen, was ihren Vater angeht", sagte er mir eines Tages. "Sie spricht bereitwillig über die Morde, aber mit einer gewissen emotionalen Distanziertheit. Ich muss leider sagen, dass sie viel mehr gesehen hat, als ein Kind je ausgesetzt sein sollte. Sie hat gesehen, wie er die Frauen vergewaltigt hat. Wie er sie verletzte." Er nahm seine Brille ab und massierte die dünne Haut neben seiner großen Nase. Ich bemerkte die Anfänge von Altersflecken auf seinen Wangenknochen, und obwohl sein Haar dicht und glänzend war, war es fast vollständig schneeweiß. "Sie könnte vieles davon vergessen, wenn sie erwachsen wird. Amnesie in der Kindheit kommt sehr oft vor. Vielleicht erinnert sie sich aber auch an alles. Ich kann die Zukunft nicht vorhersagen. Aber was ich weiß, ist, dass ihr Sinn für Recht und Unrecht gestört ist." Er setzte seine Brille wieder auf. "Ich habe gehört, dass sie in der Schule in Schwierigkeiten geraten ist."

"Ja", gab ich zu. "Sie war in ein paar Schlägereien verwickelt. Ich habe versucht, ihr beizubringen, wie man teilt, aber wenn sie etwas von einem anderen Kind will, nimmt sie es sich einfach."

"Sie ist impulsiv, und sie weiß nicht, wie sie sich anders verhalten soll. Es wird Zeit brauchen. Und eine Menge Geduld. Aber ich denke, Sie machen Ihre Sache gut, und Ihre Bindung ist nicht abzustreiten. Maddie liebt Sie." Er lässt einen Atemzug durch die Nase ausströmen, der durch den stillen Raum pfeift. "Aber seien Sie vorsichtig. Sie sind beide in einer Blase, und das schon, seit Maddie bei Ihnen eingezogen ist. Aber wir wissen, dass das Leben keine Seifenblase ist. Irgendwann platzt sie, und dann beginnt sich alles zu verändern. Routine ist toll, aber passen Sie auf Maddie auf, wenn Sie diese Routine unterbrechen müssen. Das Leben ist voller unerwarteter Wendungen, nicht wahr?"

Ich stimmte zu, ohne zu wissen, was er damit andeuten wollte. Später vermutete ich, dass er über meinen Single-Status sprach und darüber, dass sich das in Zukunft wahrscheinlich ändern würde. Natürlich würde jeder Mann, den ich in mein Leben holte, auch Maddies Leben verändern, und wir hatten keine Ahnung, wie sie darauf reagieren würde. Doch bevor ich die Chance hatte, es herauszufinden, kam das Leben mit einer ganz anderen Wendung um die Ecke. Etwa sechs Monate, nachdem Maddie bei mir eingezogen war, erfuhr mein Vater, dass er sehr krank war.

Zu diesem Zeitpunkt war meine Beziehung zu Mama und Papa nicht gerade eng. Sie besuchten mich und taten ihr Bestes, um mit Maddie zu interagieren. Papa hat sogar mit ihr gespielt, und Mama hat ihr Fragen über die Schule gestellt. Sie blieben nie länger als ein paar Stunden, und Maddie tat so, als wären sie meine Freunde und nicht ihre Großeltern, aber ich sah, wie sie sich allmählich für sie erwärmten. An einem dieser Tage deutete Mama mir, ihr in die Küche zu folgen, während Maddie Papa ihre neuen Puppen zeigte.

Ich war nicht überrascht, als sie mich in die Küche zog. Sie wirkte den ganzen Morgen über aufgewühlt und doch gleichzeitig seltsam ruhig. Ich machte mich auf schlechte Nachrichten gefasst.

Sie biss die Zähne zusammen und flüsterte: "Papa ist krank."

Ich hätte beinahe die Tasse in der Hand fallen lassen. "Was? Wie krank?"

"Sehr krank. Er hat Alzheimer." Sie drückte zwei Finger auf jedes Auge, um die Tränen zu unterdrücken. "Es hat eine Weile gedauert, bis ich es gemerkt habe. Du weißt ja, wie vergesslich er ist. Aber neulich hat er ..." Sie atmete ein, ihr Atem stockte, dann räusperte sie sich. "Er sah mir in die Augen und fragte: 'Wer sind Sie?' Das hat mir den Boden unter den Füßen weggezogen."

"Oh, Mama." Ich hielt mich an der Kante des Tresens fest, als diese Neuigkeiten mich überspülten.

"Am nächsten Tag gingen wir zum Arzt, und ließen ein paar Tests machen." Sie seufzte und ließ sich in einen Stuhl sinken. "Er ist... Es ist schon ziemlich fortgeschritten. Er könnte noch Jahre haben, aber vielleicht auch nicht. Und wer weiß, wie lange wir haben, bis er uns völlig vergisst?"

Ich setzte mich neben sie auf den Stuhl und zog sie in eine seltene Mutter-Tochter-Umarmung, während ich mir vorstellte, wie Mama mit Papa zurechtkommen würde, wenn es ihm schlechter gehen würde. Wenn ich daran nur dachte, raubte es mir vor Angst, Kummer und Sorge den Atem. "Nun, du hast jetzt meine Hilfe. Ich kann vorbeikommen, wann immer du willst."

Sie gab einen spöttischen Laut von sich. "Du musst an Maddie denken. Du wirst ihr nicht helfen können, oder?"

"Das ist nicht wahr", sagte ich. "Ich kann jedes Wochenende oder tagsüber kommen, wenn ich nicht arbeite und Maddie in der Schule ist. Oder ich kann eine Tagesmutter finden."

Meine Mutter trocknete ihre Tränen und stand auf. "Sie würde eine Tagesmutter in den Wahnsinn treiben. Mein Fräulein."

"So schlimm ist sie nun wirklich nicht." Ich hörte die Abwehrhaltung in meiner Stimme. Ich stand ebenfalls auf und ging zur Tür, weil ich am liebsten raus wollte.

"Das Mädchen kann die Vögel aus den Bäumen locken, wenn sie will. Aber wenn sie nicht will ..." Mama hob die Augenbrauen.

"Du kennst sie nicht wirklich." Es irritierte mich, dass sie mich schon Sekunden nach einem Moment der Verletzlichkeit wegstieß. Und ja, ich wollte nicht zugeben, dass an ihren Worten vielleicht etwas Wahres dran war. Es ist wahr, dass Maddie manipulativ sein konnte, wenn sie ihren Willen durchsetzen wollte. Und vielleicht hatte ich die Tendenz, dem von Zeit zu Zeit nachzugeben.

"Du auch nicht", schnauzte Mama.

"Sie ist ein Kind!", schnauzte ich zurück.

Wir standen uns gegenüber, beide mit roten Augen und erschöpft. Keiner von uns wollte zugeben, dass wir unseren Schmerz am anderen ausließen. Vielleicht war uns das nicht einmal bewusst. Warum konnten wir nicht einen Mittelweg finden? Warum konnten wir uns nicht gegenseitig unterstützen?

Ich ging zurück ins Wohnzimmer und vergaß völlig, dass ich

meinem Vater eine Tasse Tee machen sollte. Stattdessen setzte ich mich auf den Teppich und spielte mit ihm und Maddie Puppen.

"Sie zeigt mir ihre Lieblinge", sagte er, seinen Blick auf meine Tochter gerichtet.

"Das bist du, Mami." Maddie hob eine braunhaarige Puppe mit übertriebener lila Schminke hoch. Es war das erste Mal, dass sie mich Mami nannte.

"Wirklich? Lass mich mal sehen." Ich nahm ihr die Puppe aus der Hand und versuchte, nicht zu weinen. Mein ganzer Körper fühlte sich heiß an. "Danke, Maddie. Sie ist so hübsch."

"Mmhmm", sagte Maddie. "Und sie liest gerne und trinkt Wein und isst Schokolade."

Papa lachte. "Klingt wie unser Zo."

Ich spürte, wie Mama das Zimmer verließ. Instinktiv griff ich nach der Hand meines Vaters und hielt ihn fest. Keiner von uns beiden sprach, nur Maddie, die sich mit uns über ihre anderen Puppen unterhielt.

Ich denke oft an diesen Moment. Das erste Mal, dass sie mich Mami nannte. An die Puppen. Das Gefühl der dünnen Haut meines Vaters unter meinen Fingern. Der juckende Teppich an meinen Knien. Das Sonnenlicht, das durch das Zimmer fiel. Warum konnte die Zeit nicht stehen bleiben? Nicht für immer, aber für länger. Gib mir mehr als ein paar Sekunden, um jedes Gefühl, das durch meinen Körper läuft, festzuhalten. Erinnerungen an Papa, als ich ein Kind war, vermischten sich mit der Gegenwart meiner Tochter und ihrer Puppen. Aber es war flüchtig. Unser Leben sollte sich nach diesem Tag in vielerlei Hinsicht verändern. Und es gab Zeiten, in denen ich mich fragte, ob ich überhaupt Maddies Mutter sein sollte, vor allem, als sich zwei Monate später, als ich versuchte, meiner Mutter zu helfen, mit Papas Verfall fertig zu werden, jemand meldete und behauptete, Maddies leibliche Mutter zu sein.

Kapitel Sechsundzwanzig

Jetzt

Ich fahre mit einem Gefühl der Erleichterung nach Hause. Die Therapie hat nicht nur geholfen, sondern ich habe auch eine Freundin gefunden. Zwei Kaffees und einen Abend ausgehen sind definitiv Freundschaftsgebiet, und es ist schon eine Weile her, dass ich diese Erfahrung mit einer anderen Frau gemacht habe. Die letzte Freundin, die ich gefunden habe, war Parvati. Davor hatte ich Schulfreunde, die sich nach der Entführung in Luft aufgelöst haben. Schönwetterfreunde, die schnell gelangweilt waren, wenn man ihnen den Spaß verdarb, z. B. mit einem Trauma, nachdem man vor einem Serienmörder geflohen ist.

Auf dem Weg ins Haus rufe ich meiner Familie ein fröhliches "Hallo" zu, werfe meine Schlüssel in die Schüssel und stürme ins Wohnzimmer. Es ist vier Uhr nachmittags, und ich erwarte, dass die Kinder zu Hause sind. Das sind sie auch, aber auf dem Sofa neben ihnen sitzen zwei Polizisten. Justins Gesicht ist so weiß wie Milch. Maddie sitzt den Polizisten gegenüber, die Arme verschränkt, das Gesicht nach unten geneigt. Ihr Gesichtsausdruck ist unleserlich, aber ihre Körpersprache sagt mir alles, was ich wissen muss.

DS Rosen und PC Morton grüßen mich, als ich mich in den Sessel am Wohnzimmerfenster setze. DS Rosen nimmt einen Schluck von seinem Tee, den ihm wohl Justin gemacht hat. Er benutzt die Tasse mit der Aufschrift "I'd rather be reading". Ich habe sie vor drei Jahren für Maddie gekauft, ungefähr zu der Zeit, als sie und Riya Freundinnen wurden.

"Tut mir leid, dass ich so unangemeldet hereinplatze." Rosens blassblaue Augen ruhen auf mir, und ich bemerke seine Vorsicht. Ein zweideutiges Lächeln, das nicht zu breit und nicht zu sarkastisch ist. Seine Augenbrauen heben sich ein wenig, wohl, um mir gegenüber zugänglich zu wirken. Doch nichts davon verbirgt ein Gesicht, das immer beobachtet und analysiert. "Aber ich bin dankbar für den Tee." Er hebt den Becher, als wolle er auf mich anstoßen.

Ich schlage ein Bein über das andere, ohne ein Wort zu sagen.

PC Morton klappt ihr Notizbuch auf und hält den Stift in der Hand.

"Wie können wir Ihnen helfen?", frage ich.

Rosen stellt Maddies Tasse auf den Kaffeetisch. "Ich bin aus einem nicht sehr erfreulichen Grund hier, fürchte ich. Wie Sie wissen, ist Riya Shah leider verstorben."

"Ja, das haben wir gehört. Wir sind untröstlich. Sie war die beste Freundin von Maddie."

Rosen wirft einen Seitenblick auf Maddie. "Mein Beileid für Ihren Verlust. Ist es in Ordnung, wenn ich Ihnen allen ein paar kurze Fragen stelle? Es wird nicht viel Zeit in Anspruch nehmen."

"Okay", sage ich. "Wir beantworten gerne alle Fragen. Riya hat uns viel bedeutet, und wir werden alles tun, um der Familie Shah zu helfen."

"Danke, das ist sehr nett." Er wendet sich an Maddie. "Maddie, kannst du mir erzählen, wann du Riya das letzte Mal gesehen hast?"

"Ich habe sie in der Schule gesehen, wie immer", murmelt Maddie.

"Am Tag bevor sie verschwand?"

Sie nickt.

PC Morton notiert sich dies.

"Wie hat sie auf dich gewirkt?", fragt er.

"Mitgenommen. Sie hatte sich von ihrem Freund getrennt." Maddie runzelt die Stirn und begegnet meinem Blick.

Ich nicke grimmig und ermutige sie, weiterzumachen. So sehr ich sie auch beschützen möchte, je schneller die Sache vorbei ist, desto besser.

"Das habe ich der Polizei alles schon erzählt, als Riya verschwand", sagt Maddie.

"Es wird nicht lange dauern, Maddie, das verspreche ich", sagt er. "Kannst du mir den Namen von Riyas Freund sagen?"

"Nein", antwortet Maddie, ihr Tonfall ist schärfer als mir lieb ist. "Ich weiß nicht, wie er heißt."

"Das weißt du nicht?"

Sie schüttelt den Kopf. "Er ist nicht auf unsere Schule gegangen."

"Okay", sagt Rosen, "aber ich verstehe nicht, warum sie seinen Namen nicht erwähnt hat."

"Sie wollte es mir nicht sagen." Maddie zuckt mit den Schultern.

"Du warst nicht neugierig?", drängt er.

"Sie hatte ihre Gründe. Hätte ich sie zwingen sollen?"

Das Gute an Maddies Offenheit ist, dass sie sich wirklich nicht um Klatsch und Tratsch schert und niemanden dazu zwingt, Geheimnisse preiszugeben. Maddie ist die Art von Mensch, die ein Geheimnis ernst nimmt, *wenn* sie glaubt, dass es sich lohnt, es zu bewahren - und das ist ein großes Wenn.

"Weißt du *irgendetwas* über Riyas Freund? Denk gut nach, denn jedes noch so kleine Detail könnte nützlich sein."

Sie schlurft auf ihrem Sitz hin und her und verschränkt ihre Arme. Ich kann sehen, dass sie ihre Optionen abwägt.

"Er war älter, aber ich weiß nicht, wie alt. Er besaß ein Auto und hat sie manchmal mitgenommen. Sie hat gesagt ..." Maddie schweift ab und sieht mich an.

"Was ist los?", platze ich heraus.

Sie spricht mit DS Rosen. "Er war verheiratet, und er hatte Kinder."

Ich schnappe nach Luft. Rosen richtet seinen Rücken auf, und PC Morton schreibt alles auf.

"Weißt du, wie alt dieser Mann war?", fragt Rosen.

Maddie schüttelt den Kopf. "Das hat sie nie gesagt."

"Weißt du, wie alt seine Kinder waren?", fragt er.

"Nein. Ich weiß nur, dass er Kinder hatte, und sie sagte, das sei der Grund, warum er sie nie von der Schule abgeholt hat und warum sie sich nie in der Öffentlichkeit trafen."

"Wo haben sie sich getroffen?", fragt DS Rosen.

"Manchmal buchte er ein Hotelzimmer. Sie legte viel Make-up auf, um älter als achtzehn auszusehen, und dann fuhren sie in eine Stadt, um dort die Nacht zu verbringen." Maddie blickt mich wieder an. "Sie haben sich nicht so oft getroffen. Sie wollte ihn immer mehr sehen, als er sie sehen wollte. Manchmal dachte ich, sie würde sich das alles nur ausdenken, um Aufmerksamkeit zu bekommen."

"Es ist okay", sage ich ihr. "Du hättest es nicht wissen können."

"Ist es okay?" Justins Stimme ließ mich aufschrecken. Er war so still gewesen, seit ich angekommen war. Er hatte sich kaum bewegt, und ich hatte fast vergessen, dass er da war. "Du hättest es jemandem sagen müssen, Maddie. Warum hast du das nicht getan? Warst du eifersüchtig?"

"Nein", sagt Maddie. "Warum sollte ich das sein? Ich wusste nicht einmal, wer es war. Ich wusste nicht einmal, ob es überhaupt wahr ist."

"Ich meine, wahrscheinlich war es das nicht", fährt Justin fort. "Verheiratete Männer haben keine Affären mit Teenagern."

"Justin, lass Maddie reden!", schnauze ich.

DS Rosen fügt hinzu: "Leider gibt es Männer, die Mädchen im Teenageralter manipulieren, damit sie eine Beziehung mit ihnen eingehen. Und wenn das hier passiert ist, muss ich das wissen. Sie war also traurig über das Ende ihrer Beziehung, aber was war davor?"

"Alles gut soweit. Sie schien glücklich mit dem Arrangement zu sein", sagt Maddie. "Ich meine, ich glaube, sie war manchmal frustriert. Zum Beispiel hat sie es gehasst, wenn sie ihn treffen wollte, er sich aber um seine Familie kümmern musste."

"Weißt du, warum sie mit diesem Mann Schluss gemacht hat?", fragt Rosen.

"Sie sagte, sie hätten nicht viel gemeinsam, und sie mochte Felix."

"Wer ist Felix?"

"Ein Junge aus der Schule."

"Kennst du seinen Nachnamen?" Rosen wirft einen Blick auf PC Morton, um ihr zu zeigen, dass sie sich alles notieren soll.

"Henderson."

"Großartig. Danke, Maddie."

"War er es?" Maddie beugt sich vor und stützt die Hände auf ihre knochigen Knie. "Hat der Mann sie umgebracht? Der, den sie abserviert hat?"

"Das wissen wir noch nicht." Er fixiert sie mit einem festen, aber neutralen Blick und beendet das Gespräch, bevor es beginnen kann. Die meisten Teenager würden einen Rückzieher machen, aber nicht Maddie.

"Vielleicht hat er es nicht gut aufgenommen", meint sie. "Oder vielleicht hat es seine Frau herausgefunden. Vielleicht war es seine Frau. Wie ist Riya gestorben?"

"Das kann ich dir nicht sagen..."

"Aber sie wurde ermordet, nicht wahr?"

Rosen presst die Lippen fest aufeinander und faltet die Hände. "Maddie, ich habe eine letzte Frage an dich. Wo warst du am Freitagabend, als Riya verschwand?" Er prüft seine Notizen. "Am dritten April, zwischen sieben und elf Uhr abends?"

"In meinem Zimmer, Hausaufgaben machen."

"Das stimmt", sage ich, ohne darüber nachzudenken. "Sie war die ganze Nacht hier. Ich habe an diesem Abend mit Gabe einen Film gesehen, und Maddie war in ihrem Zimmer."

Rosen blickt mich an. "Okay, und bist du die meiste Zeit in deinem Zimmer geblieben oder hast du dich zu deiner Mutter gesellt?"

"In meinem Zimmer", sagt Maddie.

Scheiße. Habe ich in dieser Nacht etwas von ihr gesehen? Nach dem Abendessen, das in der Regel gegen sechs Uhr stattfindet, überlasse ich Maddie meist sich selbst. Manchmal schaue ich rein und frage, ob sie ein Eis möchte oder über irgendetwas plaudern will, aber nicht jeden Tag Was ist mit der Nacht, in der Riya verschwunden ist? Habe ich gesehen, wie Maddie sich einen Snack oder ein Glas Wasser geholt hat? Ich kann mich nicht erinnern, und Justin war beim Fußballtraining, also hat er sie auch nicht gesehen.

"Und was ist mit Ihnen, Miss Osbourne? Erinnern Sie sich, Maddie gesehen zu haben?"

"Ja", sage ich, ohne zu zögern. "Ich habe sie in die Küche gehen sehen. Einmal gegen acht und ein zweites Mal gegen halb zehn."

PC Morton notiert sich all dies.

"Das stimmt", sagt Justin. "Ich habe Maddie gesehen, wie sie sich in der Küche ein Sandwich und eine Tasse Tee gemacht hat. Wir haben uns über ihre Englisch Hausaufgaben unterhalten."

"Warst du an dem Abend nicht beim Fußballtraining?", platze ich heraus.

"Das wurde abgesagt", sagt Justin. "Erinnerst du dich nicht?"

"Oh ja", antworte ich. "Das stimmt - das war es."

PC Morton kritzelt wieder in ihr Notizbuch. Die Fragen enden, und DS Rosen weist uns darauf hin, dass wir ihn kontaktieren sollen, wenn wir uns an etwas erinnern. Aber während er spricht, schweifen meine Gedanken ab. *Habe ich vergessen, dass das Fußballtraining abgesagt wurde? Oder lügt Justin?*

Später am Abend, nachdem Maddie und Gabe im Bett sind, schenke ich zwei Gläser Wein ein und bringe sie in den Garten. Justin sitzt mit dem Rücken zu mir, und ich nehme mir einen Moment Zeit, um den Mann zu würdigen, den ich geheiratet habe, mit seinem breiten Rücken und seinem langen Hals. Dann trete ich vor und stelle das Glas auf dem Terrassentisch neben ihm ab, um ihn aus seinen Gedanken zu reißen, die ihn davon abgehalten haben, mich zu bemerken.

"Danke, Babe", sagt er und schenkt mir eines seiner leichten Lächeln.

Ich ziehe meine Strickjacke fest um die Schultern und lege mich in den Sessel, die Knie bis ans Kinn hochgezogen. Es ist ein wunderschöner Abend. Der Himmel ist wolkenlos, und ein Mitternachtsblau jagt die letzten Reste der untergehenden Sonne.

"Just", sage ich und klopfe mit dem Fingernagel auf das Weinglas, während ich nach den richtigen Worten suche. "Du hast die Polizei doch nicht angelogen, oder?"

"Was? Wegen des Fußballs? Nein. Erinnerst du wirklich nicht mehr, dass es abgesagt wurde?"

"Nein, das tue ich nicht. Ich dachte, ich hätte die Nacht allein zu Hause mit den Kindern verbracht. Ich dachte, du wärst an dem Abend spät nach Hause gekommen."

"Bin ich aber nicht", sagt er. "Wir haben vor dem Abendessen *Cruella* gesehen, und dann haben du und ich einen Thriller gesehen, als Gabe im Bett war. Weißt du noch?"

Ich versuche mir vorzustellen, wie er neben mir auf dem Sofa sitzt, aber ich sehe es nicht vor mir. Natürlich haben wir viele, viele Male zusammen Filme gesehen, aber ich kann mich nicht an diesen Abend erinnern. "Welchen Thriller haben wir denn gesehen?"

Er nimmt einen Schluck von seinem Wein. "Ich weiß nicht, irgendwas Altes mit Robert De Niro, glaube ich. Zo, warum bist du so komisch? Ich würde dich doch nicht anlügen, oder? Es ist ja nicht so, dass du mich bei der Polizei verpfeifen würdest, weil ich unsere Tochter beschützen wollte. Ich war einfach da."

"Und du hast gesehen, wie Maddie sich ein Sandwich gemacht hat?"

Er nippt wieder an seinem Wein. "Nein."

"Ich habe sie auch nicht gesehen."

"An der Stelle habe ich gelogen. Siehst du? Ich erzähle dir alles." Er streckt seine Hand aus und drückt mein Knie. "Du weißt, dass du mein Mädchen bist. Du weißt, dass ich ein totales Plappermaul bin, und du weißt, dass ich dir jeden verdammten Gedanken erzähle, der mir durch den Kopf geht, einschließlich, wie sehr ich dich verdammt noch mal liebe."

Ich nehme seine Hand, und der Knoten in meinem Magen löst sich langsam auf. "Ich weiß."

Er beugt sich vor, um mich zu küssen, und meine Sorgen schmelzen dahin, zumindest für die Sekunden, in denen sich unsere Lippen berühren.

Dann, als wir uns in unseren Sesseln zurücklehnen, um den Wellen zu lauschen, die so viele Meter unter uns liegen, und die Sterne beobachten, die aus der Dunkelheit auftauchen, schweifen meine Gedanken in eine andere Richtung ab. "Glaubst du, Maddie hätte in dieser Nacht das Haus verlassen können? Meinst du, wir hätten der Polizei gegenüber ehrlich sein sollen?"

Justin drückt einen Daumennagel gegen die Armlehne seines Stuhls. "Ich weiß es nicht. Vielleicht."

"Jetzt ist es zu spät." Ich will nicht mehr darüber nachdenken. Ich will, dass der Wein mein Blut wärmt und dass Mord und Geheimnisse irgendwo anders sind. Irgendwo anders als hier.

Ich denke an das erste Mal, als Maddie mich Mami nannte. Ich überlege sogar, ob ich meine Mutter anrufen soll. Aber eigentlich möchte ich mit Papa sprechen. Aber das geht nicht mehr, weil er nicht mehr derselbe ist wie früher.

"Glaubst du, unser Leben wird jemals normal sein?", murmle ich.

"Hm?" Justins Augen werden wieder scharf, als ob er in Gedanken versunken wäre.

Ich schüttle den Kopf. "Ist egal."

Kapitel Siebenundzwanzig

Damals

Als ich das erste Mal ein Bild von Lucinda Garth sah, wusste ich, dass sie komplett falsch war. Maddie hatte große Augen um eine kleine Nase. Bei dieser Frau drängten sich Augen und Nase in einem schmalen Gesicht zusammen. Maddies glattes schokoladenbraunes Haar passte in keiner Weise zu Lucindas schwarzen, aus der Flasche gefärbten Locken. Ich habe sie in den sozialen Medien recherchiert und fand heraus, dass sie Mitte vierzig war und etwa fünfzehn Meilen von McKennas Farm des Schreckens entfernt lebte. Der Ort war einigermaßen plausibel, aber die Ähnlichkeit war einfach nicht vorhanden.

Lucinda ging zuerst zur Polizei und erzählte, sie sei eines von McKennas Opfern gewesen. Sie beschrieb, wie er sie gefoltert und vergewaltigt haben soll, sie in der Scheune angekettet hatte und Maddie bei ihrer Geburt zwischen den Beinen herausgerissen hatte. Sie hatte die Scheune gut beschrieben. Das musste ich ihr lassen. Aber die meisten dieser Details waren ohnehin online verfügbar.

Ich hatte weiter gegraben und versucht, Beweise für ihre Lügen zu finden. Ein Facebook- oder Twitter-Post könnte helfen. Irgendetwas, das beweist, dass sie woanders war, als sie behauptete, von McKenna inhaftiert worden zu sein. Aber es gab Lücken in ihren Beiträgen, die mit ihrer Geschichte übereinstimmten. Sie hätte aber auch einfach zurückgehen und sie löschen können, bevor sie zur Polizei ging.

Die Polizei hat sie nicht ernst genommen, genauso wenig wie ich. Zum einen weigerte sie sich, einen DNA-Test zu machen. Wir wussten alle, warum - weil sie log. Aber Lucinda Garth beschloss, dass sie nicht so leicht aufgeben würde und machte mir das Leben zur Hölle.

Zuerst trug sie ihre rührselige Geschichte zu einem Fernsehsender, dem es mehr um Unterhaltung als um die Aufdeckung der Wahrheit ging.

Auf die Frage, warum sie einem DNA-Test nicht zustimmen würde, tupfte sie sich die Tränen mit einem Taschentuch ab und sagte: "Das habe ich doch. Sie haben Haare, Speichel und Blut entnommen, und dann haben sie jede einzelne Probe verloren". Sie winkte dramatisch mit der Hand, als würde sie eine Fliege verscheuchen. "Und ich sagte zu ihnen: 'Das war's. Das ist alles, was ich zu geben bereit bin.' Ich habe ein Jahr mit diesem Monster verbracht, während er mich gequält hat, und ich lasse nicht zu, dass jemand anderes Hand an mich legt. Sie verstehen nicht, wie *ungeheuerlich* es sich anfühlt, wenn Hände auf einem liegen, eine Nadel in der Vene..." Sie schluchzte.

"Aber würde das nicht alles aufklären?", fragte die Moderatorin, eine Frau mit klugen blauen Augen. "Würde ein weiterer Test nicht dazu führen, dass Sie Zugang zu Ihrer Tochter bekommen?"

Lucinda brach in ein heulendes Durcheinander aus und spuckte ihre Worte mitten im Schluchzen aus. "Ich kann nicht... Ich wünschte, ich könnte es, aber ich kann nicht... Ich habe jetzt eine Phobie vor Menschen, die mich anfassen, die versuchen, mir Dinge wegzunehmen."

"Warum sind Sie nicht zur Polizei gegangen, nachdem Sie vor Peter McKenna geflohen waren?"

"Er sagte, er würde mich finden und töten", stotterte sie. "Ich hatte zu viel Angst. Ich war die meiste Zeit meines Lebens obdachlos, süchtig nach Heroin und Meth. Als ich abgehauen bin, habe ich... na ja, ich habe mich besoffen. Ich war also nicht in der Lage, eine Mutter zu sein, egal wie sehr ich es wollte. Und dann habe ich mich gezwungen, clean zu werden. Für Maddie."

Ich habe die meisten der Interviews kopfschüttelnd verfolgt. Es gab Momente, in denen sie *mich* fast überzeugt hätte, obwohl ich wusste, dass sie alles nur vortäuschte. Zum einen hatte sie die weibliche Verwandte, die unter Peter McKennas Farm begraben war, nicht einmal erwähnt.

Sie wandte sich mit ihrer Geschichte an verschiedene andere Medien, und schließlich wurde sie in allen Boulevardzeitungen abgedruckt, unter der Schlagzeile: *Meine Geschichte*. Sogar die großen Blätter schrieben vorsichtige, skeptische Artikel. Ein angesehener Journalist meinte, dass die Öffentlichkeit ihre Geschichte aufgrund von Klassismus nicht ernst nähme und dass Lucindas Herkunft aus der Arbeiterklasse daran schuld sei, dass sie keinen Zugang zu Maddie erhalten habe.

In der Zwischenzeit versuchte ich, die Artikel von Maddie fernzuhalten. Ich sah mir die Interviews auf meinem Handy an, wenn sie im Bett war. Ich hielt mich von den Zeitungsständen in den Geschäften fern. Ich erwähnte Lucinda ihr gegenüber überhaupt nicht, weil ich Lucindas Geschichte einfach nicht glaubte. Ich wollte nicht, dass Maddie anfing zu glauben, ihre leibliche Mutter sei am Leben, oder dass sie nicht mehr bei mir leben sollte. Aber der ganze Stress, den ich mit mir herumtrug, sickerte irgendwann durch, und sie fing an, in ihrer neuen Schule Ärger zu bekommen.

Zwei Monate nach Beginn der Lucinda-Garth-Saga hatte ich ein Treffen mit dem Schulleiter, um Maddies Gewaltausbrüche zu besprechen. Sie hatte ein Mädchen geschlagen, weil es ihren roten Buntstift gestohlen hatte, einen Lehrer geohrfeigt, als dieser sie aus dem Klassenzimmer führen wollte, und bei einem Wutanfall wiederholt ihren eigenen Kopf gegen eine Wand geschlagen.

"Ich denke, wir sollten ein paar Sitzungen mit Maddies Lehrer einberufen", sagte der Schulleiter. "Es wäre vielleicht an der Zeit, eine funktionale Verhaltensbeurteilung in Betracht zu ziehen, und von dort aus können wir einen Plan zur Verhaltensunterstützung aufstellen, der Maddie hilft, mit ihrer schulischen Ausbildung voranzukommen."

"Ich weiß nicht, was das alles ist", sagte ich.

"Keine Sorge. Es ist nichts Beängstigendes. Wir erstellen ein formelles Dokument, in dem einige Gründe für Maddies Verhalten aufgeführt sind und wie man sie unterstützen oder so eingreifen kann, dass ihr geholfen wird."

"Okay", sagte ich erleichtert. "Dann sollten wir das wohl tun. Was immer ihr hilft."

Zu Hause recherchierte ich Erziehungspläne für Kinder mit Verhaltensauffälligkeiten, neben der Recherche über Lucinda Garth. Dabei ging es darum, herauszufinden, was das Verhalten auslöst, und dann dem Kind beizubringen, sich in dieser Situation angemessener zu verhalten. In der Theorie klang das vielleicht gut, aber ich machte mir Sorgen, ob die Lehrer das bei Maddie in die Praxis umsetzen könnten.

Die Pflegemutter eines Kindes zu sein, das noch immer sein Trauma verarbeitet, begann mich emotional zu belasten. Natürlich liebte ich Maddie, und das war vielleicht der Grund, warum es mich so schwer belastete. Ich sorgte mich um sie. Zutiefst. Jemand, der sich nicht sorgte, würde nicht so empfinden. Aber die ständigen Treffen, die Therapie, mein Teilzeitjob, das Zerwürfnis zwischen mir und meiner Mutter, Lucinda Garths unverschämte Behauptungen und die Krankheit meines Vaters machten mir zu schaffen, ganz zu schweigen von meinen nächtlichen Ängsten vor Peter McKennas Scheune.

Ich habe weder zu Alkohol noch zu Drogen gegriffen, aber ich habe meine Gefühle gegessen. Aber auch wenn ich mich noch so sehr vollgestopft habe, habe ich mich nie übergeben. Es fing ganz klein an, mit Keksen und Leckereien, dann kamen Fertiggerichte dazu, wenn ich zu gestresst zum Kochen war. Dann wurde mir klar, dass ich auch Maddie mit miserablem Essen fütterte, dem es an Nährstoffen fehlte. Irgendetwas musste passieren. Eine dieser unglaublich stressigen Situationen musste ein Ende haben. Dann hatte ich eine Idee. Diese ganze Sache mit Lucinda hatte mit einem Fernsehinterview begonnen. Ich könnte sie auf demselben Weg beenden. Es war an der Zeit, dass die Welt herausfand, dass Lucinda Garth eine lügende Betrügerin war, die versuchte, Maddies Erbe zu stehlen. Und wenn ich mit dem Interview genug Geld verdiente, konnte ich meinen Job kündigen und mich in den nächsten Monaten darauf konzentrieren, Mutter zu sein. Es schien der perfekte Plan zu sein. Jede Boulevardzeitung würde *meine Geschichte* bringen, die wahre Geschichte. Nicht ihre.

Nicht lange nach meiner Flucht aus Ivycross hatte ich eine PR-Firma ignoriert, die mir eine Gelegenheit versprochen hatte, der Welt meine Geschichte zu erzählen. Ich setzte mich mit ihnen in Verbindung, und sie arrangierten ein Interview mit Delia Grisham, einer Reporterin, die dafür bekannt ist, stundenlang tief in die Psyche ihrer Interviewpartner einzutauchen. Der Deal war, dass ich zehntausend Pfund für das Interview bekommen sollte, was weniger war, als ich erhofft hatte, aber es kam mit dem Versprechen auf weitere lukrative Möglichkeiten. Die interessanteste Chance, eröffnete sich, nachdem die PR-Firma die Fühler ausstreckte - ein möglicher Buchvertrag. Ich würde einen sechsstelligen Vorschuss erhalten, vielleicht sogar noch mehr, wenn das Interview ein Erfolg wäre, und alles, was ich dafür tun musste, war, über meine Erfahrungen in Ivycross und meine Beziehung zu Maddie nach der Flucht zu schreiben. Die Leute wollten wissen, warum ich mich entschieden hatte, das Kind des Mannes zu adoptieren, der versucht hatte, mich zu ermorden.

Ich habe nicht sofort ja gesagt. Zuerst wollte ich ein für alle Mal alles klarstellen. Ich musste Lucinda Garth zum Schweigen bringen.

Ich nahm das Geld an, machte einen Termin für das Interview, kündigte meinen Job, damit ich mehr Zeit für Maddie hatte, und bereitete mich vor.

Vier nervenaufreibende Tage vergingen, bevor das Interview gedreht werden sollte. Natürlich hat meine Mutter versucht, es mir auszureden. Sie war kein großer Fan davon, wenn Leute "ihre schmutzige Unterwäsche in der Öffentlichkeit zeigen", wie sie es ausdrückte. Ich glaube, sie hatte Angst, dass sie aus der Geschichte nicht gut herauskommen würde. Vielleicht wusste sie tief in ihrem Inneren, dass sie die Sache nicht gut gehandhabt hatte. Vielleicht fühlte sie sich schuldig.

Am Tag vor dem Interview schrieb Lucinda einen Blog-Beitrag, der auf Twitter eine gewisse Resonanz fand und über zehntausend Retweets erhielt.

Ich habe erfahren, dass die Frau, die mein Baby in Pflege hat, versuchen wird, mich zu verleumden. Sie ist eine LÜGNERIN. Ich glaube keinen Teil ihrer Geschichte. War sie überhaupt auf der Ivycross Farm? Hat sie McKenna, das Monster, wirklich umgebracht? Es wird geflüstert, dass Zoe Osbourne nichts weiter als eine Opportunistin ist. Nachdem sie eine Woche lang vor ihrer Verantwortung geflüchtet war, fand sie Peter McKenna TOT auf und brachte Maddie zur Polizei. Wer tut so etwas? Denkt daran, Leute, GLAUBT NICHT; WAS IHR HÖRT!!! Ich werde verleumdet, weil ich die WAHRHEIT sage! Ihr wisst, dass das, was in meinem Herzen ist, echt ist. Ihr kennt die Qualen, die ich durchgemacht habe. Wann hat sie jemals geweint? Sie ist eine Frau aus Stein. Ein Roboter!! Und jetzt geht sie ins Fernsehen und erzählt Lügen über mich!

Ich möchte jedem Einzelnen für seine Unterstützung danken. Ich werde weiter kämpfen, um mein kleines Mädchen zurückzugewinnen. Ich habe sie Maddie genannt, nach meiner Großmutter Elsie Madeleine Garth. Ich bin die Mutter von Maddie. Nicht sie! Und ich werde es beweisen.

Ich bin ausgerastet. Unter ihren Beitrag schrieb ich, eingeloggt als ich selbst: *Dann mach den DNA-Test.*

Es war etwa fünf Minuten lang sichtbar, bevor es gelöscht wurde und Lucinda mich blockierte. Aber das war mir egal. Ich hatte in dem Interview viel zu erzählen.

Kapitel Achtundzwanzig

Jetzt

Auf dem Weg zum Black Swan, um Cecilia zu treffen, vermisse ich unweigerlich das ausschweifende Nachtleben in einer größeren Stadt. Damals in den Peaks war ich nur eine Taxifahrt oder eine kurze Zugfahrt von Leeds, York oder Sheffield entfernt. In Penry gibt es viele nette Kneipen, Familienkneipen mit Außenplätzen und ein paar Nachtclubs für Junggesellenabschiede, aber keine florierenden Cocktailbars. Ich kann nicht anders als mir vorzustellen, wie ich in einem aufreizenden Kleid mit einem Martini an der Bar sitze.. Ich lernte Simon in einer Bar kennen, als ich frisch von der Universität kam. Damals hatte ich kürzere Haare, aber als wir zusammen waren, bat er mich, sie länger wachsen zu lassen. Dummerweise habe ich das getan. Meine Hand wandert zu meinen Haaren, und ich lasse meine Finger durch die dunklen Strähnen kämmen. Ich habe es nie wieder kurz geschnitten. Vielleicht sollte ich es tun.

Simon wollte mich schlank und hübsch, in einem Kleid, geschminkt und mit schulterlangem Haar. Justin wollte mich so, wie auch immer ich aussah. Aber er ermutigte mich auch, gesund zu sein. Nicht auf eine boshafte, kontrollierende Art wie Simon. Er bemerkte, wie ich mich vor der Welt versteckt hatte, und ermutigte mich, wieder nach draußen zu gehen. Also fing ich an zu laufen, und das half mir sehr. Ich war nie wieder vom Laufen besessen, wie ich es bei Simon war. Stattdessen fand ich einen guten Mittelweg.

Wenn ich jemanden in meinem Leben habe, der bereit ist, mich zu akzeptieren und zu unterstützen, kann ich einen Teil des Stresses abbauen, der meine Essanfälle überhaupt erst verursacht hat. Ich bin immer noch ein Stressesser. Ich leide immer noch unter starken situativen Ängsten. Diese Dinge werden wahrscheinlich nie verschwinden, aber ich habe einen Weg gefunden, damit umzugehen.

Die Nerven kribbeln in meinem Magen, als ich am Fenster Platz nehme. Mit Schrecken stelle ich fest, dass ich nicht mehr mit einer Freundin aus war, seit ich Parvati das letzte Mal zum Abendessen getroffen habe. Es war hier, im Black Swan, und wir saßen drei Tische weiter und teilten uns eine Flasche Rosé. Ich vermisse sie, und das erfüllt mich mit dem schwarzen Teer wahrer Traurigkeit, nicht nur wegen Parvati und ihrer ermordeten Tochter, sondern auch aufgrund der Erkenntnis, dass ich diese Freundschaft mit ihr wahrscheinlich nie wieder haben werde.

Ich nippe an meiner Weißweinschorle und versuche, mich stattdessen auf die Gegenwart zu konzentrieren.

Cecilia kommt zehn Minuten zu spät und trägt eine Plastiktüte bei sich. Sie stellt sie auf den Tisch, zusammen mit ihrer Handtasche, die, wie ich feststelle, von YSL zu sein scheint. Sie trägt einen cremefarbenen Bleistiftrock und eine weiße Seidenbluse. Ich dagegen bin schwarz gekleidet, für den Fall, dass ich meine Schorle verschütte.

"Oh, Scheiße", platze ich plötzlich heraus. "Ich habe mir einen Drink bestellt und dabei völlig vergessen, dass ..." Ich breche ab, und mein Herz sinkt, weil ich so gedankenlos sein konnte. Natürlich ist Cecilia abstinent. Aber sie winkt bloß lässig mit der Hand.

"Trink, was du willst, Schatz. Du brauchst es. Du hast es dir in den letzten Wochen verdient." Sie lässt sich auf den Stuhl plumpsen und schiebt mir die Plastiktüte zu. "Na los. Mach's auf."

Sie ist unglaublich hübsch, wenn sie lächelt. Es bringt ihre braunen Augen zum Leuchten.

Zögernd öffne ich die Tüte. "Ich wusste nicht, dass wir uns heute Geschenke machen! Ich hätte dir etwas mitgebracht." Meine Hand stößt auf ein schwammiges braunes Papierpaket. Ich nehme es heraus, falte die Tüte schnell zusammen und packe das Geschenk aus. Darin befindet sich eine ähnliche Tasche wie die von Cecilia, gesteppt, cremefarben und luxuriös. An der Seite ist ein YSL-Logo zu sehen. "Cecilia... aber... das ist zu viel!"

Sie hebt eine Handfläche. "Bevor du in Panik gerätst, solltest du wissen, dass es eine Fälschung ist." Sie hebt ihre eigene Tasche und senkt ihre Stimme. "Ich habe einen Kerl gefunden, der sie in der Nähe der Strandpromenade verkauft. Normalerweise würde ich das nicht tun, aber ich spüre es einfach. Diese Fälschung ist unglaublich gut. Man würde nie drauf kommen!"

Ich finde ihren Enthusiasmus berauschend. Bald kichern wir beide wie Schulmädchen, die Sport schwänzen. Dann öffne ich den Verschluss und schaue in die Tasche. An dem fadenscheinigen Futter und dem fragwürdigen Reißverschluss erkenne ich sofort, dass es eine Fälschung ist. *Aber aus der Ferne...* Ich lächle vor mich hin. Ich könnte es mir tatsächlich leisten, mir eine YSL-Tasche zu kaufen, wenn ich wollte. Designerstücke waren allerdings noch nie mein Ding. Aber das hier macht Spaß. Es hat etwas Köstliches, diese Kameradschaft mit einer anderen Frau, weil man sich gemeinsam über ein Schnäppchen freut.

"Ich liebe es. Danke! Was schulde ich dir?"

"Absolut nichts." Sie zieht die Augenbrauen hoch. "Es ist ein Geschenk."

Während Cecilia zur Bar geht, um eine Cola zu bestellen, stelle ich die Tasche auf den Boden neben meine eigene, eher schlichte braune Ledertasche, die ich im Urlaub in Italien gekauft habe.

"Ich habe dir 'ne zweite Runde mitgebracht", sagt Cecilia und stellt ein Weinglas neben mein halbleeres. "Als Entschuldigung für die Verspätung."

"Oh, sei nicht albern, aber danke." Ich gieße die Reste meines ersten Drinks in den zweiten.

"Bevor ich raus bin, habe ich einen Anruf von meinem Ex erhalten."

"Dein Ex-Mann?"

"Genau der", sagt sie. "Er wurde aus dem Gefängnis entlassen, und... um ehrlich zu sein, ich habe Angst vor ihm. Er ist..." Sie nippt an ihrer Cola. "Du hast doch die Halloween-Filme gesehen, oder?"

Ich erschaudere. "So schlimm?"

Sie verlagert ihr Gewicht in ihrem Sitz. "So ungefähr, aber ohne die Maske. Ich habe eine einstweilige Verfügung gegen ihn, aber das hat ihn noch nie abgehalten."

Ihre Haut ist blass. Ich habe es nicht bemerkt, als sie hereinkam, aber jetzt sehe ich es ganz deutlich, und ihre Fingernägel haben eine bläulich-weiße Färbung, dort, wo sie ihr Glas festhält.

"Das tut mir so leid, wie schrecklich", sage ich. "Was hat er am Telefon gesagt?"

"Nichts. Er hat nichts gesagt, aber ich weiß, dass er es war. Wer sonst würde anrufen und wie ein verdammter Psychopath durch die

Leitung hauchen?" Sie schüttelt den Kopf. "Was ich nicht verstehe, ist, wie er mich gefunden hat. Ich bin quer durchs Land gezogen, um von ihm wegzukommen. Ich dachte, ich hätte alles getan, was ich konnte, um anonym zu bleiben. Aber er hat mich trotzdem gefunden." Sie schlingt die Arme um ihren Körper und betrachtet mein Glas Wein ein paar Sekunden zu lange. "Es ist zu stoppen. Man kann sich nicht aussuchen, in wen man sich verliebt. Und wenn sich die Person sich als Psychopath entpuppt, kommst du nicht mehr von ihr los. Niemals. Du läufst und läufst, weil du weißt, dass sie dich irgendwann einholen werden, und du fragst dich, ob heute dein letzter Tag sein könnte, weil sie beschlossen haben, dass es so sein wird."

Ich weiß nicht, was ich sagen soll. Ich krame in meiner Tasche und hole ein Taschentuch hervor, als ihre Augen tränen. "Gott, Cecilia. Es tut mir so leid. Wenn du etwas brauchst. Wenn du eine sichere Unterkunft brauchst, ich wohne in einem Haus mit einem Sicherheitssystem. Wir haben ein Gästezimmer. Wir können dich für ein paar Tage unterbringen, oder eine Woche."

"Gott, nein, das könnte ich nicht!" Sie tupft sich die Tränen weg. "Sei nicht albern. Aber *ich danke dir.*" Sie drückt meine Hand.

"Ist deine Tochter sicher, wenn er aus dem Gefängnis ist?"

"Gary ist ein Mistkerl, aber er würde Lily nie ein Haar krümmen. Das ist eine Sache, die ich sicher weiß. In den zwölf Jahren, die wir zusammen waren, hat er sie nie angerührt. Aber sie hat viel mehr gesehen, als sie hätte sehen sollen."

"Es tut mir so leid. Das muss furchtbar gewesen sein."

Sie nickt. "Weißt du, ich glaube, die Lügen und die Manipulation waren schlimmer als die körperlichen Dinge. Ein Bluterguss heilt doch, nicht wahr? Man sieht sogar, wie die Haut heilt. Manche Wunden hinterlassen Narben. Eine verblassende Erinnerung, schätze ich. Es wird mit der Zeit verschwommener. Aber wenn du darauf programmiert bist zu denken, dass dieser Mann dich liebt, dass du seine ganze Welt bist und dein Wert von seiner Liebe kommt... dann dauert es länger zu heilen. Verstehst du?"

"Ja."

Dann sagt sie zögernd: "Du kennst es? Hast du sowas selbst erlebt?"

"Nein, also, ich ... ähm ...", stottere ich. "Mein Ex hat mich nicht wirklich missbraucht, er war bloß nur selbstverliebt und kontrollierend. Ein Arschloch, im Grunde."

"Ich wette, du bist froh, jetzt Justin zu haben."

"Das bin ich. Er ist einer der Guten."

"Wie ist das so?", fragt sie und lacht.

Ich öffne den Mund, um ihr zu antworten, aber dann halte ich inne, und es zieht sich hin, und die Atmosphäre verändert sich. Unausgesprochene Worte hängen zwischen uns.

"Ist alles in Ordnung? Zwischen dir und Justin?"

Ich schüttele den Kopf. "Ich glaube, wir machen grad eine schwere Zeit durch. Er ist in letzter Zeit so anders."

"Inwiefern?"

"Gestresst." Ich lache. "Ich schätze, das ist zu erwarten. Ich habe ihn noch nie gestresst erlebt."

"Wie lange seid ihr schon zusammen?"

"Etwas mehr als zehn Jahre."

"Wow", sagt sie. "Und er war noch nie gestresst."

Ich zucke mit den Schultern. "Ich bin die mit den Sorgen. Er ist der Fels in der Brandung. Bis vor kurzem." Was ich ihr nicht erzähle, ist, dass diese neue Seite an Justin sich manchmal wie ein völlig Fremder anfühlt, aber manchmal auch erschreckend vertraut. Stattdessen sage ich: "Ehrlich gesagt, weiß ich nicht, um wen ich mir im Moment mehr Sorgen mache - um Maddie oder Justin."

Sie beugt sich vor. "Spuck's aus. Red' dir alles von der Seele."

Bis zu diesem Moment war mir nicht klar, wie sehr ich das Bedürfnis habe, zu reden. Ich erzähle ihr alles.

Wir bleiben lange und plaudern über alles und nichts. Ich erzähle ihr sogar von Peter McKenna, was ich sonst nie tue. Es ist schön. Ich entspanne mich und lade alles ab. Sie ist geduldig und eine gute Zuhörerin.

Auf der Taxifahrt nach Hause denke ich wieder an Mama. Ich überlege sogar, sie anzurufen, um mich zu melden. Aber es ist schon nach Mitternacht, und sie würde sich nicht gerade freuen.

Der Umzug nach Penry war keine Entscheidung, die ich leichtfertig getroffen habe. Leider verschlechterte sich meine Beziehung zu ihr so sehr, dass ich beschloss, dass es besser wäre, einfach wegzugehen. Gelegentlich bringe ich Gabe zu ihr, oder ich besuche Papa und treffe sie dort, aber abgesehen davon haben wir uns entfremdet.

Im Flur streife ich mir die roten Pumps von den tauben Füßen und taumle ins Wohnzimmer, wo Justin noch wach ist. Er hebt ein mit bernsteinfarbener Flüssigkeit gefülltes Kristallglas und zwinkert mir zu. Meine Muskeln verkrampfen sich, und ich weiß nicht, warum.

"Du bist spät auf." Meine Stimme klingt verkrampft. Ich räuspere mich und versuche, wieder normal zu klingen. "Hast du auf mich gewartet?"

Er steht auf und kommt näher. "Hey, Baby." Er zieht mich in eine Umarmung und drückt mir einen Kuss auf die Lippen. Sein Atem riecht säuerlich, und ich ziehe mich zurück. "Bist du okay?"

"Ja, mir geht's gut."

"Wie war deine Nacht?", fragt er.

"Es war großartig."

"Hast du eine neue Tasche?" Er deutet auf die gefälschte YSL in meiner Hand.

"Cecilia hat sie für mich gekauft. Sie hat einen Typen gefunden, der gefälschte Designersachen verkauft." Ich hebe sie hoch und grinse, immer noch erfreut über die Tatsache, dass eine Freundin mir eine gefälschte Tasche geschenkt hat.

Justin runzelt die Stirn. "Ist aber nicht wirklich dein Stil, oder?"

"Was meinst du?"

"Gefälschte Designerware?" Er verzog das Gesicht, als ob er sich davor ekeln würde.

"Ist ja nur ein Spaß."

Sein Gesichtsausdruck hellt sich auf. "Oh, ja, natürlich. Ich bin es nur nicht gewohnt, dich mit so etwas zu sehen, schätze ich. Außerdem bist du stinkreich. Du könntest dir eine echte kaufen."

Ich schüttle den Kopf. Er versteht nicht, worum es geht. Vielleicht ist es zu sehr eine Frauensache, um es zu erklären. Wir gehen ins Wohnzimmer, und ich lasse mich auf das Sofa sinken. "Geht es den Kindern gut?"

"Ja. Maddie ist zu einer Übernachtung gegangen."

"Was?" Ich richte mich auf. "Eine Übernachtung? Bei wem?"

"Ein Mädchen namens Annabel."

"Wer zum Teufel ist Annabel? Hast du das überprüft? Hast du ihre Eltern angerufen?" Seit Riya verschwunden ist, war Maddie nicht mehr bei einem anderen Mädchen zu Hause. *Gestorben*, erinnere ich mich. *Riya ist tot*.

"Herrgott, beruhige dich, ja?", schnauzt er.

Ich sträube mich. Ich lehne mich von ihm weg und beobachte, wie er einen saloppen Schluck Whisky trinkt, wobei ein Tropfen aus seinem Mundwinkel austritt. Ein roter Fleck auf der Haut schlängelt sich seinen Hals hinauf. Er ist betrunken. Plötzlich verspüre ich den Drang, in Gabes Zimmer zu rennen, ihn in die Arme zu nehmen und die Tür zu verschließen, und ich bin mir nicht sicher, ob das mein vergangenes Trauma ist, das da spricht, oder etwas Neues.

"Was zum Teufel ist in dich gefahren?", flüstere ich. "Warum bist du so?"

Zu meiner Überraschung bricht er zusammen. Er stellt den Whisky auf dem Couchtisch ab und stützt den Kopf in die Hände. "Ich weiß es nicht. Ich weiß nur, dass ich die ganze Zeit wütend und verängstigt bin." Er hebt den Kopf, ergreift meine Hand und legt sie an seine Brust. "Spürst du, wie mein Herz klopft? Das tut es die ganze Zeit."

"Wie lange fühlst du dich schon so?"

"Wochen", gibt er zu und lässt meine Hand los. "Ich glaube, das kommt von der ganzen Sorge um Maddie."

Ich weiche zurück und rücke näher an ihn heran. Es macht Sinn, dass die Ereignisse der letzten Wochen ihn verunsichert haben. Ich bin auch verunsichert. "Du hättest etwas sagen sollen. Es tut mir so leid. Ich war derart mit allem beschäftigt, dass ich gar nicht daran gedacht habe, dich zu fragen, wie es dir mit allem geht."

"Ist schon in Ordnung", sagt er. "Ich wusste, worauf ich mich einlasse. Ich muss einfach besser damit umgehen."

"Was soll das heißen, du wusstest, worauf du dich einlässt?"

Er nimmt noch einen Schluck Whisky und wischt sich dann mit dem Handrücken den Mund ab. "Ich wusste, dass so etwas irgendwann passieren würde. Maddie ist offensichtlich ein Soziopath."

Ich bin erstmal zu schockiert, um etwas zu erwidern. "Ich kann nicht fassen, dass du das gerade so gesagt hast."

"Ich weiß, dass du das Gleiche denkst."

Ich stehe vom Sofa auf und beginne auf und ab zu gehen. "Das ist nicht... Ich... Hör zu, ich bin kein Psychologe. Ich habe nicht das Recht, sie zu diagnostizieren. Solche Stempel helfen ja auch nicht weiter, oder?"

"Zoe, zum ersten Mal seit Gott weiß wie langer Zeit sind wir zusammen allein, und *sie* ist nicht im Haus. Gib es einfach zu. Gib zu, dass Maddie eine Soziopathin ohne Gewissen ist."

Ich schüttele den Kopf. "So einfach ist das nicht. Es gibt ein Spektrum..."

"Glaubst du, sie hat Riya Shah ermordet?"

"Nein!"

"Was ist mit Phoebe Thompson?"

Ich kratze mich am Arm und wende mein Gesicht ab. "Nein."

"Doch, das tust du."

Ich schüttle den Kopf. "Ich kann nicht glauben, dass du sie aus dem Haus gelassen hast."

"Sie ist fast siebzehn. Was hätte ich denn tun sollen?"

"Sie nicht gehen lassen!", rufe ich.

"Damit sie mich auch ermordet?" Er zieht die Augenbrauen hoch. "Du musst aufwachen, Zoe. Du beschützt sie, egal was passiert, und das ist krank. Ihr seid beide krank. Ihr seid beide nicht ganz richtig im Kopf." Er zeigt mit einem Finger auf mich. "Du leidest unter deinem Überlebensschuld-Syndrom und hast all deine Gefühle in die Tochter eines Serienmörders investiert. Du bist geblendet von der Tatsache, dass sie dein Leben gerettet hat. Es ist nicht so, dass du es nicht sehen *kannst* - du *willst* es nicht."

"Nein, ich sehe es sehr wohl", sage ich. "Aber es ist mir egal. In einem Punkt hast du recht. Ich verdanke ihr mein Leben, und ich werde immer für sie kämpfen."

Justin hebt seine Arme und lässt sie auf die Seite fallen. "Es ist sinnlos. Ich gehe ins Bett."

Er stürmt hinaus und lässt mich in der Mitte des Raumes stehen. Ich höre das leise Schlurfen von kleinen Füßen und sehe Gabe in der Tür stehen, der sich die Augen reibt. Ich eile zu ihm hinüber und streichle sein Haar.

"Wird Maddie uns umbringen?", fragt er.

"Gabe, warum sagst du sowas?"

"Du hast Angst vor ihr." Er klingt so sachlich, als sei es normal, Angst vor jemandem zu haben, mit dem man zusammenlebt.

"Sie würde uns nie etwas antun." Ich ziehe ihn in meine Arme und halte ihn fest. "Nie und nimmer."

Kapitel Neunundzwanzig

Damals

Die Produzenten der *Delia Grisham Show* wollten alle pikanten Details, so grausam wie möglich. Ein glatzköpfiger Mann mit einem Klemmbrett machte das mehr als deutlich, auch wenn er es nicht ausdrücklich sagte.

"Unsere Sendung wird im Abendprogramm ausgestrahlt", sagte er mir. "Das heißt, man kann sagen, was man will. Wir können immer etwas herausschneiden, wenn wir glauben, dass es für die Zuschauer zu schockierend sein könnte. Aber ehrlich gesagt, können Sie die Fans von Delia Grisham nicht schockieren, also halten Sie sich nicht zurück. Okay?"

Ich folgte ihm durch das Labyrinth im Backstage-Bereich. Menschen schwirrten um mich herum. Unterbrochene Stimmen hallten unheimlich durch Walkie-Talkies und Kopfhörer. Als ich schließlich im Schminkstuhl saß, überlegte ich, ob ich das Knacken und Platschen des Nagels beschreiben sollte, der durch seinen Augapfel getrieben wurde, oder ob ich mit den uringetränkten Kleidern beginnen sollte, in denen ich stundenlang herumsaß. Was würde die Leute zufrieden stellen? Wie viel Blutvergießen wünschten sie sich?

Bei dem Gedanken, diese Dinge erzählen zu müssen, wurde mir so übel, dass ich Angst hatte, ich könnte mich am Set übergeben. Außerdem war ich nicht dumm. Wenn ich den sechsstelligen Buchvorschuss haben wollte, musste ich einige Details für mich behalten. Wer würde noch das Buch kaufen, wenn ich schon alles im Interview erzählt hatte? Dieser Vorschuss würde mein und Maddies Leben verändern. Er würde mir *Optionen* geben. Ich war mit einem gewissen Maß an Privilegien geboren worden, da ich aus einem typischen Mittelklasse-Haushalt stammte, aber ich hatte nie wirklich Freiheit erlebt. Nicht so, wie es die Reichen taten. Und obwohl ich nie ein gieriger Opportunist gewesen bin, war die Vorstellung, mir die Sicherheit und den Freiraum kaufen zu können, die ich so dringend brauchte, genug, um mich zu überzeugen, das Geld anzunehmen.

"Wir sind jetzt bereit für Sie, meine Liebe", sagte jemand, eine andere Person mit Headset, aber nicht der Mann mit Glatze. Sie hatten sich mir alle vorgestellt, aber ich hatte ihre Namen vergessen. Es fiel mir schwer, mich auf das zu konzentrieren, was diese Leute zu mir sagten. Ich musste ständig an Maddie denken. Ich hatte sie am frühen Morgen bei einer Schulgruppe abgesetzt, bevor ich zu den Aufnahmestudios in Manchester kam, und sie war an diesem Morgen müde und verwirrt von der Veränderung der Routine gewesen.

Die Grisham-Show hatte manchmal ein Studiopublikum, aber nicht an diesem Tag. Ich folgte dem Headset-Mann in ein kleines, geschlossenes Set, das wie ein Hotelzimmer eingerichtet war, mit einem kastanienbraunen gemusterten Teppich und bunter, aber unscheinbarer moderner Kunst an den Wänden. Ich setzte mich auf einen gestreiften Stuhl, und Delia saß mir auf einem identischen Stuhl gegenüber, mit einem Stapel Karten auf dem Schoß. Aus der Nähe wirkte ihre Haut zu straff, als wäre sie nach hinten gezogen worden. Vielleicht war sie das auch. Immerhin war sie eine fünfzigjährige Frau ohne Krähenfüße.

"Hallo", sagte sie. "Freut mich, Sie kennenzulernen. Ich bin Delia. Danke, dass Sie gekommen sind." Nach einem kurzen Lächeln wanderte ihr Blick zu den Karten hinunter.

Botschaft angekommen, dachte ich. Sie wollte keinen Smalltalk zwischen den Aufnahmen führen. Damit war ich einverstanden.

Das Licht wärmte meine Haut. Meine Poren waren mit schwerer Grundierung und Puder verstopft, meine Lippen mit rosa Lippenstift vollgeschmiert. Ich war nie jemand gewesen, der viel Make-up trug, und jetzt fühlte ich mich wie ein Show-Pony, das ins Rampenlicht gedrängt wurde und sich Sorgen um Lippenstift auf den Zähnen machen musste.

Jemand zählte von fünf herunter, und ehe ich mich versah, begann das Gespräch.

"Glauben Sie Lucinda Garths Geschichte?", fragte Delia, wobei sie ihre Stimme neutral hielt.

"Nein, das tue ich nicht." Meine Stimme hatte einen endgültigen

Ton, der zeigte, dass ich mit Lucinda Garth fertig war. "Ich glaube ihr nicht, weil ich *weiß,* dass sie lügt."

"Warum sollte sie lügen?"

Ich räusperte mich und ließ mir Zeit. "Als Peter McKennas nächste Angehörige wird Maddie die Ivycross Farm erben. Die Farm selbst wird nicht so einfach verkauft werden können. Viele abergläubische Menschen würden dort nicht leben wollen. Ich weiß, dass ich es definitiv nicht möchte. Aber zur Farm gehört eine Menge Land, das viel Geld wert sein wird. Lucinda Garth versucht, daraus Kapital zu schlagen."

"Manche könnten behaupten, dass Sie das genauso tun", sagte Delia.

"Ich weiß." Ich schlug die Hände zusammen, um meine Nerven zu beruhigen. "Aber das ist nicht der Fall. Maddie und ich haben eine besondere Bindung, und ich will mich einfach nur um sie kümmern. Die Farm ist mir völlig egal. Wenn Maddie achtzehn ist, kann sie entscheiden, was sie damit machen will."

"Was lässt Sie noch glauben, dass Lucinda lügt?"

"Nun, zum einen hat sie nie einen DNA-Test gemacht. Sie behauptet, dass die Polizei die Proben verloren hat. Das ist aber nicht wahr. Sie hat den Test von Anfang an abgelehnt. Wenn sie die Wahrheit sagen würde, würde sie den Test sofort machen. So einfach ist das. Leider ist sie eine gute Schauspielerin, und es ist ihr gelungen, eine kleine Minderheit davon zu überzeugen, dass sie ein Opfer ist. Diese Leute sind so sehr in ihrem Lügengeflecht verstrickt, dass ich nicht weiß, ob ich sie jemals vom Gegenteil überzeugen kann." Ich hielt inne und versuchte, meine Atmung zu beruhigen. Ich konzentrierte mich auf die Narbe auf meinem Handrücken. "Da ist noch etwas anderes, über das die Medien nie berichtet haben."

Delia beugte sich gespannt vor. "Was wurde nicht berichtet?"

"Die Polizei hat unter der Farm zwei Leichen gefunden, deren DNA mit der von Maddie übereinstimmt. Eine war die Mutter von Peter McKenna, also Maddies Großmutter. Die andere war eine junge Frau. Leider wurde die Leiche dieser jungen Frau durch eine Überschwemmung und eine Verlegung stark beschädigt. Die Polizei konnte nicht *genau* feststellen, in welchem Verhältnis sie zu Maddie stand, aber die Ergebnisse deuteten darauf hin, dass sie eine Tante war. Wenn Lucinda also Maddies Mutter ist, dann wurde ihre Schwester von Peter McKenna ermordet. Warum hat sie das in keiner ihrer Geschichten erwähnt? Weil sie nichts von ihr wusste, darum. Ich wollte eigentlich nichts dazu sagen, denn es hilft, diese Information zurückzuhalten, falls Maddies *echte* Mutter jemals auftaucht, aber Lucinda Garth weigert sich, es ruhen zu lassen. Es ist an der Zeit, das Ganze zu beenden. Sie ist nicht die Mutter von Maddie."

"So sieht es auf jeden Fall aus", sagte Delia, "wenn das, was Sie sagen, wahr ist."

"Das ist es. Offensichtlich hat sich die Polizei Zeit genommen, um alle Beweise zu katalogisieren. Wenn sie damit fertig sind, wird das sicher öffentlich bekannt werden. Sie können alles bestätigen, was ich gerade gesagt habe." Mein Blut lief heiß, pumpte heftig durch meine Adern und gab mir das Gefühl, gleichzeitig stark und schwach zu sein, fast genauso, wie ich mich im Kampf gegen Peter McKenna in seiner Folterscheune gefühlt hatte.

Für den Rest der Stunde erzählte ich Delia von allem, was ich in McKennas Haus gesehen hatte. Die ordentlichen Stapel von Frauenkleidern. Der Schmuck, den er in Kisten aufbewahrte. Die Fotos an den Wänden. Ich beschrieb die Scheune bis ins kleinste Detail und wies auf die jede Falschdarstellung von Lucinda hin. Sie hatte die Scheune als weit und offen beschrieben, obwohl es dort tatsächlich mehrere Ställe gab. Ich erzählte Delia sogar, wie ich mich in einem der Ställe versteckt hatte, um McKenna bei meiner Flucht zu überraschen.

"Ich möchte ihre Namen nennen. Denise Godwin, Tracey Sanderson, Zuri Abebe, Yasmin Lakhani, Lili Nowak, Susie Hannah. Die sechs identifizierten Frauen, die von Peter McKenna ermordet wurden. Seinen Namen erwähnen wir ziemlich oft, nicht wahr? Aber ihre Namen sagen wir nie. Und sie verdienen es, dass man sich an sie erinnert. Nur das Glück und das Mitgefühl eines fünfjährigen Kindes haben mir an diesem Tag geholfen, zu entkommen. Wenn Maddie nicht die Schrauben an meinen Fesseln gelöst hätte, wäre ich nicht hier. Ich wäre tot, unter der Erde, zusammen mit Denise, Tracey, Zuri, Yasmin, Lili, Susie und zwei weiteren nicht identifizierten Opfern. Und Maddie wäre immer noch auf der Farm und müsste weiter dabei zusehen, wie ihr Vater Frauen tötet."

"Ich finde, du stellst dein Licht ganz schön unter den Scheffel, Zoe", sagte Delia. "Du hast hart gekämpft. Ohne deinen Kampfgeist wärst du tot. Aber das bist du nicht. Du bist ein sehr tapferer Mensch, und das kleine Mädchen ist es auch. Es klingt, als ob ihr zusammengehört." Sie lächelte. Und damit war das Gespräch beendet.

Körperlich erschöpft fuhr ich wie benommen zu Maddies Schule. Sie schwoll über vor lauter Energie, während ich versuchte, die Kraft aufzubringen, um ihrem Geschnatter zuzuhören.

"George hat mich heute mit ihm Fußball spielen lassen", sagte sie. "Er ist nett."

"Das ist großartig, mein Schatz."

"Du siehst heute komisch aus." Sie kletterte ins Auto, und ich schnallte sie in den Autositz.

"Ich hatte heute mein Interview. Da haben sie mich geschminkt."

"Ich mag das nicht." Sie rümpfte die Nase. "Mami, George hat gesagt, dass es eine Frau gibt, die meine richtige Mama ist."

Ich erstarrte. Es war das erste Mal, dass sie etwas über Lucinda erwähnte. "Was hat er gesagt?"

"Er hat gesagt, dass seine Mama ihm gesagt hat, dass ich bald zu meiner richtigen Mama ziehen werde. Stimmt das?"

"Nein, mein Schatz. Du bleibst bei mir."

"Gut." Einen Moment später fügt sie hinzu: "Ich will nicht, dass sie zurückkommt."

In meiner Erschöpfung fragte ich: "Wer, Schatz?"

Maddie starrte aus dem Fenster. Ich hatte noch nie ein so wehmütiges Kind gesehen. Dann wurde es mir mit einem Mal klar. Sie sprach von ihrer Mutter. Ich drückte mein Knie gegen den Rücksitz und wartete.

"Meine andere Mami."

"Wann hast du deine andere Mami das letzte Mal gesehen?"

"Schon lange her."

Ich beschloss, sie nicht zu drängen. Sie würde es mir wahrscheinlich sowieso nicht genauer sagen können. "Maddie, wenn ich dir ein Bild zeige, kannst du mir dann sagen, ob diese Person deine Mama ist?"

"Okay."

Ich griff nach vorne ins Auto, nahm mein Handy und tippte "Lucinda Garth" in die Suchmaschine ein. Als ihr Gesicht in der Bildersuche auftauchte, reichte ich das Handy an Maddie weiter.

"Ist sie das?"

"Nein", sagte Maddie. "Meine andere Mami war viel hübscher als die." Sie verzog das Gesicht und reichte mir das Handy zurück. Ich musste fast lachen, weil sie so beleidigt aussah. "Sorgst du dafür, dass meine andere Mami nicht zurückkommt? Ich will nicht, dass sie kommt. Ich lebe gerne bei dir."

"Ich werde dafür sorgen, Schatz."

Ich überprüfte noch einmal den Autositz und schloss die Autotür. Trotz der Nachmittagssonne war die Kälte in mein Blut gesickert. Maddie erinnerte sich an ihre Mutter.

Kapitel Dreißig
Jetzt

Als ich aufwache, trage ich immer noch mein Kleid vom Vorabend, und Gabes Füße drücken gegen meinen Rücken. Sie fühlen sich an wie zwei kleine Ziegelsteine an meiner Wirbelsäule. Ich bin eingeschlafen, als ich ihn wieder ins Bett gebracht habe, und als ich auf die Uhr schaue, ist es sechs Uhr morgens. An einem Sonntag. Ich bin mir nicht sicher, ob es die Reste von Alkohol in meinem Blut sind, aber ich bin mit einem Ruck aufgewacht, als hätte mich jemand per Hypnose aus der Bewusstlosigkeit geholt. Und jetzt kann ich nicht wieder einschlafen.

Als ich meine Beine über Gabes Bett schwinge, stoße ich mit den Füßen auf seine Darth-Vader-Figur, und ich erschaudere, als sich die scharfen Kanten in mein Fleisch drücken. Ich humple in die Küche und fülle den Wasserkocher auf. Die Sonne geht über dem Meer auf und wirft magentafarbene Schlieren auf die Wasseroberfläche. Ich nehme eine Tasse heißen Tee mit in den Garten, fröstle in meinem Kleid, genieße jedoch den kühlen Biss des Morgens.

Ich bin sicher, dass mein Make-up verschmiert und der weiche Stoff meines Kleides zerknittert ist, aber ich kann mich nicht dazu überwinden, in das Schlafzimmer zu gehen, das ich mit Justin teile, um zu duschen und mich umzuziehen. Ich sitze da und beobachte, wie sich das Rosa in einen klaren blauen Himmel verwandelt und die salzige Luft meine Haut streichelt. Gegen halb acht schlendert Maddie heran, ihre Übernachtungstasche über die Schulter gehängt. Wortlos setzt sie sich neben mich auf einen Rattanstuhl.

"Wer ist Annabel?", frage ich.

"Dir auch hallo." Sie schiebt sich die Haare hinter die Ohren und atmet erschöpft aus.

"Ich bin nicht in der Stimmung für Smalltalk."

Maddie nimmt mich zum ersten Mal richtig wahr, und ihr durchdringender Blick nimmt meine seltsame Kleidung in Augenschein. "Warum siehst du aus, als hättest du einen betrunkenen One-Night-Stand hinter dir?" Sie grinst. "Oh, Scheiße, hast du Justin betrogen? Schmeißt du ihn raus? Hast du genug?"

"Nein!"

Sie schnaubt, enttäuscht.

"Nenn ihn nicht Justin. Er ist dein Vater. Und er hat in letzter Zeit viel für dich getan."

"Er ist nicht mein Vater. Und ..."

"Was?"

"Nichts." Sie seufzt. "Annabel ist eine Freundin, die ich online kennengelernt habe."

"Was?"

Sie hält eine Hand hoch. "Bekomme keinen Herzinfarkt, Mama. Okay? Sie ist nett. Sie lebt in Penry, aber ihre Mutter hat sie zu Hause unterrichtet, also hat sie nicht viele Freunde. Wir haben bei ihr zu Hause gechillt und einen Film gesehen. Das war's."

"Ich möchte mit ihren Eltern sprechen."

"Nein."

"Maddie."

Sie starrt mich an. "Mama, ich bin fast siebzehn. Ich könnte ausziehen, wenn ich wollte. Nächstes Jahr werde ich ausziehen, ob es dir gefällt oder nicht. Du kannst nicht ständig den Mikromanager meines Lebens spielen."

"Mikromanager?"

"Ja."

"Gott, du bist manchmal komisch." Ich lege einen Arm über ihre Schulter, und sie lässt mich gewähren. "Na gut. Ich werde aufhören, eine neugierige Zicke zu sein. Aber du musst aufhören, deine Eltern so abzuweisen, okay?"

"Okay", sagt sie mit ihrer übertriebenen Teenagerstimme. Sie schweigt einen Moment lang und lehnt sich an meine Schulter, was angesichts des Abstands zwischen unseren Stühlen etwas unangenehm ist. "Mama. Du weißt schon, dass du, egal wie wir uns kennengelernt haben, immer meine Mutter sein wirst, oder? Ich weiß, wir sind nicht verwandt, aber du bist *meine* Mutter, und das ist alles, was mir wichtig ist."

Ich wende meinen Blick ab, bevor sie sich über die Tränen in meinen Augen lustig machen kann. "Okay. Du weißt, dass es mir genauso geht. Egal, was passiert."

Sie wippt einmal kräftig mit dem Kopf auf und ab. Die Geste ist fast grimmig in ihrer Ernsthaftigkeit. "Und ich weiß, dass ich schwierig bin oder was auch immer. Ich weiß, dass ich wahrscheinlich einige... problematische Züge habe und dass du mich verteidigen musst, wenn man mich des Mordes beschuldigt." Sie sagt das so beiläufig, als wäre es das Normalste der Welt. Vielleicht ist es das zu diesem Zeitpunkt auch. "Ich werde mich bessern, ich schwöre."

"Was meinst du mit 'bessern'?"

"Zum Beispiel, damit aufhören, mich in so seltsame Situationen zu bringen. Vielleicht sollte ich mal versuchen, mich von Teenagermädchen fernzuhalten, die wahrscheinlich sterben werden."

Diesmal seufze ich. "Das lässt unser Leben so morbide klingen."

"Wir haben ein morbides Leben", sagt sie. "Aber wir sind lebendig, und diese Trottel sind tot, also..."

"Maddie!"

"Ich weiß... Ich weiß. Das sagt man nicht. Wie auch immer, was ich sagen will, ist, dass du immer meine Mama sein wirst, egal was passiert." Sie hält inne. "Aber Justin wird nie mein Vater sein."

Schließlich frage ich: "Warum ist das so, Mads?"

Die Luft hängt schwer zwischen uns, geladen mit Vorahnung. Ich spüre jeden Tropfen Tee, der in meiner Magengrube liegt, und spüre, wie er jeden Moment umkippen könnte. Ich bin überzeugt, dass ich ein wichtiges Puzzleteil übersehen habe und dass Maddie es in der Hand hält. Aber was? Warum will sie es mir nicht sagen?

"Ich traue ihm nicht, und ich denke, du solltest ihm auch nicht trauen", sagt sie.

Wir nehmen beide gleichzeitig eine Bewegung hinter uns wahr und drehen unsere Oberkörper in die Richtung, aus der das Geräusch kommt. Justin winkt uns vom Fenster aus zu, mit einem verlegenen Grinsen im Gesicht. Ich kenne dieses Lächeln. Er will über unseren Streit reden.

Maddie steht auf und geht weg, ein leiser, niedergeschlagener Seufzer entflieht ihr, während sie sich bewegt. Jetzt ist offensichtlich, wie sehr sie ihn nicht leiden kann. Ich hatte immer angenommen, dass es mit Eifersucht zu tun hat und den Bindungsproblemen, die sie als Kind hatte. Aber jetzt sehe ich es anders. Sie kann ihn wirklich nicht leiden. Und ich frage mich, ob ich das nicht schon früher hätte erkennen sollen, damit ich die Art und Weise, wie ich meinen Mann sehe, neu bewerten kann.

Im Laufe der Jahre musste ich mich immer wieder fragen: Ist das meine Traumareaktion oder bin ich in Gefahr? Ist diese Person schlecht, oder projiziere ich meine Ängste auf sie?

Da steht mein Mann im Fenster. Er ist entweder der sichere, beschützende und liebende Mann, für den ich ihn immer gehalten habe, oder eine Person, die ich nicht kenne. Bin ich in der Lage, einen Missbraucher zu erkennen, wenn er direkt vor mir steht?

Ich denke an seine betrunkenen Hände auf meinem Körper, an die bequeme Art, mit der er manchmal jedes Zeichen ignoriert, dass ich kein Interesse an Sex habe. Warum kichere ich so nervös in der Nähe meines eigenen Mannes? Warum fühle ich mich bei ihm manchmal so unwohl? Warum ist es in Ordnung, dass er seine eigenen Hobbys an die erste Stelle setzt? Ich bleibe nie über Nacht weg, weil wir Kinder haben, aber *er* schon. Würde er für mich zu Hause bleiben? Die Situation kommt nie zur Sprache, weil ich in der Regel nirgendwo eingeladen werde. Ich habe nicht viele Freunde, und selbst das bringt mich ins Grübeln und ins Schwitzen. Ermutigt Justin mich jemals dazu, Hobbys außerhalb des Hauses zu haben, oder wartet er jedes Mal auf mich, wenn ich mit einer Freundin ausgehe, weil es ihm nicht gefällt, wenn ich ausgehe?

Ist es eine Kunst, die Seiten, die ich an ihm liebe, herauszupicken und hervorzuheben, und die anderen Seiten, die nicht so gut sind, geschickt zu ignorieren? Die letzten Wochen haben ihn in jemanden verwandelt, den ich nicht wiedererkenne. Jemand, der wütend ist. Jemand, der streitlustig ist. Und warum ist das so? Ich würde ihm verzeihen, wenn es seine Stressreaktion wäre. Ich weiß, dass ich seit meiner Entführung nicht immer ein echter Sonnenschein war. Vielleicht macht Stress aus Menschen das Schlechteste, was sie sein können? Oder bringt er lediglich die Wahrheit ans Licht?

Warum traut Maddie ihm nicht? Warum hat er mich wegen des abgesagten Fußballtrainings angelogen? Ich stehe auf und gehe auf das Haus zu. Meine Muskeln sind wieder angespannt. Alles ist so schnell passiert. Ich liebe ihn, nicht wahr? Ich habe ihn immer geliebt. Er ist mein Fels, mein sanfter Mann.

"Alles in Ordnung, Baby?", fragt er, als ich das Haus betrete.

"Ja", lüge ich. "Mir geht's gut. Müde. Bin aufgewacht, weil Gabe mich getreten hat."

Er nickt. "Tasse Tee?"

Ich stimme zu. Ich betrachte sein Gesicht und suche seine Züge ab. Ich denke daran, wie sanft unsere Beziehung begann. Wir gingen es langsam an, ich, er und Maddie, als wir uns in einem Café in der Nähe von Maddies Grundschule trafen. Heimliche Blicke bei heißer Schokolade. Bei Justin war ich vorsichtig. Nicht so wie bei Simon. Aber Simon war großartig darin, eine Rolle zu spielen. Er passte seine Persönlichkeit an jeden an, der ihn gerade interessierte. Ich liebte das Laufen, also erzählte er mir, dass er für den London-Marathon trainierte. Ich liebte italienisches Essen, also nahm er mich in seine "Lieblings"-Restaurants mit, die sich alle als Orte herausstellten, die er im Internet recherchiert hatte. Justin kam nie so rüber. Er hatte eine echte, bodenständige Persönlichkeit. Er ging gern spazieren, mochte keine Haustiere, bevorzugte thailändisches Essen und liebte genau die Sportarten, die ich hasste.

"Wollen wir reden?", fragt er und reicht mir den Tee.

Ich hole mich in die Gegenwart zurück. "Ich glaube, es ist Zeit."

Kapitel Einunddreißig

Damals

Lucinda Garth schlug zurück und schimpfte auf Facebook, Twitter und Tumblr über mich.

Hören Sie NICHT auf diese Lügnerin. Sie war noch nie auf der Ivycross Farm. Sie hat die Polizei in der Tasche, weil sie mit ihnen allen schläft. Es bricht mir das Herz, denn während diese verlogene Betrügerin ungestraft davonkommt, wird meine Maddie missbraucht. Jemand hat mir Fotos von ihren BLAUEN FLECKEN geschickt! Glauben Sie Zoe Osbourne nicht, sie ist eine LÜGNERIN.

Sie veröffentlichte ähnliche Botschaften auf all ihren Konten in den sozialen Medien und in ihrem persönlichen Blog. Und bei jedem Beitrag gab es Dutzende von Kommentaren, die sie aufforderten, mehr zu verraten.

Etwa zu dieser Zeit begann ich, Morddrohungen zu erhalten: *Du bist eine Verschwendung von Luft. Bring dich einfach um. Wenn du es nicht tust, werde ich es für dich erledigen.* Ich schloss meine Twitter- und Facebook-Konten. Ich forderte meine Mutter auf, das Gleiche zu tun, da diese Leute auch meine Familie im Visier hatten.

Ich kam an einen Punkt, an dem ich kurz davor war, Lucinda Garth selbst zur Strecke zu bringen. Ich träumte davon, ihr den rostigen Nagel in den Augapfel zu stoßen, anstatt in den von Peter. Ich wachte angespannt auf. Nur Maddie, die Therapie und das Schreiben halfen meinen Muskeln, sich zu entspannen.

Ich überlegte, sie wegen Verleumdung zu verklagen. Ich hatte guten Grund dazu. Aber dann dachte ich, dass Lucinda dadurch erst recht ins Rampenlicht gerückt werden könnte und dass sie den Prozess sogar genießen würde. Also wartete ich darauf, dass sie sich langweilte und weiterzog. Ich konzentrierte mich auf drei Dinge: Maddies Ausbildung, die Unterstützung meiner Mutter bei Papa fortschreitender Krankheit und das Schreiben meines Buches.

Nach der Aufgabe meines Jobs hatte ich viel Zeit zum Schreiben. Seltsamerweise machte ich mir kaum Gedanken darüber, dass ich den Job, den ich seit Jahren innehatte, aufgeben musste. Meine Kollegen schenkten mir eine Karte und ein paar Pralinen, und das war's. Der letzte Teil meines alten Lebens schälte sich ab wie eine Zwiebelschale und hinterließ die neue Zoe, den fleischigen Kern. Nur meine Eltern und die gelegentliche Nachrichten eines alten Freundes hielten mich noch an das "Vorher" gefesselt.

Der Verlag schlug mir einige Ghostwriter vor, aber ich beschloss, dass ich meine Geschichte auf meine Weise erzählen wollte. Nachdem ich ihnen Probekapitel geschickt hatte, um zu beweisen, dass ich anständig schreiben konnte, stimmten sie zu.

Eine Woche nach der Ausstrahlung des Interviews besuchte ich die Schule, um mit Maddies Lehrerin Sade, Dr. Wilkinson und dem Schulleiter über Maddies schulische Leistung zu sprechen.

Rita, Maddies Lehrerin, übernahm die Leitung der Sitzung. "Wir haben einige Beobachtungen gemacht, und wir haben das Gefühl, dass Maddie dazu neigt, schnell aggressiv zu werden, wenn sie etwas will. Wenn sie einen Buntstift will, nimmt sie ihn sich. Für sie ist die Welt ein einziger Wettbewerb. Wie ein Wettrennen. Sie denkt, gewinnen ist... nun ja, gewinnen. Und sie sieht Schummeln nicht als Problem an. Wir möchten, dass Sie daran so viel wie möglich Zuhause arbeiten."

"Ich tue mein Bestes", sagte ich. "Ich gebe mir Mühe, zu Hause nicht nachzugeben. Sie ist wirklich nicht so schlimm, wissen Sie?"

"Oh, wir meinen nicht, dass sie ein schlechter Mensch ist", fügte Rita hinzu. "Das sind lediglich Triggerpunkte, die uns in der Schule aufgefallen sind. Ich wette, Sie haben das Zuhause auch beobachtet."

"Lassen Sie sich nicht entmutigen", fügte Sade hinzu. "Wir haben immer gewusst, dass sie eine lange Anpassungszeit für die Schule brauchen würde."

Ich stimmte ihnen in allem zu. Natürlich tat ich das. Ich sah die gleichen Probleme mit Maddie wie sie, und ich wusste, dass alles auf ihren Vater zurückzuführen war. Er hat Leben genommen, weil er es so wollte. In den nächsten Wochen verbrachte ich also viel Zeit damit, ihr zu zeigen, wie schön es war, anderen zu helfen. .

"Ist es besser, Geschenke zu machen oder sie zu bekommen, Maddie?", würde ich sie zum Beispiel fragen.

"Geschenke bekommen!", würde sie antworten.

"Geschenke machen Spaß. Aber was ist damit, jemand anderem eine Freude zu machen?", würde ich zurückfragen.

Sie würde darüber nachdenken. "Nein, ich will Geschenke. Kann ich eins haben?"

"Nur wenn du heute in der Schule brav bist. Wirst du deine Buntstifte mit den anderen teilen?"

Manchmal zogen Schatten über ihre Züge. "Glaub schon."

Und so ging es weiter. Ich hatte nie das Gefühl, dass sie den Sinn dahinter verstand, „gut" zu sein, aber sie lernte zumindest, dass sie belohnt wurde, wenn sie sich benahm. Das war besser als gar nichts.

Nach diesen Gesprächen sahen wir fern oder spielten mit ihrem Puppenhaus. Manchmal führten die Gespräche zu Rebellion, und sie schrie oder warf ihre Puppen nach mir. Andere Male brachte es uns näher zusammen. In Momenten der Zufriedenheit, wenn wir uns auf dem Sofa zusammenkuschelten, stellte ich ihr vorsichtig Fragen über ihre "andere Mutter", wie sie ihre leibliche Mutter nannte.

"Weißt du noch, was mit deiner anderen Mami passiert ist?"

"Sie ist gegangen", sagte Maddie.

"Sie hat die Farm verlassen?"

Ihr kleines Gesicht war mir zugewandt, ihre Augen groß, ein schöner nussbrauner Farbton. "Eines Tages war sie nicht mehr da."

Maddie gab nie viel über ihre Mutter preis, und nach ein paar Minuten sagte sie mir, sie sei zu müde, um weiter darüber zu reden. Aber ich nahm an, dass sie damit meinte, dass sie ihre Mutter einfach nie wieder gesehen hatte, weil ihr Vater sie getötet hatte. Ich begann zu glauben, dass die von der Polizei gefundene Leiche tatsächlich Maddies Mutter war, und dass niemand sie mir jemals wegnehmen würde.

Es war irgendwie eine Art von Märchen, in dem das Monster die Königin tötete und die Prinzessin bei ihrer guten Fee zurückließ. Aber es tröstete mich nachts. Es ließ mich glauben, dass wir ein Happy End haben würden. Ich musste daran glauben. Sonst konnte ich nicht schlafen.

Maddie legte abwechselnd gutes Verhalten, Frustration und Wutausbrüche an den Tag. Am Ende des Schuljahres teilte mir der

Schulleiter mit aufrichtigem Bedauern mit, dass sich andere Eltern beschwert hätten und es an der Zeit sei, eine neue Schule für sie zu suchen. Ich war am Boden zerstört. Wir hatten einen Rhythmus. Alles an dieser Schule hatte gepasst. Wir konnten zusammen zu Fuß dorthin gehen. Ich hatte eine Beziehung zu ihrer Lehrerin aufgebaut. Auf dem Heimweg hielten wir oft an einem netten Café, und ich kaufte ihr eine heiße Schokolade oder einen Muffin.

Zunächst fiel es gar nicht so sehr auf, weil wir die Sommerferien in einer Blase verbrachten. Ich ignorierte Dr. Wilkinsons Warnungen und ließ mich vollends auf alles ein - mein Leben mit Maddie wurde mein Ein und Alles. Wir standen auf, frühstückten, gossen und beschnitten den Kräutergarten, gingen in den Park, schauten Filme und lasen Geschichten. Nachdem Maddie ins Bett gegangen war, holte ich mir etwas Schokolade und arbeitete an dem Buch. Ich befand mich inmitten meiner ungesunden Essgewohnheiten, aß nachts und hungerte, bevor ich irgendwohin ging, weil ich Angst hatte, dass mein Verdauungssystem im unpassendsten Moment versagen würde.

Im September platzte die Blase, und Maddie musste eine neue Schule besuchen. Sie war nicht so hübsch. Es gab nicht so viele bunte Zeichnungen in den Fenstern, und der Parkplatz war voller Schlaglöcher. Aber diese Schule stellte Lehrassistenten für Kinder ein, die Unterstützung in der Klasse brauchten. Das war ein großer Anreiz für mich. Jemand im Raum zu haben, der ein Auge auf Maddie hatte, könnte möglicherweise ihre Aggressionen stoppen, bevor sie überhaupt entstanden.

An Maddies erstem Tag joggte ein blondhaariger Mann zu meinem Auto hinüber. Er sprühte vor Energie, und seine kobaltblauen Augen funkelten in der Herbstsonne. Er streckte mir seine Hand entgegen, und ich ergriff sie, überrascht von dem Stromstoß, der meinen Arm hinaufschoss.

"Ihr müsst Zoe und Maddie sein", sagte er, seine Stimme klang warm und hatte einen Hauch von Yorkshire-Akzent. Er hatte diese Art von "angenehmer junger Mann"-Energie, die ältere Frauen dazu brachte, an Bushaltestellen stehen zu bleiben und zu plaudern.

"Schuldig im Sinne der Anklage", sagte ich.

"Hi, Maddie." Er setzte sich auf seine Hüften, so dass sie auf Augenhöhe waren. "Freut mich, dich kennenzulernen. Ich bin Justin. Ich bin der Assistent von Miss Staveley. Ich werde dir heute bei der Eingewöhnung helfen. Ist das in Ordnung?"

"Nein." Maddie verschränkte ihre Arme, immer noch verärgert über den Schulwechsel.

"Das versteh ich", sagte er und streckte seine Beine wieder zu voller Größe aus. "Weißt du was! Meine Eltern sind umgezogen, als ich zehn war. Und ich musste ganz neue Freunde finden. Das fand ich auch nicht so toll."

"Und?" Maddie schob ihre Unterlippe vor. Sie hatte ihr Gesicht nach unten geneigt, eines der verräterischen Zeichen für einen bevorstehenden Wutanfall.

"Das ist unhöflich, Maddie", sagte ich mit leichter Stimme. "Wir haben schon über Unhöflichkeit gesprochen. Was habe ich dazu gesagt?"

"Weiß ich nicht mehr."

"Doch, das weißt du ganz genau. Denn du hast es mir heute Morgen wiederholt. Ich habe gesagt, dass wir alle nett zueinander sein sollten. Die Welt ist ein viel besserer Ort, wenn wir freundlich sind."

Sie blieb mürrisch.

"Außerdem bekommst du nach dem Essen ein Eis, wenn du brav warst", lenkte ich ein

Maddie zeigte mit einem Zeh in Justins Richtung, dann blickte sie zu mir auf und breitete die Arme aus. Schließlich ließ sie sich von mir ihre Schultasche über die Schulter und eine Brotdose in die Hand geben und folgte Justin in die Schule. Er winkte mir zu, während das Sonnenlicht die natürlichen Strähnchen in seinem Haar auffing.

In den nächsten Wochen hörte ich von Maddie viel über Justin. Offenbar hat Justin ihr geholfen, ein Schwert aus Pappmaché zu basteln, als die Klasse etwas über die Römer lernte. Er sagte einem anderen kleinen Mädchen, Carlie, sie solle ihren PVA-Klebe teilen, was sie auch tat. Das fand Maddie ziemlich beeindruckend, denn sie hatte immer Probleme damit, andere Kinder zu bitten, ihre Sachen zu teilen. Justin machte Maddie die Schule ein bisschen schmackhafter, und er begleitete sie jeden Tag zurück zum Auto, so dass wir mehr übereinander lernten.

Ich erfuhr von seinem Abschluss und dass er hoffte, eines Tages ein voll qualifizierter Kinderpsychologe zu werden. Er wanderte gerne im Moor, was mein Herz höher schlagen ließ. Ich wollte ihm nicht sagen, wer ich war und was mit mir geschehen war. Aber er war ohnehin nie neugierig, selbst wenn ich auf Fragen wie "Was machst du am Wochenende?" nur vage Antworten gab. Ich wollte ihm nicht davon erzählen, dass ich mich mit einem Anwalt treffe, um zu prüfen, ob ich die Frau verklagen kann, die vorgibt, die leibliche Mutter meines Kindes zu sein, weil sie ständig Lügen über mich erzählt.

Unser erster gemeinsamer Kaffee fand statt, weil Maddie darauf bestand. Sie wollte, dass Justin nach der Schule auf eine heiße Schokolade mitkommt. Er stimmte zu, nachdem ich angedeutet hatte, dass das in Ordnung wäre. Maddie und ich gingen voraus und warteten auf Justin, der uns gegen fünf Uhr treffen wollte, nachdem er in der Schule fertig war. Während wir warteten, aßen wir Paninis. Maddie rutschte in ihrem Sitz hin und her und sang leise, während sie ihr Sandwich in ein Flugzeug verwandelte und es durch die Luft fliegen ließ. Für mich würde sie immer ein Wunder bleiben. Dass sie neben mir saß, war eine wunderbare Fügung des Schicksals.

Dann kam Justin herein, und ich bemerkte seine schlanke Figur und seinen wildes Haar. Ein paar andere Frauen sahen ihm nach, aber seine Augen fanden mich, bevor er sie überhaupt bemerkte. Zum ersten Mal seit Jahren sah ich einen Mann, und ich wollte ihn. Und ich war... hin und hergerissen.

"Hey", sagte er. "Leckeres Panini, Maddie. Willst du eine heiße Schokolade dazu?"

"Ja!", sagte sie und grinste ihn mit halb zerkautem Essen zwischen den Zähnen an.

"Was ist mit dir, Zoe?"

"Oh, das ist nicht nötig." Sogar in meinen Ohren klang meine Stimme schroff. "Ich habe noch einen halben Cappuccino hier."

"Bist du sicher? Ich lade dich gerne ein."

"Ehrlich gesagt, sollte ich diejenige sein, die..."

"Bitte, ich würde gerne", sagte er.

Ich nahm das Angebot dennoch nicht an. Ich hatte innerlich dichtgemacht. Dieser eine Moment der Lust führte sofort zu Unsicherheit. Er führte dazu, dass ich mir Peter McKennas Atem an meinem Hals vorstellte. Ich gab es nur ungern zu, aber ich traute Männern nicht, nicht mehr. Und doch könnte dieser Mann möglicherweise anders sein. Ich konnte ihm mein Vertrauen nicht schenken, was bedeutete, dass ich seine Zärtlichkeit nicht verdiente. Mehr und mehr Unsicherheiten sickerten in meine Gedanken. Er würde mich sowieso nicht wollen, beschloss ich. Seit der Farm hatte ich mich äußerlich verändert, und das nicht nur, weil ich zugenommen hatte. Ich hatte nie

Zeit für einen professionellen Haarschnitt, und ich hatte mir keine Mühe mit Make-up gemacht. Warum sollte er mich attraktiv finden? Schlimmer noch, es gab da diesen unsichtbaren Fleck, der nicht weggehen würde - Kampfnarben aus der Vergangenheit.

In der Stunde, die wir zusammen verbrachten, sprach ich kaum ein Wort. Stattdessen beobachtete ich Maddie, wie sie über unser Haus und die Kräuter plauderte, die wir im Garten anbauten. Wir hatten ein kleines Gewächshaus gebaut, um sie in den Wintermonaten zu schützen. Wenn sie sich auf gefährliches Terrain begab - wie ihren Vater, ihre Sozialarbeiterin oder das Wohnheim, in dem sie gelebt hatte-, zuckte Justin nicht einmal mit der Wimper. Er sprach mit ihr, als wäre sie eine ganz normale Person.

Zwei Wochen später traf er uns wieder. Diesmal ließ ich mich ein wenig erwärmen. Ich erlaubte ihm, mir zu meinem Milchkaffee eine Bakewell-Torte zu kaufen. Er hatte ein Spiel mitgebracht. Jeder von uns bekam ein Stück Knete und musste einen Gegenstand aus der Knete formen. Dann mussten die anderen beiden raten, was es war. Maddie formte Tiere, Blumen und, was besonders lustig war, ein Abbild ihrer Lehrerin Miss Staveley, was Justin sogar erraten konnte. Er machte sich über meine schlechte Darstellung eines hochhackigen Schuhs und mein unförmiges Pferd lustig.

Als wir das Café verließen, sagte er leise zu mir: "Wann kann ich dich denn mal zu einem richtigen Date einladen?"

Ich wurde rot. "Noch nicht."

"Okay", sagte er, ohne sich etwas anmerken zu lassen. Manche Männer wären schon beim Anflug von Ablehnung in die Defensive gegangen, aber nicht Justin. "Wann immer du bereit bist. Willst du es mich wissen lassen? Oder soll ich irgendwann noch einmal fragen?"

"Vielleicht fragst du am besten noch mal." Ich war noch nie besonders entgegenkommend wenn es um Männer ging. "Aber das hier ist schön." Ich wies auf uns und Maddie, die mit der Knete spielte.

"Ja", sagte er.

So machten wir weiter und trafen uns jeden Freitag nach der Schule im Café. Wir kamen uns jedes Mal wie eine Familie vor. Vor ihm war mir nicht bewusst gewesen, dass ich nach einem fehlenden Teil gesucht hatte, aber als er auftauchte, wusste ich, dass ich nach genau so etwas gesucht hatte.

Kapitel Zweiunddreißig
Jetzt

"Ich liebe dich, Zo", sagt Justin. "Das weißt du doch, oder?" Und ich fühle mich sofort an unseren Hochzeitstag zurückversetzt, als ich ihn im Standesamt mit seinen offenen, gefühlvollen, sensiblen Augen anstarrte.

"Ich weiß", antworte ich.

Ja, ich glaube, er liebt mich wirklich. Ich liebe ihn. Aber wenn ich ihn ansehe, sehe ich zwei Realitäten. Die eine, in der ich dachte, ich lebe mit einem großartigen, unterstützenden und sanften Mann zusammen. Die andere ist eine verzerrte Version der gleichen Sache, verdunkelt durch meine eigene Voreingenommenheit, meine Projektion dessen, wer Justin ist und wer wir zusammen sind. Welche dieser Realitäten ist wahr? Wenn es die letztere ist, gibt es eine weitere Wahrheit unter der Oberfläche, die ich nicht ausgraben möchte.

Er nimmt meine Hand und zieht mich aus dem Zimmer zurück in den Garten. Er ist in Eile, und die Tränen fließen. "Ich hätte gestern Abend nicht so einen Scheiß sagen sollen. Es tut mir so leid. Ich hab's nicht so gemeint."

Mein Blick bleibt an seiner Hand hängen, die auf der meinen liegt. Seine Haut Fühlt sich weich gegen meine an. Ich frage mich, was mein Vater von Justin gehalten hätte. Sie haben sich einmal getroffen, aber da war Papa schon zu krank, um er selbst zu sein. Er hatte Simon nicht gemocht, obwohl ich merkte, dass er versuchte, ihn zu mögen. Er hat mir auch nie gesagt, warum. Vielleicht sah er in Simon, was ich selbst nicht sehen konnte: den latenten Narzissmus, der darauf wartete, mich während unserer Ehe emotional auszulaugen.

Vielleicht ist es der Gedanke an Simon, aber mein Blut brodelt plötzlich. "Lüg mich nicht an. Erweise mir genug Respekt, um mir die Wahrheit zu sagen. Du denkst, dass ich unter Überlebensschuld leide, und du denkst, dass ich blind dafür bin, wer Maddie ist. Aber ich sehe sie. Jeden Teil. Doch ich werde nicht durch die Gegen laufen und sie eine Soziopathin nennen. Was würde das bringen?" Ich seufze und trete einen Schritt zurück. "Ein Teil von mir wird sich immer fragen, ob sie..."

"Sag es, Zoe." Er verschränkt die Arme vor der Brust und wartet.

"Ob sie Phoebe Thompson geschubst hat. Aber selbst wenn sie es getan hat, würde ich sie trotzdem lieben. Ich würde für meine beiden Kinder kämpfen, wenn sie in Schwierigkeiten sind. Ich würde alles für sie tun."

"Was ist mit Riya?", fragt er. "Wenn Maddie eine getötet hat, dann muss sie auch die andere getötet haben."

"Sei nicht lächerlich. Maddie und Riya waren beste Freundinnen. Riyas Tod ist... anders. Jemand hat ihren Mord sorgfältig geplant. Sie wurde in einem Koffer gefunden, um Himmels willen. Das kann nicht Maddie gewesen sein. Aber bei Phoebe ist es etwas anderes." Ich fahre mir mit den Fingern durch die verworrenen Haare und suche nach den richtigen Worten. "Ich könnte es verstehen. Sie haben sich gestritten, sie war wütend, sie ist Phoebe nach draußen gefolgt, und dann ist es passiert... ganz spontan. Vielleicht hat sie sie stärker geschubst, als erwartet. Eine schreckliche Sache, natürlich, aber-"

"Zoe, du klingst wahnsinnig."

"Was?"

"Du klingst völlig verrückt." Seine Hände fliegen zu seinem Kopf, wo er wild gestikuliert, um Wahnsinn zu imitieren. "Du sagst, dass der eine Mord in Ordnung ist und der andere nicht. Und du sagst, Maddie ist zu dem einen fähig, zu dem anderen nicht. Hörst du dir eigentlich selbst zu? Du hast gerade zugegeben, dass du deine Adoptivtochter für eine Mörderin hältst."

"Nein, das habe ich nicht. Ich sagte, dass ich den einen Mord verzeihen könnte, den anderen nicht. Ich glaube nicht einmal, *dass* sie Phoebe getötet hat. Ich sage nur, ich könnte..."

"Du würdest ihr *verzeihen*, dass sie jemanden umgebracht hat? Auch wenn sie dafür nie zur Rechenschaft gezogen wurde?"

Meine Stimme bebt. "Ja."

"Das ist krank. Du bist krank. *Sie* ist krank."

"Ich kann ihr helfen", sage ich. "Ich bin die Einzige, die das kann."

"Sie wird nie die Konsequenzen ihres Handelns lernen, wenn du sie nicht zwingst, sie zu ertragen." Er stößt einen schnellen, pfeifenden Atemzug durch seine Nase aus.

"Welche Konsequenzen? Die Polizei hat Phoebes Tod untersucht und ihn als Unfall eingestuft. Sie haben keine Beweise, dass Maddie etwas getan hat, genauso wenig wie wir."

"Was ist mit Riya?"

"Sag du es mir", schnauze ich. "Schließlich bist du derjenige, der darüber gelogen hat, wo du in dieser Nacht warst. Und du warst derjenige, der gelogen hat, als er sagte, er hätte Maddie gesehen."

"Ja, aber ich wollte ihr auch helfen. Sie ist auch meine Tochter."

Mein Kiefer klappt zu, meine Zähne schlagen zusammen. Vor ein paar Wochen hätte ich ihm noch geglaubt. Aber jetzt nicht mehr. Maddie betrachtet Justin nicht als ihren Vater. Alles, was Justin sagt, klingt so, als würde er Maddie nicht als Tochter betrachten.

Bevor ich noch etwas sagen kann, bemerke ich eine Bewegung im Haus. Gabe schlendert in seinem Schlafanzug auf die Veranda.

"Maddie hat mir gesagt, ich soll dir sagen, dass sie zu Annabel gegangen ist."

"Okay, danke, Schatz." Ich lächle ihn breit an und hoffe, dass er unseren Streit nicht gehört hat.

Bevor ich weggehen kann, ergreift Justin noch einmal meinen Arm und dreht mich zu sich.

Er senkt seine Stimme zu einem Flüstern und lächelt, damit Gabe nicht merkt, dass etwas nicht stimmt. "Du solltest hoffen, dass diese Annabel nicht auch noch stirbt." Dann zeigt er demonstrativ mit dem Finger auf mein Gesicht, so schnell, dass ich mich später fragen werde, ob es überhaupt passiert ist. Die Worte kommen zwischen seinen Zähnen hervor, leise und schlangenartig. " Mädchen im Teenageralter sterben wie die Fliegen. Und unsere Tochter steckt mittendrin."

Und damit wird mein gelassener Ehemann zu einem Fremden für mich. Kaum einen Herzschlag, nachdem sein blasser Finger in mein Gesicht gestochen hat, nimmt er Gabe in die Arme und fragt meinen Sohn, was er heute gerne machen würde.

"Lass uns an den Strand gehen!", sagt Gabe.

Die beiden gehen etwa dreißig Minuten später, während ich im Garten sitze, immer noch in meinen zerknitterten Kleidern vom Vorabend, und mir in der Vormittagshitze der Schweiß auf die Stirn rinnt.

Ich rufe auf Maddies Handy an, aber es geht direkt die Mailbox ran. Dann erinnere ich mich an ihr Wort der Warnung, ihre Bitte, dass ich nicht den "Mikromanager" spielen sollte, und ich rufe nicht mehr an. Diese neue Freundin kommt mir höchst verdächtig vor. Aber je mehr ich dränge, desto mehr wird Maddie sich zurückziehen.

Mir schwirrt der Kopf vor lauter negativen Gedanken über ihre neue Freundin. Ich beschwöre eine psychopathische Annabel herauf, die ihre dunkle Seite an Maddie auslebt und sie quält. Fröstelnd sehe ich den Schatten von Peter McKenna hinter meiner Tochter stehen, mit diesem gesichtslosen Teenager an ihrer Seite.

"Reiß dich zusammen, Zoe", murmle ich vor mich hin.

Ich gehe ins Haus und schließe die Terrassenschiebetür. Bevor ich mich auf das Geheimnis Annabel einlasse, muss ich herausfinden, was mit meinem Mann los ist. Es ist an der Zeit, der kolossalen Lüge nachzugehen, die er mir und der Polizei erzählt hat.

Justin war schon immer der Typ Mann, der schnell ein neues Hobby aufnimmt und es dann wieder aufgibt. In der Garage gibt es eine Kiste mit Bogenschießausrüstung und weitere Kisten mit Farben, Pinseln und Leinwänden. Einmal beschloss er, sich vegan zu ernähren, hielt es aber nur zwei Wochen aus. Trotz seiner Neigung, alles andere aufzugeben, hat er sich stets für die Fußballmannschaft engagiert. Bis zu dieser Lüge über das abgesagte Training. Und, wenn ich so darüber nachdenke, war er seit Phoebes Tod nicht ein einziges Mal beim Training. Wir haben nie darüber gesprochen. Vielleicht haben die Väter keine Lust mehr zu spielen, seit zwei Teenagerinnen gestorben sind, was verständlich wäre. Wie auch immer, ich muss es herausfinden.

Als Erstes rufe ich Mikayla an, die Frau von Billy, einem von Justins Football-Kollegen. Wir haben uns einmal bei einem Elternabend getroffen. Wir tauschten an diesem Tag Telefonnummern aus, weil Maddie und ihre Tochter Philippa eine Woche lang ein Praktikum am selben Ort absolvierten und wir eine Fahrgemeinschaft bilden wollten.

"Hi, Mikayla. Hier ist Zoe Osbourne."

"Oh, hi, Zoe. Ich bin grad auf dem Sprung..."

"Das ist okay. Ich wollte eigentlich mit Billy sprechen. Ist er da? Ich habe eine Frage zum Thema Fußball. Ich versuche, den Haushalt zu organisieren, du weißt ja, wie das ist. Kann ich mit ihm einmal den Trainingsplan überprüfen..."

"Warum?"

Ihre Reaktion macht mich stutzig. "Nun, aus den Gründen, die ich gerade genannt habe."

"Nein, ich meine... Okay, das ist jetzt etwas unangenehm. Justin ist vor sechs Monaten aus der Fußballmannschaft ausgetreten."

Mein erster Gedanke ist, dass Mikayla sich irren muss. Sie muss an jemand anderen denken. Aber nach einem Moment der Stille fährt sie fort.

"Justin hat aufgehört und Sams Vater, Robert, hat seinen Platz eingenommen." Ihre Stimme wird leiser. "Tut mir leid, Zoe, aber das ist kein Missverständnis. Ich bin mit dem ganzen Team etwas trinken gewesen. Alle wissen, dass Justin schon vor langer Zeit aufgehört hat."

"Bist du sicher?" Ich habe immer noch das Gefühl, dass sie etwas falsch verstehen muss. Wie konnte ich das nicht mitbekommen?

"Ich bin sicher, Zoe." Ihre Stimme ist weich und voller Mitleid.

Ich kann es kaum aushalten. Ich räuspere mich. "Okay. Danke, Mikayla. Könntest du mir einen Gefallen tun und niemandem sagen, dass ich dich angerufen habe?"

"Werde ich nicht. Ich verspreche es."

"Danke."

"Zoe, was wirst du tun?"

"Herausfinden, wo er dann immer hingegangen ist, nehme ich an."

"Versuch, keine voreiligen Schlüsse zu ziehen. Man kann nie wissen - es könnte auch eine schöne Überraschung sein."

Ich muss fast lachen. Mein Mann hat auf keinen Fall gelogen und ist bis spät in die Nacht oder gar über Nacht weggeblieben, weil er eine Überraschungsparty für mich plant. Nein, da steckt mehr dahinter. Da bin ich mir sicher.

"Hey, macht Billy immer noch seine Golfreisen?"

"Welche Golfreisen?"

Scheiße. "Ist egal. Danke, Mikayla."

"Kein Problem."

Ich tippe auf den Bildschirm meines Handys und lasse es auf das Sofa fallen. Kein Fußball. Kein Golf. Ich stürme durch das Haus und in die Garage, ohne mir die Mühe zu machen, Schuhe anzuziehen. Meine nackten Füße klatschen auf den kalten Garagenboden. Ich gehe um mein Auto herum und nach hinten, wo wir unsere Outdoor-Ausrüstung aufbewahren.

Er weiß, dass ich in der Schule keinen Kontakt zu den Müttern habe. Parvati ist meine einzige Freundin unter den Müttern, und Dev interessiert sich nicht für Sport. Wie sollte ich es also herausfinden? Wer hätte mir sagen können, dass er nicht an solche Reisen teilnimmt? Abgesehen von der Woche, in der ich Mikayla ein paar Nachrichten schickte, um die Fahrgemeinschaft zu organisieren, habe ich nie jemanden aus Justins Team oder deren Frauen gesehen oder kontaktiert. Er verließ sich auf meinen Mangel an sozialer Interaktion. Vielleicht hat er es sogar gefördert. Maddie mochte keine Schulbälle oder Elternveranstaltungen, also gingen wir häufiger nicht hin. Andere Male meldete sich Justin freiwillig.

Ich halte an. Da sind sie: seine Golfschläger. Ich habe ihnen noch nie viel Aufmerksamkeit geschenkt, aber jetzt sind sie wichtig. Einen nach dem anderen nehme ich die Schläger aus dem Koffer und untersuche sie, und bei einem nach dem anderen finde ich sauberes, glattes Metall. Als Nächstes leere ich alle Fächer und suche nach den Überbleibseln einer Reise. Ich erwarte, dass ich vielleicht Quittungen finde, Essensverpackungen, Golfbälle... *irgendetwas*. Jedes einzelne Fach ist leer. Ich starre auf die Schläger zu meinen Füßen. Jedes Mal, wenn er wegfährt, sehe ich, wie er diese Schläger hinten ins Auto packt. Aber sie sind noch nie benutzt worden.

Kapitel Dreiunddreißig

Damals

Maddie hatte mir nie Angst gemacht, bevor Justin in unser Leben trat. Sie hatte Verhaltensprobleme, und einige der seltsamen Dinge, die sie sagte, waren mir unangenehm. Aber sie hat ihre Aggressionen nie gegen mich oder ein anderes Mitglied meiner Familie gerichtet. All das änderte sich, als sie sieben Jahre alt war.

Ich hatte bereits zwei Geburtstagspartys für sie geschmissen. Beim ersten Mal hatte ich sie in den Zoo mitgenommen und genau beobachtet, wie sie Papageien fütterte, die Pinguine mit großen Augen anstarrte und dem Zoowärter zuhörte, als er etwas über Schimpansen erzählte. An ihrem siebten Geburtstag unternahmen Maddie, Justin und ich einen Tagesausflug. Maddie hatte sich ihren Geburtstag selbst ausgesucht, und sie hatte sich für den dreizehnten Juli entschieden, weil an diesem Tag ihr Hund Chalkie Geburtstag hatte. Wir fuhren mit ihr nach Scarborough und liefen am Strand entlang, eingecremt mit Sonnencreme.

In diesem Jahr wurde sie offiziell meine Tochter - die örtlichen Behörden genehmigten eine Adoption, da sich keine glaubwürdigen Familienmitglieder gemeldet hatten, die eine Verwandtschaft mit ihr nachweisen konnten. Lucinda Garth und ihre Fans hatten sich endlich zurückgezogen. Ich war verliebt. Mein Buch war nur noch wenige Monate von seiner Veröffentlichung entfernt. Es hätte alles nicht besser laufen können.

Es passierte nach und nach. Maddie wurde Justin gegenüber eisig, als ich anfing, Zeit mit ihm allein zu verbringen. Eine Verabredung mit

Justin zu arrangieren, erwies sich als kniffliges Manöver, das eine teure Kinderbetreuung erforderte, so dass wir nicht oft Zeit allein miteinander verbrachten. Meine Mutter weigerte sich nach wie vor, nachts auf Maddie aufzupassen, auch wenn sie ab und zu für ein oder zwei Stunden auf sie aufpasste. Wir waren gerade dabei, ein Pflegeheim für meinen Vater zu finden, was die Dinge ebenfalls kompliziert machte und dafür sorgte, dass wir in dieser Zeit viel traurig waren. Ich liebte mein Leben, aber ich hasste es, dass sich der Zustand meines Vaters so schnell verschlechterte. Ich wollte, dass er mehr Zeit mit Maddie verbringen konnte, aber meine Mutter schaltete sich oft ein und verhinderte es.

Nachdem wir uns monatelang getroffen und ausführlich über die Zukunft gesprochen hatten, beschloss Justin, dass es das Beste wäre, wenn er mit Maddie in mein Haus einziehen würde, anstatt Maddie zu bitten, umzuziehen. Zu diesem Zeitpunkt hatte ich bereits einen Teil meines Buchvorschusses eingesetzt, um das Haus zu kaufen, das ich zuvor gemietet hatte. Wir verbrachten viel Zeit auf Pinterest mit der Suche nach Möglichkeiten, das Haus in den Garten zu erweitern, um Platz für uns beide zu schaffen. Indem wir Justins Haus verkauften und zwei von uns die Hypothek zahlten, konnten wir das Haus mit unseren gemeinsamen Ersparnissen groß genug für uns drei - oder in Zukunft vielleicht vier - machen. Ich hatte noch nie den Tritt eines wachsenden Babys in mir gespürt. Ich wollte eine Schwangerschaft erleben, und mein Baby in meinen Armen halten.

Ich konnte es Maddie anfangs nicht verübeln. Sie wusste, dass ihr Leben nie mehr dasselbe sein würde. Schuldgefühle nagten an mir, als sie anfing, ins Bett zu machen. Seit sie das Heim verlassen hatte, hatte sie nicht mehr ins Bett gemacht. Aber wenn ich mit ihr sprach, tat sie entweder so, als ob nichts wäre, oder sie wehrte sich und weigerte sich, mit mir zu sprechen. Ich führte viele einseitige Gespräche mit einem frustrierten kleinen Mädchen, das missmutig auf ihre Füße starrte.

Da Justin und ich ein Paar geworden waren, hatte man in der Schule dafür gesorgt, dass Justin in einem anderen Klassenzimmer arbeitete, und eine ältere Frau namens Rachel half stattdessen in Maddies Klasse aus. Leider verschlechterte sich Maddies Verhalten in der Schule, was dazu führte, dass Rachel Maddie von den meisten ihrer Mitschüler isolierte, um diese vor ihr zu schützen. Ich fand Schulbücher anderer Kinder in Maddies Tasche und dann ein Plüschtier, das ich nicht kannte. Stifte tauchten auf mysteriöse Weise auf. Einmal nahm sie sogar die Uhr von Miss Staveley mit. Ich gab sie ihr am nächsten Tag reumütig zurück. Die Diebstähle passierten auch außerhalb der Schule. Sie schnappte sich Dinge aus den Supermarktregalen und steckte sie in ihre Kleidung, vor allem, wenn Justin dabei war. Ich erwischte sie dabei, wie sie einen Galaxy-Riegel in den Bund ihrer Leggings steckte, und mich dann mit einem harten, entschlossenen Funkeln in ihren Augen herausforderte. Als ich sie aufforderte, ihn zurückzulegen, schmiss sie eine Auslage mit Dosen um. Wieder musste ich mich entschuldigen.

Justin trug die Hauptlast. Immer, wenn er mit Maddie allein gewesen war, fand ich am Rand der Tränen, wenn ich zurück ins Haus kam. Das charmante, aber schwierige Mädchen, das er in der Schule kennengelernt hatte, wurde zu Hause ein ganz anderes Biest.

"Sie hat meinen Fahrradhelm so hart geworfen, dass er mit voller Wucht gegen die Badezimmertür geknallt ist", sagte er einmal, als ich von der Therapie nach Hause kam.

Ein anderes Mal hob er verzweifelt die Hände und sagte: "Ich war auf der Toilette, und als ich wieder herauskam, war sie weg. Sie hatte gezeichnet, genau dort am Tisch. Ich habe das ganze Haus nach ihr abgesucht. Jedes verdammte Zimmer und jeden Kleiderschrank. Ich habe sogar die Küchenschränke durchsucht! Sie war für eine halbe Stunde verschwunden. Ich war kurz davor, die Polizei zu rufen. Dann bin ich wieder in den Garten gegangen... Ich hatte schon im Garten nachgesehen, und sie war nicht da, aber jetzt war sie da auf einmal. Ich fand sie, als sie dabei war, die antike Brosche meiner Mutter in der Erde zu vergraben."

"Nein, oh nein, es tut mir so leid." Ich zog ihn in eine Umarmung. Seine Mutter war ein Jahr, bevor ich ihn kennenlernte, an Brustkrebs gestorben, und diese Brosche bedeutete ihm alles. "Ist sie noch heil?"

"Sie muss nur ordentlich geputzt werden. Gott sei Dank. Ich fand sie zusammengekauert direkt an der Mauer. Sie hatte einen Stein genau dort platziert, wo sie gegraben hatte. Es war, als wollte sie wissen, wo meine Brosche ist, während ich es nicht weiß. Als ob sie diese Art Macht über mich haben wollte."

Es fiel mir nie leicht, Maddie zu disziplinieren, und es gab Grenzen für das, was ich in Anbetracht ihrer Herkunft für angemessen hielt. Aber dieses Mal war sie zu weit gegangen. Maddie hatte sich auf ihren allerersten Schulausflug gefreut. Miss Staveleys Klasse wollte am Ende des Schuljahres nach Alton Towers fahren, und ich hatte Maddie gesagt, dass sie bei gutem Benehmen und unter Rachels Aufsicht mitfahren könnte. Nach dem, was sie Justin angetan hatte, setzte ich mich mit ihr zusammen und erklärte ihr, dass ihr Verhalten Konsequenzen hatte und sie nicht mehr nach Alton Towers fahren dürfte.

Ihr Blick wurde schärfer, bis ihre Augen wie kleine glänzende Perlen aussahen. Sie neigte ihren Kopf nach unten, so dass die Schatten die Vertiefungen ihres Schädels ausfüllten. "Ich *hasse* dich. Du bist die schlimmste Mami der Welt!"

Sie warf sich auf den Boden und schlug mit dem Kopf gegen das Stuhlbein.

"Maddie, hör auf!"

Ich sank zu Boden und packte sie an den Schultern. Aber sie zappelte und wand sich aus meinem Griff. Ich knirschte mit den Zähnen und umklammerte ihren Unterarm. Der Kampf eskalierte, sie verdrehte ihren Körper, stieß ein Grunzen aus und packte dann meine Hand. Bevor ich Zeit hatte, sie zu stoppen, vergrub sie ihre Zähne in meinem Fleisch und biss hart und tief in meinen Arm.

Ich schrie vor Schmerzen. Sie hörte auf. Sie wich von mir zurück, und in diesem Moment wurde mir klar, dass ich meinen freien Arm in der Absicht gehoben hatte, sie zu ohrfeigen. Sie saß da und starrte auf die erhobene Hand, und auch mein Blick wanderte zu ihr hinüber. Ich ließ meine Hand fallen. Sie hatte es gesehen. Sie wusste, was ich vorgehabt hatte. Nach diesem Moment hätte ich fast meine Meinung über Alton Towers geändert, einfach um meine Schuldgefühle zu lindern.

"Es tut mir leid, Maddie. Ich wollte nicht, dass ..."

Sie sprang auf und rannte davon. Nach ein paar Stunden in ihrem Zimmer kam sie wieder nach unten und schlang ihre Arme um meine Taille.

Sechs Monate später, ein paar Wochen nach der Veröffentlichung meines Buches *Maddie und ich*, hatte ich gerade ein paar Fragen für einen Zeitungsartikel beantwortet, als Justin mich aus der Schule anrief.

"Babe", sagte er. "Rate mal!"

"Du hast dein Portemonnaie vergessen?"

"Nein."

"Deine Karte?"

"Nein."

"Hm, deinen Verstand?"

"Du gibst schon auf?"

"Ja." Ich lachte. "Ich gebe auf. Was ist los?"

"Meine Abschlussarbeit hat einen Preis gewonnen."

"Was? Oh mein Gott, Justin. Das ist ja unglaublich! Welchen Preis hast du gewonnen?"

"Nun, so eine Art Auszeichnung für aufsteigende Sterne in der Bildungsforschung."

Er hatte an einer Arbeit über das Verhalten von Kindern im Klassenzimmer gearbeitet. Ich hatte einiges davon gelesen und war erstaunt über seine scharfsinnigen Beobachtungen. Und während ich sie las, erkannte ich Maddie darin als anonyme Fallstudie wieder. Nicht, dass es mich gestört hätte. Ich wusste, dass sie für ihn sowohl persönlich als auch beruflich wichtig war.

"Das ist unglaublich! Ich freue mich so für dich."

"Und es gibt auch eine Preisverleihung. Die ist in Edinburgh. Zo, wir sollten hingehen. Du hast die Veröffentlichung deines Buches auch noch nicht gefeiert, und jetzt habe ich noch diesen Preis."

Mein Herz sank. Das bedeutete eine Übernachtung, vielleicht sogar zwei, und ich würde nie eine Kinderbetreuung finden können. Maddie konnte nicht mitkommen, nicht, wenn wir spätabends unterwegs waren.

"Natürlich", sagte ich. "Solange wir eine Betreuung für Maddie finden können."

Justin wurde still, ein langsamer Atemzug strömte die Leitung hinunter. "Das ist wichtig, Zo. Wir müssen gehen."

"Okay", sagte ich. "Ich werde es möglich machen."

Ich versuchte es als erstes bei unserer regulären Tagesmutter Maryam, aber sie nimmt keine Kinder über Nacht auf, und sie wollte ohnehin nicht noch einmal auf Maddie aufpassen. Beim letzten Mal hatte Maddie Spaghetti an die Wand geworfen und dann der armen Maryam gegen das Schienbein getreten. Wir versuchten noch ein paar andere Optionen, aber niemand konnte sie an dem Wochenende, an dem wir wegfahren wollten, unterbringen. Justin war ein Einzelkind wie ich, und sein Vater lebte in Neuseeland. Ich versuchte es bei ein paar befreundeten Müttern aus Maddies Schule, aber ihr Ruf eilte ihr voraus, so dass keine von ihnen bereit war, sie aufzunehmen. Bei diesen Anrufen hörte ich viel über anstehenden Schwimmunterricht, über Campingwochenenden und Geburtstagsfeiern. Ich glaubte keine einzige Ausrede.

"Dann bleibt nur meine Mutter", sagte ich zu Justin, als wir später zu Hause waren. Wir hatten Maddie ins Bett gebracht, was uns wertvolle Zeit gab, um miteinander allein zu sein. Es gab uns Zeit zum Durchatmen.

"Du hast sie noch nie gefragt", erinnerte er mich. "Sie ist die Großmutter von Maddie. Bestimmt wird sie dieses Mal einspringen. "

"Ja, aber sie ist nicht freiwillig Maddies Großmutter, oder? Ich habe sie dazu gezwungen." Ich biss mir auf die Unterlippe und starrte untätig auf den Fernseher, ohne dem Programm zuzuhören oder es anzusehen. "Außerdem ist sie nicht besonders glücklich über das Buch."

Ich hatte versucht, meine Mutter aus dem Buch herauszuhalten, aber ich konnte nicht umhin, sie hier und da zu erwähnen. Einigen Rezensionen nach zu urteilen, mochten die Leser meine Mutter nicht, weil sie sich Maddie gegenüber so abweisend verhalten hatte. Das hatte ich nicht beabsichtigt, und die Schuldgefühle lasteten schwer auf mir. "Weißt du, es könnte sein, dass es für diesen Anlass macht. Es *könnte* sein. Wenn nicht, tut es mir sehr leid, aber dann musst du allein gehen."

"Nein", sagte er mit einer Eindringlichkeit, die mich überraschte. "Nein, du kommst mit. Wir werden das klären, Zo. Ich weiß, dass wir das schaffen."

Wir waren alle sehr überrascht, als Mama ja sagte. Sogar Maddie fragte mich zweimal, ob sie wirklich bei Oma und Opa übernachten würde.

"Aber ich will nicht gehen", sagte sie und setzte sich auf den Teppich, als ob wir sie auf der Stelle dazu zwingen wollten, obwohl es noch eine ganze Woche bis zu unserer Abreise war.

"Warum willst du nicht gehen?"

"Ich mag sie nicht." Sie zuckte mit den Schultern wie eine Erwachsene. Wenn sie nicht gerade einen Schreikrampf hatte, bewahrte Maddie eine Ruhe, die alle im Raum verunsicherte. Ich ignorierte es meistens. Ich wusste, dass sie eine manipulative Seite hatte.

"Warum magst du sie nicht? Sie sind deine Großeltern."

"Und?", fragte sie.

Ich seufzte. "Ich weiß, das ist komisch, Süße. Ich weiß, dass du sie nicht sehr gut kennst, aber es ist nur für zwei Tage. Du kannst in ihrem Garten spielen und Zeichentrickfilme gucken, und dann darfst du nach Hause kommen."

Schließlich willigte sie ein. Ich vermutete, dass ihre Neugier die Überhand gewann. Sie wollte mehr über diese Leute wissen und darüber, was sie nachts machten, wenn sie normalerweise nicht mehr da war. Tatsächlich hatte sie am Morgen unserer Abreise ihren Pikachu-Koffer gepackt und war mehr als bereit. Bevor ich sie ins Auto setzte, überprüfte ich, ob sie genügend Kleidung und Spielzeug eingepackt hatte.

"Hallo, Julia", sagte Papa fröhlich, als er die Tür öffnete.

Ich stand mit offenem Mund da, bis Mama ihn von der Tür wegmanövriert hatte. "Oh, du Kasper. Sie heißt Zoe. Weißt du doch!"

"Mama, bist du sicher, dass das in Ordnung ist?", fragte ich, als sie mir den Koffer aus der Hand nahm.

Sie sah mich nicht an. Sie machte ein *"mmhmm"*-Geräusch und sagte mir, ich solle eine schöne Zeit in Edinburgh haben, bevor sie mich aus der Tür schob.

"Was zum Teufel?", murmelte ich zu Justin, als wir wieder ins Auto stiegen.

"Sie hätte dem Ganzen nicht zugestimmt, wenn sie nicht glauben würde, dass sie es schafft." Er lehnte sich über die Lücke im Auto und küsste mich auf die Wange. "Dieses Wochenende wird etwas ganz Besonderes werden. Ich kann es spüren. Ich liebe dich, Zo. Ich liebe dich wirklich."

Die Wärme seiner Worte verscheuchte meine Bedenken. Aber ich hätte auf meinen Instinkt hören sollen.

Kapitel Vierunddreißig
Jetzt

Wie lange dauert es, bis eine Ehe in die Brüche geht? Jahre? Tage? Stunden?

Während Justin und Gabe am Strand sind, durchstöbere ich die Kleidung meines Mannes, durchwühle jede Tasche, ohne zu wissen, wonach ich suche. Quittungen, Notizen, ausrangierte Kleidungsstücke, die einer anderen Frau gehören? Aber Papier gibt es nicht mehr so wirklich. Was ich bräuchte, ist Zugang zu seinem Handy oder seinem Laptop.

Justin hat sein Handy natürlich mitgenommen, aber ich habe seinen Laptop hier im Haus. Mit zitternden Fingern hebe ich den Deckel. Dann zögere ich und lasse die Hände über der Tastatur schweben. Ich war nie ein Freund von Schnüfflern. Solche Leute wirkten auf mich paranoid und leicht verstört. Aber es gab hier eine einfache Wahrheit: Justin hat gelogen. Wenn ich ihn zur Rede stelle, werde ich mit weiteren Lügen konfrontiert.

"Mama?"

Ich drehe mich um. Maddie steht in der Tür zu unserem Schlafzimmer. Ihre Wangen sind rot, als wäre sie gerannt. Oder ist sie aufgeregt? Bei Maddie ist das manchmal schwer zu sagen.

"Ist das nicht Justins Laptop?"

"Maddie, was hast du gemeint, als du sagtest, ich solle ihm nicht vertrauen?"

"Oh", antwortet sie. "Bist du sicher dass du das wirklich wissen willst? Es wird dir nicht gefallen." Sie lehnt sich gegen den Türrahmen und zieht die Augenbrauen hoch.

"Sag es mir."

Sie zuckt mit den Schultern. "Er hat mir gedroht."

Ich stehe sofort auf und durchquere den Raum zwischen uns. "Wann?"

"Als er eines Abends betrunken war. Ich wollte mir ein Glas Wasser holen, und er wusch sein Hemd im Waschbecken."

"Warum?", frage ich.

"Da war ein Fleck drauf, und ich nehme an, er wollte nicht, dass du ihn siehst?"

Ich schließe meine Hände zu Fäusten und werde wütend. "Was für ein Fleck?"

"Ich weiß nicht, vielleicht Lippenstift? Ich glaube, er war klebrig und rötlich."

"Wann war das?"

Sie wippt von einem Fuß auf den anderen, und ich kann sehen, dass meine Fragen ihr unangenehm sind. "Ich kann mich nicht erinnern. Vor etwa einem Monat."

"Und als du ihn gesehen hast, was hat er da gesagt?"

Sie seufzt. "Er meinte, wenn ich dir von dem Hemd erzähle, erzählt er dir, dass ich bei der Englischprüfung geschummelt habe." Sie verlagert ihr Gewicht vom Türrahmen weg und tritt näher. "Er hat die Spickzettel in meiner Tasche gefunden. Ich weiß, okay, bevor du loslegst. Ich habe sein dummes Geheimnis für mich behalten, weil ich dachte, dass es nicht so schlimm ist. Aber wie's aussieht, hat er wohl doch etwas Schlimmeres getan hat, als ich dachte."

"Was dachtest du denn, was hier los ist?", frage ich.

"Dass er sich vielleicht mit jemandem in einem Club eingelassen hat. Einige der Mädchen in der Schule haben ihn betrunken in der Stadt gesehen."

"Was? Maddie, warum zum Teufel hast du mir das nicht erzählt?"

"Weil ich wusste, dass du wegen der Prüfung ausrasten würdest!"

Ich drücke meine Finger an die Schläfen und weiß nicht, an welchem Faden ich zuerst ziehen soll. Maddies Schummeln in der Schule. Justins mögliche Untreue. Seine Trunkenheit in Kneipen.

"Scheiße", platze ich.

Maddie lacht.

Ich starre sie an. "Warum findest du das lustig?"

Sie zuckt mit den Schultern.

Ihre Nonchalance macht mich wütend, und ehe ich mich versehe, richte ich eine Tirade gegen sie. "Ist das dein Ernst? Du verheimlichst mir das und zuckst dann mit den Schultern, wenn du siehst, wie sehr mich das mitnimmt? Du bist kein Kind mehr, Maddie, und ich habe es satt, dich wie eines zu behandeln. Ich habe genug von deiner gefühllosen Unreife. Ich habe so sehr versucht, dich nicht als Soziopathin zu bezeichnen und die bösen Dinge, die andere Leute über dich sagen, nicht zu glauben, aber ich bin es *leid*. Sowas. Von. Diese Art und Weise, wie du über das Unglück anderer Leute lachst. Gehst du mir bitte aus den Augen? Bitte! Ich habe einen Ehemann, der mich betrügt, und eine gemeine Tochter, und ich bin einfach fertig mit den Nerven. Ich habe meine Grenze erreicht. Ich kann nicht... Geh raus, Maddie, um Himmels willen."

Aber sie bewegt sich nicht. Sie steht da und sieht zu, wie mein Körper vor Wut vibriert.

"Ich bin nicht der Psychopath in der Familie." Und damit geht sie weg.

Gerade als Maddie das Haus verlässt, kommt Justin mit Gabe herein. Ich klappe den Laptopdeckel zu, winke ihnen zu und gehe ins Bad, um zu duschen. Wenigstens kann ich dort endlich die Tränen herauslassen, die ich zurückgehalten habe. Unter der Dusche gestehe ich mir ein, dass mein Mann ein betrügerischer Lügner ist und dass ich das alles gerade an jemandem ausgelassen habe, der es nicht verdient hat.

Justin ist in der Küche und macht Gabe das Mittagessen, als ich aus der Dusche komme. Ich kann nicht einmal an Essen denken. Ich versuche, Maddie anzurufen, um mich zu entschuldigen, aber sie geht nicht an ihr Handy. Mein langes nasses Haar tropft auf den Küchentisch, während ich mit meinem Sohn zusammensitze und versuche, so zu tun, als sei alles normal. Er erzählt mir alles über den Strand, wie sie in den Felspools gewatet sind und sogar eine Krabbe gesehen haben. Ich mache interessierte *Mmhmm*-Geräusche, während sich Justins Augen verengen. Er weiß, dass etwas nicht stimmt.

Und natürlich stimmt hier etwas nicht. Mein Magen ist voll mit Säure, die sich immer weiter aufbäumt. Meine Gedanken rasen wie wild durch meinen Kopf. Ich nippe bloß an meinem Kaffee, denn jeder Schluck macht mich nervös.

"Er war *riesig*", schwärmt Gabe. "Klauen wie..." Er ahmt mit seinen Fingern Krabbenklauen nach, während er auf seinem Stuhl herumhüpft.

Hat Justin eine Affäre?

Er ist seit sechs Monaten nicht mehr zum Fußball gegangen. In diesen sechs Monaten ist er drei oder vier Mal *über Nacht* von zu Hause weggeblieben. Teenager aus der Schule haben ihn auf Partys gesehen. Er war nicht einmal besonders subtil. Maddie hat gesehen, wie er Lippenstift aus seinem Hemd gewaschen hat. Er hat eine Affäre. Aber mit wem?

Meine Gedanken wandern direkt zu Angie Starling, der hübschen jungen Lehrerin an Maddies Schule. Ich erinnere mich daran, wie gesprächig sie mit Justin in dieser einen Nacht war. Ich habe mich nie für sie erwärmen können. Bis zu diesem Moment habe ich nicht verstanden, warum. Es liegt offensichtlich daran, dass sie meinen Mann vögelt. Davon bin ich überzeugt. Es dauert nur einen Moment, bis alles Sinn ergibt.

Meine Finger verkrampfen sich um die Tasse, während Wut in mir aufsteigt. Ich könnte ihm diesen heißen Kaffee ins Gesicht schütten. Aber nein. Ich will das meinen Kindern zuliebe richtig machen. Ich muss ruhig bleiben und zuerst den Beweis finden.

"Alles in Ordnung, Schatz?", fragt Justin.

Ich könnte ihm jetzt den Hals umdrehen, doch ich erwidere nur: "Dieser Kater ist die Hölle."

Gabe lacht. "Du hast *Hölle* gesagt."

"Ja, das habe ich, nicht wahr? Was für eine schlechte Mutter!"

Er lacht weiter und fängt an, mich eine schlechte Mutter zu nennen. Ich runzle die Stirn und frage mich, ob ich noch einmal versuchen sollte, Maddie anzurufen. Ich habe so unverzeihliche Dinge zu ihr gesagt. *Ich bin nicht der Psychopath in der Familie.* Hat sie damit mich gemeint? Ich bin diejenige, die gewaltsam einen Mann ermordet hat. Es war Notwehr, aber es gibt immer noch Zeiten, in denen ich auf meine Hände schaue und mir vorstelle, dass sie mit Peter McKennas Blut befleckt sind.

Oder hat sie Justin gemeint?

"Was machst du den Rest des Tages?", fragt Justin und bringt meine Gedanken zurück in die Gegenwart.

"Ich fühle mich nicht so gut." Ich neige mein Kinn nach unten, damit er meinen Gesichtsausdruck nicht sehen kann. "Ich glaube, ich bleibe zu Hause."

Unerwartet greift er nach mir und verschränkt seine Finger mit meinen. Es kostet mich all meine Willenskraft, mich nicht loszureißen. Er grinst mich verlegen an, und ich weiß, dass ich das als Versöhnung für unseren Streit auffassen sollte. Gabe sitzt still zwischen uns und beobachtet unsere Körpersprache.

"Tut mir leid, dass ich vorhin die Beherrschung verloren habe, Schatz." Er drückt meine Finger zusammen und lässt sie wieder los. Ich entspanne mich. Er schnappt sich eine Zeitung und fängt an, sie durchzublättern. "Macht es dir etwas aus, wenn ich mich heute Nachmittag mit den Fußballern auf ein Bier treffe? Tut mir leid, dass es so kurzfristig ist."

Mein Herz flattert. "Natürlich nicht." *Wo wird er wirklich hingehen? Zu Angie Starling?*

"Jesus", sagt er und hebt die Zeitung näher an sein Gesicht. "Hast du das gelesen?"

Ich schüttle den Kopf.

"Riya Shahs Leiche wurde mit einem fehlenden kleinen Finger an der rechten Hand gefunden. Er ist abgehackt worden." Justin wirft einen schuldbewussten Blick auf Gabe, der ein lautes Igitt-Geräusch von sich gibt.

Das Licht der durch das Fenster hereinströmenden Sonne ist unerträglich hell, und mein Magen krampft sich zusammen. Ich schmecke Pfennige in meinem Mund, stelle mir den sauren Lappen zwischen meinen Zähnen vor und spüre das Pochen der Wunde an meiner Hand.

"Geht es dir gut?", fragt Justin.

"Ja", lüge ich und sehe das Foto an der Wand von Peter McKenna vor mir. Seine lächelnde Mutter, ihre Hände auf seinen Schultern, ein Finger fehlt. Ich denke an Maddie, die neben mir auf der Treppe steht. Ich frage mich, wie oft sie gesehen hat, wie McKenna mit einem Fleischerbeil Finger abgehackt hat. Dann renne ich, zusammengekauert, zur Toilette im Erdgeschoss. Ich erreiche das Waschbecken und erbreche meinen Kaffee.

Eine warme Hand berührt meinen Rücken. Gott steh mir bei, diese warme Hand, vertraut, stark und doch leicht, sie spendet mir Trost. Und das sollte sie nicht. Ich sollte mich nie wieder von diesen Händen trösten lassen.

"Es tut mir so leid", sagt Justin. "Ich bin so ein Idiot. Ich hätte mitdenken sollen..."

Ich lasse den Wasserhahn laufen und spüle meinen Mund aus,

bevor ich von ihm und dem Geruch meines Erbrochenen wegtaumle. Ich stoße mit der Rückseite meiner Oberschenkel gegen den Toilettensitz und bleibe dort sitzen, um zu Atem zu kommen.

"Das hat Peter McKenna getan, nicht wahr?", fragt er. "Er hat ihre kleinen Finger abgehackt."

"Das hat er. Von ihren rechten Händen."

Justin reibt mit den Händen über seine Stoppeln. "Und wir haben ihr ein Alibi gegeben."

Mein Kopf schnappt hoch. "Maddie hat das nicht getan!"

"Doch, das hat sie, Zoe. Das hat sie. Ich werde zur Polizei gehen und ihnen sagen, dass wir in dieser Nacht gelogen haben. Dass wir sie die ganze Nacht nicht aus ihrem Zimmer kommen sahen."

"Und was ist mit dem, was du gemacht hast? Denn du warst nicht im Haus und du warst nicht beim Fußballtraining."

"Ich war hier. Du erinnerst das falsch. Das haben wir doch schon besprochen." Er geht weg.

Er schreitet schnell durch das Haus, aber ich bin direkt hinter ihm.

"Geh nicht zur Polizei", rufe ich. "Noch nicht. Ich muss sie erst finden. Ich muss mit ihr reden." Ich greife nach seinem Arm, aber er weicht meiner Berührung aus.

Er schnappt sich seine Schlüssel. "Das ist jetzt wichtiger, als dass wir sie beschützen." Er wirft einen Blick auf Gabe. "Sie ist gefährlich, Zoe. Wir müssen ihnen die Wahrheit sagen. Maddie ist eine Mörderin und eine Psychopathin, und sie muss verhaftet werden."

Er schwingt die Tür auf, und dort stehen DS Rosen und PC Morton. Rosen hebt den Arm, als wolle er die Türklingel betätigen.

"Gutes Timing." Er wippt auf den Füßen, schiebt die Hände in die Taschen und strahlt immer noch diese beunruhigende natürliche Ruhe aus. "Mr Shelton. Justin, nicht wahr?"

"Ja", sagt Justin.

"Wir würden gerne mit Ihnen sprechen, wenn das in Ordnung ist."

"Okay", sagt Justin. "Kommen Sie rein, wenn Sie wollen."

"Wir würden gerne mit Ihnen auf dem Polizeirevier sprechen, Mr Shelton. Das würden wir wirklich gern."

Ich gehe einen Schritt von der Tür weg, schaue zurück ins Haus und suche nach Gabe. Ich will nicht, dass er das hört oder sieht.

"Stimmt etwas nicht?", fragt Justin.

"Sie sind eine Person von besonderem Interesse, Mr Shelton. Im Moment würden wir Ihnen gerne einige Fragen über die Nacht stellen, in der Riya Shah ermordet wurde." Er lächelt dünn, ohne jede Spur von Wärme. "Ich möchte Sie nicht verhaften müssen, Mr Shelton. Noch nicht."

Ich bin wie betäubt, als mein Mann aus dem Haus geht und den Polizisten folgt.

Kapitel Fünfunddreißig

Damals

Die Straßenlaternen wurden vom Kopfsteinpflaster reflektiert. Meine Absätze klickten und klapperten und rutschten über die unebenen Steine. Ich stolperte, und Justin hielt meinen Arm fest, um mich auf Kurs zu halten. Es war halb zwölf, und in seiner freien Hand hielt Justin eine gläserne Trophäe - seinen Preis.

"Aufsteigender Stern", sagte ich und strich über die Stoppeln an seinem Kinn. "Mein Stern."

"Sind Sie betrunken, Miss Osbourne?" Er lachte und zog mich näher zu sich.

Wir fanden einen Tisch vor einer alten Kneipe, hinter der sich das Schloss abzeichnete, und saßen fröstelnd in unseren Abendkleidern da, nippten am Whisky und beobachteten lärmende Nachtschwärmer inmitten ihrer Kneipentour. Justin schlüpfte aus seiner Jacke und legte sie mir um die Schultern.

"Ich liebe dich, Zoe. Ich liebe unsere Familie - mich, dich und Maddie."

"Ich liebe dich auch", sagte ich, beobachtete, wie die Straßenlaternen in seinen Augen tanzten, legte meine Hände auf seine Brust und lehnte mich an ihn.

Nach einem langsamen, trägen Kuss wies er auf seinen Preis hin. "Ich hätte das nicht ohne dich oder Maddie geschafft. Ihr beide bedeutet mir so viel."

Was ich an Justin am meisten mochte, war, wie echt er klang, wenn er sprach. Alles, was er sagte, kam so rüber, als ob es ihm gerade eingefallen wäre. Er lebte auf eine Art und Weise im Moment, wie ich es nur schwer konnte. Während ich mich immer abkoppelte, nahm er jede Sekunde in sich auf und blieb dabei immer ruhig und ausgeglichen.

"Es tut mir leid, dass es in letzter Zeit so schwierig mit Maddie war. Sie braucht eine Weile, um sich einzugewöhnen."

"Es ist alles in Ordnung", sagte er. "Ich weiß, was sie durchgemacht hat. Ihr beide. Ich bin so stolz auf dich, Zo. Schau, was du erreicht hast. Ein Buch, das sich zum Bestseller entwickelt hat!"

"Mein Agent sagt, dass ein Filmproduzent interessiert ist." Ich schüttelte den Kopf, und meine Locken huschten über meinen Nacken.

"Ist das Ihr Ernst? Wow, das ist unglaublich."

"Und beängstigend." Ich nippte an meinem Whisky und spürte, wie sich die Wärme in meinem Körper ausbreitete.

"Was wirst du machen?"

"Ich weiß es ehrlich gesagt nicht. Das Geld hat das Potenzial, uns ein Leben lang zu versorgen. Was würdest du davon halten?"

Er zuckte mit den Schultern. "Kommt darauf an, wer mich in dem Film spielen soll."

Wir lachten zusammen. Dann fügte ich hinzu: "Du hast deine eigene glanzvolle Karriere, an die du denken musst." Ich nahm den Preis in die Hand und brachte ihn näher an uns heran. "Aufsteigender Stern. Auf dem Weg, ein wirklich *großer* Stern zu werden. Was kommt als Nächstes?"

"Ehrlich gesagt, ich weiß es nicht. Ich möchte in Schulen arbeiten. Ich möchte etwas bewirken. Ich bin mir nicht einmal mehr sicher, ob die Forschung etwas für mich ist."

"Wirklich?"

"Ja, vielleicht irgendwann einmal in der Zukunft. Im Moment möchte ich mit den Schülern arbeiten."

"Du kannst so gut mit Menschen umgehen."

"Warum heiraten wir nicht einfach, und ich werde dein treuer Ehemann?", scherzte er. "Wir können von deinen Buchtantiemen leben."

Ich schnippte ihm spielerisch mit dem Ellbogen auf die Schulter.

Nachdem unser Kichern verstummt war, nahm er meine Hände sanft in die seinen. "Lass es uns tun. Ganz im Ernst. Lass uns heiraten. Ich liebe dich. Ich liebe Maddie. Ich will, dass wir eine Familie sind."

Mein Herz klopfte gegen meine Rippen. Ich merkte, dass mir nicht mehr kalt war, nicht mit seiner Berührung auf meinen Händen. Und vor allem hatte ich keine Angst vor der Zukunft, weil ich wusste, dass er ein Teil davon sein würde, denn er war mein Anker, immer.

"Okay", sagte ich, und die Aufregung brodelte in meiner Kehle wie Champagner. "Lass uns heiraten."

"Scheiße. Ich habe keinen Ring. Das tut mir leid."

"Das ist mir egal."

Wir bestellten Champagner und saßen bis in die frühen Morgenstunden vor dem Pub, um zu plaudern und schnelle Entscheidungen zu treffen. Ich beschloss, meinen Mädchennamen zu behalten, weil ich Maddies Namen bereits in Osbourne geändert hatte.

"Okay", sagte er. "Aber was hältst du von einem Doppelnamen für unser nächstes Kind?"

"Klar." Es fühlte sich modern an. "Und Maddie kann entscheiden, ob sie ihren ändern will, wenn sie älter ist."

"Abgemacht", sagte er. "Also, große oder kleine Hochzeit?"

"Einfach. Klein."

"Das ist mir auch lieber."

Wir schwebten zurück in unser Hotel, wo wir noch mehr tranken und zusammen ins Bett fielen. Ich war so betrunken, dass ich mich fragte, ob ich mir das alles nur eingebildet hatte. Aber nein. Am nächsten Morgen bestellten wir den Zimmerservice, während wir uns von unserem Kater erholten.

Nach reichlich Fett und Koffein überredete mich Justin, zu duschen und mich schnell anzuziehen.

"Wir haben noch ein paar Stunden Zeit", sagte er. "Genug Zeit, um einen Ring zu finden."

Wir stöberten gemeinsam in Juweliergeschäften, konnten uns aber nicht auf etwas Perfektes einigen. Ich beschloss, dass Maddie mir bei der Auswahl helfen sollte. Dann begann die Realität zu greifen. Ich begann mich zu fragen, wie Maddie auf die Nachricht reagieren würde.

"Babe." Justin kam aus dem hinteren Teil eines Juweliergeschäfts, in der Hand eine schwere Marmorbüste von Shakespeare. "Das müssen wir uns holen."

"Warum?"

"Weil du auch eine Auszeichnung verdienst. Hier!" Er schob mir die Statue zu, und ich passte meinen Griff schnell an, um sie festzuhalten.

"Du bist verrückt!" Aber ich lachte, und das wusch die Sorgen in meinem Kopf weg.

Für den Rest des Tages schleppten wir die unpraktische Statue durch Edinburgh, bevor wir den Zug nach Hause nahmen. Ich ließ sie auf dem Boden zwischen meinen Füßen stehen, weil ich Angst hatte, sie könnte umfallen und jemanden verletzen. Während der Zug tuckerte, verstärkte sich mein Kater, und mein Kopf pochte.

Justin verschwand zur Snackbar und kam mit einer Flasche Wasser und einer Packung Ibuprofen zurück. "Ich glaube, die könntest du gebrauchen."

"Habe ich schon erwähnt, dass ich dich liebe?", fragte ich lächelnd.

Ich schlief ein, den Kopf an seine Schulter gelehnt, geborgen in seinen Armen.

An diesem Abend fuhren wir vom Bahnhof zurück, um Maddie bei meinen Eltern abzuholen. Trotz der völligen Erschöpfung durch die durchzechte Nacht und die lange Heimfahrt konnte ich nicht aufhören zu lächeln. Und als meine Mutter die Tür öffnete, konnte ich es kaum erwarten, ihr die Neuigkeiten zu erzählen. Aber ich hatte keine Gelegenheit dazu. Sie stürmte mit rotem Gesicht und bösem Blick in den Flur und zog Maddie an einem Arm hinter sich her.

"Nimm deine Ausgeburt des Teufels und verschwinde", schrie sie.

Ich stand völlig fassungslos da, mein Kiefer schlug fast auf den Boden. Einen Moment später schob Mama Maddies Koffer durch die Tür, dann knallte sie uns vor der Nase zu. Während ich fassungslos dastand, lachte Maddie.

Meine Mutter ignorierte meine Anrufe eine Woche lang. Schließlich kam ich mit einem Kaffee und Walnusskuchen im Haus an und ließ Maddie den Nachmittag über bei Justin. Es war Sonntag, und ich wusste, dass sie zu Hause sein würden, denn sie verbrachten ihre Sonntage immer damit, im Haus herumzutüfteln, etwas zu basteln oder im Garten zu arbeiten. Sie sah den Kuchen, sagte nichts, ließ mich aber ins Haus.

Mama schaffte es an diesem Nachmittag, jeder ihrer Bewegungen eine aggressive Ungeduld zu verleihen. Sie knallte den Kessel auf den Boden, rührte meinen Tee so heftig um, dass der Löffel gegen den Keramikrand klapperte, und schnitt in den Kuchen wie ein Metzger, der Fleisch schneidet.

"Dein Vater schläft, also mach nicht so viel Lärm."

Ich wollte sie auf den Krach hinweisen, den sie von sich aus machte, aber ich hielt meine Lippen fest geschlossen, weil ich genau wusste, wann ich meine Mutter nicht verärgern durfte.

Wir saßen auf dem Sofa im Wohnzimmer, unterhielten uns und lobten den Kuchen, der saftig und süß war. Ich betrachtete ihr Gesicht und bemerkte die verräterischen Zeichen der Erschöpfung - die dunklen Augenringe, die trockene Haut und ihr zerzaustes Haar. Die Sorge zog meine Brust zusammen. Wie sollte ich diese starrköpfige Frau unterstützen? Würde sie mich jemals lassen?

"Mama, wollen wir darüber reden?"

Sie knallte ihren Teller auf den Couchtisch, während ich mich darauf gefasst machte, dass er in Stücke zerbrechen würde. Irgendwie überlebte er es. "Nun, ich wollte es nicht. Aber vielleicht solltest du genau wissen, womit du es zu tun hast."

"Um Gottes willen, sag mir einfach, was sie getan hat!" Ich wollte nicht ausrasten, aber ich konnte diese Geheimnistuerei nicht länger ertragen.

"In Ordnung, gib mir eine Minute, ja? Ich sag's dir." Sie schlug ein schlankes Bein über das andere, wobei ihre zigarrengeschnittene Hose am Knöchel hochrutschte. "Am Anfang war sie in Ordnung. Ruhig. Stille Kinder mochte ich noch nie besonders, weil man nicht weiß, was sie denken. Aber du warst ziemlich still, und das hat mich nicht gestört. Doch sie schien sich zu langweilen. Sie spielte ständig auf diesem... Bildschirm, den du ihr geschenkt hast." Sie meinte einen Nintendo DS, aber ich wollte ihren Redefluss nicht unterbrechen, um es ihr zu sagen. "Dein Vater war in einer blöden Stimmung. Er nannte sie immer Nancy. Er ging mit einem Mädchen zur Schule, das Nancy hieß, weißt du. Und ich sah, wie Maddie ihn hin und wieder ansah. Ich wollte nicht, dass er sie erschreckt. Ich weiß, wie das mit alten Leuten und Kindern ist. Also bin ich nach nebenan gegangen und habe Samantha gefragt, ob Maddie mit ihrem Golden Retriever Welpen spielen darf."

Ich versuchte, mir meine Besorgnis nicht anmerken zu lassen, aber jeder Muskel in meinem Körper spannte sich an. Ich hatte schon früh im Adoptionsprozess die Entscheidung getroffen, niemals ein Haustier zu besitzen. Es mag schrecklich sein, sich Sorgen zu machen, dass meine eigene Tochter zu Tiermissbrauch fähig wäre, aber ihr Vater könnte seine Haustiere vor ihren Augen missbraucht haben. Ich hatte sie in Streichelzoos mitgenommen, um ihr beizubringen, wie man in einer kontrollierten Umgebung sanft mit Tieren umgeht, um dieser Erfahrung entgegenzuwirken, aber ich wollte es trotzdem nicht riskieren.

"Samantha hat gesagt, dass ich Maddie vorbeibringen kann. Sie hat auch ein kleines Mädchen, etwa drei Jahre alt, namens Daisy." Sie machte ein Gesicht. "Ich habe mir noch nie etwas aus diesen Blumennamen gemacht. Was kommt als nächstes? Butterblume?"

"Mama", sagte ich leise.

"Ich brachte Maddie zu ihr und sagte Samantha, ich würde sie in einer Stunde abholen. Aber zwanzig Minuten später bat sie mich schon, sie wieder zu nehmen. Ich sagte: 'Na, was ist denn los?' Offenbar hat der Welpe Maddie in den Arm gebissen. Nicht fest, aber Maddie wurde sehr wütend und stürmte davon."

Erleichterung durchflutete meinen Körper. Wenigstens hatte sie dem Hund nichts angetan. "Ich kann mich nicht erinnern, einen blauen Fleck gesehen zu haben."

"Es gab keinen. Ich habe nachgesehen. Nachdem ich sie aus Samanthas Garten gelockt hatte. Samantha hatte so einen merkwürdigen Gesichtsausdruck. Misstrauen. Es war, als könne sie nicht glauben, dass ich dieses fremde Kind zu ihr gebracht hatte. Und sie hielt Daisy fest, als wolle sie sie nicht in ihrer Nähe haben. Ich fragte sie, ob alles in Ordnung sei, ob Maddie sich benommen habe, und sie sagte, es gehe ihr gut, aber Daisy sei übermüdet und brauche ein Nickerchen. Ich fand Maddie im Garten, wo sie im Gras saß. Sie hatte geweint, was ich für normal hielt, für ein Kind in ihrem Alter. Ihre Hände waren ganz schlammig, als hätte sie gegraben. Zuerst wollte sie nicht mit mir sprechen, aber als ich sie bat, mit mir zu kommen, tat sie es.

Draußen vor dem Haus, im Vorgarten, fragte sie dann: 'Was ist denn mit Opa los?' Ich wusste nicht, was ich sagen sollte. Ich sagte ihr, dass er nicht mehr ganz richtig im Kopf sei. Dass er immer wieder Dinge vergisst, die er früher gewusst hat. Sie sagte: 'Mein Vater war auch nicht ganz richtig im Kopf.'" Mama seufzte und schüttelte den Kopf. "Was sollte ich darauf antworten?"

"Sie hat viel durchgemacht, Mama", erinnerte ich sie.

"Ich weiß. Sie ging zurück und spielte ihr Spiel. Deinem Vater ging es etwas besser, also schnitt er ein paar Bäume im Garten. Nach einer Weile ging Maddie raus, um zu helfen. Ich habe von der Küche aus zugeschaut, um sicherzugehen, dass nichts schief geht, aber sie schienen Spaß zu haben. Dein Vater ließ sie eine Weile den Rasenmäher schieben. Sie haben ein bisschen Unkraut entfernt und die Rosen beschnitten. Ich glaube, sie waren etwa ein paar Stunden dort draußen. Danach habe ich dafür gesorgt, dass Maddie gebadet wurde, weil sie schmutzig war. Zum Abendessen gab es Hühnchen, und dann habe ich sie ins Bett gebracht."

Ich runzelte die Stirn. Ich hatte mehr Drama erwartet. Bisher hatte Maddie nichts Falsches getan, außer die Nachbarn zu erschrecken, wahrscheinlich weil sie nicht immer so reagiert wie andere Kinder.

"Die Probleme begannen, nachdem sie ins Bett gegangen war. Zuerst wachte sie etwa eine Stunde später schreiend auf. Also ging ich hoch und sprach mit ihr. Sie sagte, sie hätte schlecht geträumt, dass Opa jemandem wehgetan hätte, weil er vergessen hatte, dass er das nicht sollte. Ich sagte ihr, dass Großvater niemandem wehtun würde und dass sie wieder einschlafen solle. Das tat sie auch. Es ist nichts weiter passiert. Dein Vater und ich gingen ins Bett. Er war müde von der ganzen Gartenarbeit, also schlief er sofort ein." Sie schlang ihre Arme um ihren Körper. Ich sah, wie sich ihre Haltung veränderte, wie sich ihr Rücken aufrichtete. "Als ich das nächste Mal aufwachte, stand Maddie an unserem Bett und hielt ihr Kissen fest."

Die Worte meiner Mutter ließen mich erschauern. Elektrizität schoss mir den Rücken hinauf. "Noch ein Albtraum?"

"Nein", sagte Mama. "Ich glaube nicht. Sie stand direkt neben dem Kopf deines Vaters und hielt das Kissen hoch, als ob sie... als ob sie gleich..." Mamas Arme hatten sich gehoben, als würde auch sie ein Kissen hochhalten. Ihre Augen waren glasig, ängstlich.

"Nein", sagte ich. "Warum sollte sie?"

"Ich glaube, sie hat sich in den Kopf gesetzt, dass dein Vater Menschen verletzen wird und sie ihn aufhalten muss."

Eine kalte Faust formte sich um meine Brust und drückte und drückte. "Gott. Nein. Das würde sie nicht tun."

"Ich habe ihr keine Gelegenheit dazu gegeben. Nachdem ich sie wieder ins Bett gebracht hatte, blieb ich die ganze Nacht wach und passte auf, dass sie nicht wieder ins Zimmer kam. Dieses Kind... sie hat einen gestörten Sinn für Moral. Ein böser Traum und sie denkt, dass dein Vater... eingeschläfert werden müsste."

"Das wissen wir nicht", beharrte ich. "Vielleicht wollte sie in deinem Bett schlafen. Sie schläft manchmal auch in meinem."

"Oh, ich konnte sie nachts nicht so nah an mich heranlassen. Ohne zu wissen, was sie vorhaben könnte."

"Mama! Hör auf! Sie ist ein kleines Kind. Hast du jemals darüber nachgedacht, dass sie sich vor dir so verhält, weil du sie nicht wie ein normales menschliches Kind behandelst? Hast du das jemals bedacht?

Ich habe es so satt, wie du sie behandelst. Und mich!" Ich stand auf, Wut durchströmte mich.

"Na gut, vielleicht verhalte ich mich in ihrer Gegenwart anders. Aber es ist etwas Wahres an dem, was ich sage. Sie wird nie normal sein. Sie ist zu kaputt. Eines Tages wird sie jemanden umbringen, weil es in ihren Genen liegt."

"Da liegst du falsch", sagte ich, stand auf und ging zur Tür. Ich wollte nicht eine Sekunde länger in der Nähe meiner Mutter sein.

"Das hoffe ich", rief sie mir nach, ohne sich die Mühe zu machen, vom Sofa aufzustehen. "Das hoffe ich sehr, Zoe."

Nachdem ich das Haus meiner Eltern verlassen hatte, saß ich ein paar Minuten lang in meinem Auto auf der anderen Straßenseite und versuchte, mich zu beruhigen. Ich konnte verstehen, wie Mama angesichts von Maddies Albtraum zu diesem Schluss gekommen war, aber gleichzeitig glaubte ich nicht, dass Maddie versuchen würde, meinen Vater zu ermorden. Ich konnte es einfach nicht glauben. Vielleicht hatte sie einen Moment lang darüber nachgedacht.

Aber, nein. Ich schüttelte den Kopf. *Nein.*

Ich dachte, es wäre vielleicht eine gute Idee, mit Samantha, Mamas Nachbarin, zu sprechen, also ging ich zum Haus und drückte auf die Türklingel. Ich rieb meine Arme gegen die Kälte und freute mich darauf, bald wieder bei meiner Familie zu sein. Ich hatte Samantha noch nie getroffen, und als sie antwortete, erklärte ich schnell, wer ich war. Samantha bat mich herein. Sie hatte Daisy auf ihrer Hüfte, die mir strahlend zuwinkte, wobei ihre hübschen blonden Locken ihr Gesicht umrahmten. Samantha hatte eine dieser beneidenswerten Figuren, mit einer schmalen Taille und vollen Hüften. Sie setzte Daisy auf einen Sessel, und ihr Welpe hüpfte auf mich zu, wobei seine Ohren umherflatterten.

"Es tut mir leid, wenn meine Tochter Maddie Ihnen Unbehagen bereitet hat. Sie hatte eine schwierige Kindheit und benimmt sich nicht immer so wie andere Kinder."

Samantha lächelte. "Oh, das ist in Ordnung."

Ich streichelte den Welpen weiter. "Wie ist sein Name?"

"Dexter", sagte sie.

"Oh, er ist so niedlich. Mama sagte, er hat Maddie gebissen. Hat sie etwas getan, um ihn zu verärgern?"

Samantha rieb ihre Hände an ihrer Jeans und verlagerte ihr Gewicht, als ob sie sich unwohl fühlte. "Nichts Schlimmes. Es ist nur ..." Sie hielt wieder inne, und ich wollte, dass sie es einfach ausspuckte.

"Ich glaube, sie wollte Dexter testen. Sie hat ihn zuerst gestreichelt und dann seine Pfoten angehoben. Ich hab gesehen, wie sie seine Ohren anhob. Ich meine, es war reine Neugierde, nichts weiter. Ich glaube nicht, dass sie Dexter etwas antun wollte. Sie stupste ihn in den Bauch, und er schnappte nach ihr. Wir gehen jetzt zum Verhaltenstraining, damit er das nicht noch einmal macht."

"Richtig. Das ist gut. Und nach dem Biss? Wie hat sie reagiert?"

"Nun, sie hat Dexter nicht gehauen, falls Sie sich darüber Sorgen machen. Manche Kinder tun das, nicht wahr? Sie lassen die Situation eskalieren. Doch sie... sie hat sich Daisy geschnappt und versucht, sie dazu zu bringen, mit ihr in den Garten zu gehen. Sie war ein wenig grob, also nahm ich Daisy weg und ließ Maddie in den Garten gehen. Sie saß einfach nur da, grub mit ihren Händen in der Erde und führte Selbstgespräche."

Ich konnte verstehen, warum Samantha meine Mutter angerufen hatte. An ihrer Stelle hätte ich das sicher auch getan. Maddie brauchte manchmal eine besondere Fürsorge, und darauf war sie nicht darauf vorbereitet gewesen. Was passiert war, war weder ihre, noch Dexters oder Maddies Schuld. Es war die Schuld meiner Mutter. "Wie ich schon sagte, sie macht nicht immer das, was andere Kinder in einer ähnlichen Situation tun würden. Das kam wahrscheinlich etwas seltsam rüber."

Samantha nickte. "Ich war mir nicht sicher, ob sie vielleicht autistisch ist."

"Nein", sagte ich. "Aber sie hat ein Trauma erlebt."

"Das tut mir leid."

"Ist schon gut." Ich stand auf und gab Dexter einen letzten Klaps.

"Sie könnte vielleicht mal wieder vorbeikommen", sagte Samantha. "Wenn du dabei bleibst, falls wieder etwas passiert."

"Maddie würde sich darüber freuen", sagte ich, aber ich spürte, dass das Angebot eher aus Höflichkeit als aus dem Wunsch heraus gemacht worden war, Zeit mit meiner Tochter zu verbringen.

Ich verließ das Viertel mit einem schweren Stein der Traurigkeit in der Magengrube. Selbst eine einzige Übernachtung war sowohl für Maddie als auch für meine Eltern zu viel gewesen. Ich konnte es Mama nicht verübeln, dass sie Angst hatte, als Maddie mit einem Kissen in ihrem Zimmer stand, aber ich hasste es trotzdem, wie sie mit meiner Tochter umging. Die ganze Situation fühlte sich so chaotisch an. Ein Teil von mir wollte meine Mutter nie wieder sehen, ein anderer Teil war auf Mamas Seite, was Maddies Verhalten anging, und ein Teil von mir wollte ihr mit Papas Gesundheitszustand helfen, der sich immer weiter verschlechterte.

In dieser Nacht schlief ich mit dem Bild von Maddie ein, die mit erhobenem Kopfkissen neben dem Bett stand. Und einen Moment lang fragte ich mich, ob Maddie vielleicht geglaubt hatte, sie müsse ihrem Großvater Sterbehilfe leisten. Immerhin hatte sie gewusst, wann ihr eigener Vater sterben musste.

Kapitel Sechsunddreißig

Jetzt

Ich taumle zurück in die Küche. *Person von besonderem Interesse. Was hat das zu bedeuten?*

Gabe fängt an zu weinen. Ich eile herbei und nehme seinen kleinen Kopf zwischen meine Hände. Er lehnt sich an meine Schulter. Ich nehme den Geruch von ihm auf. Salzwasser, Sand und Marmelade von seinen Sandwiches.

"Was ist los?", fragt er.

"Nichts, Schätzchen. Papa wird nur kurz mit der Polizei reden."

"Wegen Riya?"

"Ja", sage ich.

"Aber warum?"

Ich schlucke. *Wie soll ich das beantworten?* "Nun, da bin ich mir noch nicht sicher. Aber ich bin sicher, sie werden es uns bald sagen. Komm, wir machen ein paar Cartoons an."

Ich setze ihn auf das Sofa, während ich Maddie eine kurze Textnachricht schicke: *Wir müssen reden. Es geht um Riya. Es ist dringend.*

Dieses Mal antwortet sie sofort. *Was ist mit ihr?*

Ich tippe: *Der Mörder hat ihren Finger entfernt, genau wie McKenna es getan hat.*

Ich zögere und füge dann hinzu: *Justin ist eine Person von besonderem Interesse. Die Polizei hat ihn zum Verhör mitgenommen.*

Sie antwortet. *Heilige Scheiße, Mama.*

Ich tippe. *Komm nach Hause, Mads. Wir müssen reden.*

Nicht jetzt. Aber bald. Ich glaube nicht, dass Justin Riya getötet hat. Aber ich glaube, ich weiß, wer es war.

Wer? Maddie, sag es mir!

Die blauen Punkte tanzen über den Bildschirm. *Das kann ich dir nicht sagen.*

Maddie, rede mit mir! Was weißt du denn?

Gib mir Zeit, okay? Ich bin noch dabei, mir alles zusammenzureimen.

Als ich versuche, sie anzurufen, geht direkt die Mailbox an. Sie schickte mir die Nachricht und schaltete es dann aus, sodass ich nicht mit ihr sprechen kann.

Ich bin mir nicht sicher, wie lange ich neben Gabe sitze, still wie eine Statue, während der Schock mich immer wieder wie ein kleiner Blitz durchfährt. Fünf Minuten, vielleicht mehr. Farben und Formen verschwimmen auf dem Fernsehbildschirm. Gabe steckt sich den Daumen in den Mund, was er seit Jahren nicht mehr getan hat, und schmiegt sich an meine Seite. Seine Tränen sind verschwunden, aber er weiß, dass etwas nicht stimmt. Vielleicht weiß er es schon länger als ich. Vielleicht hat er den langsamen Zerfall gesehen, den ich übersehen habe.

Dann trifft es mich. Es trifft mich so hart, dass eine Hand zu meiner Brust fliegt und sich hart gegen mein Brustbein drückt.

"Nein", murmele ich. "Er kann nicht..."

"Mami?"

"Mir geht's gut, Schatz", murmle ich und bemerke kaum, dass er mich "Mami" genannt hat, was er schon lange nicht mehr getan hat.

Nein, ich denke an Maddie, die auf der anderen Seite des Raumes sitzt und höflich die Fragen von DS Rosen über Riyas mysteriösen Freund beantwortet.

Er ist älter.

Er ist verheiratet.

Er hat Kinder.

Sie gehen in Hotels.

Justin arbeitet an Maddies Schule. Er ist beliebt und wird von den Schülern, vor allem von den Mädchen, sehr geschätzt. Ich habe gesehen, wie sie ihm zuwinkten, wenn wir zusammen in Penry unterwegs waren. Ich habe gesehen, wie sie kichernd weggelaufen sind, wie es Teenager-Mädchen zu tun pflegen. Ich habe nie, nicht ein einziges Mal, gesehen, dass Justin diese Mädchen mit etwas anderem als dem, was ich für einen normalen Blick hielt, ansah, aber jetzt weiß ich, wie gut er lügen kann. Jetzt weiß ich, dass er sich verstellen kann.

Sind die Gedanken in meinem Kopf echt? Ich gehe jede Erinnerung an Riya durch, die ich habe. Sie war ein wunderschönes Mädchen, mit einem umwerfenden Lächeln und seidig langem Haar. Ich sehe, wie sie über einen von Justins albernen Witzen lacht, als sie Maddie besuchen kommt. Ich sehe, wie Justin ihr anbietet, sie zu Hause abzusetzen, nachdem sie zum Tee da war. Ich sehe das alles auf eine Weise, wie ich es noch nie zuvor gesehen habe. Dann stelle ich mir vor, wie sie sich in seinen Nacken schmiegt und Lipgloss über seinen Kragen streicht. Ich sehe ihn, wie er ihr ins Ohr flüstert und sie warnt, ihr Geheimnis nicht zu verraten. Ich sehe, wie sich seine Hände um ihre Kehle legen... Sie liegt tot und leblos unter ihm. Er schneidet mit einem scharfen Messer in ihren leblosen Finger...

Das Fernsehbild wird scharf. Schließlich verwandeln sich die Farben und Formen in Zeichentrickfiguren, und der Nebel des Schocks wird zu einem Ziel. Rumsitzen und nichts tun hilft niemandem.

"Wollen wir eine kleine Runde drehen, Schatz?", frage ich.

Gabe starrt zu mir hoch, zögerlich und voller Angst. Aber er lächelt lieblich. "Okay, Mama."

das Auto rumpelte unter mir und das ruckartige Tuckern des Motors wartet darauf, dass ich die Handbremse löse und losfahre. Aber ich habe noch nicht entschieden, wohin ich fahre. Ich will Maddie finden, aber ich habe keine Ahnung, wo Annabel wohnt. Ich kann nicht in Penry herumfahren und an Türen klopfen. Wenn ich doch nur eine dieser Ortungs-Apps für die ganze Familie installiert hätte. Aber Justin und Maddie waren dagegen. Jetzt weiß ich auch, warum.

Ich werfe einen Blick in den Rückspiegel, wo Gabe auf die Garage aus dem Auto starrt. "Alles in Ordnung, Hase?"

Er nickt. Er ist still.

Ich lege meine Hände auf das Lenkrad. Ich muss zur Polizei gehen. Ich muss wissen, was hier los ist. Ich kann sie vor Justins Lügen warnen, bevor er Maddie in die Sache verwickelt. Ich kann ihnen sagen, dass er in der Nacht, als Riya Shah ermordet wurde, nicht zu Hause war. Egal wie oft er mir weismachen will, ich hätte es nur vergessen, ich kenne die Wahrheit. Ich richte die Fernbedienung auf das Garagentor und sehe zu, wie es sich rüttelnd öffnet. Ich atme zittrig aus, lege den ersten Gang ein und verlasse die Einfahrt.

Während ich fahre, versuche ich, die Punkte in meinem Kopf zu verbinden. Mein Mann hatte eine Affäre mit einem sechzehnjährigen Mädchen. Er war doppelt so alt wie sie. Er arbeitete an ihrer Schule. Er befand sich in einer Machtposition, und obwohl sie vielleicht *knapp* über dem gesetzlichen Mündigkeitsalter war, ist diese Konstellation unbestreitbar pädophil. Und als ich Maddie eine Nachricht schickte, um ihr mitzuteilen, dass Justin eine Person von Interesse ist, antwortete sie, dass sie nicht glaubt, dass Justin der Mörder ist. Warum sollte sie das sagen? Hat Maddie die ganze Zeit über ihre eigenen persönlichen Ermittlungen durchgeführt? Und wenn ja, wie passt diese Annabel da hinein?

Ich versuche, sie über die Freisprecheinrichtung am Armaturenbrett anzurufen, aber es geht wieder nur die Mailbox ran. "Um Himmels willen, Maddie! Nimm ab!" Frustriert fahre ich um eine enge Kurve und gerate dabei gefährlich nahe an die rechte Fahrbahn. Ein Lastwagenfahrer hupt.

"Mama, geht es dir gut? Wohin fahren wir?"

Gabes heisere Stimme klingt erschrocken. Ich biege links ab und verlasse die Hauptstraße. Ich wähle einen weniger direkten Weg, während ich meine Nerven beruhige.

"Mir geht es gut, mein Schatz. Alles ist in Ordnung."

Ein paar Minuten später fahre ich endlich auf den Parkplatz neben der Polizeiwache und schaue mir meinen Sohn noch einmal an. Er sieht seinem Vater so ähnlich, mit jungenhaften, verwilderten Locken und süßen blauen Augen. Bin ich dabei, voreilige Schlüsse zu ziehen? Noch vor wenigen Wochen hielt ich meinen Mann für einen sanften, fürsorglichen Mann, den ich genauso liebte wie meine Kinder. Ein Beschützer, auf seine eigene Art und Weise. Ein Mann, der für ein ruhiges Gleichgewicht im Haushalt sorgte.

Lügen, Zoe. So viele Lügen. Tu das nicht ab. Ignoriere dein Bauchgefühl nicht.

Ich denke an sein wutentbranntes, lächelndes Gesicht und den Zeigefinger, den er mir ins Gesicht stieß.

"Okay, wir müssen hier mal kurz rein", sage ich zu Gabe.

"Warum?" Trotz seines jungen Alters muss er die Polizeistation als solche erkennen.

"Ich muss mit dem Detective sprechen." Jetzt, wo ich hier bin, weiß ich nicht, was ich mit Gabe machen soll. Er wird alles mitbekommen, was ich über Justin sagen muss. Bin ich bereit, das zuzulassen?

Ein leichter Schweißfilm breitet sich auf meiner Stirn aus, als wir das Gebäude betreten. Ich halte Gabes Hand, als wir an den Schalter treten und nach DS Rosen fragen.

"Zoe, schön, Sie zu sehen." Rosen kommt näher und hebt die Hand. "Haben Sie etwas zu besprechen?" Ich bemerke, wie er mein Auftreten wahrnimmt - mein feuchtes Haar, mein verschwitztes Gesicht und das kleine Kind an meiner Hand.

"Kann... kann jemand meinen Sohn mitnehmen? Ich will nicht, dass er bei mir ist, wenn..."

Rosen versteht sofort. "Natürlich." Er geht in einen anderen Raum und kommt einen Moment später mit einer Frau mittleren Alters im Anzug zurück. "Sue wird diesem jungen Mann zeigen, wo wir Verdächtige befragen."

"Cool", sagt Gabe.

Sue beugt sich hinunter und fragt Gabe nach seinem Namen. Sie lächelt und ist freundlich. Ich entspanne mich leicht.

"Kommen Sie, wir gehen in einen Interviewraum." Rosen deutet mir an, ihm zu folgen. "Kann ich Ihnen ein Glas Wasser bringen? Vielleicht einen Tee?"

"Wasser wäre gut." Meine Kehle kratzt vor Trockenheit.

Wenige Augenblicke später sitze ich Detective Rosen gegenüber und halte ein Glas Wasser in der Hand. Er lächelt höflich, hinter ihm eine graue Wand, seine Hände auf dem Tisch verschränkt.

"Was hat Sie heute hierher geführt, Ms. Osbourne?"

Ich trinke einen Schluck Wasser. "Ich weiß, dass Sie gerade meinen Mann befragen. Haben... Haben Sie ihn schon freigelassen?"

"Nein", sagt er.

"Weil sie vorhaben, ihn zu verhaften?"

Rosen zieht eine Augenbraue hoch. "Wie kommen Sie darauf, dass wir ihn verhaften wollen?"

"Nun, Sie sagten, er sei eine Person von besonderem Interesse."

Er faltet seine Hände auseinander und lehnt sich zurück. "Das ist richtig." Sein Mund verzieht sich zu einem schmalen Strich. Ich merke, dass er mir keine weiteren Details nennen will. Jeder Teil meines Körpers spürt das Gewicht seines geduldigen, beobachtenden Blicks.

Ich streiche mir eine Haarsträhne aus der Stirn. "Ich glaube, mein Mann wird Sie anlügen, darum bin ich hier."

"Was glauben Sie, worüber wird er lügen?"

"Nun", sage ich, "ich... habe heute etwas erkannt. Besser gesagt, ich habe es entdeckt. Justin hat mich angelogen. In den letzten sechs

Monaten war Justin angeblich jede Woche beim Fußballtraining einer örtlichen Mannschaft. Aber er hat die Mannschaft schon vor Monaten verlassen. Und ab und zu fährt er auf ein Golfwochenende. Eine weitere Lüge. Bezüglich der Nacht, in der Riya starb, hat Justin gleich zwei Mal gelogen. Er sagte mir, er sei beim Fußballtraining gewesen. Ihnen hat er gesagt, er sei zu Hause gewesen. Seitdem versucht er mir einzureden, wir hätten zusammen auf dem Sofa gesessen und einen Film gesehen. Das haben wir aber nicht. Er war nicht da. Ich weiß nicht, wo er war, aber ich fange an zu glauben..." Meine Stimme bricht. Ich spüre ein scharfes Gefühl in der Nase, weil mir die Tränen kommen.

"Lassen Sie sich Zeit", sagt Rosen.

Ich schniefe und räuspere mich, will nicht weinen. Nicht jetzt. "Wenn jemand so viel lügt wie in diesem Fall, gibt es eigentlich nur eine Erklärung, nicht wahr? Er hat eine Affäre. Riya hat Maddie erzählt, dass sie eine Beziehung mit einem verheirateten Mann hat. Justin arbeitet an der Schule von Maddie und Riya. Er wollte mit Teenagern arbeiten. Es passt alles zusammen, oder?"

Rosen stößt einen langen Atemzug durch seine Nase aus. "Riya Shah hat einige Zeit in Ihrem Haus verbracht, nicht wahr?"

"Ja. Sie und Maddie waren Freunde. Riya kam alle paar Wochen zum Abendessen. Manchmal kam sie mit uns an den Strand und einmal mit in den Urlaub."

"Ist Ihnen etwas Ungewöhnliches zwischen Ihrem Mann und Riya aufgefallen?"

"Nein", sage ich. "Nichts. Er hat mit ihr geredet, wie er mit Maddie geredet hat. Ich habe nie bemerkt, dass er sie auf eine besondere Weise ansah. Ich habe nichts Seltsames bemerkt. Justin kann gut mit Teenagern umgehen. Er redet mit ihnen wie mit Erwachsenen. Also, nein, ich habe nichts bemerkt, aber das heißt nicht, dass es nicht da war." Ich schiebe mir einen Daumennagel zwischen die Zähne und denke nach. "Aber der Urlaub und die Strandausflüge sind schon Jahre her. In den letzten sechs Monaten hat Maddie mehr Zeit mit den Shahs verbracht als Riya bei uns zu Hause. Vielleicht... Vielleicht hat Justin dafür gesorgt, damit sie sich nicht verraten."

"Danke, Ms. Osbourne. Das sind nützliche Informationen."

"Na, Gott sei Dank konnte ich nützlich sein", schnauze ich. Dann seufze ich. "Ich muss wissen, was hier los ist. Haben Sie meinen Mann verhaftet?"

"Nein." Er holt tief Luft. "Aber es gibt einen Zeugen, der Riya in der Nacht, in der sie ermordet wurde, im Auto Ihres Mannes gesehen hat."

Meine Hand fliegt zu meinem Mund. "Oh Gott. Und ich hab mich auch noch schuldig gefühlt, weil ich ihn für fähig hielt, einen Menschen zu ermorden. Fast wäre ich gar nicht gekommen. Ich hatte keine Beweise. Es war eher eine Vermutung als etwas Reales." Eine Taubheit breitet sich in meinem Körper aus, zusammen mit einem Kribbeln. Sowas habe ich schon einmal erlebt, bevor ich ohnmächtig wurde, also kneife ich mir in den Ellbogen, um mich zurückzuholen. "Vor ein paar Monaten hätte ich noch nichts geahnt. Aber... in letzter Zeit war er so *wütend*. Er war nie wütend. Niemals. Er hat immer über Maddie geredet, als wäre sie das Problem, und dabei war er es die ganze Zeit." Meine Hände ballen sich zu Fäusten. "Deshalb hat er Riyas Finger entfernt. Er wollte Maddie beschuldigen. Er will, dass die Welt glaubt, dass sie es war!"

Rosen bleibt ruhig. Neutral. "Versuchen Sie nicht, voreilige Schlüsse zu ziehen. Wir müssen dem erst einmal nachgehen, und es wird einige Zeit dauern, bis wir die nötigen Antworten erhalten. Sie haben einen Schock erlitten, Miss Osbourne. Gibt es jemanden, den ich anrufen kann? Vielleicht Familie, bei der Sie bleiben können?"

Ich schüttele den Kopf. "Wie lange wird er hier bleiben?"

"Er wurde nicht wegen des Mordes an Riya angeklagt, was bedeutet, dass wir ihn nicht gegen seinen Willen hier festhalten können. Wie ich schon sagte, müssen wir einen Prozess durchlaufen. DNA-Sammlung, Auswertung von Überwachungsvideos und Zeugenbefragungen. Ich werde Sie auf jeden Fall auf dem Laufenden halten, sobald es Neuigkeiten gibt. Ich werde Sie so gut wie möglich auf dem Laufenden halten."

"Das weiß ich zu schätzen." Ich stieß einen Seufzer der Erleichterung aus. Rosens Fragen ließen mich befürchten, dass man mich ausschließen würde, dass man mir nichts über die Ermittlungen sagen würde. "Was passiert heute Abend? Müssen Sie ihn bald entlassen?"

"Ja."

"Und er kann nach Hause kommen?"

Rosen zieht die Augenbrauen hoch. "Es sei denn, Sie halten ihn davon ab, nach Hause zu kommen. Gehört Ihnen das Haus?"

"Es gehört uns beiden."

"Haben Sie das Gefühl, dass er eine Gefahr für Sie oder Ihre Kinder sein könnte? Vielleicht könnten Sie eine einstweilige Verfügung beantragen? Ich könnte mir vorstellen, dass ein Gericht dem zustimmen würde, solange wir Beweise für die Affäre mit Riya finden. Er ist eine Person von besonderem Interesse im Zusammenhang mit dem Mord an einem Teenager-Mädchen. Sie haben ein junges Mädchen im Haus, das Sie beschützen müssen."

"Wie lange wird das dauern?"

"Sie können heute eine einstweilige Verfügung erwirken, wenn Sie glauben, dass Sie sich in unmittelbarer Gefahr befinden. Allerdings wird Herr Shelton Gelegenheit erhalten, seine Sicht der Dinge vor Gericht zu schildern, nachdem er von der einstweiligen Verfügung in Kenntnis gesetzt wurde. Würden Sie das gerne machen?"

"Ja", sage ich. "Das würde ich gerne."

Kapitel Siebenunddreißig

Damals

Ich habe Justin angelogen. Wir waren so glücklich, frisch verlobt, dass ich ihn nicht erschrecken wollte. Als er mich also fragte, warum meine Mutter nach unserer Rückkehr aus Edinburgh so schlecht reagiert hatte, log ich. Ich erzählte ihm, dass Maddie der Nachbarin Angst gemacht hatte, weil sie so wild mit ihrem Kleinkind herumtobte, und dass sie Mama mit Albträumen erschreckt hatte. Soweit ich weiß, hat er nie etwas über Maddie, das Kissen oder das, was meine Mutter glaubte erfahren. Und damit ging das Leben weiter. Ich erwähnte den Vorfall nie wieder. Ich fragte Maddie nicht, warum sie getan hat, was sie getan hat. Der Grund dafür war ganz einfach: Ich wollte es nicht wissen.

Allerdings musste ich zugeben, dass die Geschichte, die mir meine Mutter erzählte, meine Sichtweise bezüglich meiner Tochter veränderte. Ich suchte nach Anzeichen für einen verzerrten Sinn für Gerechtigkeit. Ich bemerkte, dass ihre häufigen kleinen Diebstähle den Kindern in der Klasse galten, die sie nicht mochte, vor allem denen, die ihr oder anderen Unrecht getan hatten. Thomas hatte zum Beispiel die Tendenz, Mohammed zu schikanieren, also Maddie stahl Thomas' Spiderman-Actionfigur. Miss Staveley, Maddies Lehrerin, erzählte mir einmal, wie sie Maddie dabei ertappte, wie sie Legostücke die Toilette hinunterspülte, weil Mei sich weigerte, sie mit ihr zu teilen. All das zu wissen, lehrte mich Geduld und Beharrlichkeit. Ich nutzte jede Gelegenheit, um ihr Freundlichkeit beizubringen. Ich zerbrach mir den Kopf, wie ich ihr ein gutes Beispiel sein kann, und ihr Gesetze und Autorität zu erklären und dass wir es den Autoritätspersonen überlassen sollten, Gerechtigkeit auszuüben. Dass es nicht unsere Aufgabe sei, über die Schuld anderer zu urteilen. Aber funktionierte es? Ich konnte es nie genau sagen. Sie sagte immer: "Ja, Mami, ich verstehe." Aber hatte sie das?

In den folgenden Jahren lebten wir zusammen als komplizierte, aber glückliche Familie. Die Verkaufszahlen meines Buches schockierten sogar meinen Agenten und meinen Verleger, der mir ein gerahmtes Buch schickte, um dessen Erfolg zu würdigen. Um die Filmrechte wurde ein Bieterkrieg geführt, bei dem schließlich ein führender Hollywood-Produzent die Rechte erwarb. Plötzlich hatten wir Geld. Wir hatten Optionen.

Nachdem mein Vater ins Heim gezogen war, gab es nichts mehr, was mich an den Ort, an dem ich aufgewachsen war, fesselte. Meine Beziehung zu meiner Mutter war so schlecht geworden, dass wir uns nur noch gegenseitig tolerierten, mehr nicht. Jetzt, wo Vaters Geist verblasst war, erkannte er mich nur noch selten, was mich meistens in Tränen ausbrechen ließ. Eines Tages saß ich in seinem neuen Zimmer im Pflegeheim und weinte, als er mich Julie nannte.

"Oh, hör auf zu jammern, Julie. Fang endlich an zu leben! Du warst schon immer ein Miststück!"

Meine Mutter hatte mir gesagt, ich solle ihn nicht besuchen, wenn ich ihn bloß verärgern würde. Sie hatte sich von mir abgewandt, die Schultern hochgezogen. Ich glaube, genau in diesem Moment wurde mir klar, dass sie sich nicht mehr um mich kümmerte. Wie all ihren unausgesprochenen Schmerz hatte sie mich zusammengefaltet, in eine Schachtel gesteckt und den Deckel geschlossen, in der auch all die guten Erinnerungen eingeschlossen sind, die Spielplätze, die Geburtstage und die Ausflüge ans Meer. Ich hätte versuchen können, mich wieder herauszukämpfen, aber auch ich hatte mich ihr gegenüber verschlossen. Ich wollte all das hinter mir lassen.

Papa hätte es verhindert. Wenn es ihm gut gegangen wäre, hätte er uns gezwungen, miteinander zu reden. Aber das konnte er nicht, und ich konnte die Freiheit, die ich plötzlich spürte, nicht leugnen. Die Verantwortung fiel von mir ab, und mein ganzer Körper fühlte sich leichter an. Justin und ich begannen, uns nach einem Wohnort an der Küste umzusehen. Er wollte lieber an einer Sekundarschule als an einer Grundschule arbeiten, aber an einem ruhigen Ort. Keine innerstädtische Schule.

"Eine weiterführende Schule wird viel lohnender sein, Zo. Denn da sind die Kinder mit wirklichen Problemen", hatte er gesagt. "Ich möchte mir ihre Probleme anhören. Ich möchte etwas bewirken. Ich liebe die Kleinen, aber mit ihnen kann man kein richtiges Gespräch führen. Es geht nur um Spielen und Malen. Ich möchte Gespräche mit Kindern in Schwierigkeiten führen."

Ich bewunderte ihn. Er sehnte sich danach, etwas zu bewirken. Ich stellte ihn auf ein Podest. Ich sah nur diesen zarten Mann, der bereit war, sich Teenager und ihre Probleme anzuhören. Ich hätte das nie gekonnt. Ich hatte ein Kind, um das ich mich kümmern musste. Ich konnte mich nicht auch noch um Dutzende andere kümmern.

So fanden wir Penry. Wir verliebten uns in die Bucht. Ich mochte die Meeresbrise in meinem Gesicht und den schwachen Duft von Salz und Essig, der aus den Fisch- und Pommesbuden drang. Das Haus stand hoch und industriell am Klippenrand, mit diesen undurchdringlichen Fensterläden und dem Panikraum im Keller. Wir verließen den Norden und folgten unseren Herzen in den Süden nach Penry.

Kurze Zeit später fand eine Hochzeit statt, ein ruhiger Tag. Wir. Maddie als Brautjungfer. Zwei Lehrer aus der Schule als Trauzeugen. Und dann kam Gabe. Ein wunderschöner Tag. Ein wunderbarer Junge.

Ich hatte endlich meine Schwangerschaft, mit strampelnden Füßen, geschwollenen Knöcheln, Rückenschmerzen und all den schönen Seiten der Schwangerschaft, auf die ich nicht näher eingehen werde, weil ich sie lieber vergessen möchte. Aber ich hatte mein Erlebnis, und am Ende begrüßte uns Gabe mit einem roten, schreienden Gesicht.

Maddie beobachtete mit Interesse, wie mein Körper wuchs. Sie war neun und endlich aus ihrer Phase des Bettnässens und der kleinen Diebstählen herausgewachsen. Wir bastelten Karten für Gabe, kauften Geschenke von Maddie und schenkten ihr so viel Aufmerksamkeit wie möglich. Wir hörten auf Maddies Therapeutin, gaben ihr das Gefühl, etwas Besonderes zu sein, und betonten ihre Rolle als große Schwester. Ich war nervös, für Maddie, für mich und Justin und für das Baby Gabe. Wie würde Maddie reagieren?

In den ersten Monaten kam ich kaum zum Atmen. Ich bewegte mich auf einem schmalen Grat: Ich versuchte, Maddie zu vertrauen, träumte aber davon, wie sie mit hochgehobenem Kissen über dem Bett meiner Eltern stand, und hielt all diese Ängste auch vor Justin geheim, dessen Beziehung zu Maddie sich zwar verbessert hatte, aber immer noch etwas distanziert war.

Aber obwohl Maddie hier und da ein paar Wutanfälle hatte, hat uns Gabes Ankunft eher noch näher zusammengebracht. Als Baby hat sie ihn vergöttert, als Kleinkind fand sie ihn leicht nervig, als sie sich ihrem Teenager-Alter näherte, beschützte sie ihn vorsichtig und fand ihn dann wieder leicht nervig. Ich lernte, ihr mit ihm zu vertrauen, weil sie ihm nie weh tat, nicht ein einziges Mal. Ich entspannte mich. Ich ließ die Vergangenheit hinter uns. Ich konzentrierte mich auf das Leben. Ich hatte noch nie so viel Glück erlebt. Ich liebte meine Familie.

Ich hatte immer noch Alpträume von Peter McKenna, aber jetzt hielt mich mein Mann mitten in der Nacht im Arm. In seinen Armen fühlte ich mich sicher. Es gab keinen anderen Mann, dem ich so vertraute wie ihm. Ich fürchtete mich immer noch vor meiner Tochter und den Wegen, die sie einschlagen könnte, sobald sie zu einer jungen Frau heranwuchs. Aber all diese Dinge waren Schatten an einem heißen Tag, die an den Rand meines Verstandes gedrängt wurden.

Kapitel Achtunddreißig

Jetzt

Ich schließe die Wohnungszuweisung mit Gabe an meiner Seite ab. Es ist, als wäre ich in einem Traum gefangen. Er spielt mit einem Spielzeug-Polizeiauto. Sue, die Polizistin, hat mir einen Laptop geliehen, damit ich den Antrag online machen kann. Sie ist freundlich und gibt mir Ratschläge, während ich mich durch die Formulare wühle. Jedes Mal, wenn Justins Name auftaucht, schaue ich schuldbewusst zu meinem Sohn, der keine Ahnung hat, was los ist. Er hat den Vormittag damit verbracht, mit seinem Vater i, Felsenpool zu spielen, und jetzt hole ich mir eine einstweilige Verfügung, die ihn von dem Mann trennen wird, den er für seinen Helden hält.

Das Formular enthält auch eine Zeugenaussage, in der ich laut Sue alle Misshandlungen durch meinen Mann angeben soll.

"Aber es hat keine gegeben", sage ich.

"Sind Sie sich da sicher?"

Diese eine Frage bringt meine Gedanken in eine Spirale. Es hat Gaslighting gegeben. Und zwar einiges. Lügen, eine Affäre - mit einem Teenager - und der Art und Weise, wie er mich in Bezug auf Maddie subtil manipuliert hat. Und natürlich die Tatsache, dass *er* das jugendliche Mädchen, das er ausgenutzt hat, getötet haben könnte.

Ich muss immer wieder an Justin und Riya denken. Hat Maddie nicht gesagt, dass Riya mehr aus ihrer Beziehung wollte? Sie sagte, dass sie ihn öfter sehen wollte, und als er ihr das nicht geben konnte, beendete sie die Sache zwischen ihnen. Arme Riya. Mit sechzehn Jahren hatte sie sich auf eine Beziehung eingelassen und einem Mann vertraut, ohne sich ihrer eigenen Machtlosigkeit bewusst zu sein. Ihre Beziehung konnte niemals eine richtige *Beziehung sein*. Er benutzte seine Macht über sie, um zu bekommen, was er wollte. Und als sie sagte, was sie wollte, brachte er sie um, um sie zum Schweigen zu bringen.

"Okay, jetzt schicken Sie es an diese E-Mail-Adresse", sagt Sue und liest es mir vor. "So, das war's. Das wäre damit erledigt. Die Verfügung wird bis zu Ihrer Gerichtsverhandlung andauern. Aber Sie müssen es Ihrem Mann sagen. Schicken Sie ihm am besten direkt eine E-Mail."

Ich tue, was sie sagt, und klappe den Laptop zu. "Was soll ich jetzt machen?"

"Nun, Sie könnten bei Ihrer Familie bleiben. Oder bei einer Freundin. Oder Sie könnten nach Hause fahren. Das ist Ihre Entscheidung. Wir rufen Sie an, sobald wir ihn aus dem Verhör entlassen."

"Okay. Vielen Dank für Ihre Hilfe."

"Kein Problem", sagt sie. "Sie haben einen tollen Sohn."

"Gabe, sag Danke Sue, dafür dass sie auf dich aufgepasst hat."

"Danke, Sue", sagt er. Seine Stimme klingt leiser als sonst.

Ich werde einiges erklären müssen, wenn wir zu Hause sind. Ich kann es immer noch nicht fassen.

Er hebt das Spielzeugauto zu ihr hoch, aber sie winkt ab. "Oh nein, das kannst du behalten, mein Schatz."

"Danke", sagt Gabe.

Auf der Heimfahrt schweigt er und schiebt das Auto untätig an seinem Bein auf und ab. Ich versuche noch einige Male, Maddie anzurufen, aber es geht niemand ran. Aber ich habe einen verpassten Anruf von Cecilia, den ich erwidere.

"Hey", sagt Cecilia. "Wie geht's dem Kater von gestern Abend?"

Anstatt zu antworten, fange ich an zu weinen, und meine Tränen verwischen die Straße vor mir.

"Was ist passiert?", fragt sie.

"Es ist Justin", stoße ich unter Tränen hervor.

"Soll ich vorbeikommen?"

Ich sage ihr die Adresse.

Es ist schon dunkel, als wir Zuhause ankommen. Wir stapfen beide schwerfällig ins Haus. Gabe hat noch nicht nach Justin gefragt, aber ich weiß, dass er weiß, dass etwas nicht stimmt.

"Du musst hungrig sein, Hase", sage ich. "Möchtest du einen Marmeladentoast?"

Er schüttelt den Kopf.

"Willst du reden?"

Er nickt.

Ich ziehe ihn auf meinen Schoß auf dem Sofa und streichle sein Haar. "Dein Vater hat einen großen Fehler gemacht." Ich atme ein und versuche, die richtigen Worte zu finden. "Das wird eine schwierige Zeit werden, mein Schatz, aber wir werden das schon schaffen. Dein Vater wird wegen des Mordes an Riya Shah verhört."

Er starrt zu mir hoch, sein kleines Gesicht ist rot und verkniffen. "Nein!"

"Es ist wahr. Papa und Riya waren besondere Freunde, und die Polizei..."

Er klettert von mir herunter und fuchtelt mit den Beinen und Armen. "Nein! Nein, nein, nein, nein. Das würde er niemals machen! Papa würde sowas nicht machen!"

"Ich weiß, dass du ihn liebst, und er liebt dich auch, sehr sogar. Daran wird sich nichts ändern..."

"Ich hasse dich!", schreit er und rennt aus dem Zimmer.

Ich will ihm gerade nachgehen, als es an der Tür klingelt. Ich eile durch das Haus zur Tür und werfe meine Arme um Cecilia. "Es tut mir so leid, dass du den ganzen Weg hierher kommen musstest. Komm rein."

Sie hat eine Flasche Wodka in der Hand. *Sehr gut. Genau das brauch ich.*

"Das ist okay. Gott, du hast dich am Telefon furchtbar angehört. Ist alles in Ordnung mit dir?"

"Ich habe eine einstweilige Verfügung gegen meinen Mann erwirkt."

"Was? Wann?"

Ich schraube den Verschluss der Wodkaflasche ab und nehme einen Schluck. "Die Polizei hat ihn zum Verhör mitgenommen. Er ist eine Person von besonderem Interesse. Er hatte eine Affäre mit einem Mädchen im Teenageralter." Ich atme tief durch, als ich merke, Wie verworren das alles klingt. "Justin hatte eine Beziehung, wenn man das so nennen kann, mit Riya Shah, und die Polizei hat ihn zum Verhör mitgenommen."

Ihr Gesichtsausdruck erstarrt. "Ach du Scheiße."

"Sie haben einen Zeugen, der sie zusammen gesehen hat."

"Oh, Zoe. Es tut mir so leid. Weißt du, wer dieser Zeuge ist?"

Ich schüttle den Kopf und nehme einen weiteren Schluck, genieße die Wärme des Alkohols, die durch meine Blutbahn zirkuliert. Dann erinnere ich mich an Cecilias Abstinenz, schließe die Wodkaflasche und stelle sie weit nach hinten auf den Küchentisch. "Nein. Ich habe keine Ahnung. Vielleicht ist es jemand aus der Schule. Ich sollte mal nach Gabe sehen. Er ist weinend in sein Zimmer gerannt. Es war ein furchtbarer Tag für ihn."

"Mach das", sagt sie. "Ich werde einen Kaffee kochen. Den brauchst du nach den drei Kurzen Wodka, die du gerade getrunken hast."

"Tut mir leid", sage ich. "Ich wollte nicht..."

"Du brauchst dich nicht zu entschuldigen. Ich habe ihn gekauft, weil ich wusste, dass du es brauchen würdest."

Aber ich merke, wie sie die Flasche nimmt und sie in einen Schrank stellt, als ob sie die Versuchung nicht sehen will.

Gabe liegt im Bett und schläft fest, als ich nach ihm sehe. Behutsam ziehe ich die Bettdecke um seinen noch angezogenen Körper und verlasse das Zimmer. Armes Kind. Die Ereignisse des Tages müssen ihn völlig fertig gemacht haben.

Auf dem Rückweg zögere ich vor Maddies Zimmer und erinnere mich an den Tag, an dem ich bemerkte, wie sie heimlich einen Browser auf ihrem Laptop schloss. Impulsiv schnappe ich ihn mir und nehme ihn mit zurück ins Wohnzimmer.

Cecilia reicht mir einen schwarzen Kaffee und deutet mir an, mich auf das Sofa zu setzen. "Komm, du musst ein bisschen zur Ruhe kommen."

Ich stelle den Kaffee auf dem Beistelltisch ab, schüttle aber den Kopf. "Ich muss Maddie finden. Ich habe alles getan, was ich in Bezug auf Justin tun konnte, aber Maddie ist da draußen, und ich muss sie finden."

"Okay, dann lass uns versuchen, sie zu finden", sagt Cecilia. "Ich helfe dir"

Es ist so eine Erleichterung, eine Freundin zu haben. Jemanden hier zu haben. Sie lächelt warmherzig und deutet mir an, weiterzumachen.

Ich öffne Maddies Laptop und werde mit dem Sperrbildschirm konfrontiert. Ein Augensymbol blinkt, und das Gesichtserkennungsprogramm fordert mich auf, das Passwort einzugeben.

"Scheiße. Ich kenne ihr Passwort nicht."

"Gibt es ein Datum, das für sie wichtig ist?", fragt Cecilia.

Ich denke an uns beide, wie wir im Flur von Peter McKenna sitzen, ich mit einer Lungenentzündung, mit rasselndem Brustkorb, die

Lunge am Rande des Kollapses und die eisige Kälte in meinen Knochen.

"Der Tag, an dem wir uns kennengelernt haben", murmle ich und gebe das Datum in das Feld ein.

Der Sperrbildschirm blinkt weg und gibt mir Zugang zu ihrem Computer. Ich stoße einen zittrigen Atem aus. "Wow, ich fass es nicht. Ich bin tatsächlich drin." Ich bewege meine Finger und weiß nicht, wo ich anfangen soll.

Ich doppelklicke auf das E-Mail-Symbol und öffne ihren persönlichen Posteingang. Ich bin mir nicht sicher, was ich erwarte. Teenager kommunizieren über Snapchat und WhatsApp, nicht über E-Mail. Aber ich überprüfe dennoch ihren Posteingang und finde nichts Seltsames. Die meisten ihrer E-Mails sind Spam, Onlineshopping oder Kommunikation mit ihrer Schule. Dann gehe ich zu den Speichereinstellungen, denn ich brauche Zugriff auf ihr Handy. Wenn sie eine Sicherungskopie ihrer Nachrichten anlegt, kann ich vielleicht mehr über diese Annabel herausfinden.

"Wie läuft's?" Cecilia nippt an ihrem Kaffee. "Hast du was gefunden?"

Ich klicke in die iCloud, und da ist es - Backups von WhatsApp, Instagram, Snapchat und mehr. "Noch nicht, aber ich habe ihre Dateien gefunden. Ich fühle mich schrecklich dabei, so zu schnüffeln."

"Liebes, du bist so weit davon entfernt, ein schrecklicher Mensch zu sein", sagt sie und schüttelt den Kopf. "Ich meine, das sind mildernde Umstände. Und zwar wirklich mildernde Umstände. Du brauchst dein Kind zurück, also hol dein Kind zurück."

Sie hat recht. Ich klicke mich zuerst durch Snapchat. Es gibt zwar eine schockierende Anzahl unangenehmer Nachrichten von Katherine Sutton, dem Mädchen, das Maddie geschubst hat, aber nichts von jemandem namens Annabel. Dann öffne ich die gesicherten WhatsApp-Nachrichten und keuche vor Schreck.

"Was ist los?" Cecilia beugt sich über meine Schulter. Ein paar Strähnen ihres Haares berühren mein Schlüsselbein. "Angie Starling. Sagt dir der Name etwas?"

"Ja, das sagt mir was." Ich öffne den Chat. "Oh mein Gott."

Der Thread ist lang und reicht Monate zurück. Es sind Hunderte von Nachrichten, Fotos und sogar ein paar Anrufe verzeichnet. Meine Haut kribbelt, als ich sie überfliege, und ein mulmiges Gefühl macht sich in meiner Magengrube breit, als ich sehe, wie Angie Maddie "mein süßes Mädchen" nennt.

"Was zum Teufel ist hier los?", flüstere ich.

"Guck, hier." Cecilia zeigt auf eine Nachricht auf halber Höhe des Bildschirms. "Sie bezeichnet Maddie als ihre Tochter."

Nein, nein, nein, nein, nein.

Cecilia wendet sich an mich. "Ist das möglich?"

"Ja", hauche ich. "Es ist möglich. Die Polizei hat die leibliche Mutter von Maddie nie gefunden." Ich scrolle weiter nach oben auf dem Bildschirm, wo ich ein Selfie von den beiden zusammen finde. Jeder Teil meines Körpers wird eiskalt, als wäre ich wieder in dem Bauernhaus mit einer Lungenentzündung, in durchnässter Kleidung und nasser Haut. Die Ähnlichkeit ist eklatant. Sie sehen eher aus wie Schwestern als wie Mutter und Tochter, aber Angie könnte bei Maddies Geburt noch sehr jung gewesen sein.

Beide blicken mit warmen, kastanienbraunen Augen in die Kamera, mit leichten Schlupflidern, eher rund als oval und weit auseinander über einer zierlichen Nase. Einige von Maddies Gesichtszügen sind schärfer, die sie von ihrem Vater geerbt hat, während Angie das sanfte Mädchen von nebenan ist, das mir bei unserem ersten Treffen aufgefallen ist.

Angie ist Annabel. Maddie hat sich nicht mit einer Freundin getroffen, die sie im Internet kennengelernt hat, sondern sie hat Kontakt zu ihrer leiblichen Mutter.

Kapitel Neununddreißig

Jetzt

Es dauert nicht lange, bis ich die Adresse von Angie Starling in den Nachrichten finde und sie auf einen Zettel kritzle. Mein Herz hämmert gegen meine Brust. Maddies Mutter ist die einzige Frau auf dieser Welt, vor der ich wirklich Angst habe.

"Geht es dir gut?", fragt Cecilia.

"Nicht wirklich. Ich bin mir nicht sicher, welche weiteren Enthüllungen ich heute Abend noch verkraften kann."

"Diese Frau arbeitet an Maddies Schule, oder? Wann hat sie angefangen?"

"Oh, das weiß ich nicht. Vor ungefähr sechs Monaten, glaube ich. Als ich merkte, dass Justin mich angelogen hat, dachte ich kurz, er hätte eine Affäre mit ihr. Sie kam vor etwa sechs Monaten hierher. Er ist vor sechs Monaten aus der Fußballmannschaft ausgetreten." Ich reibe mir die Schläfe. "Wenn es doch nur so einfach wäre, oder?"

"Sechs Monate", sagt Cecilia. "Nicht lange her. Glaubst du, dass sie euch gesucht hat? Das kann doch kein Zufall sein, oder? Sie ist hierher gezogen, um näher bei Maddie zu sein."

"Sie hat das geplant."

"Sieht ganz so aus", sagt Cecilia. "Komm, lass uns Maddie suchen gehen. Wir haben die Adresse. Ich kann fahren."

"Ich kann Gabe nicht allein lassen."

"Dann nimm ihn mit", sagt sie. "Du musst deine Tochter zurückholen."

Sie hat recht. Ich klappe Maddies Laptop zu und stehe auf. Meine Beine und Arme fühlen sich schwer an, aber gleichzeitig ist mein

Körper bereit, loszulegen. Das Bedürfnis, meine Tochter zu finden, wiegt schwerer als alles andere.

Gabe schläft in meinen Armen weiter, während ich ihn aus seinem Bett hebe. Ich trage ihn den ganzen Weg zum Auto und schnalle ihn in den Sitz. Er wird unterwegs oder vielleicht auch zu Hause aufwachen, verwirrt und verängstigt. Aber ich kann ihn nicht hier lassen, und ich habe niemanden, den ich anrufen kann, um auf ihn aufzupassen.

Ich reiche Cecilia die Autoschlüssel und steige auf den Beifahrersitz. Die Garage bleibt dunkel und still. Meine Gedanken schweifen zur Polizeiwache. Vielleicht ist Justin bereits entlassen worden. Vielleicht kommt er hierher und findet das Haus leer vor. Er könnte annehmen, dass wir in ein Hotel gegangen sind.

Cecilia parkt das Auto vor einem kleinen Bungalow, der etwa fünf Minuten von der Schule entfernt ist. Durch das Autofenster sehe ich ein ganz normales Haus in einer ganz normalen Straße. Das Licht ist an, aber die Vorhänge sind geschlossen. Sie hat doppelte Vorhänge, so dass ich nicht einmal die Farbe erkennen kann. Mein Adrenalinspiegel steigt in die Höhe, mein Puls hallt in meinen Ohren wie das Rauschen des Meeres in einer Muschel. Ich höre Maddie sagen: "Ich weiß, wir sind nicht verwandt, aber du bist meine Mutter, und das ist alles, was zählt"

Sie weiß es schon eine Weile und hat es mir nicht gesagt.

"Mama?" Gabes schlaftrunkene Stimme kommt von der Rückbank. "Was ist los?"

"Du wartest hier, mein Schatz", sage ich zu Gabe. "Ich muss da kurz reingehen."

Er starrt auf den Bungalow, sein Gesicht ist gezeichnet und müde. Ausnahmsweise erkenne ich mich selbst in seinen Zügen, und es macht mich traurig, dass ich sie ausgerechnet jetzt bemerke, denn das bedeutet sicher, dass ich eher emotional und besorgt als glücklich bin.

"Ich bleibe nicht lange, versprochen. Ich muss Maddie finden."

Doch bevor wir aus dem Auto aussteigen, legt Cecilia eine Hand auf meinen Arm. Sie blickt zu Gabe und senkt ihre Stimme. "Du, ich habe Pfefferspray in meiner Handtasche. Ich trage es immer bei mir, für den Fall, dass meine Ex hinter einem Busch hervorspringt. Du weißt nichts über diese Frau, außer, dass sie hierher gezogen ist, um deiner Tochter näher zu kommen. Und wenn sie Maddies Mutter ist, bedeutet das, dass sie Zeit mit Peter McKenna verbracht hat. Was, wenn sie kein Opfer war? Was ist, wenn sie seine Freundin war? Sie könnte gefährlich sein."

In den elf Jahren, die seit meiner Flucht von Ivycross Farm vergangen sind, hatte ich diesen Gedanken natürlich sehr oft. Ich wollte immer glauben, dass Maddies Mutter zur Geburt gezwungen wurde, dass sie von diesem Mann eingekerkert wurde, was schon ein furchtbarer Wunsch ist. Aber die Alternative ist, dass Maddies Mutter ein Monster geliebt hat. Dass sie bereitwillig mit ihm lebte, obwohl sie wusste, was er seinen Opfern antat.

"Du hast recht", sage ich. "Ich werde die Polizei anrufen, bevor wir reingehen." Wir hatten es so eilig, dass ich nicht daran gedacht habe, es zu tun, bevor wir losgefahren sind. Ich möchte DCI Cooper anrufen, den Detective aus dem McKenna-Fall vor all den Jahren, aber Rosen scheint mir unter den gegebenen Umständen die bessere Wahl zu sein. Ich wähle die Nummer auf der Visitenkarte, die er mir gegeben hat, aber es ist schon spät, und er geht nicht mehr ran. Ich hinterlasse eine quasselige Nachricht, in der ich die Umstände erkläre, und füge am Ende Angies Adresse hinzu.

"Bist du sicher, dass du da reingehen willst?"

Meine Finger zögern am Türgriff. "Gib mir das Pfefferspray." Ich halte meine Hand hin und warte. "Pass für mich auf Gabe auf."

Sie kramt in ihrer Tasche und reicht mir den kleinen Kanister. "Bist du dir sicher, dass du da allein reingehen willst?"

"Ich kann meinen Sohn nicht mit reinnehmen. Ich werde nicht lange bleiben. Aber du weißt, was zu tun ist, wenn ich nicht wieder rauskommen."

"Mama?" Gabe beobachtet mich durch seine langen Wimpern.

"Ich bin gleich wieder da, mein Hase. Sei bitte brav für Cecilia."

Ich steige aus dem Auto und schreite die Auffahrt hinauf, meine Nerven sind zum Zerreißen gespannt, mein Magen dreht sich wie eine Waschmaschine. Aber ich hatte schon einmal mit Peter McKenna zu tun, also kann ich auch mit seiner schaurigen Freundin fertig werden. Die Türklingel läutet. Ich warte und zähle meine Herzschläge. *Eins, zwei, drei.* Maddie sagte in ihrer Nachricht an mich, dass sie weiß, wer Riya getötet hat. *Vier, fünf, sechs. Hat sie Angie gemeint?*

Die Tür öffnet sich.

"Zoe, hallo", sagt sie.

"Ist Maddie hier?"

"Warum sollte Maddie hier sein?"

"Ich weiß es, Angie. Ich weiß, wer du bist."

Ihr Gesichtsausdruck ändert sich nicht, und das macht mir Angst. Ich hatte Schock oder Besorgnis erwartet. Ich warte darauf, dass sich ihr Gesicht verzieht, dass sie irgendeine Art von Emotion zeigt, aber sie behält dasselbe kränklich-süße Grinsen auf dem Gesicht, das ihre Augen nur so funkeln lässt. Sie reißt die Tür weiter auf.

"Komm herein", sagt sie.

Ich folge ihr und bemerke die schlichten weißen Wände entlang des Flurs. Keine Fotos. Keinr Souvenirs oder Wandkunst. Wir treten in eine saubere Küche, wo sie den Schalter eines Wasserkochers umlegt.

"Ich will keine Tasse Tee, Angie. Ich will meine Tochter. Ist sie hier?"

"Sie ist vor ein paar Minuten gegangen", sagt sie. "Ich glaube, sie wollte nach Hause gehen. Ich bin sicher, eure Wege haben sich gekreuzt, ohne dass ihr es gemerkt habt. Wie lustig."

Meine Daumen haken sich in den Gürtelschlaufen ein, die Finger meiner rechten Hand streichen über die Ausbuchtung, in der die Pfefferspraydose in meiner Tasche steckt. "Du solltest wissen, dass ich der Polizei gesagt habe, dass ich hier bin", sage ich. "Ich habe ihnen deine Adresse gegeben."

Sie zuckt mit den Schultern. Ihre Nonchalance erinnert mich an Maddie, und es schmerzt mich, das zuzugeben. "Das ist in Ordnung. Obwohl ich nicht weiß, was du von mir erwartest." Sie lächelt wieder, und ihre Zunge schiebt sich spielerisch zwischen ihre Zähne.

"Wie lange redet ihr beide schon miteinander?"

"Nicht lange. Ein paar Wochen."

Das kommt mir merkwürdig vor, wenn man bedenkt, wie lange Angie schon in Penry ist.

"Aber du hast sie schon lange beobachtet. Du hast auf den richtigen Moment gewartet. Stimmt's?"

"Ist es ein Verbrechen, seiner eigenen Tochter nahe sein zu wollen?", fragt sie.

Hinter ihr kocht der Teekessel. Ich trete instinktiv einen Schritt zurück, als sie nach dem Kessel greift.

"Ich habe sie so lange nicht mehr gesehen. Kannst du mir das wirklich verübeln?"

"Ja", sage ich. "Weil du sie mit diesem Mann zurückgelassen hast. Und du bist nie zurückgekommen, um sie zu holen."

Angie schnappt sich eine Tasse und wirft einen Teebeutel hinein. Pfefferminztee, wie ich feststelle. Sie macht sich nicht die Mühe, mich zu fragen, ob ich auch einen haben möchte. Stattdessen gießt sie das Wasser in die Tasse und spielt müßig mit der Schnur des Teebeutels.

"Du kennst meine Umstände nicht, also verurteile mich nicht."

Ich schweige, aber innerlich denke ich daran, wie ich darum gekämpft habe, von der Ivycross Farm wegzukommen, und wie entschlossen ich war, Maddie mitzunehmen. Ich kannte sie kaum einen Tag, und ich wollte sie beschützen. Angie brachte Maddie zur Welt und Haute trotzdem ohne sie ab.

"Dürfte ich dein Haus durchsuchen? Ich muss wissen, dass Maddie nicht hier ist."

"Ist sie nicht. Das habe ich dir schon gesagt." Sie hält die Tasse mit beiden Händen, als ob sie sie zum Wärmen umklammert.

"Und du könntest lügen." Mein Blick bleibt auf der Tasse haften. Sie könnte ihn jeden Moment als Waffe benutzen.

"Gut. Durchsuch mein Haus. Du wirst sie nicht finden."

Ich will Angie nicht den Rücken zudrehen und verlasse schnell die Küche. Während der gesamten Suche halte ich meine Hand in der Nähe des Pfeffersprays. Jeder Raum ist praktisch identisch mit dem anderen. Weiße Wände und beigefarbene Möbel. Keine Fotos. Kein Anzeichen von Leben. Warum ist sie jetzt erschienen, um Maddie aufzusuchen? Wo ist sie so lange gewesen? Ich habe so viele Fragen, aber ich kann keine einzige stellen, bis ich meine Tochter gefunden habe.

Als ich im Kleiderschrank nachsehe und nichts finde, muss ich feststellen, dass Angie die Wahrheit gesagt hat. Zurück in der Küche suche ich nach Anzeichen einer Kellertür, dem letzten Ort, an dem sie sich verstecken könnte. Doch es gibt keine.

"Bist du jetzt zufrieden?", fragt sie und nippt an ihrem Tee.

"Sobald ich weiß, das Maddie in Sicherheit ist, müssen wir reden."

"Gerne", antwortet sie.

"Wenn du Maddie vor mir siehst, kannst du ihr sagen, dass ich eine einstweilige Verfügung gegen Justin erwirkt habe? Ihr Handy ist ausgeschaltet."

"Der Stiefvater?"

"Adoptivvater, aber ja."

"Oh", sagt sie. "Weil er sich mit diesem Mädchen getroffen hat?"

"Du weißt davon?" Ich gehe einen Schritt auf sie zu. "Du wusstest es und hast nichts gesagt?"

"Ich habe euch beobachtet", sagt sie und lässt die Worte wie eine Drohung klingen. "Ich habe einige der Gewohnheiten deines Mannes bemerkt. Es ist eine Schande, denn du scheinst ziemlich anständig zu sein."

Ich kann sie nicht leiden. Der Klang ihrer Stimme bereitet mir eine

Gänsehaut. Ich kann nicht eine Sekunde länger in ihrer Nähe bleiben. Aber als ich gehen will, fällt mir etwas an ihrer Hand auf, das ich vorher nicht gesehen habe. Zwei Narben, eine in der Mitte ihrer linken Hand, die andere auf ihrem rechten kleinen Finger.

Angie hebt ihre linke Hand. "Du hast es gesehen. Ich benutze normalerweise Make-up, um sie zu verdecken. Wir sind Narbenzwillinge." Sie grinst.

"Das hat McKenna mit dir gemacht."

"Ja."

"Er hat versucht, deinen Finger zu entfernen."

Sie legt ihre linke Hand wieder auf die Tasse und hält ihre rechte Hand hoch. Jetzt sehe ich, dass sich das Gelenk nicht richtig biegen lässt. "Er hat ihn gebrochen. Das war, bevor er anfing, die Finger zu entfernen." Sie seufzt. "Ich schätze, ich war eine der Ersten. Damals war er noch nicht ganz so... drastisch." Sie fasst die Tasse wieder mit beiden Händen an. "Und du warst das letzte Mädchen. Die Gute."

"Nein", sage ich. "Wenn es ein letztes Mädchen gäbe, gäbe es bloß eine Überlebende. Drei von uns haben Peter McKenna überlebt. Du. Ich. Maddie."

"Wir Glücklichen."

Mein Handy klingelt. Es ist DS Rosen. Angie deutet mit einer Handbewegung an, dass ich rangehen soll.

"Hallo."

"Hallo, Frau Osbourne. Ich rufe an, weil es eine neue Entwicklung in Bezug auf Ihren Mann gegeben hat. Er hat ein Alibi. Er hat Riya Shah an diesem Abend gesehen, die Zeugin hat die Wahrheit gesagt, aber wir haben Videoaufnahmen, die zeigen, dass er vor dem Zeitpunkt von Riyas Tod noch woanders hinging. Er hat etwa eine Stunde mit Riya verbracht, bevor sie in den Bus stieg, und er ist dann woanders hingefahren."

"Wo ist er hin?"

Rosen zögert. "Er hat eine andere Schülerin besucht."

"Wen?", frage ich.

"Phoebe Thompson. Wir haben Überwachungsvideos, die zeigen, wie sein Auto in einen Park in der Nähe des Hauses der Thompsons fährt, und dann weitere Überwachungsvideos, die zeigen, wie sie in ein Hotel einchecken. Der Zimmerservice kam etwa eine Stunde nach ihrem Einchecken. Dann gibt es Videoaufnahmen, die zeigen, wie sie das Hotel etwa eine Stunde später verlassen. Etwa zwanzig Minuten später sahen wir seinen Wagen durch Penry fahren. Er war es nicht,

Zoe. Ich dachte, Sie sollten das wissen. Er kann Riya Shah unmöglich in diesem Zeitraum entführt und ermordet haben."

Anstelle von Erleichterung kann ich nur an die pragmatischen Konsequenzen von allem denken. . Was bedeutet all das für mich und meine Familie?

"Haben Sie ihn gehen lassen?", frage ich.

"Ja", sagt Rosen. "Aber er weiß von der einstweiligen Verfügung. Er weiß, dass er nicht nach Hause gehen darf. Wenn er jedoch die einstweilige Verfügung ignoriert und im Haus auftaucht, rufen Sie sofort die 999 an."

"Das werde ich."

"Und Ihre Nachricht. Habe ich das richtig verstanden? Sie haben Maddies leibliche Mutter gefunden."

"Lange Geschichte", sage ich. "Aber an dieser Front scheint alles in Ordnung zu sein."

"Okay", sagt er. "Denken Sie daran, die 999 anzurufen, wenn Sie in Schwierigkeiten sind. Sie können auch mich anrufen, aber die sind schneller."

Als ich den Hörer auflege, ist Angie zwei Schritte näher an mir dran als vorher. Ich bin weggegangen, um mit ihm zu sprechen, und habe ihr die Gelegenheit gegeben, die Lücke zwischen uns zu schließen. Hatte sie die Absicht, mich zu verletzen? Oder hat sie mich belauscht?

"Ich muss gehen", sage ich.

"Ärger zu Hause?"

"So ähnlich."

"Ich hoffe, du findest Maddie", sagt sie. "Wir sollten uns treffen und darüber reden. Es gibt eine Menge zu besprechen."

"Ja, das gibt es."

"Dann bis bald." Sie steht an der Tür und winkt wie eine perfekte Hausfrau. Jeder Teil meines Körpers bebt vor Abscheu.

Kapitel Vierzig

Jetzt

Als wir zurückkommen, ist das Haus ruhig und dunkel. Alles ist so, wie ich es verlassen habe. Ich brauche zwei Anläufe, um den Sicherheitscode einzugeben, so heftig zittern meine Hände. Nachdem wir ins Haus geeilt sind, laufe ich durch den Flur in die Küche, lege jeden Lichtschalter um und rufe Maddies Namen. Keiner antwortet.

Cecilia packt mich an der Schulter, bevor ich mich noch tiefer ins Haus wage. "Lass uns zusammen gehen. Gib mir das Pfefferspray."

Ich greife in meine Tasche und gebe ihr den Kanister. Dann nehme ich Gabes kleine Hand in meine eigene, und wir gehen langsam von Zimmer zu Zimmer. In Maddies Schlafzimmer verweilen wir für einen Moment. Ich verbringe hier nie viel Zeit. Alles ist so, wie es sein sollte. Auf ihrem Nachttisch steht ein Foto von mir und ihr. Sie ist darauf etwa zehn Jahre alt, und wir sind im Zoo. Wir haben zusammen Ziegen gefüttert. Sie strahlt aus der Mitte des Bildes und grinst von Ohr zu Ohr. Ich bin schwanger, mein Gesicht und mein Körper sind runder als sonst.

An der Wand über ihrem Schminktisch hängen ein paar Fotos von ihr und Riya, die mit Blu Tack an die gelben Wände geklebt wurden. Daneben hängen zwei Fotos von Maddie und Gabe, ihre Haare sind nass vom Meerwasser und sie haben sich Decken über die Schultern geworfen. Ich erinnere mich, wie ich die Fotos gemacht habe und ihre glücklichen, runden Gesichter bewundert habe. Justin ist auf keinem der von Maddie ausgewählten Fotos zu sehen.

"Er hat sich an mich rangemacht."

Der plötzliche Klang ihrer Stimme überrascht mich, und ich schlage mir mit der Hand auf die Brust. Ich stoße einen Schrei aus, halb schockiert, halb erleichtert, und drehe mich zur Tür. Neben mir spüre ich, dass Gabe und Cecilia dasselbe tun.

"Maddie!" Gabe stürmt vor und wirft seine Arme um ihre Taille.

Maddie zerzaust ihm die Haare. "Ich freue mich auch, dich zu sehen, kleiner Bruder."

"Wo hast du...? Wie...? Wir haben dich nicht einmal gehört", stottere ich.

"Ich war im Panikraum", sagt sie.

"Warum?"

"Für den Fall, dass er es ist." Sie lässt Gabe los und blickt ihn mit einem Stirnrunzeln an.

"Papa?", fragt Gabe.

"Es tut mir leid, Brüderchen", sagt Maddie. "Ich weiß, wie es ist, einen bösen Papa zu haben." Ihre Worte lassen mich zurückschrecken.

"Was hast du gesagt, als du reinkamst?", frage ich.

Maddie legt ihre Hände über Gabes Ohren. "Er hat mich letztes Jahr angegraben."

Ich schließe die Augen und wünsche mir, dass der Boden mich ganz verschluckt. "Oh, Mads. Nein." Als ich die Augen wieder öffne, ist sie noch genauso wie vorher, als ob die Worte sie emotional nicht berührt hätten. "Es tut mir so leid." Ich schlinge meine Arme um sie. "Du hättest es mir sagen müssen."

"Er hat so getan, als ob er mich für dich halten würde, weil er so betrunken war", sagt Maddie. "Und ich glaube, ich habe ihm zuerst geglaubt. Aber dann ..." Sie legt ihre Hände wieder über Gabes Ohren. "Ich wollte nie wieder in seiner Gegenwart schwimmen gehen. Und... er hat immer wieder gelogen. Wie an dem Tag, als ich mit Gabe an den Strand ging, obwohl du es mir verboten hattest. Er hat so getan, als wollte ich Gabe wehtun. Das war nicht wahr. Ich habe versucht, ihn aufzufangen, aber ich konnte ihn nicht erreichen." Sie lässt Gabes Ohren los und steht aufrechter.

"Ich habe nie geglaubt, dass du ihm wehtun wolltest", sage ich. "Warum hast du mir nicht von Justin erzählt?"

"Ich weiß es nicht. Ich dachte, es würde alles ruinieren. Ich mochte ihn nicht, aber ich wusste, dass du ihn magst. Ich wusste zu dem Zeitpunkt nicht, was er sonst noch machen würde. Und dann hat er herausgefunden, dass ich bei den Prüfungen geschummelt habe, und hat es gegen mich verwendet."

"Oh, Maddie." Ich streiche ihr die Haare aus dem Gesicht. "Deine Prüfungen sind mir egal. Jedenfalls nicht im Moment. Sag es mir immer. Ok? Egal, was passiert."

Ich merke, dass sie nicht überzeugt ist, aber sie nickt trotzdem. Dann sieht sie zu Cecilia hinüber. "Wer ist das?"

"Eine Freundin aus der Gruppentherapie."

Maddie rümpft die Nase. "Freundin. Bist du dir da sicher?"

"Ihr könntet mich heute Abend brauchen", sagt Cecilia und ignoriert Maddies unhöfliche Antwort. "Dein Adoptivvater wurde gerade aus dem Polizeirevier entlassen."

Maddie dreht sich zu mir um.

"Er hat Riya nicht umgebracht", erkläre ich. "Die Polizei hat Beweise. Aber auf keinen Fall wird er heute Nacht bei uns bleiben. Also lass uns alle Rollläden herunterlassen und diese Festung abschließen."

Maddie bringt Gabe ins Bett, während Cecilia und ich durch das Haus gehen, die Rollläden herunterlassen, die Sicherheitscodes ändern und alle Ausgänge überprüfen. Ich bin still und sage nichts, außer den Zahlen für die neuen Codes. Sie müssen absolut originell sein und nichts , was Justin erraten könnte. Geburtstage kommen nicht in Frage. Wir verwenden Zufallszahlen, die ich auf einen Post-it-Zettel kritzle und in die Tasche meiner Jeans stecke.

"Es ist nicht deine Schuld, weißt du", sagt Cecilia. "Ich habe gesehen, was Männer alles tun, um ihr zweites Leben zu verbergen. Es gibt Menschen, die vorgeben, eine bestimmte Person zu sein, nur um dann eine ganz andere Seite von sich zu zeigen. Wer auch immer behauptet hat, dass Menschen ihr wahres Ich nicht verbergen können, ist ein Vollidiot. Die Menschen machen das schon seit Jahrhunderten. Sie haben ein Händchen dafür, gewisse Dinge abzuschotten oder vor sich selbst zu rechtfertigen, damit sie tagsüber der perfekte Ehemann und nachts der totale Mistkerl sein können."

"Aber wie konnte ich übersehen, dass er meine fünfzehnjährige Tochter angegraben hat?"

Sie lehnt sich an die Wand des Korridors. "Weil du es nicht gesehen hast. Weil er alles vor dir versteckt hat."

Ich schüttle den Kopf. "Nicht alles." Ich muss an seine gierigen Hände denken, wenn er betrunken ist. Selbst jetzt, an diesem Punkt unserer Ehe, mag ich manchmal nicht nein zu ihm im Bett sagen, weil sein darauf folgendes passiv-aggressives Schweigen, sich so beschissen anfühlt, dass ich ihm normalerweise erlaube, zu tun, was er tun will. "Es hat sich langsam eingeschlichen. Er ist normalerweise so liebenswürdig."

"Menschen sind zu äußerster Güte und äußerster Grausamkeit fähig".

"Ich schätze, ich habe eher Letzteres erlebt." Ich hebe müßig meine Hand und berühre die Narbe in der Mitte meiner Hand.

"Aber war das, was du für Maddie getan hast, nicht die ultimative Güte?"

"Nein", sage ich fast sofort. "Das war egoistisch. Ich brauchte sie genauso sehr wie sie mich."

"Es war trotzdem nett, Zoe", sagt Cecilia. "Lass diesen Teil nicht aus."

Ich schnaufe abfällig. "Es tut mir so leid, dass ich dich in all das hineingezogen habe. Du kannst das nicht gebrauchen. Nicht jetzt, wo dein Ex aus dem Gefängnis ist."

"Eigentlich ist es genau das, was ich brauche", sagt sie. "Allein zu sein fühlt sich im Moment nicht gut an. Eine Freundin in der Nähe zu haben - das brauche ich."

Ich strecke meine Hand aus und lege sie in ihre. "Gleichfalls. Ich danke dir für alles."

Bevor wir uns für die Nacht verkriechen, überprüfen wir den Panikraum und ändern schnell den Code, den wir auf ein Post-it kritzeln. Dann gehen wir zu Gabes Zimmer.

"Er hat Angst", sagt Maddie und streichelt Gabes Haare.

Er weint an Maddies Schulter, seine Augen sind rot gerändert und blutunterlaufen.

Ich beuge mich hinunter und streichle seine Arme. "Es wird alles gut, Hase. Alles wird gut. Alles wird wieder gut."

"Ich dachte, Papa liebt mich", wimmert er.

Es bricht mir das Herz. Er klingt so jung. Sogar seine Stimme ist höher, eher kindlich, denn all die Ungewissheit macht ihm Angst.

"Er liebt dich immer noch, mein Schatz. Er hat ein paar schlimme Dinge getan, aber das ändert nichts daran, wie sehr er dich liebt."

Ich meine diese Worte ernst, aber sie schmecken sauer auf meiner Zunge. Der Mann, den ich geheiratet habe, hat zwei Teenager verführt und sich an seine eigene Adoptivtochter herangemacht. Sogar sein

Alibi bezüglich des Todes von einem der Mädchen, bezog einen anderen toten Teenager mit ein.

Hat Justin Phoebe Thompson umgebracht? Er war in dieser Nacht unterwegs und kam ein paar Minuten vor dem Anruf über Phoebes Tod nach Hause. Ich drücke Gabe fester an mich und grüble weiter. Ich hatte nie die Gelegenheit, meine Gedanken schweifen zu lassen, angesichts von Maddies Verschwinden und Justins Verhaftung. Ich hatte Maddie gegenüber noch nicht einmal Angie Starling erwähnt. Und dann war da noch die Sache mit Riyas Tod. Wer hat Riya ermordet?

Sobald Gabe eingeschlafen ist, teilt uns Cecilia mit, dass sie auf dem Sofa bleiben und Wache halten wird. Maddie und ich gehen in mein Schlafzimmer. Ich möchte die Laken waschen, den Geruch meines Mannes wegschrubben, aber ich bin zu müde.

In unseren Schlafanzügen fallen wir auf die Bettdecke. Der Tag ist vorbei, endlich. Möglicherweise der schlimmste Tag meines Lebens, denn wenigstens konnte ich durch die Flucht von der Ivycross-Farm Maddie kennenlernen. Ich drehe mich zu meiner Tochter um, bemerke, wie sich ihr dunkles Haar auf dem Kissen ausbreitet, und spreche es endlich aus.

"Ich weiß von deiner leiblichen Mutter. Ich war in Angie Starlings Haus und habe versucht, dich zu finden."

Ihre Augenbrauen schießen in die Höhe, und ich bin teilweise beleidigt über ihren Schock. "Du hast es herausgefunden?"

"Ich habe mich in deinen Laptop gehackt. Ich habe eure Nachrichten gesehen. Bist du sauer?"

"Ich bin eher beeindruckt." Sie lächelt. Das ist wohl einer der Vorteile, wenn man eine emotionslose, leicht soziopathische Tochter hat.

"Ich habe das Selfie von euch beiden gesehen."

"Ja", sagt Maddie. "Ich schätze, wir sehen uns ähnlich."

Ich greife hinüber und nehme ihre Hand. "Ich bin froh, dass du sie gefunden hast. Aber sei vorsichtig."

Maddie zieht die Augenbrauen hoch. "Glaub mir, ich bin sehr vorsichtig." Sie starrt mit einem nachdenklichen Gesichtsausdruck an die Decke. "Ich vertraue ihr ungefähr so viel wie ich Justin vertraue. Du und Gabe seid die einzigen Menschen auf dieser Welt, denen ich überhaupt vertraue."

Kapitel Einundvierzig

Jetzt

Cecilia weckt mich mit einer frischen Tasse Kaffee. Sie sitzt im Sessel neben dem Bett und hat die Beine übereinandergeschlagen. Sie trägt die gleichen Klamotten wie am Abend zuvor und ist immer noch so ordentlich und aufgeräumt wie immer. Ich frage mich, ob sie überhaupt geschlafen hat.

Sie nippt an ihrem Kaffee. "Nun, er ist nicht aufgetaucht. Ich schätze, das ist eine gute Sache."

"Die einstweilige Verfügung hat wohl ihre Wirkung nicht verfehlt." Ich greife nach meinem Telefon und schaue nach Nachrichten. Keine von ihm, aber es gibt einen verpassten Anruf von meiner Mutter. Sieht so aus als ob die Nachricht von Justins Verhör hat es in die nationale Presse geschafft.

Maddie schläft, während ich dusche und mich umziehe. Als ich zurück ins Schlafzimmer gehe, setzt sie sich im Bett auf und zieht die Knie an die Brust. "Bist du sicher, dass du ihr vertrauen kannst?"

"Wer? Cecilia? Warum nicht?"

Maddie zuckt mit den Schultern. "Was, wenn sie dich aufgesucht hat? Sie könnte ein Stalker sein, der von deinem Buch besessen ist, einer dieser Verrückten aus der Welt der wahren Verbrechen. Oder sie könnte Lucinda Garths Handlanger sein."

Den Namen Lucinda Garth habe ich schon lange nicht mehr gehört, und er weckt in mir ein altes Gefühl von Mitleid, gemischt mit Wut. "Schätzchen, nicht jeder hat ein Motiv. Manche Leute sind einfach nur nett."

Sie rollt mit den Augen. "Ja, klar."

"Es ist wahr. Ich verstehe, warum du vorsichtig bist, und glaub mir, das bin ich auch. Aber Cecilia würde uns nicht helfen, wenn sie uns schaden wollte. Sie hätte schon viele Gelegenheiten dazu gehabt, und sie hat sie nicht wahrgenommen."

Maddie blickt stirnrunzelnd auf ihr Handy.

"Was ist los?", frage ich.

"Angie will sich treffen. Sie will uns beide sehen."

"Wann?"

"Heute." Maddie sieht mich an. Ich merke, dass sie ihre Aufregung verbergen will. Trotz ihres neutralen Gesichtsausdrucks zucken ihre Finger um den Rand der Bettdecke.

Ich überlege einen Moment lang. Fühlt es sich sicher an, diese Frau zu treffen, während Justin da draußen ist? Oder bin ich paranoid? Es wäre ziemlich dumm von ihm, jetzt etwas zu versuchen. Aber ich muss auch an Gabe denken. Wenn Justin irgendetwas tun würde, dann am ehesten, mir Gabe wegzunehmen. Vielleicht könnte Cecilia Gabe mit zu sich nehmen, falls Justin bei uns auftaucht.

"In Ordnung", sage ich. "Wir könnten uns im Park treffen."

Maddie tippt die Nachricht auf ihrem Handy ab. "Um Elf?"

Ich nicke.

Wir frühstücken und Cecilia erklärt sich bereit, Gabe zu sich nach Hause zu bringen. Meine Mutter ruft wieder an, aber ich schalte mein Handy aus, damit ich so tun kann, als sei der Akku leer. Ich will ihre Stimme jetzt nicht hören.

Wir verlassen das Haus um zehn Uhr dreißig. Maddie trägt ein Sommerkleid, und mir fällt auf, dass ihre Schultern braungebrannt sind. Sie hat die Sonne eingefangen, wie meine Mutter immer zu sagen pflegte. Eine schwache Spur von Sommersprossen zieht sich über ihre Nase und ihre Wangen. Was für eine schöne junge Frau. Ein heftiger Beschützerinstinkt durchströmt mein Blut. Kein junges Mädchen sollte sich mit einem Mann Anfang vierzig herumschlagen müssen, der sie angräbt. Sie hat Justin vertraut. Sie kannte ihn, seit sie sechs Jahre alt war. Mir ist übel, und ich bin wütend, vor allem wütend. Jeder, der ihr etwas Böses will, muss erst an mir vorbeikommen.

Unsere Fahrt ist kurz - etwa fünfzehn Minuten - und wir sind früh dran. Aber Angie Starling ist schon da. Gekleidet in einen mittellangen Rock und eine geblümte Bluse, sitzt sie brav auf einer Bank. Jeder Teil ihrer Erscheinung ist perfekt, vom neutralen Make-up bis zu den glatten, nackten Beinen, die sie unter der Sitzfläche versteckt. Maddie beschleunigt, um sich ihr zu nähern, aber ich merke, wie ich verlangsame. Ich will das hier alles nicht.

Angie wirft ihre Arme um Maddie, und meine Finger krallen sich in den Schulterriemen meiner Handtasche.

Als sie Maddie loslässt, reicht sie mir die Hand, damit ich sie schütteln kann. "Vielen Dank, dass du dich mit mir triffst, Zoe."

"Das ist schon in Ordnung. Wir haben wohl ein paar Dinge zu klären."

"Das stimmt." Sie deutet auf einen Picknickkorb. "Ich habe eine Decke und ein paar Knabbereien mitgebracht. Es ist ein zu schöner Tag, um auf Bänken zu sitzen."

Maddie hilft ihrer leiblichen Mutter, die Decke über dem Gras auszubreiten, und wir setzen uns alle in einem unregelmäßigen Dreieck hin. Ich kann nicht umhin zu bemerken, wie Angie Maddie anstarrt, als würde sie nicht glauben, dass es sie wirklich gibt. Jedes Mal, wenn sie meine Tochter ansieht, möchte ich die Hand ausstrecken und Angie wegstoßen.

"Ich habe eine Menge zu erklären, nicht wahr?" sagt Angie. "Wo soll ich anfangen?" Sie seufzt. "Nun, ich habe Maddie schon einiges davon erzählt, aber es ist Zeit, dass du es erfährst, Zoe." Ihre Hände ballen sich zu Fäusten. Sie erinnert mich an eine Hausfrau aus den fünfziger Jahren in einer Sitcom. Jede Bewegung wirkt gekünstelt. Aber vielleicht urteile ich auch zu hart über sie.

"Als ich sechzehn war, sind meine Schwester und ich von zu Hause weggelaufen. Wir hatten nicht den besten Start ins Leben. Als ich sieben war, ging unser Vater Zigaretten holen und kam nicht mehr nach Hause. Meine Mutter nahm jede Droge, die siekaufen konnte. Wenn sie nicht benebelt war, wollte sie nicht mehr leben. Aber irgendwie habe ich dafür gesorgt, dass Lisa und ich weiter zur Schule gingen.

Aber als Lisa fünfzehn wurde, sah ich, wie die dreckigen Freunde meiner Mutter sie ansahen. Ich hatte selbst mit ihnen zu tun gehabt und wollte nicht, dass sie das Gleiche durchmacht. Ich hatte die Schule bereits verlassen und arbeitete in einem Zeitungsladen. Eines Tages brachte ich Lisa zur Schule, und wir gingen einfach weiter." Sie hält inne, ihre Stimme bricht vor Rührung. "Wir konnten es nicht mehr aushalten." Sie ballt den Stoff ihres Rocks in den Händen.

"Ich vermute, meine Mutter hat uns nie als vermisst gemeldet. Lisa hatte noch ein Jahr in der Schule, aber ich frage mich, ob Mama ihnen gesagt hat, dass wir wegziehen oder so. Ich habe später herausgefunden, dass sie an einer Überdosis gestorben ist, kurz nachdem wir abgehauen sind." Ihre Miene verfinstert sich. Sie beginnt, den Ärmel ihrer Bluse aufzuknöpfen. "Wir konnten nirgendwo hin und hatten keinen Plan, dem wir folgen konnten. Ich fühlte mich schrecklich. Ich hatte Lisa überredet zu gehen, und alles wurde nur schlimmer, nicht besser."

Angie krempelt ihren Ärmel hoch, um die Spuren auf ihrem Arm zu zeigen. "Wir fingen an, unseren Schmerz genauso zu betäuben wie unsere Mutter. Wir schliefen in Gassen auf Pappkartons." Sie schaudert. "Ich werde nicht viel über diese Zeit sprechen, denn es war schlimm. Aber dann tauchte ein Mann auf und gab uns Decken. Ein großer, freundlicher Mann. Er sagte, sein Name sei Peter und er würde zurückkommen, um uns Essen zu bringen."

Sie lacht. Ihr Lachen klingt genau wie das von Maddie. "Ich habe ihm nicht geglaubt. Ich wusste, dass er zurückkommen würde, aber ich dachte, er wollte bloß Sex. Und den hätte ich ihm auch gegeben, solange er mir im Gegenzug Drogen gibt."

Ich schaue Maddie an, und mir wird klar, dass ich sie nicht vor all dem schützen kann.

"Am nächsten Tag kam er mit Essen zurück", fuhr Angie fort. "Und ein paar Tage später kam er mit Heroin zurück. Nun, zu diesem Zeitpunkt waren Lisa und ich bereit, mit jedem überall hinzugehen, solange er Heroin hatte." Sie seufzt. Ihre Stimme wird schneller, als wolle sie den Rest der Geschichte hinter sich bringen. "Wir stiegen in sein Auto. Wir fuhren zu seiner Farm. Er brachte uns in einem gemütlichen Zimmer unter. Wir konnten unser Glück kaum fassen. Anfangs." Sie schüttelt den Kopf und seufzt. "Ich glaube, die Polizei hat den Rest herausgefunden. Lisa und ich wurden beide ziemlich schnell schwanger. Lisa hat es nicht geschafft."

Ihre Finger ziehen sich zusammen, der seidige Stoff ihres Rocks verheddert sich zwischen ihnen. Ihr Blick fällt auf die Decke unter uns. "Nachdem Lisa gestorben und Maddie geboren war, war ich... ich war so ein Wrack. Er hielt mich wie ... wie ein Tier." Sie wirft einen Blick auf Maddie. "Es tut mir so leid, dass ich weggelaufen bin. Ich habe dort keine Zukunft für mich gesehen. Ich sah nichts außer dem Leben auf der Straße, und ich konnte nicht... Ich dachte, keiner von uns würde überleben, wenn ich dich mitnehme. Ich war nicht viel älter als du jetzt, mein Schatz. Kannst du dir das vorstellen? Der... der Druck." Sie wischt sich die Tränen von den Wangen.

Ein Schatten zieht über Maddies Gesicht. Der kleinste Anflug von... Was? Ungläubigkeit? Traurigkeit? Sie ist schwer zu durchschauen, meine Tochter.

"Was ist passiert, nachdem du abgehauen bist?", frage ich. "Offensichtlich geht es dir jetzt viel besser."

"Ich wurde clean", sagt sie. "Ich fand einen Platz in einem Wohnheim, und dann wurde ich in ein Suchtprogramm aufgenommen. Nach und nach ging es mir besser. Ich hatte etwa fünf Jobs gleichzeitig. Kellnerin, Putzfrau, Verkäuferin, Kurier, alles, um ein bisschen Geld für die Miete zu verdienen. Dann wurde ich in einem Lagerjob befördert, zum Aufseher. Es war nicht viel, aber durch das zusätzliche Geld und die geregelten Arbeitszeiten hatte ich Zeit für ein Online-Studium. Ich wollte Lehrerin werden. Ich bekam eine Stelle als Lehrassistentin an einer Schule und zog hierher nach Penry. Jetzt habe ich ein eigenes Haus und einen eigenen Job, und habe die Vergangenheit endlich hinter mir gelassen."

Ich kann mir nicht helfen, als ich sage: "Und du hast dir einen Job an Maddies Schule ausgesucht. Du bist absichtlich hergekommen, um sie aus der Ferne zu beobachten. Das war hinterlistig."

"Als ich mich beworben habe, hätte ich nie gedacht, dass ich die Stelle bekommen würde. Solche Stellen sind immer hart umkämpft, vor allem in schönen Gegenden wie dieser. Aber ich habe mich beim Vorstellungsgespräch mit dem Schulleiter gut verstanden. Und ehe ich mich versah, sah ich Maddie jeden Tag in der Schule. Ich konnte mein Glück kaum fassen." Sie legt Maddie einen Arm um die Schulter und zieht sie zu sich heran.

Maddie sträubt sich zunächst, beugt sich dann aber vor.

"Wir werden zur Polizei gehen müssen", sage ich. "DCI Cooper, der Ermittler im Fall der Ivycross Farm, wird wissen müssen, wer du bist. Es ist nur richtig, dass auch Lisa als eines von Peters Opfern identifiziert wird."

"Sicher", sagt sie und schaukelt Maddie hin und her, während sie sie festhält.

Ich beobachte sie, und Abneigung macht sich in mir breit. Ich möchte ihre Geschichte glauben, wirklich. Aber ich werde das Gefühl nicht los, dass hier etwas nicht stimmt.

Ein paar Stunden später, nach Wurstbroten, Limonade und weiteren Gesprächen, als ich wieder mit Maddie im Auto sitze, öffne ich immer wieder den Mund, um zu sprechen, und schließe ihn wieder. Ich kann die richtigen Worte nicht finden. Angie hat die meiste Zeit damit verbracht, Maddie zu erzählen, was für ein wunderschönes

Baby sie gewesen ist. Sie erzählte sogar von der Geburt in der Scheune, ohne Schmerzmittel, mit einem Handtuch unter ihr, und von Peter McKenna, der hin und her lief und sie anschrie, sie solle ruhig sein.

"Ich dachte, ich würde sterben, wie Lisa", sagte sie mit leiser Stimme.

Jetzt ertappe ich mich dabei, wie ich Maddie anschaue, mit hundert Sorgen im Kopf, die ich nicht auszusprechen wage. Angies Verwandlung ist zu einfach. Könnte eine Frau mit einer solchen Arbeitsmoral, die eine solche Entschlossenheit gezeigt hat, ihr Leben zu ändern, ihre kleine Tochter bei einem Serienmörder zurücklassen? Warum ist sie nie zur Polizei gegangen? Warum hat sie Maddie nicht in einem Krankenhaus, einer Feuerwache oder sonst wo abgegeben, anstatt sie bei Peter McKenna zu lassen?

"Alles in Ordnung, Süße?", frage ich, und das ist so ziemlich alles, was ich frage.

"Mir geht es gut."

"Es ist in Ordnung, wenn es dir nicht gut gehen sollte."

"Ich weiß", sagt sie.

"Sollen wir DCI Cooper anrufen, wenn wir zu Hause sind?"

"Noch nicht", sagt sie.

"Warum nicht?"

"Ich glaube, ich möchte zuerst mehr Zeit mit ihr verbringen", sagt Maddie. "Wenn ich die Polizei rufe, wird sich alles ändern."

"Glaubst du das?", frage ich.

"Ja", sagt sie. "Nur so 'ne Vermutung."

Ich fahre zu Cecilias Wohnung, um Gabe abzuholen, während Maddie im Auto wartet. Ich erzähle ihr kurz von dem Treffen mit Angie.

"Ich muss mehr über sie erfahren", sage ich. "Ich weiß nicht, wo ich anfangen soll."

"Soziale Medien", sagt Cecilia. "Das ist immer der beste Ort. Du musst wissen, wer diese Frau ist."

"Ich könnte es in der Schule versuchen", sage ich.

"Ja, mach das. Soll ich mitkommen? Ich könnte, aber ich fange morgen einen Job an, also wäre es auch gut, wenn ich Zuhause bleibe."

"Wirklich? Das ist großartig!"

Als Cecilia mir von ihrem neuen Job in der Penry-Kunstgalerie erzählt, wird mir klar, wie viel ihrer Zeit ich mit meinem eigenen Drama vergeudet habe. Dann bittet Gabe darum, nach Hause zu gehen.

"Zoe, sei vorsichtig, ja?" Cecilia hält sich an meinem Unterarm fest. "Wenn du etwas brauchst, lass es mich wissen."

Ich sage ihr, dass ich das tun werde, und mache mich auf den Weg nach unten zum Auto, wo Maddie auf uns wartet. Aus dem Auto heraus kann ich sehen, wie sie eine SMS schreibt. Bestimmt wieder an Angie Starling. Mein Magen dreht sich um. Das hier wird nicht gut enden. Ich kann es spüren.

Kapitel Zweiundvierzig

Jetzt

Seit dem Moment, in dem Peter McKenna seine Arme um meinen Hals gelegt hat, habe ich keine derart ereignisreiche Woche mehr erlebt. Ich musste erfahren, dass der Mann, mit dem ich mein Bett geteilt habe, eine Vorliebe für Mädchen im Teenageralter hat. Die leibliche Mutter meiner Adoptivtochter tauchte mit einer Geschichte auf, die ich nur mit Mühe glauben konnte. Irgendwie hab ich das Gefühl, dass da noch mehr kommen wird.

Ich bereite mich auf die Anrufe vor, die ich tätigen muss, indem ich den Tag mit einer großen Tasse Kaffee beginne. Nachdem ich die Hälfte davon getrunken habe, setze ich mich etwas nervös an den Küchentisch und nehme mein Handy in die Hand. Als erstes DCI Cooper. Ich rufe bei der Polizei von South Yorkshire an und bin erleichtert, dass er immer noch in der gleichen Dienststelle und auf der gleichen Position ist.

Er hört mir geduldig zu, als ich Angie Starlings Geschichte erzähle, äußert sich aber nicht zu Angie selbst, sondern wirft nur ab und zu etwas ein, um bestimmte Punkte zu klären. Meine Fingernägel klopfen leicht auf die Oberfläche des Tisches.

"Ich würde gerne eine DNA-Probe von ihr nehmen. Könnten Sie sie zu Ihrer örtlichen Polizeistation bringen? Ich werde mich mit denen in Verbindung setzen, um das zu koordinieren", sagt er. Im Hintergrund höre ich das Rascheln einer Papierseite, die umgeschlagen wird.

"Ich werde sehen, ob sie damit einverstanden ist. Ich denke, das wird sie. Sie... Nun, sie sieht genauso aus wie Maddie. Das ist nicht wie bei Lucinda Garth. Dieses Mal ist echt. Ich spüre das."

"Ich vertraue Ihrem Instinkt, Zoe."

"Danke." Dann lache ich. "Ich bin mir nicht sicher, ob ich im Moment meinen eigenen Instinkten traue. Nicht, wenn man bedenkt, wen ich geheiratet habe."

"Es tut mir leid, das mit Ihrem Mann zu hören", sagt er. "Ich hoffe, sie werden ihn wenigstens wegen Vertrauensmissbrauchs anzeigen. Er könnte immer noch eine Gefängnisstrafe bekommen."

"Ehrlich gesagt, hoffe ich, dass sie ihm noch mehr anhängen können." Ich halte inne. Ich möchte ihm meinen Verdacht über Phoebe Thompson mitteilen, aber das ist nicht Coopers Fall. Stattdessen sage ich: "Es war schön, nach all den Jahren wieder mit Ihnen zu sprechen."

"Das finde ich auch, Zoe. Passen Sie auf sich auf."

"Das werde ich."

Ich stelle mir vor, wie sich sein Schnurrbart auf und ab bewegt, während er spricht, und das Bild versetzt mich in eine andere Zeit zurück. Nachdem ich aufgelegt habe, rufe ich meine Mutter an. Sie hat ein Recht darauf zu erfahren, was los ist.

"Zoe", sagt sie. "Bin ich froh, dass du zurückrufst. Ich habe versucht, dich zu erreichen."

"Ich weiß, tut mir leid. Hier ist grad alles etwas verrückt..."

"Ich habe es in den Nachrichten gesehen. Ich kann es nicht fassen. Ich habe Justin immer gemocht. Ist es wahr? Hat er das Mädchen umgebracht?"

"Nein", antworte ich. "Aber er hat seine Macht missbraucht... Er..." Meine Stimme bricht. Ich weiß, was sie denken muss - dass ich mir immer die falschen Männer aussuche, dass ich schwach bin.

Aber sie sagt nichts davon. Als sie spricht, liegt kein Urteil in ihrer Stimme, nur Sanftheit. "Es ist in Ordnung. Ich verstehe das."

"Wie geht es Papa?" Ich wickle eine Locke meines Haares um einen Finger. Ich bin mir nicht sicher, warum. Es fühlt sich tröstlich an. Früher habe ich es immer gemacht, wenn in der Schule eine Prüfung anstand.

"Es hat sich nicht viel verändert bei deinem Vater. Er ist immer noch verwirrt und... Hör zu, Zoe, ich habe mich gefragt, ob du mich dort brauchst, wo du gerade bist. Ich könnte vorbeikommen und bei dir bleiben. Ich könnte auf Gabe und Maddie aufpassen."

"Maddie? Wirklich?"

Es gibt eine lange Pause, bevor sie wieder spricht. "Ich habe im Laufe der Jahre viel nachgedacht, und um ehrlich zu sein, bedauere ich einiges. Ich glaube, ich habe das, was mit dir passiert ist, nicht sehr gut verarbeitet. Es tut mir leid."

Ihre Worte verschlagen mir den Atem, aber ich versuche, mir nichts anmerken zu lassen. "Es war eine stressige Zeit für alle. Ich bin sicher, ich hätte mit der Situation auch besser umgehen können."

Mit ruhiger Stimme sagt sie: "Nein, ich bin sicher, dass es hauptsächlich an mir lag. Und das tut mir wirklich leid."

"Ich weiß es zu schätzen, dass du das sagst, Mama."

"Warum kommst du nicht mit und bleibst hier oben?", bietet sie an. "Dann bist du weg von Justin."

"Ich werde darüber nachdenken."

Mein letztes Gespräch findet mit DS Rosen statt, der mir mitteilt, dass Justin dafür angeklagt wurde, seine Vertrauensstellung missbraucht zu haben.

"Machen Sie sich keine Sorgen. Er wird nicht ungeschoren davonkommen", versichert mir Rosen. "Aber es wird noch eine Weile dauern, bis er vor Gericht kommt. Und bis dahin möchte ich, dass Sie vorsichtig sind. Ist er nach Hause gekommen?"

"Nein", sage ich. "Ich habe ihn weder gesehen noch von ihm gehört."

"Das ist gut."

"Darf ich noch etwas sagen?" Nervös lege ich einen Daumennagel gegen meine Zähne.

"Ja, natürlich. Was gibt es, Zoe?"

"Justin kam in der Nacht, als Phoebe Thompson starb, spät nach Hause. Was, wenn sie sich nachts mit ihm getroffen hat, und er sie geschubst hat?"

"Ich hatte genau dieselben Gedanken", sagt er. "Aber es gibt Zeugen, die ihn an diesem Abend in der Kneipe gesehen haben, während er sich das Fußballspiel ansah. Ich werde noch einmal nachsehen, wann genau er gegangen ist, aber ich glaube nicht, dass er die Gelegenheit hatte, auf den Campingplatz zu gehen, Phoebe von den Zelten wegzulocken und sie zu ermorden, bevor er zu Ihnen nach Hause fuhr. Wie gesagt, ich werde jedes Detail sehr genau überprüfen, jetzt, da wir wissen, was er mit ihr gemacht hat. Und wir werden auch mit Phoebes Freunden sprechen. Vielleicht wusste einer von ihnen von Justin, hielt es aber für das Beste, zu schweigen."

Ich stoße einen Seufzer der Erleichterung aus. "Okay." Dann platze ich heraus: "Maddie hatte keine Ahnung von Justin und Riya."

Rosen hält inne. "Sind Sie sich da sicher?"

"Ja", sage ich. "Wenn sie es gewusst hätte, hätte sie es mir gesagt."

"Wenn Sie sich da sicher sind", sagt er, obwohl er nicht überzeugt klingt. "Ich muss gehen. Es gibt keinen wirklichen Grund zu vermuten, dass Justin ein gewalttätiger Mann ist, aber die einstweilige Verfügung ist vernünftig. Vergessen Sie nicht, sofort anzurufen, wenn er versucht, wieder ins Haus zu kommen. Okay?"

"Das werde ich."

Ich lege den Hörer auf, jeder Funken Energie ist aus meinem Körper gewichen. Gabe und ich verkraften die Entflechtung der Familie am schlechtesten. Der arme Gabe, der seinen Vater jede Sekunde seines Lebens geliebt hat, muss sich nun der Realität stellen, dass sein Vater nicht der Held ist, für den er ihn gehalten hat. Und ich... Nun, ich trage die Last jeder Entscheidung, die getroffen wurde, seit wir zur Polizei gegangen sind, dem Punkt, an dem es kein Zurück mehr gab.

Für den Rest des Tages schließen wir die Rollläden am Haus, schauen Filme und essen Popcorn. Am Abend kommt Cecilia mit Pizza vorbei. Irgendwie hat sie sich mit Leichtigkeit in unser Leben eingefügt. Ich schiebe meine Sorgen um sie beiseite. Ich versuche, mich nicht mit Maddies Warnungen zu beschäftigen. Ich schaffe das alles nicht allein. Und obwohl Mamas Angebot nett war, kann ich mir nicht vorstellen, dass sie und Maddie zusammen in einem Haus wohnen. Außerdem kann ich sie nicht so schnell von ihrer leiblichen Mutter wegnehmen. Ich möchte es, aber das könnte Maddie von mir entfernen. Sie ist sechzehn. Sie kann jederzeit ausziehen und bei Angie wohnen, wenn sie das möchte.

Ich schaue meinen Kindern beim Pizzaessen zu und lache über Cecilias Geschichten über ihre Zeit im Kundendienst, und im Stillen suche ich auf Facebook, Instagram und Twitter nach Angie Starling. Ich finde nichts. Dann versuche ich es mit Google. Ich beiße mir auf die Lippe, besorgt. Auch hier finde ich nichts, nur ein Mitarbeiterprofil auf der Website der Penry-Schule.

Abgesehen von meiner Schnüffelei verläuft die Nacht ereignislos, und der nächste Morgen fühlt sich fast normal an. Gabe beschwert sich über ganz normale Dinge wie die Tatsache, dass wir keine Milch mehr haben. Er strampelt herum und beschuldigt Maddie, seinen letzten Yorkie-Riegel gestohlen zu haben. Ich krame einen Mini-Mars-Riegel aus dem hinteren Teil des Schranks hervor, um ihn aufzumuntern.

Ich halte die Kinder aus der Schule. Bei einem Morgenkaffee im

Garten, während Maddie und Gabe Cartoons schauen, erzähle ich Cecilia, was ich im Internet über Angie Starling gefunden habe.

"Das ist seltsam", sagt sie. "Menschen hinterlassen doch immer eine Spur. Ich meine, ja, sie wollte wahrscheinlich nicht von Peter McKenna gefunden werden, also bin ich sicher, dass sie ein vorsichtiges Leben geführt hat. Aber er ist vor elf Jahren gestorben. Da muss sie doch irgendwo auftauchen. Das ist nicht normal. Es ist richtig, das du ihr gegenüber skeptisch bist."

"Mir gefällt das alles nicht", gebe ich zu. "Da muss doch etwas dahinterstecken."

Cecilia nickt. "Ich kann dir nicht sagen, was du tun sollst, aber... lass Maddie nicht aus den Augen. Und sieh zu, dass Angie zur Polizei geht und die DNA-Probe abgibt. Sie werden herausfinden, wer sie ist."

"Glaubst du, sie könnte bezüglich ihres Namen lügen?", frage ich.

Cecilia zuckt mit den Schultern. "Mein Ex hat immer neue Identitäten erfunden, wenn er krumme Dinger gedreht hat. Aber die Penry-Schule wird einen Background-Check gemacht haben, also weiß ich es nicht."

Nach dem Frühstück geht Cecilia, und ich rufe in der Mittagspause in der Schule an. Als mich die Sekretärin zum Schulleiter durchstellt, meldet sich Bert Browning sofort. Ich nenne ihm meinen Namen und seine Stimme wird leiser.

"Zoe, mein Gott, ich kann nicht glauben, was passiert ist. Ich hätte das nie von ihm gedacht. Niemals."

"Haben Sie von ihm gehört?", frage ich.

"Nein, nichts. Obwohl er offensichtlich nicht mehr in der Schule willkommen ist."

"Zu Hause ist er auch nicht willkommen", sage ich.

"Das leuchtet ein", sagt er. "Rufen Sie deshalb an?"

"Nein", sage ich. "Eigentlich, Bert, ist die ganze Geschichte viel verrückter, als Ihnen bewusst ist." Ich fahre fort und erkläre Angie Starling und wer sie wirklich ist. Er stößt ein paar schockierte Ausrufe aus, und als ich fertig bin, scheint er komplett durcheinander zu sein.

"Wir überprüfen alle unsere neuen Mitarbeiter. Wir prüfen, ob sie vorbestraft sind, und wir prüfen ihre Referenzen. Jeder neue Mitarbeiter muss uns drei seiner letzten Adressen nennen und so weiter. Bei Angie wurde nichts gefunden. Aber ihre Referenzen waren gut."

"Können Sie mir den Namen der Schule nennen, an der sie vor Penry gearbeitet hat?"

"Normalerweise würde ich das nicht tun", sagt er. "Aber ich glaube, es ist besser so. Geben Sie mir einen Moment, Zoe." Ich höre das Geräusch von Tippen auf der Tastatur. "Ja, hier ist es. St. Anne's Grammar School in Glasgow. Ich kenn die Schule nicht. Ich habe mit der Schulleiterin, Rosie McDonald, gesprochen, und sie sagte mir, Angie sei enthusiastisch, aber jung und bräuchte vielleicht ein bisschen Führung. Ich habe es immer vorgezogen, junge Lehrassistenten einzustellen, denn eine Schule braucht Energie".

"Danke", antworte ich. "Und was halten Sie von ihr?"

"Um ehrlich zu sein, Zoe, hatten wir einige Probleme mit ihr. Ein Teil ihrer Aufgabe ist es, die Kinder mit Lernschwierigkeiten oder Verhaltensauffälligkeiten zu beaufsichtigen. Und, na ja, einige unserer schwächeren Schüler sind... wie soll ich es sagen? Nun, sie haben Angst vor ihr. Ich wollte unlängst mit ihr darüber reden."

"Sie macht den Kindern Angst?"

"Ich bin mir nicht sicher", sagt er. "Fast alle autistischen Kinder unter ihrer Obhut haben um einen neuen Assistenten gebeten, der ihnen im Unterricht hilft. Ich hatte zwei Anrufe von Eltern, die sich darüber beschwert haben, dass ihre Kinder weinend nach Hause gekommen sind." Er seufzt. "Sie haben gerade meine Befürchtungen bezüglich ihres Charakters bestätigt, und ich sollte ihr sofort kündigen."

"Entlassen Sie sie nicht. Noch nicht. Ich will nicht, dass sie weiß, dass ich angerufen habe."

"Das ist eine außergewöhnliche Bitte", sagt er.

"Ich weiß. Es tut mir leid. Nur für ein oder zwei Tage. Lassen Sie uns so tun, als hätten wir nie miteinander gesprochen."

Er hält inne und denkt darüber nach. "In Ordnung. Das werde ich tun, Zoe. Viel Glück bei Ihrem Vorhaben."

"Danke. Ich weiß das zu schätzen." Ich lege den Hörer auf, während sich in meinem Kopf ein vorläufiger Plan formt.

Kapitel Dreiundvierzig

Jetzt

Rosie McDonald ist in einer Besprechung, als ich das erste Mal im St. Anne's in Glasgow anrufe. Als ich eine Stunde später zurückrufe, klingt sie überrascht, von einer Frau aus Cornwall zu hören.

"Angie Starling? Der Name kommt mir nicht bekannt vor."

"Sie hat ihrem jetzigen Arbeitgeber erzählt, dass sie als Lehrassistentin an Ihrer Schule gearbeitet hat.

"Oh", sagt sie. "Das glaube ich nicht. Wir haben seit fünf Jahren dieselben drei Lehrassistenten. Wir sind eine kleine Schule, wissen Sie."

Sie ist eine Lügnerin. Ich wusste es. Mein Herz hebt und senkt sich gleichzeitig. *Die arme Maddie.* Und ich bin diejenige, die ihr das erzählen muss. Meine Handflächen jucken. Ich hasse all das hier.

Aber es muss getan werden. Ich mache mich auf den Weg ins Wohnzimmer, wo Maddie auf dem Sofa neben Gabe lümmelt. Er hat seine Kopfhörer auf und spielt ein Autorennspiel. Maddie klebt an ihrem Handy, wie immer. Als ich sie dort sitzen sehe, verkrampfen sich meine Muskeln. Ich weiß, dass sie Angie eine SMS schreibt. Ich kann es spüren.

"Können wir reden?"

"Was ist los?", fragt sie und hebt den Blick vom Display.

"Nicht hier", sage ich und deute ihr mit einer Geste an, mir in den Garten zu folgen. Wenn ich das wirklich machen will, brauche ich frische Luft um mich herum, nicht das erstickende Gefühl, im Haus zu sein. Sie setzt sich neben mich auf die Veranda und ich nehme ihre Hand in meine. "Schatz, Angie ist nicht die, für die sie sich ausgibt."

Maddie lehnt ihren Kopf gegen den Stuhl, und die Sonne fällt auf ihr Gesicht. Sie atmet tief durch und schließt die Augen. Dann hebt sie den Kopf und zieht ihre Hand aus meiner. Sie wickelt ihr Haar um ihre Finger.

"Ich weiß", sagt sie schließlich. "Sie hat über so ziemlich alles gelogen."

"Du weißt es?" Ich nähere mich ihr und versuche, die Lücke zwischen uns zu schließen. "Was meinst du damit? Hat sie dich belogen oder nur mich?"

"Mama", sagt sie. "Ich habe auch gelogen. Ich habe sogar ziemlich viel gelogen."

Ich bemühe mich, mich nicht zu bewegen. Trotz der warmen Nachmittagssonne auf meiner Haut ist mein Blut eiskalt. "Worüber?"

Sie hebt einen Fuß und stellt ihn auf die Sitzfläche ihres Stuhls. "Nun, nachdem du mich vor meinem Vater gerettet hast ... Peter ... habe ich so getan, als ob ich mich nicht an sie erinnern würde. Aber sie verließ die Farm nur ein paar Monate, bevor ich dich kennenlernte. Papa hat sie nicht wie ein Tier angekettet gehalten." Sie zuckt mit den Schultern. "Angie wollte dir gegenüber nicht zugeben, dass sie das alles freiwillig gemacht hat."

"Was hat sie auf dem Bauernhof gemacht?"

Ihr Blick schweift ab, zum Meer hin. "Sie hat ihm geholfen."

"Sie hat ihm geholfen? Was? Sie hat ihm geholfen *zu töten*?"

"Ich habe es nie jemandem erzählt", sagt Maddie. "Bevor sie ging, sagte sie mir, ich solle es geheim halten, und das tat ich. Ich wollte sie wohl trotz allem beschützen. Aber die Sache ist die, Mama, ich habe Angst, jetzt, wo sie zurück ist. Ich habe Angst, weil ich weiß, wozu sie fähig ist."

"Zu was ist sie fähig, Maddie?"

"Zu Allem."

Dieses eine Wort lässt meine Wirbelsäule in die Höhe schnellen. "Folter? Mord?"

"Manchmal hat sie ihnen die Finger abgeschnitten", sagt Maddie.

Meine Hand fliegt zu meinem Mund. "Oh Gott. Ich muss die Polizei anrufen. Ich muss sie warnen." Ich springe auf und greife nach meinem Handy. Maddie lehnt sich weiter gegen ihr Knie, still und ruhig. "Wie ist ihr richtiger Name, Maddie?"

"Louisa Madeleine Jones", sagt Maddie. "Ihre Schwester hieß Lisa. Dieser Teil ist wahr."

"Hast du sie sofort erkannt?"

"Ja", sagt Maddie.

"Und du hast es die ganze Zeit vor mir geheim gehalten?"

"Ja."

Kein Zögern. Keine Spur von schlechtem Gewissen.

"Ich habe Riya von ihr erzählt", sagt Maddie. "Riya sagte, du würdest sie wegbringen. Sie hatte recht. Sie hatte immer recht."

"Maddie...", beginne ich, weiß dann aber nicht, wie ich weitermachen soll. Stattdessen gehe ich in die Küche, um DS Rosen anzurufen und ihm alles zu erzählen.

Am Telefon rede ich ein einziges Wirrwarr und spucke Maddies Worte in gebrochenen Sätzen aus. Es dauert lange, weil ich mich mehrmals wiederholen muss, damit Rosen sich Notizen machen kann. Aber sobald er alles verstanden hat, versichert er mir, dass ein Polizeibeamter Angie sofort zum Verhör vorladen wird. Ich gebe ihm die Telefonnummer von DCI Cooper, damit sie miteinander sprechen können, dann gehe ich zu meinen Kindern zurück und fühle mich etwas unsicher auf den Beinen.

Maddie gleitet durch die Schiebetür und setzt sich sanft auf den Sessel am Fenster. Sie ist still und ruhig und beobachtet mich. Es ist beunruhigend.

"Hast du die Polizei gerufen?", fragt sie und bricht das Schweigen.

"Ja. Sie werden sie zum Verhör vorladen. Maddie, warum hast du mir das alles nicht erzählt? Erst Justin und jetzt Angie... Louisa. Ich hätte dir helfen können." Ich schaue zu Gabe hinüber, der immer noch sein Spiel spielt, verloren für die Welt.

Ich setze mich auf den Stuhl gegenüber von Maddie. "Warum hast du mich ausgeschlossen? Sag es mir."

"Ich wollte mehr Zeit mit ihr verbringen", sagt sie. "Ich weiß, dass sie ein schlechter Mensch ist. Sie hat mich verlassen, nicht wahr? Aber... Aber ich bin aus ihr gemacht, und ich bin aus ihm gemacht, und manchmal, in dieser Familie, muss ich so tun, als wäre ich es nicht. Ich muss so tun, als wäre ich ein Teil von dir. Ich mag dieses Vortäuschen. Wer würde das nicht? Wer will schon aus zwei Verrückten gemacht sein? Ich würde lieber ein Teil von dir sein. Aber das bin ich nicht, richtig?"

"Du musst mir nichts vormachen. Ich werde dich immer lieben. Weißt du, dass ein Teil von mir dachte, du hättest Phoebe getötet? Das habe ich wirklich. Und ich hätte für dich gelogen. Ich hätte für dich gekämpft. Ich weiß, wer du bist. Du musst es nicht verstecken."

Sie starrt mich an, ohne zu blinzeln. "Bist du sicher?"

"Ja", sage ich. "Ich bin mir ganz sicher."

"Dann gibt es wohl etwas, das ich dir zeigen sollte."

Mein Körper leuchtet auf wie ein Stromnetz, entzündet durch eine Flut von Adrenalin. Angst breitet sich kühl auf meiner Haut aus. Es ist das Grauen, das mich ergreift. Ich wusste immer, dass sie diese Worte irgendwann sagen würde. Ich wusste nur nie, wann. Sie steht auf. Ich stehe mit ihr. Sie geht, und ich folge ihr. Wir lassen Gabe mit seinen Kopfhörern zurück und winken ihm nicht einmal zum Abschied zu. Ich glaube, er ist zu sehr in sein Spiel vertieft, um es überhaupt zu bemerken. Er hat sich von der Realität abgekapselt. Ich mache ihm keinen Vorwurf. Ich wünschte, ich könnte das auch.

Ich erwarte, dass sie in ihr Schlafzimmer geht. Aus irgendeinem Grund nehme ich an, dass sie mir eine Textnachricht oder eine Datei auf ihrem Laptop zeigen wird. Stattdessen folgen wir der schattigen Treppe, die in den Keller führt. Mein Herz klopft wie wild. Ich beobachte genau, wie Maddie den neuen Code für den Panikraum eintippt.

"Wie hast du den Code gefunden?", frage ich.

"Ich habe gesehen, wie du ihn in das CCTV-System eingegeben hast", sagt sie.

Natürlich hat sie das, denke ich. Die Kinder haben es auf ihren Handys installiert. Justin übrigens auch, aber ich hatte sein Konto bereits aus dem Home Hub entfernt.

Die Tür öffnet sich, und ich höre ein Stöhnen. Die Haare auf meinen Armrücken richten sich auf. Ich weiß bereits, was wir hier finden werden, aber ich bin nicht bereit, es zuzugeben. Maddie knipst den Lichtschalter an.

Mir gefällt es hier unten nicht. Es ist kahl und kalt und erinnert mich irgendwie an diese Scheune auf der Ivycross Farm. Aber es gibt Betten und ein paar Stühle. Es gibt eine Küchenzeile und eine Toilette. Die Regale sind bis zum Boden voll mit Lebensmitteln, Decken und Erste-Hilfe-Material. Ich wollte für den Fall vorbereitet sein, dass einer von Lucinda Garths begeisterten Fans uns aufsuchen würde. Ich hätte nie gedacht, dass es jemals für so etwas genutzt werden würde.

Justin ist ans Bett gefesselt. Seine Beine und Arme sind mit den Kabelbindern, mit denen ich angebrochene Tüten verschließe oder Kabel ordne, an den Ecken des Metallrahmens befestigt. Er hat einen Knebel im Mund. Sein Kopf bewegt sich langsam von einer Seite zur anderen, als würde er aus der Bewusstlosigkeit erwachen. Auf seiner Stirn glänzt ein dünner Schweißschimmer. Ein Fleck bedeckt seine Leistengegend.

"Maddie", flüstere ich. "Was hast du getan?"

"Ich habe unser Leben gerettet", sagt sie. "Ich habe ihn dabei erwischt, wie er sich reingeschlichen hat."

"Wann?"

"Vorgestern", sagt sie. "Wir waren im Haus. Ich glaube, du und Cecilia wart im Garten. Ich habe die Überwachungskameras überprüft und ihn in der Garage gesehen."

"Wie hast du ihn überwältigt?"

"Ich habe ihm mit dem Kerzenständer aus dem Korridor auf den Kopf geschlagen."

Ich bemerke den blutigen Kerzenständer auf dem Boden des Panikraums, eingewickelt in eine Einkaufstüte. Ich hatte gar nicht bemerkt, dass er weg war. Als wir in das Haus einzogen, beauftragte ich einen Innenarchitekten, der ein paar teure Stücke kaufte, darunter auch diesen Kerzenständer. Er war aus schwerem Schmiedeeisen und entsprach nicht wirklich meinem Geschmack, aber ich behielt ihn trotzdem.

"Wie hast du ihn hierher gebracht?", frage ich.

"Nun, ich wusste, dass er durch den Keller kommen würde", sagt sie. "Du hast das Passwort für die Tür zwischen Garage und Haus geändert. Aber es gibt doch eine Treppe, die hier runterführt, oder? Und diese Tür haben wir vergessen. Also habe ich mir den Kerzenständer geschnappt und gewartet, und dann habe ich zugeschlagen, als er ins Haus kam. Ich musste ihn nur ein paar Meter in den Panikraum ziehen."

In dem schwachen Licht bemerkte ich das getrocknete Blut über seiner Stirn nicht. Dann sah ich das Yorkie-Papier auf dem Boden und die Überreste eines Milchglases.

"Du hast ihn gefüttert."

"Ich hielt ein Messer über ihn und zwang ihn zu essen. Er hat sich benommen." Sie grinst.

"Was sollen wir jetzt tun?" Ich starre sie an. "Du weißt, dass du gegen das Gesetz verstoßen hast."

"Er kam her, um uns zu töten", sagt sie scharf. "Ich habe einen Weg gefunden, ihn aufzuhalten, ohne ihn zu töten. Ich verdiene eine verdammte Medaille."

"Bist du sicher, dass er hier war, um uns zu töten?"

Sie zeigt auf einen Benzinkanister auf dem Boden. "Den hatte er bei sich."

Mein Herz sinkt. Ich gehe zu Justin hinüber und beobachte seinen

Gesichtsausdruck. Er murmelt und schaut weg, Tränen sammeln sich in seinen Augenwinkeln. In der Luft um ihn herum liegt der Geruch von Alkohol, abgestanden und kränklich, das Gift sickert durch seine Poren. Eine traurige Geschichte. Mann macht einen Fehler. Mann verliert alles. Mann betrinkt sich. Mann will alles verbrennen, was er besitzt, einschließlich sich selbst und seine Familie. Ein typisch schwaches Ende für einen typisch schwachen Mann.

Bevor ich anfange, ihn zu bemitleiden, wende ich mich ab, nehme Maddie an der Hand und führe sie aus dem Zimmer.

"Okay, du hast ihn also nicht sofort umgebracht. Aber was jetzt? Was hast du vor?"

Sie zuckt mit den Schultern. "Soweit hab ich wohl nicht gedacht."

"Du kannst ihn nicht ewig hier unten behalten. Irgendwann wird die Polizei wissen wollen, wo er ist. Es wird Gerichtstermine geben, die er wahrnehmen muss." Ich seufze und versuche, mich so weit zu beruhigen, dass ich logisch denken kann. "Wie ist er hierhergekommen? Ist er mit dem Auto gefahren? Wo ist sein Auto?"

"Immer noch in der Garage", sagt sie. "Er ist nie mit seinem Auto weggefahren, wie du vielleicht erinnerst? Ich vermute, er ist hierher gelaufen."

"Okay, er ist also gelaufen. Aber aus welcher Richtung? Er könnte auf Überwachungskameras in diese Richtung gesehen worden sein. Zum einen wird er auf *unserer* Überwachungskamera zu sehen sein."

"Das können wir klären", sagt sie. "Überspiel die Teile mit altem Filmmaterial. Mit einer Schnittsoftware können wir den Zeitstempel entfernen."

Ich schüttele den Kopf. "Ich wette, die Polizei hat Systeme, um das zu erkennen. Was, wenn er von einem Taxi in der Nähe abgesetzt wurde?"

"Mit einem Kanister Benzin? Ich glaube nicht, dass er das riskieren würde."

Ich umklammere ihre Schultern mit meinen Händen. "Maddie, du hast uns das Leben gerettet, und ich liebe dich. Aber du hast Gabes Vater da drin, und ich glaube, du hattest vor, ihn irgendwann zu töten, nicht wahr?"

"Ich weiß es nicht", gibt sie zu. "Ich habe ihm eine deiner Schlaftabletten gegeben."

"Wie hast du das gemacht?"

"In etwas Milch zerdrückt."

Die Unschuld und die absolut beunruhigenden Dinge, die sie mir erzählt, verdrehen mir den Magen. Was soll ich bloß machen? Damals auf der Ivycross Farm stand es nie zur Debatte, ob ich Peter McKenna das Leben nehmen sollte. Dieser Mann folterte und ermordete Frauen zum Spaß. Ich musste ihn töten, um rauszukommen. Und jetzt ist mein zutiefst defekter, zerstörerischer Ehemann von meinem gestörten, adoptierten Teenager entführt worden, und es ist alles meine Schuld. Ich habe Justin in unser Leben gelassen. Ich habe die Warnsignale nicht wahrgenommen. DCI Cooper sagte mir, er vertraue meinen Instinkten, aber er lag falsch. Ich habe versagt.

"Mama, er ist ein Psychopath", sagt Maddie. "Er ist krank. Er sollte nicht mit Mädchen in meinem Alter zusammen sein. Das ist nicht in Ordnung. Er muss eingeschläfert werden."

Ich schaue meiner Tochter tief in die Augen. Meine Mutter hatte mich genau vor sowas gewarnt. Ich wollte nicht glauben, dass Maddie das Schlafzimmer meiner Eltern mit der Absicht betreten hat, meinen kranken Vater einzuschläfern, aber jetzt weiß ich, dass meine Mutter recht hatte.

"Das ist nicht unsere Entscheidung", sage ich ihr sanft.

"Es war unsere Entscheidung, als es um meinen Vater ging." Ihre Stimme bricht. "Warum ist es hier anders?"

"Dein Vater wollte mich umbringen, und ich habe in Notwehr gehandelt. Das hier wäre vorsätzlicher Mord. Verstehst du das nicht? Du redest davon, Gabes Vater umzubringen. Das können wir nicht, Maddie. Entweder wir rufen die Polizei, oder wir lassen ihn gehen. Das kannst du selbst entscheiden. Wir können ihn nicht hierbehalten, und wir können ihn nicht töten."

Kapitel Vierundvierzig

Jetzt

Maddie wischt sich die Tränen von den Wangen und schnieft. "Ich will nicht in eine Jugendstrafanstalt gehen. Ich will nicht von dir getrennt sein."

Ausnahmsweise finde ich ihre Hingabe erschreckend. Maddie ist sechzehn, und anstatt jemanden zu finden, in den sie sich verlieben kann, entführt sie ihren Adoptivvater. Und selbst jetzt will sie bei *mir* bleiben. Sie denkt nicht über ihr Leben außerhalb von mir nach. Sie sieht ihre eigene Zukunft nicht.

"Sollen wir ihn gehen lassen?"

Ihre Stimme kommt als gehauchtes Flüstern heraus. "Ja."

"Er könnte zur Polizei gehen", sage ich. "Du könntest trotzdem in einer Haftanstalt landen."

Sie reibt sich die Oberseiten ihrer Arme, die Schultern nach vorne gebeugt, gerundet. Ich habe sie noch nie so unsicher gesehen, so verloren.

"Ich weiß. Ich mache mir mehr Sorgen, dass er zurückkommt." Ihre Augen glitzern, ein vertrauter Anflug von ihrem üblichen Stahl. "Tun wir das Richtige?"

"Wir können uns bewegen", sage ich. "Wir werden von ihm wegkommen."

"Wenn das Gericht es zulässt", sagt sie. "Er ist der Vater von Gabe. Er hat Rechte."

"Oh, Maddie, ich wünschte, du hättest die Polizei gerufen." Ich stoße die Tür zum Panikraum auf und schreite zu Justin hinüber. Ich ziehe ihm den Knebel unter das Kinn. "Wenn du einen Laut von dir gibst, sage ich deinem Sohn, dass du uns ermorden wolltest. Ich bringe ihn hierher, um dich in deiner pissbefleckten Hose zu sehen."

Sein Kiefer kräuselt sich vor Anspannung. Mit zusammengebissenen Zähnen spuckt er ein "Okay" aus.

"Wir werden dich gehen lassen."

Er blinzelt zweimal und blickt ungläubig zu Maddie hinüber.

"Du behauptest ja, mein Buch nie gelesen zu haben, also werde ich dich daran erinnern, wie ich Peter McKenna getötet habe. Ich habe ihm einen 15 cm langen Nagel in den Augapfel gerammt." Ich lehne mich näher heran. "Aber das ist nichts im Vergleich zu dem, was ich dir antun werde, wenn du jemals wieder in unsere Nähe kommst." Ich ziehe den Knebel zurück, mein Herz hämmert und ich erinnere mich genau daran, wie es war, am anderen Ende dieser Behandlung zu stehen. Justin stemmt sich gegen die Fesseln, ächzt und stöhnt, die Haut an seinem Hals wird rot und fleckig. Ich eile zurück zu Maddie. "Wir müssen ihn wieder betäuben. Hast du noch diese Schlaftabletten?"

Sie rennt aus dem Panikraum und kehrt wenige Augenblicke später außer Atem zurück.

"Spielt Gabe noch?"

"Ja. Mit Kopfhörern auf."

Ich ziehe den Knebel aus Justins Mund, nehme eine Pille aus der Blisterpackung und schiebe sie ihm schnell zwischen die Zähne, bevor er die Chance hat, in meine Finger zu beißen. Er zappelt unter meiner Hand, aber ich halte seinen Mund fest zugedrückt.

"Um Gottes willen, Justin. Schluck einfach."

Maddie eilt zur Küchenzeile und gießt sich ein Glas Wasser ein. Sie zerkleinert eine weitere Pille auf dem Tresen mit der Rückseite eines Löffels und streut den Staub ins Wasser. Sie kehrt zurück. Ich lasse Justins Mund los, den er sofort öffnet und versucht, Gabes Namen zu schreien.

Blitzschnell fängt Maddie an, ihm das Wasser in den offenen Mund zu kippen. Er würgt, stottert, aber schluckt auch einiges. Ich nehme den Löffel, drehe ihn um und suche damit nach der Pille unter seiner Zunge. Sie ist verschwunden. Als das Wasser ausgegangen ist, schiebe ich ihm den Knebel wieder zwischen die Zähne.

"Wie bringen wir ihn hier raus, ohne dass Gabe es merkt?", fragt Maddie.

"Ich werde Gabe zu Cecilia bringen müssen. Ich schreibe ihr eine Nachricht und frage, ob das okay ist."

Nachdem ich die Nachricht abgeschickt habe, starre ich auf Justin hinunter. Ich habe mal etwas über Familienzerstörer gelesen. Meistens waren es Männer, die unter dem Druck, Ehemann und Vater zu sein, zusammenbrachen. Diejenigen, die Geldprobleme hatten, sahen ihre Familie als Statussymbol, und wenn sie ihr eigenes Leben zerstörten, war das Leben ihrer Kinder und Ehefrauen lediglich eine Fortsetzung dessen. Andere machten die Mutter für den Zusammenbruch der Familie verantwortlich.

Justin atmet schwer durch seinen Knebel. Seine Augen sind voller Hass. Ja, er gibt mir die Schuld. Er gibt mir die Schuld für seine eigene Schwäche. In diesem Moment möchte ich ihn umbringen. Und ich könnte es tun. Ich könnte meine Hand über seinen Mund und seine Nase legen und zusehen, wie er sich windet, leidet, zuckt und stirbt. Ich könnte das tun. Aber sein Körper würde an den Handgelenken und Knöcheln zerschrammt sein. Die Polizei würde herausfinden, woher diese blauen Flecken stammen. Sie würden meine und Maddies DNA oder Spuren aus dem Panikraum auf seiner Haut finden. Wir könnten unser Bestes geben, um clever zu sein, aber wir würden nie clever genug sein. Die Polizei wird die Beweise irgendwann zu uns zurückverfolgen.

Es sei denn, wir lassen die Leiche verschwinden. Ich werfe einen Blick auf den Benzinkanister.

Nein. Was auch immer Justin ist, er ist immer noch Gabes Vater.

Cecilia antwortet: *Natürlich kannst du ihn hierher bringen. Was ist passiert?*

Ist es in Ordnung, wenn ich es dir nicht sage?, antworte ich.

Ja.

Keinerlei Zögern. Das gefällt mir.

"Ich bringe Gabe zu Cecilia's. Er sollte bald ohnmächtig werden. Ich denke, wir haben ihm genug gegeben. Es wird nicht lange dauern, okay? Sie wohnt nur zehn Minuten entfernt."

Maddie nickt. "Ich werde bei ihm bleiben."

"Vielleicht solltest du ihn durch die Tür beobachten und ihm nicht zu nahe kommen", sage ich. "Sei vorsichtig."

Ich eile nach oben, schnappe mir Gabes Mantel und Schuhe und sage ihm in aller Eile, dass er heute Nacht bei Cecilia bleiben muss.

"Aber warum?"

"Du kannst deine Nintendo Switch mitnehmen."

"Warum, Mama? Was ist hier los?"

"Es ist nichts, worüber du dir Sorgen machen musst, okay? Ich muss mich mit Maddie über erwachsene Dinge unterhalten, und wir halten es für das Beste, wenn du nicht hier bist. Ich verspreche dir, dass alles in Ordnung ist. Ich habe dich lieb. Maddie liebt dich."

"Mami."

Ich ziehe ihn in meine Arme und halte ihn fest. "Mach dir keine Sorgen, mein Hase. Bald wird alles wieder normal sein."

Das ist eine Lüge. Wir werden niemals zurückkehren können. Nie und nimmer.

Fünfzehn Minuten später übergebe ich Gabe an Cecilia, die meinen besorgten Gesichtsausdruck sieht und nichts sagt. Ich lasse sie wissen, dass ich morgen früh zurückkomme. Auf der Fahrt nach Hause habe ich zehn Minuten Zeit, um mir zu überlegen, wie ich das alles machen soll. Ich habe keine Ahnung, wo Justin gerade übernachtet. Ich weiß nur, dass er schlafen muss, wenn wir ihn wegbringen, damit er nicht versucht, uns anzugreifen.

Vielleicht hat Maddie recht. Vielleicht verdient er wirklich den Tod. Aber es wäre keine Notwehr, nicht im wahrsten Sinne des Wortes. Es wäre Mord. Woher weiß ich, dass Justin sich nicht eines Tages bessern wird? Ihm das Leben zu nehmen bedeutet, diese Möglichkeit auszulöschen. Soll ich die Polizei rufen und riskieren, dass Maddie ins Gefängnis kommt? Ich bin jetzt ein Komplize. Ich habe Maddie geholfen, ihn zu betäuben. Und was würde mit Gabe passieren, wenn ich auch im Gefängnis landen sollte? Er könnte sogar bei seinem Vater landen, dem Mann, der mit einem Benzinkanister in mein Haus eingebrochen ist, um uns alle zu ermorden.

Wir halten ihn betäubt. Wir warten, bis es dunkel wird. Wir fahren ihn an einen Ort, der nicht allzu weit vom Penry-Zentrum entfernt ist, aber abgelegen. Dann lassen wir ihn seinen Rausch ausschlafen, aufwachen und sich selbst nach Hause bringen. Und was dann? Wird das das Ende sein?

Das bezweifle ich.

Es gibt keine wirkliche Lösung für dieses Problem. Keine. Meine Eingeweide schwirren vor Angst, als ob ich voller Bienen wäre. Wenn wir ihn zwingen, alle Schlaftabletten zu schlucken, wird er an einer Überdosis sterben. Es könnte wie Selbstmord aussehen. Aber er hat eine Wunde am Kopf und blaue Flecken an den Hand- und Fußgelenken.

Wir müssen den Körper verbrennen.

Ich möchte mich übergeben. Könnte ich sowas tun? Bin ich in der

Lage, meinen Mann zu ermorden und mit meinem Leben weiterzumachen?

Nein. Wir müssen uns an den Plan halten. Justin kann nicht zur Polizei gehen, weil er genau weiß, dass er in dieser Nacht gekommen ist, um uns zu töten. Er könnte hinter uns her sein, aber würde er das, jetzt wo er weiß, was wir ihm antun können? Ich kann die Kinder vorübergehend zu meiner Mutter bringen und warten, bis alles vorbei ist. Er wird eine kurze Gefängnisstrafe bekommen, weil er seine Machtposition an der Schule missbraucht hat. Dann können wir weit weg von ihm ziehen und einen Neuanfang machen. Auf eine abgelegene schottische Insel. Oder irgendwo in wärmeren Teilen Europas. Gabe könnte eine zweite Sprache lernen. Ich wollte schon immer zweisprachige Kinder.

Maddie... Nun, Maddie braucht immer noch Hilfe. Mir war bis heute Abend nicht klar, wie sehr sie immer noch um den Tod ihres Vaters trauert. Vielleicht habe ich ihr auch nie erlaubt, zu trauern. Ich nehme an, alle in Maddies Leben dachten, dass er sie missbraucht hat und ihr nie ein richtiger Vater war. Wir alle nahmen an, dass sie froh sein würde, dass er tot ist. Aber jetzt verstehe ich, dass ihre Beziehung zu ihm viel komplexer war, als ich gedacht habe. Um mit seinem Tod fertig zu werden, rechtfertigte sie ihn damit, dass sie dachte, ich würde ihn "einschläfern", weil er krank war. Und jetzt denkt sie, dass es in Ordnung ist, das Gleiche mit anderen Menschen zu tun.

Wie soll ich damit umgehen? Was, wenn sie eines Tages denkt, ich sei auch krank? Oder Gabe?

Ich fahre in die Garage und drücke den Zündknopf. Das Auto hört auf zu rumpeln. Ich muss aussteigen und mich dem stellen, was wir getan haben. Dem, was wir beschlossen haben. Meine Beine sind steif und schwer, aber ich kann es nicht länger aufschieben. Ich schleppe meinen müden Körper durch die Garage.

Ich stehe einen Fuß im Flur, als ein lautes Krachen durch das Haus hallt. Irgendwo im Haus zerspringt Glas. Die Schwere in meinen Beinen verschwindet, sobald ich zum Sprint ansetze. Ein seltsamer Schrei ertönt, wie ein Schrei, der jemandem in der Kehle stecken bleibt. Ich wirbele um die Ecke ins Wohnzimmer und stürze durch den Rest des Raumes, ohne zu zögern und ohne Rücksicht auf Verletzungen.

Zwei Körper schlängeln und winden sich wie ineinander verschlungene Schlangen auf meinem Teppich. Neben ihnen ist der Fernseher umgekippt, und auf dem Boden liegen Glasscherben, tote Blumen und eine Wasserlache, die sich aus einer zerbrochenen Vase ausbreitet. Justin liegt auf Maddie und hat seine Hände um ihren Hals geschlungen. Sein Gesicht leuchtet scharlachrot, eine große, pochende Vene ist an seiner Schläfe zu sehen. Maddie liegt unter ihm, ihre Haut ist blass, ihr dunkles Haar ist auf dem cremefarbenen Teppich verfilzt. Sie kratzt an seinen Händen und versucht verzweifelt, sich aus seinem Griff zu befreien. Ich werfe mein ganzes Gewicht gegen ihn, stoße ihn zurück, aber seine Hände bleiben fest um ihre Kehle gepackt. Er wird sie umbringen.

Der Gedanke ist klar in meinem Kopf, aber auch verworren, als sei er nicht real, als könne er unmöglich das Ergebnis von all dem hier sein. Ich kann die Vorstellung nicht ertragen, dass meine Tochter in wenigen Augenblicken sterben wird. Ich kann es nicht. Ich muss mehr tun. *Er wird sie umbringen.*

Kapitel Fünfundvierzig

Jetzt

Ich greife nach dem schwersten Gegenstand, den ich in meiner Nähe finden kann - die Marmorbüste von Shakespeare, die Justin in Edinburgh gekauft hat. Ich schlage sie ihm auf den Schädel und spüre den dumpfen Aufprall von zwei schweren Objekten. Er fällt von Maddie weg, seine Hände lassen ihre Kehle los. Ich bin im Begriff, ihm die Büste noch einmal auf den Kopf schlagen, als er meine Beine packt und mich zurückstößt. Ich lasse die Waffe fallen, als ich rückwärts auf Maddie falle. Sie rollt weg und verschmiert Blut auf dem Teppich.

Justin krabbelt an meinem Körper hoch, einen Arm zum Schlag erhoben. Ich stoße meine Daumen so fest ich kann in seine Augen, und er schreit vor Schmerz auf, bevor er mein Handgelenk packt und es immer fester dreht, bis ich diejenige bin, die schreit. Unter mir zappelt und windet sich Maddie. Sie stößt mich mit ihrem Knie in den Rücken und befreit ihre Beine unter meinem Gewicht. Ihre Ferse tritt nach oben und stößt gegen Justins Kehle. Er stößt einen stotternden Laut aus und lässt schließlich meine Handgelenke los. Ich klettere auf die Marmorbüste zu, ignoriere den pochenden Schmerz, der von meinem Handgelenk ausgeht, und stoße einen leisen Schrei aus, als ich die Statue packe.

Als ich mich wieder zu meinem Mann umdrehe, hockt er sich über Maddie und schreit ihr ins Gesicht. "Psychoschlampe! Warum stirbst du nicht? Es ist alles deine Schuld!"

Ich taumle auf die Beine und schwinge meinen Arm, um auf Justins Hinterkopf zu zielen. Aber er duckt sich. Der Schlag trifft zwar seinen Schädel, hat aber nicht annähernd die Wirkung, die ich mir erhofft hatte. Er fällt auf den Rücken, und ich schwinge noch einmal.

"Bitte", sagt er, als ich seine rechte Schläfe treffe.

Er fällt auf die linke Seite, Blut strömt aus der Wunde. Ich starre entsetzt auf die Büste in meiner Hand, sehe die Haar- und Hautreste auf der Oberfläche. Dann richtet sich Justin irgendwie wieder auf, er lebt noch, und ist noch bei Bewusstsein.

"Zoe, bitte." Seine Augen sind blutunterlaufen. Seine Haut ist aschgrau, wie ein gebleichter, stürmischer Himmel. Er sitzt in einer Lache seines eigenen Blutes, das an seinem Hemd herunterläuft und durch das Leinen sickert. Selbst mein Oberteil ist mit winzigen scharlachroten Tröpfchen bedeckt. Ich stelle mir vor, dass sie über mein ganzes Gesicht verteilt sind, wie karmesinrote Sommersprossen.

"Hör auf, Zoe. Bitte." Blut tröpfelt aus seinen Ohren und seiner Nase. "Sterbe ich?"

Ich lasse die Büste auf den Boden fallen. Sie zerbricht nicht, und ich flüstere: "Ich weiß es nicht."

"Kannst du mir helfen?", fragt er.

Ich schüttele den Kopf.

Hinter mir spüre ich Maddies Hände auf meinem Rücken, die mich zu ihm hin drängen. Ich verstehe. Ich erinnere mich an zwei kleine Hände, die mich zu dem Körper auf dem kalten Scheunenboden schieben. Sie will, dass ich ihn erledige. Sie will, dass er verschwindet. Für immer aus unserem Leben verschwindet. Denn Justin ist genauso eine Bedrohung wie Peter McKenna. Nein, er ist kein Serienmörder. Er foltert keine Frauen. Aber Justin ist auf seine eigene Art gefährlich.

Ich gehe einen Schritt auf ihn zu. Dann bleibe ich stehen, und mein Blick wandert durch den ganzen Raum. Was würde ein Polizeibeamter von diesem Tatort halten? Würden sie erkennen können, dass ich einen letzten tödlichen Schlag ausgeführt habe, obwohl mein Mann außer Gefecht gesetzt war? Was ist angemessene Gewalt?

"Ich kann nicht, Maddie."

Meine Tochter tritt vor, um die Waffe zu heben, aber ich halte sie auf.

"Das können wir nicht. Die Polizei wird die Beweise nachverfolgen und es wissen."

"Das kannst du nicht wissen", sagt sie. "Sei nicht dumm. Töte ihn."

"Nein, das werde ich nicht."

"Bitte", stottert Justin. Blut blubbert über sein Kinn.

Ich gehe in die Küche und nehme mir ein Geschirrtuch. Dann knie ich mich neben meinen Mann und drücke es an seine Schläfe.

"Zoe", sagt er und hebt einen Finger zu meinem Gesicht. "Die schöne Zoe."

Seinem Gesichtsausdruck entnehme ich, dass er im Sterben liegt. Er sieht etwas, was wir nicht sehen.

"Riya", flüstert er.

Mein Herz krampft sich zusammen.

"Es tut mir leid, Riya."

"Hast du sie getötet?", frage ich.

Justin mustert mich, dann Maddie. "Sie war es."

"Lügner", sagt Maddie.

Justin sieht mich ein letztes Mal an. "Ich war es nicht. Und wenn ich es nicht war, wer war es dann?" Er sackt nach vorne. Ich beobachte, wie er seinen letzten Atemzug macht, wie das Blut aus seinem Mund rinnt. Es ist vorbei.

Über all ist Blut. Ich gehe von der Leiche weg und versuche, nicht in die Blutlachen zu treten. Ich blicke auf die Marmorbüste und erinnere mich an den Tag in Edinburgh. Benebelt von meinem Kater, lachend in einem Juweliergeschäft, zusammen Diamantenringe ansehen, ich war so glücklich.

Ich taumle zu Maddie hinüber. Wir lassen uns auf das Sofa fallen, und ich wiege sie in meinen Armen. Sie reibt sich den Hals und schlingt dann ihre Arme um mich.

"Es tut mir leid", sagt sie. "Es tut mir leid, dass du das tun musstest."

Wir weinen eine Weile, und ich wünschte, ich könnte nur an die schrecklichen Dinge denken, die er getan hat. Aber ich denke auch an unseren Hochzeitstag. Ich denke an die Überraschungsblumen, die Kuscheleinheiten in kalten Nächten, die Socken, die er im Bett trug, und die Art, wie er Gabes Toast mit Butter bestrichen hat, genau richtig. Ich sehe ihn, wie er mit Gabe am Strand entlangläuft, sein Haar weht im Wind, ein breites Grinsen auf seinem Gesicht.

Warum musste es so enden?

Plötzlich verspüre ich den Drang, das alles ungeschehen zu machen. Auch wenn ich mir sicher bin, dass ich keine übermäßige Gewalt angewendet habe und dass das, was ich getan habe, reiner Notwehr entsprach, ist mir klar, dass Maddie trotzdem Ärger bekommen wird, weil sie Justin überhaupt eingesperrt hat. Das werden wir nicht verheimlichen können. Ich hebe ihr Gesicht mit meinen Händen an.

"Wir wickeln ihn ein, säubern ihn vom Blut und bringen ihn irgendwo ins Nirgendwo", sage ich. "Und dann übergießen wir ihn mit Benzin und zünden ihn an." Ich stoße einen gequälten Schluchzer aus und halte mir mit der Hand den Mund zu. Ich muss in meine Handfläche beißen, um nicht zu schreien.

"Nein", sagt Maddie. "Nein. Wir rufen die Polizei. Wir erzählen ihnen alles." Sie ist still. Der schwache Umriss eines Blutergusses breitet sich bereits auf ihrem Hals aus. Sie hebt ihre Fingerspitzen und berührt ihn leicht. "Du hattest recht, Mama. Ich habe es versaut. Ich muss mich dem stellen, was ich getan habe. Aber wir werden lügen. Nur ein bisschen. Es ist nur richtig, dass wir das so machen." Sie nimmt meine Hände in ihre. "Sobald du Justin gefunden hattest, hast du Gabe zu Cecilia gebracht, damit er nicht hier ist, wenn die Polizei kommt. Aber während du weg warst, habe ich Justin die Pillen gegeben. Ich habe versucht, ihn aus dem Haus zu bringen, bevor du zurückkamst. Er griff mich an. Du hast ihn getötet, um mein Leben zu retten. So war's. Das ist die Geschichte. Es ist sicherer so. Gabe braucht einen Elternteil. Ich werde einige Zeit im Jugendgefängnis oder in einer psychiatrischen Klinik oder so verbringen. Die werden mich schließlich nicht lebenslang einsperren, nicht wahr? Ich komme raus, bevor ich einundzwanzig bin und habe mein ganzes Leben noch vor mir. Alles wird gut werden, Mama."

Sie steht auf und gießt sich ein Glas Wasser ein, bevor sie den Anruf macht.

Zwei Stunden später werden wir beide aus der Polizeistation entlassen, nachdem Maddie wegen Freiheitsberaubung und Körperverletzung angeklagt wurde. Wir checken in ein Hotel ein, da unser Zuhause ein Tatort ist. Ich dusche und schlafe ein paar Stunden, bevor ich Gabe abhole. Bevor ich das Polizeirevier verlasse, sagt mir DS Rosen, dass er mein Handeln für rechtmäßig hält, da ich Maddies Leben gerettet habe. Allerdings wird Maddie für ihre Taten vor Gericht gestellt werden. Wir haben einen langen Weg vor uns, und zuallererst muss ich einen Anwalt finden.

Am Telefon informiere ich Cecilia darüber, was passiert ist, dann hole ich Gabe ab, bringe ihn zurück ins Hotel und führe mit ihm das schlimmste Gespräch, das ich je in meinem Leben geführt habe. Ich erzähle ihm, dass sein Vater, der Mann, der Gabe trotz seiner Fehler immer Sicherheit gegeben hat, tot ist. Und während er in meinen Armen weint, versuche ich, mich selbst damit abzufinden. Justin war nicht Peter McKenna. Er war nicht diese Art von Mistkerl. Und trotzdem hat er versucht, zu töten. Das hatte er trotz allem vor.

Später an diesem Tag ruft DS Rosen erneut an. Die Polizei ist zu Angie Starlings Haus gefahren, aber sie hat nicht aufgemacht. Ich bitte Maddie, zu versuchen, sie anzurufen.

"Die Verbindung ist unterbrochen worden", sagt Maddie. "Die Nummer ist nicht bekannt." Sie hält inne. "Ich wette, sie ist schon weg."

"Hast du sie gewarnt, Maddie?"

Sie nickt.

"Du hast sie angerufen?"

"Ja." Sie presst ihre Hände zusammen und verschränkt ihre Finger.

Ich sehe, wie ihre Fingerknöchel blass werden. "Hast du irgendetwas in einer Textnachricht oder E-Mail geschrieben?"

"Nein", sagt sie. "Mama, es gibt noch etwas, das ich dir sagen sollte. Ich habe es vorhin schon der Polizei gesagt, aber dir noch nicht." Sie klimpert mit ihren dunklen Wimpern, und der kalte Griff der Angst schnürt mir erneut die Kehle zu. Ich warte, bis sie fortfährt. "Sie hat es mir gestanden. Dass sie Riya getötet hat. Als ich dir sagte, ich wüsste bereits, wer der Mörder ist, da wusste ich es. Ich wollte sie dazu bringen, zu gestehen, und ich wollte es aufnehmen. Aber ich hatte nie die Gelegenheit dazu."

Ein weiterer Schlag. Ein weiterer Schock. Ich schüttle den Kopf. "Ich versteh das nicht. Warum sollte sie deine beste Freundin töten?"

"Sie dachte, Riya würde mich schikanieren. Ich habe Riya gesagt, sie soll ihren... Freund verlassen." Sie blickt nach unten und denkt zweifellos an Justin. "Riya verlor die Beherrschung. Wir waren in der Schule, und sie hat mich geschlagen. Sie schlug mir in den Magen."

"Riya hat dich geschlagen?"

Sie nickt. "Ja, sie hatte ein wildes Temperament. Niemand sonst wusste wirklich davon."

"Was ist dann passiert?"

"Louisa hat es gesehen und mich in ein leeres Klassenzimmer gebracht, um zu sehen, ob es mir gut geht. Ich war so wütend auf Riya. Ich erzählte Louisa, wie sehr ich Riya hasste und dass Riya mit einem verheirateten Mann zusammen war." Sie hält inne und streicht sich eine Haarsträhne aus dem Gesicht. "Als Louisa mir vor ein paar Tagen gestand, dass sie Riya und Justin zusammen gesehen hatte, erzählte sie mir, dass sie dachte, Riya würde versuchen, meine Familie zu zerstören. Louisa hat diese verzerrte Vorstellung von mir und davon, dass ich eine richtige Familie mit einer Mutter und einem Vater verdiene, und ich schätze, sie dachte, wenn sie Riya tötet, kann ich meine Familie behalten." Sie beißt sich auf die Lippe.

"Hat sie dir das alles so erzählt?"

"Ja."

"Aber was ist mit Justin? Warum ist sie nicht hinter ihm her?"

"Ich habe ihr nicht erzählt, dass Justin mich angegraben hat", sagt sie. "Wenn ich das getan hätte, hätte sie ihn umgebracht. Sie dachte, Riya zu eliminieren, würde das Problem lösen. Mama, ich weiß, das ist alles verrückt, aber verrückt ist alles, was sie kennt. Für sie ist das alles nur Kleinkram. Mit meinem Vater hat sie schon viel Schlimmeres erlebt. Ich schätze, ihre letzten zehn Jahre waren genauso eine Achterbahnfahrt, aber sie hat mir nichts von diesen Jahren erzählt."

"Ich verstehe das nicht. Du lässt andere Leute nicht davonkommen, wenn sie viel weniger angestellt haben als sie. Du wolltest Justin töten, nach dem, was er getan hat. Warum beschützt du sie? Sie ist eine Mörderin."

Maddie lächelt nicht, rollt nicht mit den Augen und tut auch sonst nichts, was sie sonst tut. Ihr Gesichtsausdruck ist von Ernsthaftigkeit geprägt. "Weil sie meine Mutter ist. Ich würde dasselbe für dich tun. Du und sie und Gabe sind die einzigen Menschen, die ich liebe. Das ist ja das Problem. Sogar mit Riya. Ich mochte sie einmal, aber sie machte immer wieder diese dummen Fehler. Zum Beispiel mit einem verheirateten Mann zusammen zu sein. Warum sollte jemand so etwas tun wollen? Ich verstand das schon. Ich habe wohl einfach meine Geduld mit ihr verloren. Ich hätte ihr wahrscheinlich mehr helfen können, aber ich hatte das Gefühl, dass es nicht meine Aufgabe war. Ist das schlimm?"

"Ja", flüstere ich. "Das ist es. Die Menschen sind nicht dafür gemacht, allein zu sein. Wir müssen uns gegenseitig helfen. Jeder von uns. Wenn jemand ertrinkt, hilft man ihm. Das ist unsere Aufgabe." Ich streichle ihr Haar und halte ihr Gesicht. "Wir werden dir Hilfe holen, damit du das auch sehen kannst. Okay?"

"Es gibt keine Hilfe für mich. Nichts wird funktionieren", sagt sie. "Ich bin ein hoffnungsloser Fall."

"Nein, das ist nicht wahr. Ich glaube das nicht. Wenn du mich und

Gabe lieben kannst, dann kannst du auch andere lieben. Wir werden das lösen. Ich verspreche es."

Nachdem die Polizei einen Durchsuchungsbefehl erwirkt und die Wohnung von Angie Starling/Louisa Jones betreten hatte, fand sie dort den kleinen Finger von Riya Shah. Aber Louisa fanden sie nicht. Nach der Entnahme von DNA-Proben, die in ihrer Mietwohnung gefunden wurden, bestätigte sich, dass Louisa Jones die biologische Mutter von Maddie ist. Außerdem stimmten sie mit der DNA überein, die überall auf der Ivycross Farm gefunden wurde, auch auf einigen der Mordwaffen, die Peter McKenna gehörten, was die Ermittler eine Zeit lang verblüfft hatte. Sie waren davon ausgegangen, dass eines der Opfer die Waffen in die Hände bekommen und sich damit gewehrt hatte.

Nachdem ich alles gereinigt und den Teppich entfernt habe, ziehen wir wieder in unser Haus ein. Meine leere Auflaufform steht auf der Türschwelle. Ich öffne sie und finde einen Zettel: *Ich vermisse dich.*

Ich rufe Parvati an, sobald ich im Haus bin. Als sie abnimmt, platze ich heraus: "Ich wollte dich anrufen, seit die Polizei sie gefunden hat. Es tut mir so leid. Ich vermisse dich. Ich vermisse Riya. Ich vermisse Riya und Maddie zusammen..."

"Mir tut es auch leid. Alles wurde so..." Ich höre ihre Tränen, das Krächzen hinten in ihrer Kehle. "Ich möchte, dass du weißt, dass nichts davon deine Schuld ist."

"Machst du Witze?", antworte ich. "Es ist alles meine Schuld. Nicht zu wissen, dass Justin... und dass die leibliche Mutter von Maddie ihr gefolgt ist—..."

"Es ist nicht deine Schuld. Du hast nichts getan. Justin hat Riya ausgenutzt, und Louisa Jones hat sie getötet." Parvati bringt die Worte zu Ende, aber ihre Stimme zittert vor Schmerz.

"Das werde ich mir nie verzeihen."

"Dann werde ich es für dich tun", sagt sie. "Wir sollten uns treffen. Okay? Und zwar bald. Ich brauche jemanden, mit dem ich reden kann. Ich werde noch verrückt in diesem Haus."

"In Ordnung", antworte ich, und meine Schultern werden leichter. "Ruf mich an, wann immer du willst. Tag und Nacht. Okay?"

"Okay."

Der Anruf erinnert mich daran, dass ich hier in Penry ein Leben habe. Es ist jetzt vielleicht etwas kleiner, aber es existiert noch. Und zugegeben, es ist ein äußerst kompliziertes Leben, aber es ist eines, das ich leben will.

Das Haus ist voll von Justin. Sein Geruch, seine Kleidung, Beweise für seine aufgegebenen Hobbys - alte Kameras, Bleistifte, ein Starterset für Glasmalerei. All die schmerzhaften Erinnerungen vermischen sich mit den glücklichen. Trotz alledem kann ich mich nicht dazu durchringen, diesen Ort zu verlassen.

Kapitel Sechsundvierzig

Sechs Monate später

Maddies Verhandlungstermin rückt näher. Unser Anwalt ist zuversichtlich, dass der Richter angesichts des außergewöhnlichen Stresses, unter dem sie damals stand, und der Tatsache, dass sie die Familie vor Justins Amoklauf gerettet hat, Milde walten lassen wird. Aber bis dahin versuchen wir, das Beste aus der Situation zu machen.

Wir verbringen unsere Wochenenden am Strand. Manchmal kommt Cecilia mit. Und manchmal bringt Parvati Sadiq mit, damit die Kinder spielen können. Gabe liebt es dort immer noch. Ich war besorgt, dass der Ort für ihn verdorben sein könnte, da es der Lieblingsplatz seines Vaters war. Aber er liebt ihn immer noch. Und ich liebe ihn auch. Ich liebe es, das breite Grinsen meiner Kinder zu sehen und Gabes Haare mit einem sandigen Handtuch zu trocknen. Im Juli brach ich mein Haustierkaufverbot und kaufte einen Golden Retriever Welpen zu Maddies siebzehntem Geburtstag. Die Kinder haben ihn Goldie genannt. Jetzt, wo das Wetter kühler wird, tragen wir dickere Jacken und trinken heiße Schokolade aus einer Thermoskanne, während wir das Ziehen und Schieben des Meeres beobachten. Goldie, der schon groß geworden ist, hüpft fröhlich durch die Gegend und macht sich die Pfoten nass.

Maddie ist nicht sadistisch. Sie ist nicht einen Schritt von einem Mord entfernt, wie meine Mutter immer befürchtet hat. Sie hat ein gestörtes Gefühl für Recht und Unrecht; das weiß ich. Aber wenn ich in den letzten Monaten etwas gelernt habe, dann, dass Maddie ihre Familie beschützt.

Am Ende besuchen wir meine Mutter doch nicht, sondern sie kommt für eine Woche zu uns. Es war eine angespannte Woche, aber eine, die mit Gesprächen, Tee im Garten, späten Abenden, an denen wir den Sonnenuntergang über der Keltischen See beobachteten, gelegentlichem Streit und einem bescheidenen Fortschritt gefüllt war. Sie umarmte Maddie, bevor sie in den Zug zur Rückfahrt stieg. Die beiden hatten sich noch nie zuvor umarmt.

Mein Haus fühlt sich immer noch wie mein Haus an. Ich hatte befürchtet, dass es das nie wieder sein würde. Manchmal ertappe ich Maddie dabei, wie sie auf den neuen Teppich im Wohnzimmer starrt und auf die Stelle im Bücherregal, wo früher die Shakespeare-Büste stand. Aber sie sagt auch, dass wir nicht wegziehen können, weil Justin und ihr Vater dann mit der Angst, die sie uns eingejagt hatten, gewinnen würden. Außerdem kann ich Gabe das nicht antun. Ich kann Justin nicht aus unseren Erinnerungen streichen. Ich nehme zwar die Hochzeitsfotos von den Wänden ab, aber ich verbrenne sie nicht. Ich schneide ihn nicht aus. Ich lege sie in Fotoalben. Seine Kleider spende ich. Wir verkaufen sein Auto, seine Golfschläger und alles, was sonst noch von Wert ist, und spenden das gesamte Geld an ein örtliches Frauenhaus. Aber seine Auszeichnung als aufsteigender Stern behalte ich und packe sie in dieselbe Kiste, in der ich auch die Hochzeitsfotos aufbewahre. Das Haus ist mein Haus, und weil es mir gehört, kann ich mir die Erinnerungen aussuchen, die ich behalten möchte, und alles andere wegpacken und nie wieder öffnen.

Ich betrete das Haus und finde einen weißen Umschlag auf der Fußmatte. Maddie und Gabe sind nicht zu Hause. Ich habe Gabe bei Parvati abgesetzt, damit er mit Sadiq spielen kann, während ich bei der Gruppentherapie bin, und Maddie ist bei ihrer Fahrstunde.

Der Umschlag ist an mich adressiert. Er ist gedruckt, nicht handgeschrieben. Es gibt keine Absenderadresse, aber der Poststempel ist international. Ich reiße ihn auf und breite das Papier auf dem Küchentisch aus.

Liebe Zoe,

du brauchst mich nicht zu suchen. Ich bin schon weg. Das hier ist keiner dieser Drohbriefe, die dir Angst machen sollen, damit du mich in Ruhe lässt. Ich glaube, du würdest mich sowieso nicht finden. Und um ehrlich zu sein, bezweifle ich, dass du mit diesem Brief zur Polizei gehen würdest, wenn du diesen Brief gelesen hast. Du wirst gleich verstehen, warum.

Zunächst möchte ich dir dafür danken, dass du mir erlaubt hast, meine Tochter zu sehen. Du bist ein guter Mensch, Zoe. Ich weiß das, weil ich in meinem Leben schon viele schlechte Menschen getroffen habe. Nur einer von ihnen war noch schlimmer als ich, und ich bin Abschaum, aber das weißt du ja.

Ich habe in der Zeitung gelesen, was man in meinem Haus gefunden hat. Ich habe auch gelesen, dass Maddie dir erzählt hat, ich hätte gestanden. Die Sache ist bloß, dass ich nie gestanden habe, und dass ich den Finger nicht in meinem Haus aufbewahrt habe. Maddie und ich haben über viele Dinge gesprochen, aber ich habe ihr nie gesagt, dass ich Riya Shah getötet hätte, weil ich es nicht getan habe. Aber ich weiß, wer es war.

Was hat Maddie dir über ihre Kindheit erzählt? Dass sie sich nicht erinnern kann? Dass ich nie existiert habe?

Wenn ja, dann hat sie gelogen.

Ich war keines von Peters Opfern, nicht in diesem Sinne. Ich wurde nicht in seiner Scheune angekettet, bis ich entbunden hatte. Peter war mein Freund. Wir lernten uns in Blackpool kennen, als ich obdachlos war. Er hat mich gekauft. Sozusagen. Er bezahlte mich und meine Schwester dafür, ein Wochenende mit ihm zu verbringen e – er machte gerade Urlaub – und danach zogen wir zu ihm auf den Hof. Der Teil über meine Drogenabhängigkeit als Teenager ist wahr. Ich war süchtig nach Heroin. Er hätte der Teufel sein können und mich bitten können, meine Seele zu verkaufen, und ich hätte es getan. Nun, man kann wohl sagen, dass ich genau das getan habe. Er ist dem Teufel so nah, wie man ihm nur kommen kann.

Zuerst wusste ich nicht, was er vorhatte. Erst als er eines Tages mit einer bewusstlosen Frau unter dem Arm nach Hause kam. Ich war mit Maddie schwanger und versuchte, keine Drogen zu nehmen. Mir ging es nicht gut. Meiner Schwester ging es noch schlechter. Ihre Schwangerschaft war hart. Ich dachte, das Baby würde sie von innen heraus auffressen. Und Peter wollte uns nicht ins Krankenhaus gehen lassen. Wir hatten schlimmere Probleme, als uns um das Wohl einer anderen Frau zu sorgen.

Ich nahm ihre Schreie kaum wahr. Alles in mir war wie betäubt. Peter war ein böser Mann. Er schlug mich, manipulierte mich, benutzte mich. Und ich blieb, weil ich dachte, dass ich dort hingehörte, in den Dreck mit ihm.

Nach einer Weile starb meine Schwester. Die Geburt war brutal. Nachdem ich Peter fünfzehn Stunden lang angefleht hatte, sie ins Krankenhaus zu bringen, taumelte ich von den Leichen weg, meine Arme und Brust waren blutverschmiert. Selbst jetzt kann ich es nicht schreiben.

Zwei Körper, ein winziger, der noch mit meiner Schwester durch die Nabelschnur verbunden war. Das hat mich verändert.

Ich hatte schreckliche Angst vor der Entbindung. Ich dachte ständig darüber nach, wie ich mein Baby töten könnte, bevor es aus mir herauskam, aber ich wusste, dass ich schon zu weit fortgeschritten war. Letztendlich verliefen meine Wehen ganz anders als die meiner Schwester. Maddie kam nach fünf Stunden winzig klein und schreiend heraus. Peter gab mir einen Gürtel, auf den ich beißen sollte, während das Baby aus mir herausrutschte. Ich war tagelang schwach. Ich konnte sie nicht füttern. Ich hatte so viel Blut verloren. Peter musste mich nähen und bandagieren. Der Mistkerl hatte keine Ahnung, was er tat, und er wollte mich wegen des ganzen Blutes nicht ins Haus lassen. Ich habe in der Scheune entbunden. Am selben Ort, an dem er die Frauen tötete.

Peter gab mir Shore gegen die Schmerzen. Was Maddie von mir trank, enthielt diese Droge. Wir waren nichts als leere Hüllen. Schließlich kaufte er Muttermilchersatz für sie, so dass wir ihr wenigstens die Droge austreiben konnten. Am Anfang habe ich sie nicht geliebt. Sie schrie den ganzen Tag und die ganze Nacht. Peter wurde so wütend, dass er mich zwang, mit ihr auf die Felder zu gehen, damit er sie nicht hören konnte. Manchmal legte ich sie neben mich ins Gras, rollte mich auf die Seite und schloss die Augen, in der Hoffnung, ein Fuchs würde vorbeikommen und sie mitnehmen.

Aber irgendwann hörte sie auf zu weinen. Sie entwickelte eine Persönlichkeit und wurde mehr als der rotgesichtige, schreiende Klumpen, den ich zu hassen gelernt hatte. Sie lachte. Sie wickelte ihre Finger um meine. Sie zappelte herum, wenn ich ihre Füße kitzelte. Sie begann zu krabbeln, und dann sagte sie "Mama".

Ich wollte mich für sie bessern. Ich nahm weniger Shore. Ich sammelte Äpfel aus dem Obstgarten und machte Apfelmus. Ich fand ein verstaubtes altes Erziehungsbuch in Peters Haus und überprüfte mit dessen Hilfe, ob sie sich normal entwickelte. Ich lernte, was ihre verschiedenen Schreie bedeuteten. Als sie zahnte, blieben wir in der Scheune, weit weg von Peter, damit er ihre Schreie nicht hören musste. Als sie zu sprechen begann, verbrachte ich Stunden damit, mit ihr zu plappern. Ich habe versucht, ihr das Lesen beizubringen, aber ich war nicht geduldig genug.

Peter wurde unruhig. Er hatte schon lange keine Frau mehr getötet. Er wollte, dass ich jemanden anlockte. Frauen vertrauen anderen Frauen, meinte er. Peter wurde älter und dicker. Er hatte ein gemeines Gesicht. Niemand wollte etwas mit ihm zu tun haben, und das wusste er. Frauen von der Straße aufzureißen war riskant. Er musste dafür in eine Stadt fahren und ein obdachloses Mädchen wie mich finden, das nicht vermisst wurde.

Ich werde nicht ins Detail gehen, aber er wurde handgreiflich mit mir. Und dann fing ich an, die Frauen für ihn auf die Farm zu locken, damit er sie töten konnte.

Sobald Maddie laufen konnte, ließ er sie zusehen. Dann ließ er uns beide mitmachen. Sie erinnert sich an jedes Mal, wenn ihr Vater ihr ein Messer in die Hand drückte. Maddie war zwischen ihrem dritten und fünften Lebensjahr an jedem Mord beteiligt.

Und, ja, ich weiß, dass sie ein Kind war. Nein, ich weiß nicht, was das mit ihr gemacht hat. Und ja, ich weiß, du wirst mir wahrscheinlich nicht glauben.

Warum solltest du den Worten einer Mutter glauben, die ihr Kind zurückgelassen hat? Ich verstehe das. Ich habe dir ja gesagt, dass du mich verurteilen würdest. Ich habe etwas Beschissenes getan. Ich wusste, dass er hinter mir her sein würde, wenn ich sie mitnehme. Ich wusste, dass ich es schaffen würde, wenn ich sie zurücklasse. Ja, ich habe mein eigenes Leben dem ihren vorgezogen. Ja, ich bereue es jeden Tag.

Aber es ist doch alles gut gegangen, oder? Weil Maddie dich gefunden hat. Ich habe dein Buch nicht nur einmal gelesen. Ich habe es immer und immer wieder gelesen. Ich habe alles über deine Liebe zu ihr gelesen und wie du ihr beigebracht hast, im Gegenzug zu lieben. Ich habe es gelesen, weil ich glauben wollte, dass Maddie glücklich ist. Und ich glaube, das ist sie auch, im Großen und Ganzen. Ich glaube wirklich, dass sie das ist.

Als ich dich aufgesucht habe, musste ich sie wiedersehen. Du warst schon eine Weile nicht mehr im Fernsehen zu sehen, und du hattest keine weiteren Bücher geschrieben. Wahrscheinlich weil du dich nieder-

gelassen hattest und dachtest, du bräuchtest es nicht mehr. Ich brauchte es. Ich brauchte es mehr als alles andere. Also habe ich schnelles Geld gemacht, du willst nicht wissen, wie. Ich kaufte mir eine neue Identität. Ich habe Angies Hintergrund erfunden. Ich habe ihre Referenzen gefälscht. Ich bezauberte den Schulleiter in Penry, ohne wirklich daran zu glauben, dass ich den Job bekommen würde (mein Ersatzplan war ein Barjob in der nächsten Stadt), fand ein Haus zur Miete und zog ein.

Ich habe beobachtet. Zuerst Maddie. Und dann dich.

Ich sage dir was, du hast die Warnsignale bei deinem Mann übersehen. Ich habe ihn in der Schule gesehen, wie er diese Mädchen angesehen hat. Ich sah, wie seine Augen zu ihren Knien und ihrer Brust wanderten. Ein typischer Mittelschicht-Perversling. Er verbirgt es hinter Geschleime. Haben sich schon andere gemeldet? Er wird noch mehr Opfer haben, da bin ich mir sicher.

Ich habe beobachtet, wie Maddie in der Schule jeden Tag schikaniert wurde. Hättest du nicht mehr tun können, um ihre Identität zu schützen? Musstest du wirklich dieses Buch schreiben?

Ich bin Maddie gefolgt, als sie zelten ging. Ich blieb am Rande des Waldes und beobachtete alles von dort aus. Niemand wusste, dass ich dort war. Es war mitten in der Nacht.

Das Thompson-Mädchen war ein Miststück. Ich weiß, man sollte nicht schlecht über Tote reden, beson-

ders nicht über tote Kinder, aber sie war es. Hochnäsig. Privilegiert. Fies.

Sie ging an den Rand der Klippe. Ich glaube, sie war nicht bei Sinnen, entweder betrunken oder schlafwandelnd. Ich sah ihr seidiges Haar im Mondlicht schimmern. Und ich sah den Schatten, der ihr folgte, den Schatten, der aus der Dunkelheit auftauchte, zwei kleine Hände auf den Rücken des Mädchens legte und kräftig zustieß.

Schnelle Gerechtigkeit für alles, was dieses Mädchen unserem Kind angetan hatte. Denn, ja, es war Maddie. Ich kenne ihre Gestalt. Ich hatte sie so lange beobachtet, dass ich genau wusste, wie sie ging, wie sie stand. Sie war es. Sie hat das Mädchen ermordet.

Was denkst du, Zoe? Riya Shah ist ein Schritt zu weit, oder? Das war geplant. Aber ich habe sie nicht getötet, also wie ist der Finger in meinem Haus gelandet? Glaubst du, die Polizei hat ihn dort platziert? Nein, ich auch nicht.

Zweifellos weißt du jetzt über meinen Hintergrund Bescheid. Du weißt, dass ich die meiste Zeit meines Lebens in Justizvollzugsanstalten ein- und ausgegangen bin. Du weißt, dass ich drogenabhängig bin, mit einem Serienmörder zusammengelebt habe und eine schreckliche Mutter bin. Aber du kennst auch Maddie.

Sie ist kein schlechtes Mädchen. Kaputt vielleicht, aber ich glaube, sie kann wieder zusammengesetzt werden. Ich bin sicher, dass sie nie die Absicht hatte, diese beiden Mädchen zu verletzen. Aber sie ist durch-

gedreht, nicht wahr? Die Entfernung des Fingers? Ein Erbe ihres Vaters.

Glaubst du mir das?

Ich verspreche dir, dass ich mich fernhalten werde. Ich weiß, dass die Polizei mich sucht. Vielleicht werden sie mich finden. Ich werde alles dafür tun, dass sie das nicht tun. Aber wenn sie es tun, werde ich ihnen die Wahrheit sagen. Wenn nicht, werde ich es für mich behalten. Wer weiß, ob sie mir überhaupt glauben werden? Ich würde es nicht. Aber gleichzeitig mag ich meine Freiheit sehr, also werde ich mein Bestes tun, um sie zu behalten.

Du solltest das alles wissen, Zoe, denn du bist die Einzige, die sie retten kann. Sie kam von mir, aber das spielt keine Rolle mehr. Es spielt keine Rolle, ob du mir glaubst oder nicht, solange du dein Leben damit verbringst, sie zu lieben. Beschütze sie, vor sich selbst, vor dem Schlechten, das Peter in ihr hinterlassen hat, und das auch ich in ihr hinterlassen habe.

Das ist jetzt deine Aufgabe. Sorge dafür, dass sie so etwas nie wieder tut.

Mit freundlichen Grüßen,
Louisa

Ich könnte diesen Brief behalten, aber ich glaube nicht, dass ich das tun werde. Louisa wird nicht zurückkommen. Sie weiß, dass sie das nicht kann. Ich trage den Brief zum Waschbecken und zünde ihn an, der Rauch steigt mir in die Kehle. Louisa Jones hat den größten Teil der letzten zehn Jahre im Gefängnis verbracht, wegen verschiedener Übergriffe, und bei einem brach sie einer Frau den kleinen Finger der rechten Hand. Ein paar Wochen nach Justins Tod erfuhr ich, dass Katherine Sutton, eine von Maddies Tyrannen, in einen Unfall mit Fahrerflucht verwickelt war und ein gebrochenes Bein und eine Gehirnerschütterung erlitten hatte. Die Polizei fand Beweise, die Louisas Auto mit dem Vorfall in Verbindung brachten. Sie ist eine gewalttätige, labile Person, und ich glaube ihr kein Wort, wenn sie über meine Tochter spricht. Aber nicht einmal die Hitze, die beim Verbrennen des Briefes entsteht, kann meine eiskalten Knochen erwärmen.

Epilog

Damals

Maddie weiß, dass ihre Mutter nicht zurückkommen wird, aber sie geht trotzdem zu ihrem Lieblingsplatz am Bach. Sie setzt sich auf die Bank und taucht ihren Finger in das eiskalte Wasser. Wenn ihre Mutter hier wäre, würden sie vielleicht gemeinsam einen Staudamm bauen und den Fluss umleiten, während sie beobachteten, wie das Licht sich auf der kräuselnden Oberfläche widerspiegelte. Maddie mag das Geräusch von fließendem Wasser. Ihr gefällt das Schimmern der hellen Steine unter der Wasseroberfläche.

Das Licht verändert sich. Es wird immer dunkler. Es ist drei Tage nach Weihnachten, und sie hat nie genug Kleidung an. Um sich warm zu halten, rennt sie überall hin, was dazu führt, dass sie dürr wie eine Bohnenstange ist.

Ihre Turnschuhe sind inzwischen zu klein. Das macht sie langsamer, aber nur ein bisschen. Sie tut so, als wäre jemand hinter ihr her, vielleicht ihr Vater, und duckt sich ins Gras, rollt sich auf den Rücken und schüttelt die Beine in der Luft. Dann springt sie wieder auf ihre Füße und setzt ihre Arme beim Laufen ein, um schneller zu werden.

Ein paar Pferde beobachten sie von einem benachbarten Feld. Sie haben Decken um ihren Körper geschlungen. Sie kauen, schnauben und schütteln ihre Köpfe. Einmal, im Sommer, ist sie auf eines der Felder des Bauern geschlichen und hat versucht, ein Schaf zu fangen. Sie wollte die Wolle anfassen, um zu sehen, wie sie beschaffen ist. Waren sie eher wie Wolken oder wie Marshmallows? Sie überlegt, ob sie zu den Pferden gehen soll. Diesmal tut sie es nicht. Sie will nicht im Dunkeln unterwegs sein.

Als sie sich dem Bauernhof nähert, sieht Maddie wieder die Frau. Die Frau läuft seit etwa einem Monat fast jeden Tag an dieser Straßen entlang. Sie möchte zu der Frau laufen und ihr sagen, dass sie damit aufhören soll, weil er sie bemerkt hat. Das ist nicht gut. Die Frau sollte so spät nicht mehr hier draußen sein. Im Dunkeln können leichter schlimme Dinge passieren. Und hier passieren wirklich schlimme Dinge.

Maddie versteckt sich hinter einer Mauer und beobachtet sie. Die Frau bleibt kurz stehen, um einen Schluck Wasser zu trinken. Sie erinnert Maddie an ihre Mutter. Vielleicht ist sie ihre Mutter, oder sie könnte es zumindest sein. Eines Tages. Es wäre schön, wenn sie wieder eine Mutter hätte.

Als die Frau weg ist, steht Maddie auf und geht weiter, nicht mehr rennend. Sie ist müde. Im Moment fühlt sie sich sehr müde. Sie will nicht zurück auf den Bauernhof, aber ihr Vater ist der einzige Mensch, den sie hat. Und wenigstens behandelt er sie nicht zu schlecht. Er macht mit ihr nicht das, was er mit diesen Frauen macht. Er mag es, sie zum Schreien zu bringen. Maddie fühlt sich sehr, sehr müde. Sie will, dass das alles aufhört. Vielleicht hätte sie der Frau mit den Armen winken und sie dazu bringen sollen, sie irgendwo hinzubringen.

Das Tor ist jetzt geschlossen. Papa wird wollen, dass sie beim Kochen hilft.

Trotzdem bleibt sie stehen. Sie dreht sich um und schaut zurück. Sie denkt an alles, was sie sich wünscht, und an die Dinge, die sie schon verloren hat. Mehr als alles andere, mehr als Süßigkeiten, Spielzeug und warme Kleidung, wünscht sie sich eine Mutter. Das ist es, was sie sich wirklich wünscht.

Vielen Dank, dass Sie ‚Meine perfekte Tochter' gelesen haben. Es war ein so emotionales Buch für mich zu schreiben, und ich hatte wirklich das Gefühl, die Gefühle zu empfinden, die Zoe und Maddie in diesem Buch durchleben. Als Autorin versuche ich, keine Lieblingsbücher zu haben, aber ‘Meine perfekte Tochter' gehört definitiv dazu!

Wenn Ihnen das Buch gefallen hat, wäre es lieb, wenn Sie eine

Rezension hinterlassen könnten. Wir sind so dankbar für alle Rezensionen!

Über den Autor

Sarah A. Denzil ist eine britische Spannungsautorin aus Derbyshire. Zu ihren Büchern gehört SILENT CHILD, das die Kindle-Charts in Großbritannien, den USA und Australien angeführt hat. SAVING APRIL und THE BROKEN ONES sind beide Top-Thirty-Bestseller in den US-amerikanischen und britischen Amazon-Charts.

Ihre im Eigenverlag und im Verlag erschienenen Bücher sowie ihre Hörbücher und Übersetzungen ins Ausland haben sich weltweit über eine Million Mal verkauft.

Sarah lebt mit ihrem Mann in Yorkshire, wo sie die malerische Landschaft und das eher unberechenbare Wetter genießt. Sie liebt es, stimmungsvolle, psychologische Bücher mit vielen Wendungen zu schreiben.

Wenn Sie auf dem Laufenden bleiben möchten, tragen Sie sich in die Mailingliste ein, um über neue Veröffentlichungen und Sonderangebote informiert zu werden.

Printed in Poland
by Amazon Fulfillment
Poland Sp. z o.o., Wrocław

24056213R00183